MAEVE HARAN
Unser griechischer Sommer

AF197031

MAEVE HARAN

Unser griechischer Sommer

ROMAN

Deutsch von Karin Dufner

blanvalet

Die Originalausgabe erschien 2020 unter dem Titel »The Greek Holiday«
bei Pan Books an imprint of Pan Macmillan, London.

Das Zitat von William Shakespeare auf S. 396 stammt aus
»König Heinrich V.« in »Skahespeare's dramatische Werke«, übersetzt von
August Wilhelm Schlegel, Johann Friedrich Unger, Berlin, 1801.

Sollte diese Publikation Links auf Webseiten Dritter
enthalten, so übernehmen wir für deren Inhalte keine
Haftung, da wir uns diese nicht zu eigen machen,
sondern lediglich auf deren Stand zum Zeitpunkt
der Erstveröffentlichung verweisen.

Penguin Random House Verlagsgruppe FSC® N001967

5. Auflage
Copyright der deutschsprachigen Ausgabe © 2022 by Blanvalet,
einem Unternehmen der Penguin Random House Verlagsgruppe GmbH,
Neumarkter Str. 28, 81673 München
Redaktion: Angela Kuepper
Umschlaggestaltung und -motiv: www.buerosued.de
DK · Herstellung: sam
Satz: GGP Media GmbH, Pößneck
Druck und Bindung: GGP Media GmbH, Pößneck
Printed in Germany
ISBN 978-3-7341-1064-1

www.blanvalet.de

Für Georgia, Holly und Jimmy

Eins

»Erklär mir doch bitte, was ich hier in dieser Gluthitze eigentlich soll. Und das auch noch zehn Tage lang und mit Frauen, die ich in den letzten Jahren kaum gesehen habe und womöglich nicht einmal wiedererkenne.«

Nell warf einen Blick auf Dora, die es trotz ihres Gejammers wegen der hohen Temperaturen wieder einmal schaffte, in ihrem bronzefarbenen schulterfreien Kleid frisch und elegant auszusehen. Und das, obwohl sich besagtes Kleid eher für eine Cocktailparty in Canary Wharf geeignet hätte als für eine zehnstündige Reise mit der Fähre bei sengender Sonne.

»Weil es ein Abenteuer ist«, erwiderte Nell, froh darüber, dass sie praktische Baumwollkleidung trug. »Weil wir auf die zauberhafte griechische Insel zurückkehren, in die wir uns verliebt haben, als wir achtzehn waren. Wir waren unzertrennlich, weißt du noch? Damals wollten wir für immer Freundinnen bleiben – mit Ausnahme von Moira vielleicht. Und dann ist uns das Leben in die Quere gekommen. Ehemänner. Kinder. Alltagspflichten …« Verlegen hielt sie inne, da ihr einfiel, dass Dora weder Mann noch Kinder hatte. »Und in deinem Fall eine tolle Karriere«, fügte sie rasch hinzu. »Ich finde dieses Treffen eine prima Idee. Sogar mit Moira. Außerdem bedeutet es Penny sehr viel, und Penny ist ein ganz besonders lieber Mensch.«

»Was für ein Pech für sie«, entgegnete Dora gedehnt.

Nell ließ den Blick über die Anlegestelle in Piräus schweifen, jenen Hafen, von wo aus die Schiffe zu den griechischen Inseln in See stachen. Sie suchte nach einem Wegweiser zum Terminal, in dem sie sich verabredet hatten, doch sie konnte nichts Aufschlussreiches entdecken, insbesondere kein Schild mit der Aufschrift *Zanthos*.

Eigentlich waren sie alle überrascht gewesen, als Dora sich wie aus heiterem Himmel einverstanden erklärt hatte, mitzukommen. Dora führte nämlich ein schillerndes Leben in der PR-Branche. Nell hatte einmal einen Artikel auf der Gesellschaftsseite einer Zeitung entdeckt. »Pandora Perkins, die Furcht erregendste PR-Maschine Londons«, hatte die Schlagseite gelautet. Sie war erleichtert, dass ihr Leben Doras nicht im Entferntesten ähnelte. Ihre Arbeit als Empfangssekretärin in einer Arztpraxis konnte man wohl kaum als schillernd bezeichnen … Ein kleiner Schock traf sie, als ihr einfiel, dass das gar nicht mehr stimmte. Vor drei Wochen hatte sie sich nämlich für den vorzeitigen Ruhestand entschieden, nachdem sie wieder einmal mit der neuen Praxismanagerin aneinandergerasselt war. Also war sie jetzt eine *ehemalige* Empfangssekretärin in einer Arztpraxis.

Nell warf noch einmal einen Blick in Pennys E-Mail, dann sah sie auf.

»Oh, schau, auf diesem Schild steht ›Passagierterminal‹«, verkündete sie. Sie bogen um die Ecke, weg von den in Reih und Glied vor Anker liegenden gewaltigen Fähren, deren Hecks offen standen wie klaffende Mäuler, damit Autos und mit Containern beladene Lastwagen hineinfahren konnten. Dabei wären sie fast mit einem Mann mit gerötetem Gesicht zusammengestoßen, der zwei riesige Koffer hinter sich herzog und sich außerdem mit einer Reisetasche abschleppte, während seine Frau gleichmütig vorneweg stolzierte.

»Gegen so einen hätte ich nichts einzuwenden«, meinte Dora und blickte den beiden nach.

»Was, so einen Koffer?« Nell begutachtete die Gepäckstücke, ob sie vielleicht aus dem Hause Louis Vuitton stammten, Doras bevorzugter Marke.

»Nein, den Ehemann. Ich habe mich schon immer gefragt, wozu die gut sind. Jetzt ist es mir klar.«

Die zwei kicherten. Nell sah auf die Uhr, froh, dass sie noch genug Zeit hatten, um das Terminal zu suchen und Tickets zu kaufen. Nell achtete nämlich stets auf ein ausreichendes Zeitpolster und hielt Menschen, die auf den letzten Drücker kamen, für egoistisch und unhöflich.

»Ich begreife nicht, warum wir die Tickets nicht online gebucht haben«, mäkelte Dora. »Heutzutage stehen doch nur noch Masochisten Schlange wegen einer Fahrkarte.«

»Penny sagte, das sei billiger.« Nell wurde klar, dass in Doras Welt vermutlich keine Leute vorkamen, die aufs Geld achten mussten. »Weißt du, was dein Problem ist?« Sie bemühte sich, nicht allzu kritisch zu klingen. »Du hast dich zu sehr daran gewöhnt, im Flieger zielstrebig die Business Class anzusteuern. Lass dich mal aufs wirkliche Leben ein. Wir empfinden den Urlaub nach, den wir gemeinsam als Studentinnen verbracht haben. Das ist wichtig. Ein Meilenstein.«

»Ich hasse Meilensteine. Sie erinnern mich daran, wie viele Meilen ich schon hinter mir habe.«

Im nächsten Moment wurde Dora auf zwei vorbeikommende orthodoxe Priester aufmerksam. Sie waren in Schwarz gehüllt und trugen hohe schwarze Hüte und

Bärte, bei deren Anblick der Durchschnittshipster in Shoreditch an seinem Biobrötchen erstickt wäre. »Guck mal, die wissen es bestimmt. Sie sind Griechen und außerdem der Nächstenliebe verpflichtet.«

Dora marschierte los und schüttelte einem der Priester kräftig die Hand. Dieser erbleichte vor Entsetzen und wich einen Schritt zurück, als wäre Eva höchstpersönlich an der übel riechenden Hafenkante wieder zum Leben erwacht, hätte den schicksalhaften Apfel gezückt und bereit, den Sündenfall des männlichen Geschlechts herbeizuführen.

»Verzeihung, aber könnten Sie mir sagen, wo Terminal P1 ist, an dem die Schiffe zu den Kykladen ablegen?«, erkundigte sich Dora.

Mit einem heftigen Kopfschütteln ergriff der Priester die Flucht.

»Na großartig«, stellte Dora fest. »Und ich dachte, ein Treffpunkt am Terminal wäre so, als würde man den Eurostar nehmen. Eigentlich wollte ich mir noch einen Cappuccino und eine Ausgabe der *Grazia* kaufen.«

»Komm schon, irgendwo hier in der Nähe muss es sein«, antwortete Nell. Obwohl es noch früh im Jahr war, brannte die Sonne vom Himmel, und Nell stellte fest, dass ihr der Schweiß herunterlief. Außerdem wimmelte es von Leuten, die alle schubsten und drängelten. Abgesehen von den beiden kleinen Jungen, die angelnd auf der Hafenmauer saßen, erinnerte das Ganze mehr an ein brodelndes Inferno als an einen griechischen Urlaubstraum. Man hatte ihr gesagt, dass man von Bord der Fähre aus die Akropolis sehen könne. Doch im Moment sah sie nur gereizt wirkende, durcheinanderschreiende Menschen. Einige Raucher standen qualmend neben ihren Koffern. Als sie und Dora um eine weitere Ecke bogen, erhob sich vor ihnen ein leuchtend rotes Gebäude mit der Aufschrift »Passagierterminal«.

Es hatte nicht nur geschlossen, sondern war zusätzlich mit einer Kette und einem Vorhängeschloss verrammelt. Sie ließen sich davor auf eine Bank fallen und stützten sich auf ihre Rollkoffer.

»Ach, verdammter Mist.« Nell wischte sich den Schweiß aus den Augen. »Nun gut. Warum rufen wir Penny nicht an? Ich wette, sie hat die Fähre gefunden.«

Als sie gerade in ihrem Rucksack kramte, kam eine seltsame Gestalt auf sie zu. Sie trug ein langes Kleid in einem wenig schmeichelnden Lilaton, das mit kleinen antiken Schlüsseln gemustert war und den Anschein erweckte, als entstammte es einem griechischen Tempel. Außerdem las besagte Gestalt beim Gehen ein Buch, offenbar ohne das Gewühl um sie herum überhaupt zur Kenntnis zu nehmen. Ihr Haar hatte Ähnlichkeit mit einem wirren Vogelnest, das Nell an ein Gedicht von Edward Lear denken ließ, und zwar an das über einen alten Mann, der in seinem Bart zwei Eulen, eine Henne, vier Lerchen und einen Zaunkönig, allesamt nistend, vorgefunden hatte.

Plötzlich fiel es ihr wie Schuppen von den Augen. »Moira«, begrüßte sie das vierte Mitglied ihres Kleeblatts. »Hast du das richtige Terminal schon entdeckt?«

Die Neuangekommene klappte die *Griechische Mythologie* von Robert Graves zu und sah sich verdattert um. »Nein, tut mir leid. Ich war gerade im archäologischen Museum in Piräus. Das solltet ihr euch nicht entgehen lassen.«

Dora zog eine Augenbraue weit genug hoch, um anzudeuten, dass archäologische Museen nicht unbedingt auf ihrer Liste systemrelevanter Dinge standen.

Moira lehrte Altphilologie an einem der berühmtesten Colleges in Cambridge und ließ sich nur selten eine Gelegenheit entgehen, ihre Mitmenschen darauf hinzuweisen. »Ich bin ja so aufgeregt«, verkündete sie und spähte aufs blaue Meer hinaus. »Unsere Fähre legt auf Ios an, wo Homer begraben ist. Ich möchte dort aussteigen und ihm zumindest kurz ein Trankopfer darbringen. Leider geben die einem nur sechs Minuten.«

»Ich habe gehört, dass Ios inzwischen eine Partyinsel ist«, wandte Dora ein. »Kotze auf den Straßen und vierundzwanzigstündige Besäufnisrundfahrten. Was würde Homer wohl dazu sagen?«

Entsetzt schüttelte Moira den Kopf. Nell, die sie fasziniert beobachtete, hoffte, dass keine Lerchen oder Zaunkönige auffliegen würden.

»Allerdings erwähnt er in der Odyssee den wilden Wein, der die Männer dazu bringt, aus voller Kehle zu singen«, teilte Moira ihnen mit. »Außerdem zu tanzen und Geschichten herauszuposaunen, die man besser für sich behält.«

»So einen Wein habe ich auch mal probiert«, bestätigte Dora.

»Ich ebenfalls«, sagte Nell. »Allerdings schon viel zu lange nicht mehr.«

»Dagegen müssen wir etwas tun.« Dora lachte. »Erinnerst du dich noch an Retsina?«

»Das Zeug, das wie Desinfektionsmittel schmeckt?«

»Genau. Vielleicht gibt es ja welchen an Bord.«

»Falls wir die Fähre jemals finden.« Nell seufzte. Ihr üblicher Tatendrang ließ in der Hitze allmählich nach. »Ach, ich wollte ja Penny anrufen.«

»Moment.« Moira wies hinter sich. »Ist sie das nicht?«

Als Dora und Nell sich umdrehten, näherte sich ihnen eine lächelnde Gestalt. Obwohl sie noch knapp zehn Meter entfernt war, war klar zu erkennen, dass sie beinahe genauso aussah wie damals in ihrer Studentenzeit – Schlabberklamotten, glattes blondes Haar, Sommersprossen und eine fast verzweifelt bemühte Miene.

»Mein Gott«, raunte Dora. »Sie trägt einen Haarreif! In unserem Alter! Ich hatte meinen letzten, als ich zwölf war. Außerdem scheint sie so darum zu betteln, gemocht zu werden, wie der Spaniel, den wir in meiner Kindheit hatten. Der hat gar nicht mehr aufgehört, mit dem Schwanz zu wedeln, sogar bei Einbrechern.«

»Kein Spaniel.« Nell ertappte sich dabei, dass sie ebenfalls flüsterte. »Ein Golden Retriever … Dora«, fügte sie hinzu, »du übst einen schlechten Einfluss auf mich aus. Benimm dich. Hallo, Penny.« Sie begrüßte ihre Freundin mit einem Lächeln. »Was hast du denn da?«

»*Spanakopita!*«, verkündete Penny stolz.

»Heißt das ›Guten Morgen‹ auf Griechisch?«, fragte Dora, mit einem Lachen kämpfend.

»Das wäre *kalimera*«, verbesserte Moira pedantisch.

»Wisst ihr nicht mehr, Mädels?«, sprudelte Penny hervor. »Als wir das letzte Mal die Fähre erwischt haben, waren wir am Verhungern, und alle Griechen haben so was gegessen. Mit Spinat und Käse gefüllten Blätterteig.« Sie streckte ihnen vier fettige Dreiecke hin.

Nell bediente sich als Erste. »Lecker!«, rief sie aus.

Moira verschlang ihre Blätterteigtasche mit einem Bissen und verschluckte sich ordentlich, während Dora das Gesicht verzog, weil sie keine Fettflecken auf ihrem ungeeigneten Kleid riskieren wollte.

»Da wären wir also.« Penny platzte beinahe vor Aufregung. »Das Abenteuer kann beginnen! Das Terminal ist gleich um die Ecke.«

Sie stellten sich wegen der Tickets an, die wirklich leicht zu bekommen waren, wenn man erst einmal wusste, wo. Wie Penny versprochen hatte, waren sie auch um einiges billiger als online.

Die Tickets in der Hand und ihre Koffer hinter sich herziehend machten sie sich auf den Weg zur Fähre. Sie waren wirklich ein bunt gemischtes Trüppchen: Nell mit einem dunklen Pagenschnitt, hübsch und ordentlich in beige Baumwollshorts und eine gestärkte weiße Bluse gekleidet. Moira, die wirkte wie ein Mitglied eines avantgardistischen Autorenkollektivs auf Urlaub. Dora, wohlhabend und elegant, die aussah, als wäre sie die Besitzerin der Schifffahrtslinie und keine Passagierin, die überdies zu Fuß unterwegs war. Und zu guter Letzt Penny, die tatsächlich einem Retriever ähnelte, der mit Feuereifer einem Ball hinterherjagte.

»Dem Himmel sei Dank für Rollkoffer.« Penny strahlte die anderen an. »Bestimmt wisst ihr noch, dass wir unser Gepäck beim letzten Mal quer durch Athen schleppen mussten, weil wir uns die Busfahrt nicht leisten konnten.«

Sie kamen ans Ufer, wo eine Reihe von Fähren wartete.

Doras Blick fiel auf ein kleines, windschnittiges Gefährt namens *Sea Cat 3*, eindeutig ein Schnellboot. »Vermutlich fahren wir nicht mit dem da«, meinte sie sehnsüchtig.

»Ich glaube, das hier ist unseres.« Moira deutete auf ein großes, klobiges Schiff mit gelbem Schornstein. »Es hält an sechs Inseln, und eine davon ist Ios. Also kann ich aussteigen und mein Trankopfer darbringen!« Sie platzte fast vor altphilologischem Überschwang. »Über einigen Inseln können wir auch den Sonnenuntergang beobachten.«

»Traumhaft«, merkte Dora an.

»Stell es dir als Mini-Kreuzfahrt vor«, sagte Nell beschwichtigend.

»Eine Kreuzfahrt ohne Vier-Sterne-Restaurant, Wellnessbereich, ja sogar ohne Pool?«, entgegnete Dora spitz. »Ich setze mich da drüben in den Schatten.« Sie wies auf den in Grellorange gehaltenen Wartebereich.

Als sie außer Hörweite war, hob Moira ihre *Griechische Mythologie* und flüsterte Nell hinter vorgehaltenem Buch zu: »Warum, um alles in der Welt, ist Dora mitgekommen?«

Nell warf einen Blick auf die Freundin, die gerade anmutig eine echte altmodische Zigarette an die bronzefarben schimmernden Lippen führte. »Genau das habe ich mich auch schon gefragt.«

Um das Maß für Dora vollzumachen, drängten sich auf dem Boot Menschen, die zum Namenstag eines aus der Gegend stammenden hoch verehrten Heiligen in ihre Heimatgemeinden reisten. Rasch waren die mit grünem Stoff bezogenen Bänke von Familien okkupiert. Die Kinder saßen auf dem Schoß ihrer Eltern oder tobten fröhlich und ausgelassen johlend herum. Die Durchgänge waren mit Koffern und Körben voller Proviant für die Festlichkeiten blockiert. Sitzplätze gab es nur noch im Bordrestaurant.

Nell zog los, um das Essensangebot in Augenschein zu nehmen. »Nun, Mädels«, meldete sie vergnügt. »Wir haben die Wahl zwischen Moussaka mit Pommes und Moussaka mit Pommes.«

Auf einem gewaltigen Fernsehbildschirm über ihren Köpfen lief ein Fußballspiel in voller Lautstärke. »Zeit, sich dem Rebensaft zuzuwenden«, verkündete Dora und stellte eine Flasche Retsina und vier Gläser auf den Tisch. »Schauen wir mal, ob das Zeug noch so scheußlich schmeckt, wie ich es in Erinnerung habe.«

Moira hielt die Hand über ihr Glas und rümpfte die Nase. »Eigentlich trinke ich nicht.«

Die anderen starrten sie entgeistert an.

»Bähhh!« Dora verzog das Gesicht. »Es schmeckt wirklich nach Desinfektionsmittel!« Sie trank trotzdem.

Als die Flasche leer war, machte sich Dora auf den Weg, um herauszufinden, ob sich wohl noch eine Kabine ergattern ließe – für sie die einzige Chance, die Nacht lebend zu überstehen, wie sie betonte.

»Es muss einen Grund geben, warum sie hier ist«, beharrte Moira. »In die Niederungen von uns gewöhnlichen Sterblichen hinabzusteigen ist doch gar nicht ihr Stil.«

»Natürlich ist sie hier!«, rief Penny schockiert aus. »Schließlich ist es eine Wiedersehensfeier. Bestimmt hätte Dora sich die niemals entgehen lassen.«

Vor dem Bordrestaurant verfärbte sich der Himmel aprikosenfarben mit rosavioletten Streifen. »Los.« Moira schnappte sich ihren Rucksack. »Sonst verpassen wir den Sonnenuntergang.«

»Was ist mit unseren Plätzen?«, fragte Nell. Beim Gedanken, die ganze Nacht auf dem nicht gerade sauberen Boden sitzend verbringen zu müssen, geriet sie in Panik. »Am besten bleibe ich hier und verteidige sie.«

Das Problem löste sich in Wohlgefallen auf, als Dora zurückkehrte und meldete, sie habe eine Kabine mit vier Kojen für sie gesichert. »Stellt euch vor, der Chefsteward hat angeboten, sie uns billiger zu geben, wenn wir eine der Kojen an einen Fremden abtreten. Allerdings dachte ich nicht, dass eine von euch einverstanden wäre, auf dem Boden zu schlafen.«

»Ich schon«, erklärte Penny sich sofort bereit.

»Das weiß ich doch, Penny«, meinte Dora, offenbar durch die Aussicht auf eine Kabine ein wenig milder gestimmt. »Es war nur ein Scherz.«

»Komm und schau dir vor dem Schlafen den Sonnenuntergang an«, schlug Moira vor.

»Ja, los, Dora«, stimmte Nell zu. »Es ist dein erster Abend in Griechenland! Genieße ihn! Du brauchst ja nicht lange aufzubleiben.«

An Deck herrschte inzwischen eine idyllische Stimmung. Das Kielwasser des Schiffes schien aus geschmolzenem Silber zu bestehen, und der Wind, der ihnen durchs Haar wehte, liebkoste sie sanft. Nell blickte hinauf in die Sterne. Sie glaubte, das Sternbild Kassiopeia ausmachen zu können, wagte aber nicht, es auszusprechen, da sie einen halbstündigen Vortrag über die von der griechischen Mythologie inspirierten Sternenbilder von Moira befürchtete. So viele Sterne hatte sie nicht mehr gesehen, seit sie mit Willow im Londoner Planetarium gewesen war. Nein, in dieser wunderschönen Nacht wollte sie nicht an Willow denken. Sie hatte Pennys Einladung angenommen, um Abstand von einer, wie sie wusste, ans Krankhafte grenzenden Fixierung auf ihre Tochter zu gewinnen, die sich weigerte, auch nur ein Wort mit ihr zu wechseln. Ganz sicher würde es ein Spaß werden, mit ihren drei Freundinnen aus dem College zusammen zu sein, auch wenn sie so gar nicht zueinander passten. Doch hieß es nicht, dass Gegensätze sich gegenseitig anzogen?

Zumindest hoffte sie das sehr. Sie zwang sich, sich auf die unzähligen Sterne und Planeten zu konzentrieren, die sich gestochen scharf und wie Edelsteine vom samtschwarzen Himmel abhoben.

»Wie mag wohl das Wetter zu Hause sein? Hoffentlich schauderhaft.« Diese harmlose Äußerung klang aus Pennys Mund beinahe wie eine Gotteslästerung.

Ein Stück in Richtung Heck saßen einige junge Leute auf ihren Taschen, tranken Wein und spielten Gitarre.

»Wisst ihr noch, was für ein gewaltiger Schritt es in unserer Jugend war, nach Griechenland zu fliegen?« Die freudige Erinnerung sorgte dafür, dass Nells Stimme fast wie ein Schnurren klang. »Ganz anders als heute, wo alle nach Bali oder nach Südamerika reisen. Die griechischen Inseln waren der Gipfel des Abenteuers. Eine völlig fremde Welt.«

»Außerdem gab es weder große Hotels noch Airbnb!« Penny lachte. »Nur eine kleine ältere Griechin ganz in Schwarz, die am Hafen wartete, um einem ein Zimmer anzubieten.«

Die jungen Leute waren offenbar in nostalgischer Stimmung und hatten die Sechziger wiederentdeckt. Auf »If You're Going to San Francisco« folgte »Leaving on a Jet Plane«.

»Erinnert ihr euch an das Café auf Zanthos, das die einzige Musikbox im Dorf besaß?«, meinte Penny. »Und das wiederum einzige Lied darin war ›Black Magic Woman‹. Wir haben es immer und immer wieder abgespielt. Ich frage die da drüben mal, ob sie das Lied kennen.« Sie sprang auf.

»O Gott, jemand muss sie aufhalten«, flehte Dora. Aber zu spät. Kurz darauf stimmten sie alle in den Refrain ein.

Das war zu viel für Dora. Sie erhob sich und ging in die Kabine, wo sie erleichtert in ihre Koje sank und sich bemühte, den seltsamen Geruch zu verdrängen, bei dem es sich hoffentlich nicht um Kohlenmonoxid handelte. Außerdem versuchte sie, das Scheppern und Klappern der Rampe zu überhören, als sie an der ersten Insel festmachten und Autos, Lastwagen und lautstark durcheinanderschnatternde Fußgänger das Schiff verließen. Sie wollte lieber nicht nachrechnen, wie viele Jahre vergangen waren, seit sie dieses Lied zuletzt gehört hatte.

Zumindest, so tröstete sie sich, konnte es nicht viel schlimmer kommen, als bei dreißig Grad Hitze direkt unter dem Parkdeck in einer etwa sechzig Zentimeter breiten Koje ausharren zu müssen.

Moira verkündete, sie wolle den Chefsteward aufspüren und sich erkundigen, wann sie Ios erreichen würden. Unterdessen begaben sich Penny und Nell in die Bar und kauften eine Flasche Wein, um sie mit den jungen Leuten an Deck zu teilen. Sie waren ein bunt zusammengewürfelter Haufen und hatten sich in einer Jugendherberge in Athen kennengelernt. Dort hatten sie beschlossen, gemeinsam nach Ios zu fahren, wo anscheinend Feiern rund um die Uhr angesagt war.

Sie waren zwischen siebzehn und dreißig, die Mädchen in ultraknappen Shorts und bauchfreien Tanktops, die Männer in Lycra und Trikots, so als wollten sie jeden Moment auf ihre Fahrräder springen und an der Tour de France teilnehmen.

»Die sind wie eine moderne Version von uns.« Nell lachte.

»Ohne Zottelmäntel und Hippieschals«, stimmte

Moira zu. »Erinnerst du dich noch an das Berber-Hochzeitskleid, das du auf dem Kensington Market entdeckt und etwa zwei Jahre lang getragen hast, bis es schlimmer gestunken hat als ein Kamel?«

Nell musste lachen. »Ich habe dieses Kleid geliebt. Meine Mutter war absolut außer sich, was einen Teil seines Reizes ausmachte.«

»Glaubst du, es stört sie, wenn wir alte Weiber bei ihnen sitzen?«, fragte Penny besorgt. Nell musste bei ihrem Gesichtsausdruck unwillkürlich an einen Jagdhund denken, der den Fasan seines Herrchens fallen gelassen hat und jetzt mit einer Standpauke rechnet.

»Vermutlich haben sie uns gar nicht richtig wahrgenommen«, antwortete sie. »Und wenn doch, erinnern wir sie wahrscheinlich an ihre Eltern.« Sie stand auf und schwenkte die Flasche. »Hat jemand Lust auf Nachschub?«

»Oh, Demestica«, sagte ein hübsches Mädchen mit dunkler Lockenmähne. »Wir steigern uns.« Sie rutschte ein Stück, damit Nell sich neben sie setzen konnte. Nell winkte Penny und Moira heran.

Der Mond ging auf. »Schaut, wir haben beinahe Vollmond!« Zufrieden zeigte Penny mit dem Finger darauf, so als hätte sie ihn eigens bei Harrods bestellt. Die warme Brise fühlte sich an, als würde man in einen hauchzarten Seidenschal gehüllt.

Penny lachte glücklich auf. »Weißt du noch, der Schal mit den Fransen, den ich damals hatte? Den mit der Stickerei, den wir über eine Lampe gebreitet haben, wenn ich ihn nicht umhatte?«

»Der schwarze mit den roten und rosafarbenen Rosen?«, hakte Nell nach. »Was ist denn aus dem geworden?«

»Ich habe ihn bei meinen Eltern im Auto vergessen, und meine Mum hat ein Päckchen mit Leberwurst draufgelegt. Eindeutig Sabotage. Sie fand, ich sähe damit aus wie eine Revuetänzerin und alle würden über mich lachen. Eine schöne Zeit, oder?« Kurz griff sie nach Nells Hand und drückte sie. »Danke, dass du gekommen bist. Offen gestanden bin ich nicht sicher, was uns erwartet.«

Nell erwiderte die Geste. »Ich habe die Gelegenheit einfach beim Schopf gepackt. Wenn man Single ist, hat man nicht allzu viele Chancen auf ein Abenteuer. Und auf Kreuzfahrten die allein reisende Dame zu spielen wird ziemlich bald langweilig, das sage ich dir.«

Nell und Penny wussten nicht, ob sie damit gemeint waren, aber jedenfalls stimmte einer der Gitarristen Bob Dylans »The Times They Are a-Changin'« an.

Nell sang die Stelle mit, in der es darum ging, dass man keinen Einfluss auf seine Söhne und Töchter hat, und spürte, wie sich ein Kloß in ihrer Kehle bildete. Auf Willow hatte sie eindeutig keinen Einfluss mehr. Obwohl Weybridge nicht weit weg war, sah Nell sie – und ihre kleine Enkelin – nur sehr selten. Willow war vermutlich die einzige Frau weltweit, die ihre Schwiegermutter lieber mochte als ihre eigene Mutter!

Vielleicht war das ja auch ganz allein ihre eigene Schuld. Schließlich war sie diejenige gewesen, deren Affäre vor all den Jahren ihrer Ehe ein Ende gesetzt hatte. Worauf Robert, ihr Ex, ihre Tochter bei jeder sich bietenden Gelegenheit hinwies. Willow war zwar zähneknirschend bei ihr geblieben, doch sie hatte die Hälfte der Zeit bei Robert und seiner neuen Frau verbracht. Und seit Willow mit Ollie verheiratet war und selbst ein Baby hatte, war sie jede freie Minute mit Marigold zusammen, ihrer grässlichen Schwiegermutter.

Nell zwang sich, nicht zum Telefon zu greifen, um sich die neuesten Fotos von der glücklichen Familie auf Instagram anzuschauen.

Die junge Frau, die ihnen gegenübersaß und die knappsten Shorts trug, die Nell je untergekommen waren, fing an, heftig einen Mückenstich zu kratzen. Nell wollte zwar nicht aufdringlich hinstarren, aber sie bemerkte, dass die Beine der Frau mit Quaddeln übersät waren.

»Unser Campingplatz hat sich als Sumpfgebiet entpuppt«, erklärte die junge Frau.

Ihr Freund beugte sich über sie, um die Stiche zu untersuchen. Nell hoffte, dass er sie ein wenig bemitleiden würde.

»Mann, du siehst furchtbar aus«, lautete sein einziger Kommentar.

Nell schüttelte den Kopf und blickte Penny achselzuckend an. Zum Teufel mit den Männern.

Penny spürte, wie sich der sorglose Moment in Luft auflöste. Genau so eine Bemerkung hätte ihr Mann Colin sicher auch gemacht. Sie sollte ihn anrufen.

Sosehr die Gleichgültigkeit des jungen Mannes sie auch an Colin erinnern mochte, Penny schob den Gedanken sofort in einen verborgenen Winkel ihres Verstandes, wo sie alles verwahrte, was ihrer Ehe gefährlich werden könnte.

»Gehen wir schlafen?« Als sie Nell hochzog, bemerkte sie, wie spät es geworden war. »Wo mag Moira wohl stecken?«

»Vermutlich liegt sie schon in ihrer Koje und träumt von Nymphen und Satyrn.«

»Hoffentlich verschläft sie Ios nicht. Oder bleibt dort bei den Feierwütigen hängen.«

»Dora würde wahrscheinlich Luftsprünge machen.« Sie wechselten einen vielsagenden Blick. »Es wäre schön, wenn Dora in Griechenland klarkommen würde. Offenbar hat sie andere Ansprüche als wir.«

»Keine Sorge, ich passe auf sie auf«, versprach Nell.

»Dafür kriegst du ein Sternchen.«

Wie aufs Stichwort blickten sie beide in den fantastischen, an dunkelblauen Samt erinnernden Himmel auf, wo die zahlreichen Sterne so viel näher zu sein schienen als zu Hause. Ein Lächeln breitete sich auf ihren Gesichtern aus. Endlich fühlte es sich an wie ein richtiges Abenteuer, frei von sämtlichen Verpflichtungen. Sie brauchten sich nicht mehr mit Supermärkten, der Parkplatzsuche oder der Frage zu beschäftigen, ob die Waschmaschine funktionierte.

»Wenn wir aufwachen, sind wir auf Zanthos!«

Nachdem Penny in die untere Koje gekrochen war und sich ausgestreckt hatte, sodass ihre großen Füße herausragten, klappte sie ihre Brieftasche auf und holte ein verschwommenes Foto heraus. Es zeigte ein kleines griechisches Dorf mit einer von einer blauen Kuppel gekrönten Kirche und würfelförmigen weißen Häuschen auf einem steilen Hügel über einem Meer in Technicolor.

Bis auf Doras zartes Schnarchen war es still in der Kabine. Penny schloss die Augen und begann mit ihren Achtsamkeitsübungen, um besser einschlafen zu können. Sie versuchte, nicht an Colins Worte zum Abschied zu denken, nämlich, dass ihm ihre Freundinnen leidtäten, weil sie die Reise organisiert habe. Dass sie nicht einmal unfallfrei ein Sandwich in eine Tüte stecken könne.

Doch der Schlaf wollte sich einfach nicht einstellen. Colins Bemerkung ging ihr immer wieder im Kopf herum. Schließlich setzte sie sich auf und kramte den Ausdruck der Buchungsbestätigung heraus, um sie zum wohl zwanzigsten Mal zu kontrollieren. Ihre Tochter Wendy lachte sie stets aus, weil sie sich auf Papier und nicht auf ihr Smartphone verließ. Aber Penny empfand es als beruhigend, etwas schwarz auf weiß in der Hand zu haben.

Hier stand: »Traditionelles griechisches Haus mit vier Schlafzimmern und Meerblick.« Es war erstaunlich günstig gewesen. Vermutlich weil die Saison erst angefangen hatte.

Penny verstaute die Bestätigung in ihrer Handtasche und schlief endlich ein.

Zwei

Nell schreckte ruckartig hoch. Sie hatten bereits angelegt. Penny und Moira schliefen noch, doch Dora stand vor dem kleinen Wandspiegel und war um sechs Uhr morgens schon perfekt geschminkt.

Nell schloss wieder die Augen. Beim Einschlafen hatte sie Zanthos ganz deutlich vor Augen gehabt. Eigentlich war die Reise damals das größte Abenteuer ihres Lebens gewesen. Als sie an jenem Abend vor so vielen Jahren angekommen waren, hatte die Fähre Verspätung gehabt. Und zwar so sehr, dass es viel zu spät für die alten Damen gewesen war, die an jedem Hafen warteten und ausländischen Besuchern Zimmer für fünf Pfund die Nacht offerierten. Ein Hotel hatten sie sich beim besten Willen nicht leisten können, und von einer Jugendherberge war weit und breit nichts zu sehen gewesen.

Das war der Moment gewesen, als Nell sich zu ihrer ewigen Schande auf ihren Koffer gesetzt und bitterlich geweint hatte.

Es hatte tatsächlich gewirkt. Aus der Dunkelheit war ein junger Engländer aufgetaucht und hatte ihnen eine Übernachtungsmöglichkeit angeboten. Nie würde Nell den Moment vergessen, als sie am nächsten Morgen aufwachte. Sie teilte das Bett mit Penny. Moira schlief auf dem Boden auf der einen Seite des Bettes, Dora auf der anderen, alle in Laken gewickelt, die ihr Gastgeber ihnen netterweise zur Verfügung gestellt hatte. Sie befanden sich in einem blendend weißen Haus, draußen strahlte der griechische Himmel, und der Duft von Patschuli-Räucherstäbchen mischte sich mit einem kräftigen, süßlichen Geruch, den sie nicht einordnen konnte. »This is the dawning of the age of Aquarius« aus *Hair* dröhnte durch die Bodendielen.

»Was riecht denn da so?«, fragte Nell schüchtern. »Ist das eine Duftkerze?«

»Hast du noch nie einen Joint geraucht?«, erwiderte Dora und atmete tief den Qualm ein.

Nell wagte nicht, Nein zu sagen und zu verraten, dass sie in Sevenoaks ein behütetes Leben führte.

In der Nacht zuvor war es zu spät gewesen, ihre Nachthemden auszupacken. »Wollen wir uns in Bettlaken wickeln und so tun, als wären wir griechische Göttinnen?«, schlug Dora lachend vor.

Genau das machten sie dann auch.

Ihr Gastgeber hörte auf den ziemlich prosaischen Namen Geoff, stammte aus South Kensington und war allem Anschein nach von Beruf Sohn. Er hatte das Haus für den ganzen Sommer gemietet. Als er sie musterte, trat ein lüsternes Funkeln in seine Augen, obgleich es gerade mal acht Uhr morgens war. »Na, Mädels, ich sehe, ihr habt euch für eine Orgie angezogen.«

Ihr Bauchgefühl riet ihnen, schleunigst die Flucht zu ergreifen. Und so verschwanden sie in Richtung Treppe, zogen sich hastig an und verabschiedeten sich. Sein Gesichtsausdruck, als er ihnen nachwinkte, war ein Bild für die Götter. Offenbar hatte er erwartet, wenigstens eine von ihnen, wenn nicht alle viere, rumzukriegen.

Lachend ließen sie ihre Koffer die steilen, engen kopfsteingepflasterten Straßen hinunterrattern, wobei sie den mit gewaltigen Lasten bepackten Eseln und neugierigen alten Männern mit Mützen und riesigen Schnurrbärten ausweichen mussten, die auf Holzstühlen vor ihren Häusern saßen. Endlich entdeckten sie das offenbar einzige Café von Zanthos.

Sie bestellten sahnigen griechischen Joghurt mit Honig, der wie Manna und Ambrosia schmeckte, und spielten »Black Magic Woman« auf der Musikbox, nicht ahnend, dass es sich um das einzige Stück Popmusik in diesem Etablissement handelte.

Nell betrachtete die anderen und seufzte zufrieden auf. »Ganz bestimmt bin ich im Himmel aufgewacht. Es ist mir egal, ob ich Sevenoaks je wiedersehe. Nur eine Frage – wo sollen wir heute übernachten?«

Da hatte Moira sie alle überrascht.

Sie wohnte im College auf demselben Flur, gehörte jedoch nicht richtig zu ihrer Clique. Weil sie aus den Weiten von Lincolnshire kam, fehlte ihr die Weltgewandtheit der Städter. Und dann war da auch noch ihr Kilt-Problem. In ihrer Garderobe schien es keine anderen Kleidungsstücke zu geben. »Wahrscheinlich ihre Schuluniform«, lästerte Dora, die bereits mit den skandalösen Kreationen von Zandra Rhodes liebäugelte.

Außerdem war Moira eine viel fleißigere Studentin als sie alle, denen es mehr um Spaß als um gute Noten ging. Und wie immer war es die gutmütige Penny gewesen, die Moira eingeladen hatte mitzukommen. »Zu dritt ist es immer problematisch, und wie können wir sie ausschließen, obwohl sie Altphilologie studiert und wir nach Griechenland fahren? Und«, so fügte Penny nicht sehr überzeugend hinzu, »sie kann uns alles über griechische Mythologie erzählen.«

Nur zu wahr, wie sich herausstellte.

»Hier scheint die Welt noch in Ordnung zu sein«, verkündete Moira an jenem ersten Morgen auf Zanthos. »Ich finde, wir sollten am Strand schlafen und unser Geld für Essen und Fahrkarten sparen. Die Götter werden uns beschützen.«

Und so hielten sie es denn auch. Die Götter taten ihre Pflicht. Niemand stahl ihr Gepäck oder belästigte sie. Außerdem einigten sie sich auf etwas.

»Abenteuerregel Nummer eins.« Dora grinste die anderen an. »Verrate nichts deinen Eltern. Zumindest nicht, bis du wieder zu Hause bist!«

»Kannst du dir vorstellen, was meine Eltern sagen würden, wenn sie wüssten, dass ich am Strand schlafe?« Penny kicherte.

Nell war Pennys Eltern nur ein paar Mal begegnet. Dora hatte sie auch kurz kennengelernt. Sie waren die Stütze des Tennisclubs, des Golfclubs und des Arbeitskreises Blumenschmuck in ihrer Kirchengemeinde.

Niemand kannte Moiras Eltern: Mutter Hausfrau, Vater evangelikaler Prediger. »Mein Dad würde mich kreuzigen lassen«, sagte sie.

»Hoffentlich nur bildlich gesprochen.« Dora erschauderte. Sie kam aus Wembley, eine Vorstadt zwar, aber nah genug bei London, um etwas von dem Glanz der Metropole abzukriegen.

»Meinen erzähle ich einfach nichts«, verkündete Nell und streifte damit Sevenoaks und alles ab, wofür es stand …

»Oh mein Gott!« Moira schreckte in ihrer Koje hoch. »Ich habe Ios verschlafen!«

»Vielleicht ist es das Beste so«, tröstete sie Penny. »Möglicherweise hätte es sich als Riesenenttäuschung entpuppt.«

»Ja«, stimmte Dora zu. »Wahrscheinlich gibt es dort mehr Junggesellenabschiede als fröhliche Nymphen und Schäfer.«

Sie drängten sich durch die schwer bepackten Menschenmassen die Treppe hinauf. Als sie in der fahlen Morgensonne an Deck standen, stellten sie überrascht fest, dass hinter ihnen ein gewaltiges Kreuzfahrtschiff vor Anker lag.

»Schaut nur, wie groß es ist!«, staunte Nell. »So was haben wir damals nicht gesehen.«

Am Hafen ging es fast ebenso geschäftig zu wie in Piräus. Es wimmelte von chinesischen Reisegruppen, die unschlüssig waren, welchen Bootsausflug sie unternehmen sollten. Die etwa dreißig Cafés waren brechend voll.

Wortlos blickten die vier sich um, versuchten, sich zu orientieren, und hielten Ausschau nach irgendeiner Kleinigkeit, an die sie sich noch von ihrem ersten Besuch her erinnerten.

Dora, die dringend auspacken und duschen wollte, winkte eines der Großraumtaxis heran. Als Penny dem Fahrer die Adresse nannte, bemerkte nur sie, dass er angesichts der Information, wo sie die nächste Woche verbringen wollten, leicht die Augenbraue hochzog. »*Endaxi*, meine Damen. Okay, okay. Kein Problem, wenn Sie dort die Handtasche verlieren. Es ist gleich neben dem Polizeirevier.«

Moira fand die Antwort zwar sonderbar, beschloss jedoch, darüber hinwegzusehen.

»Wie war denn das Wetter in letzter Zeit?«, erkundigte sich Nell, die wichtigste Frage eines jeden Urlaubers.

»Zu heiß, *kyria*«, übertönte der Mann das Klappern der zahlreichen religiösen Glücksbringer, die an seinem Rückspiegel baumelten. »Ostern war es nass. Bei den Prozessionen hat es geregnet, und jetzt ist Mai, die Hitze ist da und geht nicht mehr weg.«

Die vier lächelten einander an. Genau das wollten sie hören, denn schließlich waren sie gerade erst einem langen, kalten englischen Frühling entkommen.

»Schaut euch nur die vielen Schreine am Straßenrand an.« Nell war fasziniert von der Unmenge an Kreuzen und Ikonen, manche davon mit einem Marmeladenglas voller Blumen davor. Moira setzte sogleich zu der Erklärung an, dass es sich bei christlichen Schreinen häufig um solche handelte, die früher Apoll oder Athene geweiht gewesen waren.

Zehn Minuten später bog der Fahrer in einen riesigen Parkplatz ein, wo es von Autos, hupenden Taxis und Bussen wimmelte. Letztere spuckten große, von regenschirmschwenkenden Reiseleitern angeführte Menschengruppen aus.

»Ist das hier wirklich Zanthos?« Ausnahmsweise um ein klassisches Zitat verlegen starrte Moira aus dem Fenster. »Es war doch ein winziges Nest! Höchstens fünfhundert Einwohner.«

»Zanthos jetzt viel los«, bestätigte ihr Fahrer. »Die Saison früh angefangen. In der Woche nach Ostern. Seit März kommen die großen Schiffe.« Er hielt an einer hinteren Ecke des Parkplatzes. »Hier ist die Adresse, die Sie mir gegeben haben.«

Er wies auf ein Haus am Ende einer schmalen Straße. Es war ein Schmuckstück: schneeweiß getüncht, Fensterrahmen und Tür im typischen leuchtenden Blau lackiert, die Mauer von rosafarbenen und violetten Bougainvilleen überwuchert. Nur ein Manko war beim besten Willen nicht von der Hand zu weisen: die wenigen Meter, die es von dem mit Abgasen umwaberten Tohuwabohu auf dem Parkplatz trennten.

»Gütiger Gott.« Dora schüttelte den Kopf. »Hier geht es ja zu wie am Piccadilly Circus!«

»Es war doch von Meerblick die Rede!«, stieß Penny, den Tränen nah, hervor.

»Vermutlich gibt es den auch, und zwar vom Dach aus«, beschwichtigte Nell so diplomatisch wie immer – eine Fähigkeit, geschult durch den jahrelangen Umgang mit übellaunigen Patienten und abgehetzten Ärzten. »Kommt, wir schauen es uns von innen an. Werden wir von der Vermieterin erwartet?«

Sie luden ihr Gepäck aus dem Auto. »Zanthos ist am Abend ruhig«, teilte der Fahrer ihnen mit. »Zum Amüsieren geht man nach Lefkas.«

Dora erschauderte. In diesem Moment öffnete sich die Haustür, und eine lächelnde Griechin erschien auf der Schwelle. »Ach, die Single Ladies!«, begrüßte sie sie – wie Nell annahm, eine taktlos geratene Anspielung auf den Megahit von Beyoncé. Die Griechin führte sie in einen Innenhof mit Mosaikboden, der am einen Ende geformt war wie ein Fisch. »Eine uralte Art, Böden zu verlegen«, erklärte die Vermieterin Nell. Diese betrachtete das Mosaik und überlegte, wie sich so etwas wohl auf ihrer kleinen Terrasse zu Hause machen würde. »Man nennt es *hohlaki*. Sehr schwierig.«

»Ganz sicher«, stimmte Nell zu.

Wie versprochen gab es vier Schlafzimmer und zwei Duschen, eine im Parterre, eine oben. Außerdem eine Dachterrasse, die tatsächlich Meerblick hatte – sofern es einem gelang, die vielen Reihen von Autos und Bussen davor auszublenden.

»Ach herrje«, seufzte Penny. Colins Worte, sie sei unfähig, etwas zu planen, schrillten ihr in den Ohren.

»Nicht okay?«, erkundigte sich die Vermieterin sichtlich enttäuscht.

Alle blickten Penny an, die in Tränen ausbrach und nach unten in ihr Zimmer stürmte.

»Es ist bestens«, erwiderte Nell mit Nachdruck.

»Gut, gut. Auf dem Küchentisch sind zwei Schlüssel. Hier ist meine Nummer für den Notfall. Soll ich Frühstück bringen?«

»Nein, danke, wir frühstücken auswärts. Vielen Dank.«

Noch immer lächelnd trollte sich ihre Gastgeberin und verschwand schließlich die schmale Treppe hinunter in die untere Etage.

»Nichts ist bestens, verdammt!«, schimpfte Dora, sobald sie fort war. »Das Haus steht mitten auf einem bescheuerten Parkplatz! Außerdem gibt es hier bestimmt Küchenschaben, und die ganze Bude ist so anheimelnd wie eine Pension in Blackpool!«

»Die Unterkunft lässt einiges zu wünschen übrig«, räumte Nell ein. »Aber sie ist sauber und extrem preiswert, was für einige von uns zufällig eine Rolle spielt, Dora. Hinzu kommt, dass Penny sich große Mühe gegeben hat, alles zu organisieren. Wenn Fünf-Sterne-Luxus lebenswichtig für dich ist, gibt es irgendwo auf der Insel sicher etwas Passendes. Ansonsten halt bitte den Mund

und mach das Beste daraus. Eine Fähigkeit, die du bis dato offenbar nie eingesetzt hast.«

Die Luft zwischen ihnen knisterte vor Anspannung, als sie sich zehn gemeinsame Tage ausmalten.

Moira legte ihren Reiseführer weg und versuchte, etwas Aufmunterndes zu sagen. »Hier drin steht, dass es oben auf dem Hügel, direkt hinter uns, einen Apollo-Tempel gibt. Wusstet ihr, dass die Griechen glaubten, er zöge jeden Tag mit seinem feurigen Wagen die Sonne über den Himmel?«

»Herrgott, Moira.« Dora ließ sich auf einen Stuhl fallen. »Offenbar verwechselst du mich mit jemandem, den das einen Scheißdreck interessiert.«

»Genau das ist dein Problem, Dora.« Nell wandte sich zu dem kleinen Kühlschrank um und nahm den Inhalt in Augenschein. »Du scheinst dich für nichts auch nur einen Scheißdreck zu interessieren. Außer für dich selbst vielleicht. Möchte jemand ein Glas Wasser?«

Penny setzte sich neben ihre Tasche aufs Bett und versuchte, genug Mut in sich zu finden, um wieder nach oben zu gehen. Beinahe automatisch warf sie einen Blick auf ihr Telefon. Ihre Tochter Wendy schickte ihr liebe Grüße. Nichts von Colin. Dabei hatte sie ihm bereits drei Nachrichten hinterlassen. Möglicherweise war ihm kaum aufgefallen, dass sie verreist war. Offen gestanden hatte er ziemlich erfreut gewirkt, als sie ihm von ihren Plänen erzählt hatte. Und natürlich hatte sie vor ihrem Aufbruch den Gefrierschrank bestückt. Sicher würde er ihre Abwesenheit erst bemerken, wenn ihm das Essen ausging. Und dann würde er in seinen Club übersiedeln, diesen lächerlich überholten Verein, wo er sich von dienstfertigen Kellnern

Seniorenteller servieren lassen und mit den anderen alten Knackern ausgiebig dem Gin Tonic zusprechen konnte.

Herrje, sie hatte es sich so völlig anders ausgemalt. Im Internet hatte das Haus wie ein reizendes dörfliches Anwesen gewirkt, und sie hatte ganz vergessen, sich zu erkundigen, wie weit es zum Strand war. Typisch. Colin bezeichnete sie hin und wieder als Totalversagerin. Und genau so fühlte sie sich heute.

Es klopfte an der Tür, und Nells Gesicht erschien. »Los, wir wollen uns auf die Suche nach dem Strand machen und frühstücken. Also schau nicht so bedröppelt drein und komm mit. Abgesehen von dem ungünstigen Standort ist das Haus voll in Ordnung.«

Als sie Penny die Hand hinhielt, zwang sich diese, danach zu greifen.

»Sieh mal, du hast die ganze Arbeit gemacht, während wir keinen Finger gerührt haben. Vielleicht können wir alle was daraus lernen.«

Penny ließ sich nach draußen führen, wo die anderen beiden warteten. »Warum versuchen wir nicht, unser Café am Strand wiederzufinden?«, schlug Nell vor. »Auch wenn sich das Dorf verändert hat, den Strand können sie ja nicht verlegt haben.«

Sie schlängelten sich durch die Touristengruppen auf den steilen, engen Straßen. Die Leute blickten alle brav nach oben, um die verschnörkelten Türbogen und Ausschnitte der blauen Kirchenkuppel zu bewundern.

»Guckt mal.« Moira deutete auf eine Bar, die den Namen The Sunburnt Arms trug. »Von der Sonne verbrannte Arme. Echt witzig.«

»Und seht mal, die vielen Geldautomaten«, wunderte sich Nell. Sie blieben stehen und bestaunten die drei Geräte. »Wisst ihr noch, wie lange es damals gedauert hat, einen Reisescheck einzulösen? Mindestens eine halbe Stunde in einer stickig heißen Bank. Was mag wohl aus Reiseschecks geworden sein? Glaubt ihr, die gibt es noch?«

»Und postlagernde Adressen«, fügte Dora hinzu. »Ich war echt beeindruckt von den coolen braun gebrannten Typen mit den Dreadlocks, den Rucksackreisenden, die ihr Geld und ihre Briefe bei ihrer postlagernden Adresse abholten. Wie aus einem Roman von Graham Greene oder Hemingway.«

»Vermutlich waren es Schecks von ihren Eltern in Turnbridge Wells«, meinte Nell gleichmütig und sah sich um. »Was ist denn aus dem Marktplatz geworden?«

Bei ihrem letzten Besuch in Zanthos hatte das Dorf scheinbar nur aus einem Marktplatz und ein paar steil ansteigenden Seitenstraßen bestanden, die hinauf zur Akropolis führten.

»Hat Penny dort drüben nicht den Mann mit dem Esel wegen Tierquälerei zur Schnecke gemacht?«, fragte Nell und wies in eine Gasse.

»Hat offenbar nicht viel genützt«, merkte Moira an, als ein mit einer gewaltigen Klimaanlage beladener Esel an ihnen vorbeitrottete. »Und nein, Penny, du darfst nicht über ihn herfallen.« Sie kamen an einem schummrigen Lokal vorbei, aus dem es verlockend nach Kaffee duftete. »Den Strand suchen können wir auch später noch. Für einen Kaffee würde ich einen Mord begehen.«

»Haben Sie Joghurt mit Honig?«, erkundigte Nell sich beim Kellner. Sie versuchte, sich ihre Enttäuschung nicht anmerken zu lassen, als er, anders als sie sich erinnerten, kein leckeres griechisches Joghurt und einen

Honigtopf mit hölzernem Rührstäbchen brachte, aus dem man sich selbst bediente. Stattdessen gab es eine abgepackte Fertigmischung, wie man sie auch im Supermarkt bekam.

»Schaut«, verkündete sie, »was ich in meiner supersicheren Ablage entdeckt habe.« Sie hielt ein Foto hoch, auf dem sie alle achtzehn waren. Es war an dem Strand aufgenommen worden, an dem sie geschlafen hatten.

Penny, hochgewachsen und flachsblond, lächelte schüchtern. Ihre Haut war von der Sonne gerötet. »Herrje, guckt mal. Ich kriege immer gleich die Farbe einer reifen Tomate.«

Moira trug auf dem Foto eine bestickte Folklorebluse und Jeans. Nell hatte ihr berühmtes Beduinen-Hochzeitskleid an. »Die müssen mich für total plemplem gehalten haben.« Nell lachte. Und zu guter Letzt war da Dora in winzigem Minirock und Trägerhemdchen. »Mich wundert, dass du nicht verhaftet worden bist.« Sie kicherte.

»Oder zumindest einen Volksaufstand verursacht hast«, ergänzte Moira.

»Ich weiß noch, dass mich so ein Opa verfolgt und etwas von freier Liebe gelabert hat. Ich habe ihm geantwortet, dass er bezahlen müsse wie alle anderen. Zum Glück sprach er kein Englisch und hat kein Wort verstanden.«

»Ich erinnere mich noch, wie ich mich abgemüht habe, mich mit *kalimera* und *kalispera* zu verständigen.« Penny lachte. »Ganz anders als heute, wo jeder Englisch kann.« Sie tranken ihren Kaffee aus.

»So«, verkündete Nell. »Auf zum Strand!«

Nur eine einzige Straße führte dorthin. Auf dem Weg durch die engen Gassen zogen sie einander kichernd auf und stellten erleichtert fest, dass die Erinnerungen an früher ihnen halfen, die Gegenwart zu genießen.

Unten an der Straße angekommen blieben sie stehen und sahen sich verdattert um. Ihr kleiner Strand mit dem schäbigen Café war nicht wiederzuerkennen. Mit funkelnagelneuen Sonnenliegen und bunt gestreiften Schirmen hatte er sich in ein Strandbad wie in Saint-Tropez verwandelt. Anstelle der Holzhütte von früher stand dort ein großes verglastes Restaurant.

»Du heiliger Strohsack!«, empörte sich Moira. »Zwanzig Euro für eine Sonnenliege mit Schirm! So viel durften wir damals in einer Woche nicht ausgeben!«

»Sei kein Frosch. Wir haben es uns verdient«, meinte Dora. »Es ist noch früh, und wir können den ganzen Tag bleiben.«

Jede warf ihre Tasche auf eine Sonnenliege – bis auf Moira, die aus Prinzip darauf beharrte, ihr Handtuch im Sand auszubreiten.

Ein attraktiver, mit Chinos und einem weißen T-Shirt bekleideter Mann mittleren Alters näherte sich, um die Gebühr einzutreiben. Nell traute ihren Augen nicht. »Sag mal, bist du nicht Yorgos? Ich erinnere mich an dich, als du ungefähr sechs warst!«

Yorgos starrte die Frauen an. »*Po po po!*«, rief er dann aus. »Ihr seid die englischen Mädchen! Nie werden wir euch vergessen. Ihr seid sehr früh nach Zanthos gekommen, als es all das hier noch nicht gab.« Er wies auf das aufgemotzte Ambiente. »Als meine Mum noch auf einem Ölfass gekocht hat und mein Dad nur alte – wie heißt das auf Englisch – Strandliegen hatte!«

»Wie geht es deinem Dad? Takis, richtig?« Sie dachten an den charmanten Mann, der mit seiner offenen und gastfreundlichen Art ihre Herzen erobert hatte. Takis, der immer in zerknitterten Leinenhemden und Shorts herumlief und aussah wie eine griechische Version von Mr. Bean.

Yorgos grinste übers ganze Gesicht. »Takis! Ja! Er wohnt jetzt auf Kyri. Meine Brüder und ich betreiben das Geschäft hier.«

»Wo ist Kyri?«, fragte Moira.

»Es ist ein Punkt im Meer, wo es von Ziegen und Verwandtschaft wimmelt. Am besten hält man sich fern. Wo wohnt ihr?«

Penny wurde sichtlich unbehaglich zumute.

»Im hinteren Teil des Dorfes. Ein nettes Haus für vier Personen«, antwortete Nell rasch.

»Wart ihr schon in Lefkas? Das ist ein völlig neuer Teil von Zanthos. Im Dorf ist nicht genug Platz für die vielen Touristen. Deshalb hat man Lefkas gebaut. Für die jungen Leute. Heute seid ihr meine Gäste.«

»Aber …«, setzte Penny an.

»Wunderbar!«, fiel Dora ihr ins Wort. »Wir freuen uns sehr.«

»Ihr müsst auch bei uns essen. Ich sage meiner Frau Bescheid, sie soll euch ein fantastisches Mittagessen kochen! Meine Brüder wollen bestimmt auch dabei sein. *Yassas*, ihr berühmten englischen Damen.«

»Habt ihr das gehört?«, meinte Moira. »Er *sagt* seiner Frau, sie soll etwas kochen. Manche Dinge ändern sich nie.«

»Hör auf zu meckern«, tadelte Dora. »Jetzt sehen die Dinge doch schon viel rosiger aus. Mittagessen hier bei Yorgos und seinen Brüdern. Anschließend ein Nickerchen zu Hause. Und heute Abend schauen wir uns Lefkas an.«

»Sagte er nicht, das sei was für junge Leute?«

»Ach, Penny, wir wollen doch nur mal einen Blick riskieren«, entgegnete Dora. »Ein paar Cocktails, und danach kannst du mit einem warmen Kakao ins Bettchen.«

Penny ließ sich auf ihrer Sonnenliege unter dem Schirm nieder, ohne auf Doras Bemerkung einzugehen. Sie war nicht so albern und naiv, wie Dora sie hinzustellen versuchte. Außerdem waren sie jetzt Yorgos begegnet, weshalb die Katastrophe vielleicht abgewendet war.

»Gibt es hier Umkleidekabinen?«, erkundigte sich Dora bei ihm.

Er nickte lachend. »Nicht so wie damals, als ich ein Kind war und wir die Toilette abschließen mussten, um die Hippies fernzuhalten.«

Dora marschierte los, um ihren Bikini anzuziehen. Sich in guter, alter Urlaubermanier unschön unter einem Handtuch zu verrenken kam für sie nicht infrage.

Die Umkleidekabinen waren sauber und gut beleuchtet. Man konnte sie sogar abschließen. Als Dora aus ihrem Kleid schlüpfte und ihren Bikini aus der Tasche kramte, fiel ihr Blick auf eine Ausgabe der *Vanity Fair*, offenbar zurückgelassen von irgendeiner Touristin. Sie ließ sich auf den Plastikstuhl sinken, als hätte ihr jemand einen Magenschwinger verpasst.

Auf der Titelseite prangte ein riesiges Foto von Venus Green. Venus Green, die wunderschöne blonde Siegerin einer Reality-Show im Fernsehen. Zukünftiger Superstar mit der Stimme und Persönlichkeit der jungen Kylie Minogue.

Venus Green, deren PR-Beauftragte, beste Freundin und Mentorin Pandora Perkins in den letzten fünf Jahren gewesen war. Bis das kleine Miststück sie vor drei

Wochen fallen gelassen und eine dreißig Jahre jüngere Konkurrentin angeheuert hatte.

Später am selben Abend setzte ein Taxi die vier an einem Taxistand drei Kilometer entfernt von Zanthos ab, der irgendwo im Niemandsland zu liegen schien. »Verzeihung«, wandte sich Nell an einen alten Mann, der neben einem ebenfalls alten Hund am Straßenrand saß. »Wo ist Lefkas?«

Er deutete die Straße entlang.

Sie gingen etwa hundert Meter weit zu einer scharfen Kurve, hinter der sich eine funkelnagelneue Stadt auftat. Sie wirkte wie in einem futuristischen Film. Auf gewaltigen Bildschirmen auf einer Seite der Straße wurden Fußballspiele und in voller Lautstärke laufende Musikvideos übertragen. Blinkende Leuchtreklamen warben für Spielautomaten und Cocktails im Sonderangebot.

»Ach, du meine Güte!« Moira packte Nell am Arm. »Schaut euch nur diesen Horror an! Wer lässt sich denn so etwas Schauderhaftes einfallen?«

Vor ihnen erhob sich eine Akropolis im Miniaturformat, erbaut aus glänzenden Plastiksteinen. Sie war so grell erleuchtet, dass die vier sich die Augen zuhalten mussten.

Am Ende der neu angelegten Straße befand sich der Strand. Erleichtert machten sie sich auf den Weg, um sich zu setzen und in Ruhe ein Gläschen zu genehmigen. Am Ufer standen mehrere Personen, die plauderten und Bier aus der Flasche tranken. Als sie näher kamen, stieß Penny einen gedämpften Schrei aus.

Die Leute waren zum Großteil über sechzig, die Männer beleibt und mit Bauch, die Frauen von der Sonne ledrig gegerbt. Und sie waren alle splitterfasernackt.

»Wer hätte das gedacht!« Dora schüttelte den Kopf. »Offenbar sind wir auf den Nudistenstrand von Lefkas gestoßen, und zwar zur Happy Hour. Was für ein erbaulicher Anblick.«

Schließlich kauften sie eine Flasche Wein und nahmen sie, zusammen mit etwas Hummus und Oliven, mit zum Haus. Zum Glück waren sämtliche Reisegruppen auf ihre Schiffe zurückgekehrt. Still und leer lag der Parkplatz da.

Nachdem die vier sich auf der Dachterrasse in gemütlichen Sesseln niedergelassen hatten, öffnete Nell die Weinflasche. Just in diesem Augenblick wendete ein Kreuzfahrtschiff, um den Hafen zu verlassen und Platz für zwei weitere zu machen, die an der Einfahrt warteten.

Während die vier die Szene beobachteten, erhellte ein furchterregender blauer Blitz den Horizont. Gleich darauf ertönte ein ohrenbetäubendes Donnern. Der gesamte Himmel schien zu explodieren, ein leuchtendes Farbenmeer und eine dramatische Symphonie der Klänge. Im nächsten Moment öffnete der Himmel seine Schleusen, und sie nahmen schleunigst Reißaus, denn sintflutartiger Regen peitschte über die Dachterrasse.

»Wisst ihr was, Mädels?« Im Schutz des nächstbesten Schlafzimmers hob Dora ihr Glas zum farbenprächtigen Himmel. »Ich glaube, Zeus will uns etwas mitteilen. Es ist Zeit, sich von alten Träumen zu trennen und nach Athen zurückzukehren, wo die Leute angezogen herumlaufen und die Akropolis aus echten Steinen besteht. Zufällig sticht morgen ein Schiff in See, und ich stimme dafür, dass wir es nehmen. Was meint ihr?«

Einen Atemzug lang traute sich niemand, das entsetzte Schweigen zu brechen. Donnergrollen wurde laut, schließlich drehte sich Moira mit fast entschuldigender Miene zu Penny und Nell um.

»Offen gestanden würde ich mir zu gerne das archäologische Museum in Athen ansehen. Es soll noch spannender sein als das BM.«

Nell zuckte verständnislos die Achseln.

»Das British Museum«, klärte Dora sie auf.

»Aber was ist mit dem Geld?«, fragte Nell. Dabei dachte sie eigentlich an Penny, deren Idee das Ganze gewesen war, weshalb sie schrecklich enttäuscht sein würde. »Wir haben den Aufenthalt im Voraus bezahlt.«

»Das geht auf meine Kappe«, antwortete Penny ruhig und entschlossen. »Ich habe euch nämlich noch gar nicht verraten, aus welchem Grund ich das alles geplant habe. Ich habe etwas von meinem Dad geerbt. Meine Eltern haben ihr Leben lang gespart, um im Alter reisen zu können, und dann haben sie es nie getan. ›Verschiebe deine Träume nicht auf morgen‹, so lauteten Dads Worte kurz vor seinem Tod. Denn genau das war sein Fehler gewesen, wie er meinte. Deshalb habe ich beschlossen, einen Teil meines Erbes dafür auszugeben, nach Zanthos zurückzukehren. Vielleicht haltet ihr mich ja für einen Trauerkloß aus der Vorstadt, doch der Urlaub damals gehört zu den schönsten Erfahrungen meines Lebens. Ich habe mich jung und mutig gefühlt. So, als stünde mir eine wundervolle Zukunft bevor.«

Sie erwähnte nicht, dass sie ihrem Mann die Erbschaft verschwiegen hatte. Es war ihr Geld, und sie würde es so verwenden, wie sie es wollte. Colin, der sich selbst für ein Finanzgenie hielt, hatte stets abfällig über die kleinen Geldanlagen ihres Vaters hergezogen. Aber zu guter Letzt hatte sich das Sparen doch gelohnt.

Nun aber drohte der Urlaub zu scheitern. Colin würde es herausfinden. Dann würde er sie als Versagerin verspotten, und zwar zu Recht.

»Ich weiß«, antwortete Nell, die keine Erklärung brauchte, um Pennys Befürchtungen zu erahnen. »Warum fahren wir zwei nicht auf eine andere Insel? Unterwegs sind wir an sechs vorbeigekommen, schon vergessen? Wir könnten sogar mehrere besuchen.«

»Inselhüpfen!« Pennys trauriges Spanielgesicht erhellte sich sichtlich.

»Wie richtige Jetsetter.« Nell lachte.

Dora kämpfte mit einem Schmunzeln. Die beiden waren wirklich alles andere als promiverdächtig. »Ich kümmere mich um die Zimmerwirtin«, erbot sie sich. »Bestimmt ist sie kulant, wenn ich ihr mitteile, dass wir wegen des Krachs vom Parkplatz ausziehen, denn den hat sie in ihrer Anzeige unterschlagen.«

Wie versprochen zog sie los, um die Vermieterin aufzusuchen. Eine halbe Stunde später kehrte sie breit grinsend zurück. »Erfolg! Sie meinte, wenn wir in unserer Bewertung kein Tamtam deswegen machen, erlässt sie uns den restlichen Aufenthalt. Unser Glück, dass die Saison eben erst angefangen hat.«

Wortlos drückte sie Penny ein kleines Päckchen in die Hand.

»Was ist denn das?«, wunderte sich diese.

»Nur eine Kleinigkeit. Wenn ich mich recht entsinne, hast du dir so einen gekauft, als wir das letzte Mal hier waren.«

Als Penny das Seidenpapier entfernte, kam ein silberner Oberarmreif in Form einer Schlange mit Augen aus blauem Glas zum Vorschein.

»Oh mein Gott.« Penny biss sich auf die Lippe. »So einen hatte ich wirklich! Ich habe ihn bei einem Straßenhändler entdeckt und konnte einen Tag lang nichts essen, weil ich mein Geld dafür ausgegeben hatte. Danke, Dora.«

»Jetzt kannst du dich wieder jung und mutig fühlen. Tut mir leid, dass ich so eine Spielverderberin bin.«

»Jung vielleicht nicht mehr.« Penny streifte sich den Reif über den Arm. »Aber mutig ganz sicher.« Etwas an dem Schmuckstück sorgte dafür, dass ihre Furcht ein wenig nachließ. Und wenn sie und Nell wirklich Inselhüpfen machten, brauchte Colin ja nicht zu wissen, dass alles schiefgegangen war.

»Ich habe einen Vorschlag«, sagte Dora. »Warum hauen wir nicht auf den Putz und gönnen uns ein großes Abschiedsessen?«

Drei

Penny berührte den neuen Armreif, ihren Talisman, um sich Mut zu machen, als sie am nächsten Morgen an Bord der Fähre gingen. Sie hatte Colin nicht angerufen, um ihm von den geänderten Plänen zu erzählen. Schließlich hatte er auch keinen Versuch unternommen, sie zu kontaktieren. »Ich glaube, ich bleibe an Deck«, meinte sie zu Nell. »Auf welche Insel möchtest du denn gern?«

»Moira votiert klar für Ios.« Nell grinste. »Da sie es auf dem Hinweg verschlafen hat, will sie rasch zu Homers Grab, wenn wir anlegen. Wir dürfen gnädigerweise mitkommen. Was sind wir doch für Glückspilze!«

»Okay, dann also Ios«, stimmte Penny zu. »Aber sagte Dora nicht, es sei eine Party-Insel?«, fügte sie zweifelnd hinzu. Sie hatte keine Lust darauf, ihre Zanthos-Erfahrung zu wiederholen.

Nell schwenkte ihren Reiseführer. »Hier steht, Ios sei die hübscheste Insel der Kykladen. Hat jemand eigentlich Moira gesehen? Oder brütet sie wie immer über einem ihrer Reiseführer?«

Penny ließ den Blick über das Deck schweifen. Sonst hielt Moira gerne vorne am Bug Hof, um ihre Mitmenschen auf sämtliche Sehenswürdigkeiten hinzuweisen. »Oh, ich weiß«, fiel es ihr plötzlich ein. »Sie sagte, sie wolle sich in Doras Kabine ein bisschen hinlegen.«

»Das passt so gar nicht zu Moira. Zu viel Retsina gestern Abend?«

Verschwörerisch lächelnd freuten sie sich auf ihre geänderten Reisepläne. Dabei beobachteten sie, wie Zanthos jenseits des schaumig weißen Kielwassers der Fähre in der Ferne verschwand.

»Hoffentlich bist du nicht allzu enttäuscht, weil es mit Zanthos nicht geklappt hat«, meinte Nell zu Penny.

»Seit deinem genialen Vorschlag nicht mehr. Zanthos hat sich als richtiger Schuss in den Ofen entpuppt. Vielleicht habe ich die Erinnerungen ja verklärt.«

»Nein, hast du nicht«, beteuerte Nell. »Damals war es dort traumhaft. Freundlich. Unverdorben. Unverfälscht griechisch.« Sie lachten, als sie an die übergewichtigen FKK-Anhänger dachten. »Ich frage mich, ob die Einheimischen das gewollt haben – die Invasion der Kreuzfahrtschiffe und Russen, die zum Frühstück Bier trinken.«

»Vermutlich passiert das zwangsläufig, wenn man sich erst mal auf den Massentourismus einlässt.«

Sie setzten sich auf eine lackierte Holzbank, um sich zu sonnen, und waren bald im beruhigend lauen Wind eingedöst.

»Nell! Penny! Aufwachen!«, wurden sie aus dem Schlummer gerissen. Vor ihnen stand Dora, barfuß, nur im Unterkleid und völlig aufgelöst. »Mit Moira stimmt etwas nicht! Es geht ihr sehr schlecht. Ich weiß nicht, was ich tun soll.«

Dank ihrer jahrelangen Erfahrung mit anspruchsvollen Patienten reagierte Nell sofort. »Ich schaue sie mir gleich an. Welche Nummer hat denn die Kabine?«

Als sie ihrer panischen Freundin unter Deck folgten, trafen sie Moira an, die sich gerade kreidebleich aus ihrer

Koje beugte und sich geräuschvoll in eine Tüte aus dem Duty-free-Shop in Athen erbrach. In ihrer Verzweiflung hatte sie gar nicht bemerkt, dass sich Doras neues Parfüm in dieser Tüte befand.

Nell setzte sich ans Fußende des Bettes. »Hatte sie auch Durchfall?«

Dora nickte, wenig begeistert von der Aussicht, die Verheerung auf der Toilette in Augenschein nehmen zu müssen.

»Ich sehe, du bist die geborene Krankenschwester«, spöttelte Nell. »Hat jemand ein Fieberthermometer?« Fehlanzeige. Sie fühlte Moira die schweißfeuchte Stirn. »Ja, sie hat erhöhte Temperatur.«

»Ich wette, es war der Tintenfisch, den wir gestern Abend am Hafen gegessen haben. Wisst ihr noch, wir konnten einfach nicht widerstehen, als der Fischer sagte, er habe ihn erst am Nachmittag gefangen«, platzte Penny heraus. »Moira fand ihn so lecker, dass sie meine Portion auch noch verschlungen hat.«

Moira, die in ihrer Koje lag, gab bei diesen Worten ein Stöhnen von sich.

»Am besten suche ich jemanden, der an Bord was zu melden hat«, verkündete Nell. »Gebt ihr Wasser, damit sie nicht völlig austrocknet, und falls eine von euch Elektrolyte dabei hat, verabreicht ihr die ebenfalls.« Sie verschwand in Richtung Treppe und ließ Dora und Penny mit der Patientin allein.

Nell blieb eine schiere Ewigkeit weg. Moira übergab sich weiter, während Dora das Schauspiel voller Abscheu beobachtete. Penny versuchte, ihrer Freundin das verfilzte Haar aus dem Gesicht zu halten.

»Es hatte schon vorher Ähnlichkeit mit einem Vogelnest«, stellte Dora gnadenlos fest. »Der Himmel weiß, was jetzt darin vorgeht.«

»Halt den Mund«, befahl Penny zu ihrer eigenen Überraschung. »Besorg uns lieber Wasserflaschen.«

Erleichtert, die Kabine – inzwischen Kriegsgebiet – verlassen zu können, schlüpfte Dora in eine Jeans, steckte ihr Unterkleid wie ein Trägerhemd in den Bund und eilte davon. Gerade hatte sie die Treppe erreicht, als die Fähre ruckelnd stoppte.

Nell kehrte in Begleitung eines weiß uniformierten Schiffsoffiziers mit Epauletten an den Schultern zurück. »Das ist der Chefsteward. Sie schicken von der Insel, an der wir gleich vorbeikommen, ein kleines Boot. Wir sollen aussteigen. Ein Arzt wurde verständigt und erwartet uns am Hafen.«

»Was, wir *alle*?«, fragte Dora entsetzt.

»Los, Dora«, erwiderte Nell. »Du hättest es sicher auch nicht gern, wenn wir dich mit einer Lebensmittelvergiftung in der Einöde zurücklassen würden, oder?«

»Ich hätte jedenfalls keine zweite Portion halb garen Tintenfisch gegessen«, entgegnete Dora.

»Ach, dann bleib doch an Bord, wenn du unbedingt willst!« Nell hatte keine Lust auf dieses divenhafte Gezicke. »Penny, packst du Moiras Sachen zusammen?«

Als Penny alles einsammelte, was ihr in die Finger kam, wäre sie fast auf dem mit Erbrochenem verschmierten Boden der Kabine ausgerutscht.

»Hey, der gehört mir«, protestierte Dora, als Penny sich einen Rucksack von Prada schnappte.

Penny warf ihn nach ihr. »Falls du mal mitten in London mit einer Salmonelleninfektion zusammenklappst, wünsche ich dir auch so gute Freunde.«

Der Chefsteward und einer seiner Untergebenen trugen Moira die Stufen hinauf und an Deck, wo die Rettungsboote vertäut waren. Neben der Fähre tanzte ein kleiner griechischer Kaik auf den Wellen wie ein Entenküken neben seiner Mutter. Moira wurde ins Steuerhaus gebettet, Nell, Penny und das Gepäck folgten. Als das Boot schon ablegen wollte, sprang eine hochgewachsene Gestalt hinterher, die eher einer Medea oder einer der Mänaden als einer eleganten Londoner PR-Frau glich und in ein mit Erbrochenem bekleckertes weißes Oberteil gewandet war. Einer der Passagiere warf ihr den Prada-Rucksack nach und reichte ihr dann, ein wenig vorsichtiger, ihren Koffer.

Auf dem Weg durch die aufgepeitschten, schaumgekrönten Wellen hörten sie, wie Dora sich über die Bordwand erbrach. »Ach herrje.« Nell lachte. »Sie ist seekrank. Hoffentlich weht der Wind nicht aus der falschen Richtung.«

Nach einer Weile richtete Dora sich auf. Sie war blass und schien in ihrer Ehre gekränkt. »Wo, zum Teufel, fahren wir hin?«

Nell gab die Frage in stockendem Griechisch an den Skipper weiter.

»Er sagt, die Insel heißt Kyri. Nur fünfhundert Einwohner.«

»Ach, großartig. Da steppt bestimmt der Bär«, spöttelte Dora. Die anderen achteten nicht auf sie. »Ist Kyri nicht die Insel, von der Yorgos erzählt hat? Die, wo Takis hingezogen ist? Ein Stück Land voller Ziegen und Verwandtschaft, um das man um jeden Preis einen Bogen machen sollte?«

»Wie dir vielleicht aufgefallen sein dürfte, bleibt uns nicht viel anderes übrig«, stellte Nell spitz fest.

Als das kleine Boot in Richtung Ufer holperte, erkannte sie einen gepflegten Hafen und die übliche Ansammlung strahlend weißer Würfel, die sich an einen Hügel schmiegten, der von einer Kirche mit blauer Kuppel gekrönt wurde. Einige Cafés, manche davon mit bunten Girlanden geschmückt, säumten das Hafenbecken. »Für den Namenstag des Heiligen«, teilte der Skipper ihnen mit, ohne weiter auszuführen, um welchen Heiligen es sich handelte. Offenbar hatte jede Insel ihren eigenen, häufig in mumifiziertem Zustand, der an Feiertagen und zu kirchlichen Festen herumgetragen wurde.

Nell tätschelte die stöhnende Moira. »Wir sind fast da. Du bist ein VIP. Sie haben eigens deinetwegen angehalten. Guck, da am Hafen steht ein Arzt. Und eine alte Griechin ganz in Schwarz, genau wie früher. Bestimmt hat sie Zimmer für uns.«

»Ich kann mir bildlich vorstellen, wie die wohl aussehen«, murmelte Dora.

»Ist es nicht das, was wir wollten?«, zischte Nell. »Eine echte, unverdorbene Insel, so wie Zanthos früher?«

Eigentlich hatte Dora »Aber nicht ganz so unverdorben« antworten wollen, verkniff es sich jedoch in einem seltenen Anflug von Taktgefühl.

»Kümmer du dich darum, das Boot zu bezahlen«, wies Nell sie an, als sie anlegten und der Skipper und sein jugendlicher Matrose Moira an Land halfen.

Dora schnappte sich ihre Prada-Tasche, voller Hoffnung, dass diese nicht völlig durchweicht war.

»*Ochi, ochi* … Nein, nein.« Der Bootsführer schüttelte so heftig den Kopf, als empfände er das Geld als Beleidigung. »Vier schöne Damen sind auf unsere Insel gekommen. Das ist genug Lohn«, verkündete er mit einer Verbeugung. »Der Heilige verlangt, dass wir Gutes tun.«

Der Arzt, der sie tatsächlich am Hafen erwartete, hatte zwei junge Burschen mit einer improvisierten Trage im Schlepptau. Moira wurde umgehend in die Praxis gebracht. Unterwegs umklammerte sie Nells Hand, als hinge ihr Leben davon ab.

»*Kalimera, kalimera*«, begrüßte die alte Dame die übrigen Neuankömmlinge. »Mein Sohn hat wunderschöne Zimmer in seinem Hotel da drüben am Wasser, falls Sie eine Unterkunft brauchen.«

Bei dem Wort »Hotel« besserte sich Doras Laune sichtlich. Sie folgte der in Schwarz gekleideten Frau, während Penny sich an die Fersen des Arztes heftete. Da sie nicht auf den Weg achtete, lief sie direkt in eine Konstruktion, die aussah wie eine Wäscheleine voller gewaltiger orangefarbener Gummiteile, welche dort zum Trocknen hingen. Als Penny zurückwich, bemerkte sie Saugnäpfe, so bleich und bedrohlich wie in einem Horrorfilm.

»Oh mein Gott, das ist ein Tintenfisch! Pass auf, Moira darf ihn nicht sehen. Sonst kriegt sie noch einen Rückfall!«

Endlich in der Arztpraxis angekommen wurde Moira auf die Untersuchungsliege gebettet. Der Doktor erkundigte sich, was sie gegessen haben könnte.

»Tintenfisch«, erwiderte Nell. »Aber der war frisch gefangen. Wir haben gesehen, wie der Fischer damit von Bord kam.«

Der Arzt nickte knapp. »Wahrscheinlich hat er ihn auf dem Motor gegart. Das machen sie alle. Ständig predige ich ihnen, dass das keine gute Idee ist.«

»Ach herrje, ist das Ihr Ernst?«

Lächelnd fühlte er Moira den Puls und schob ihr ein Thermometer in den Mund. »Die Fischer denken, dass es so besser schmeckt.«

»Dann esse ich in diesem Land nie wieder Tintenfisch«, murmelte Penny.

»Jemand sollte ihnen Kochunterricht erteilen«, merkte Nell an. Sie hatte einen Teil der Scheidungsabfindung in einen Kochkurs nach Prue Leith investiert, in der Hoffnung auf ein zweites berufliches Standbein oder einen neuen Mann, den sie bekochen konnte. Leider war keiner der beiden Wünsche in Erfüllung gegangen.

»Lassen Sie Ihre Freundin hier bei uns«, schlug der Arzt vor. »Meine Frau und ich kümmern sich um sie, während Sie sich eine Unterkunft suchen. Auf einer Insel wie Kyri gibt es nicht viel Auswahl, aber das Hotel ist gut.«

»Wird sie wieder gesund?«, fragte Penny besorgt.

»Sie braucht Ruhe und sollte genug trinken. Außerdem gebe ich ihr ein Antibiotikum. Solche Dinge passieren im Urlaub häufig.«

»Oh, Gott sei Dank«, stieß Penny hervor. »Unsere Freundin sieht sich gerade das Hotel an.«

»Ausgezeichnet. Es befindet sich auf der anderen Seite des Hafens. Sicher gefällt es Ihnen.«

Sie ließen Moira schlafend in der Obhut der Arztgattin zurück und machten sich auf den Weg zum Hotel. Zum ersten Mal nahmen sie ihre Umgebung richtig zur Kenntnis.

Das Dorf war wirklich sehr klein und erstreckte sich entlang der beiden Ausläufer des Hafens. Drei oder vier enge, von violetten Bougainvilleen gesäumte Straßen führten den Hügel hinauf. Keines der Häuser hatte mehr als drei Stockwerke. Die Gebäude wiesen elegant geschwungene Türbogen und im ersten Stock Balkone mit eisernen Geländern auf. Die Türen waren im üblichen Blau lackiert.

»Was für ein reizendes Dörfchen«, stellte Penny bewundernd fest.

»Vermutlich venezianischer Einfluss«, antwortete Nell. »Die haben hier überall mitgemischt.«

Am Ufer entdeckten sie mehrere Cafés und kleine Restaurants. Der hufeisenförmige Strand war von Tamarisken umgeben. Am Strand selbst wimmelte es von lachenden Kindern. Sie spielten mit Bällen, die mit einem Gummiband an einem Schläger befestigt waren.

»Als ich klein war, nannte man das Jokari.« Penny lachte. »Ich war gewissermaßen die Jokari-Königin.«

Fasziniert von der schlichten Schönheit des Ortes blieben sie stehen. Das Wetter war traumhaft. Obwohl es mitten am Tag war, schien die Sonne angenehm warm und mild. Die beiden Frauen wurden nicht von grellen Strahlen geblendet, sodass sie sich auch ohne Sonnenbrille umsehen konnten.

Penny beobachtete, wie ein Schmetterling auf einem Baum neben ihr landete, und zu ihrer Überraschung hörte sie sogar einen Vogel singen. »Wusstest du, dass ich noch nie einen Vogel an einem Strand gehört habe?«, rief sie mit vor Freude zitternder Stimme aus.

»Achtung, Achtung!«, war eine Stimme von einem Hotelbalkon über ihnen zu vernehmen. »Gleich kriegt sie einen Orgasmus! Bitte alles Platz machen.«

Sie brauchten nicht die Köpfe zu heben, um die Sprecherin zu erkennen.

»Und wie sind die Zimmer?«, erkundigte sich Nell.

»Erstaunlich gut«, lautete Doras Antwort. »Insbesondere meins.« In dem letzten Satz schwang ein Hauch von Selbstironie mit. »Und das ist noch nicht alles.«

Achselzuckend steuerte Nell auf den Eingang zu. Die Lobby war hell und luftig. Der Boden war schlicht und weiß gefliest, einige Seestücke zierten die Wände, und auf dem Fensterbrett und der Empfangstheke standen ein paar Modellschiffe aus Treibholz.

Der Empfangstheke gegenüber befand sich ein breites Sofa aus geschnitztem Mahagoni mit Kissen in verschiedenen Blautönen. Und hinter dem Empfangstisch wartete die alte Dame, die sie am Hafen begrüßt hatte.

»*Kalimera*«, sagte sie. »Mein Name ist Kassandra.« Sie streckte eine knorrige Hand, ebenso tiefbraun wie das Sofagestell, aus und drückte die von Nell. Dann nahm sie zwei altmodische Schlüssel von einem Brett hinter sich. »Zwei Zimmer gehen zum Hafen hinaus – Ihre Freundin hat eines davon – und zwei nach hinten. Beides hat Vorteile. Hinten ist es ruhiger, weshalb man besser schläft. Vorne kriegt man etwas zu sehen, aber man hört die Männer, die in den Cafés sitzen, zu viel trinken und dummes Zeug über Dinge reden, von denen sie keine Ahnung haben.«

Kurz darauf erschien Dora. Sie hüpfte die Treppe hinunter. Ihr folgte Takis, vor vielen Jahren ihr guter Freund. Er trug noch immer dieselben zerknitterten Leinensachen – gut, vielleicht nicht ganz dieselben – wie damals.

»Meine Lieben!« Das breit lächelnde Gesicht war noch genauso stark gebräunt und zerfurcht, wie sie es in Erinnerung hatten.

»Takis!«, kreischte Penny. »Du hast dich überhaupt nicht verändert!«

Er machte einen Satz vorwärts und küsste ihr die Hand. »Meine englischen Damen! Es ist ein Wunder! Yorgos hat mich angerufen und mir erzählt, dass er euch gesehen hat. Und dann, *hui*« – er schnippte mit den Fingern – »taucht ihr plötzlich auf Kyri auf!«

»Es ist wirklich ein kleines Wunder«, stimmte Nell ihm zu. »Wenn man einen Fall von Lebensmittelvergiftung als Wunder bezeichnen will. Wir waren auf dem Rückweg nach Athen, als Moira … Du erinnerst dich doch an Moira?«

»Das kluge Mädchen, das sich besser mit griechischen Mythen auskannte als ich?«

»Genau. Jedenfalls hat Moira sich irgendetwas Scheußliches eingefangen, und so mussten sie uns hier absetzen.«

»Euer Pech ist mein Glück«, antwortete er anteilnehmend. »Und ist eure kluge Freundin wieder gesund?«

»Nein, noch nicht. Der Arzt sagt, sie müsse ein paar Tage lang ruhen. Er hat ihr ein Antibiotikum gegeben.«

»Ärzte!« Takis zuckte abfällig die Achseln. »Ihr solltet meine Tochter Ariadne fragen. Sie weiß eine Menge über die Kräuter, die in unseren Hügeln wachsen.«

»Gut. Wie alt ist Ariadne?«

»Vierzehn? Fünfzehn vielleicht?«

»Du meine Güte, dann muss sie aber klug sein.«

»Wir sollten das Beste aus diesem Wunder machen. Wenn eure Freundin gut versorgt wird, kann ich euch ja die Insel zeigen.«

Penny und Nell wechselten einen schuldbewussten Blick. »Das klingt wundervoll. Aber wir sollten zuerst nach ihr schauen.«

Zu ihrer Überraschung saß Moira bereits aufrecht im Bett und fühlte sich offenbar schon viel besser. Sie hatte es sich mit einem dicken Wälzer aus der Bibliothek des Arztes gemütlich gemacht.

»Wusstet ihr«, legte sie sofort los, »dass Hippokrates sagte, ein Arzt solle helfen, aber vor allem niemandem Schaden zufügen? Ich fand diesen Gedanken schon immer genial, wusste allerdings nicht, dass er von ihm ist.« Sie lächelte tapfer. »Außerdem lehrte er: ›Essen möge deine Arznei sein.‹ Doch ich glaube nicht, dass ich schon so weit bin.«

Sie war noch immer blass und ruhebedürftig und verkündete, sie sei mehr als zufrieden damit, einige Tage mit Hippokrates im Bett zu verbringen, während die anderen die Insel erkundeten.

»Wenn ihr mich fragt«, meinte sie mit eindringlichem Blick, »kann es nicht nur Zufall sein, dass wir hier gelandet sind, oder? Zeus hat Pläne mit uns. Wir müssen nur rauskriegen, wie die genau aussehen.«

Penny und Nell wechselten Blicke. Sie waren beide nicht sicher, ob sie bereit waren, die Wünsche eines Götterkönigs zu erfüllen.

Als sie zum Hotel zurückkehrten, verkündete Takis, Kyri könne man sich nur vom Meer aus ansehen. Eine Stunde später erwartete er sie am Hafen in einem dunkelblauen Boot mit kleiner Kabine und einem breiten Deck, wo man sich in der Sonne aalen und die Aussicht bewundern konnte.

»Ist das dein Boot?«, fragte Penny, als sie an Bord kletterte.

»Es gehört einem Freund, auch wenn die meisten Leute hier Boote haben.« Takis schmunzelte. »Die Menschen leben von der Landwirtschaft und vom Fischfang. Wir haben nicht viel Tourismus. Deshalb gehen alle jungen Leute fort. Hier finden sie nicht die Arbeit, die sie suchen. Also wollen sie nach Santorin. Dort gibt es nämlich einen Flughafen.«

»Und ihr wollt mehr Tourismus?« Doras Interesse war wider Willen erwacht.

»Natürlich! Der Tourismus ist der Motor der griechischen Wirtschaft.« Er zuckte die Achseln. »Zumindest beinahe. Auf den anderen Inseln ist viel mehr los als bei uns. Dabei haben wir neunzig Strände!«

Nell spähte auf die tiefblaue Ägäis hinaus. Sie spürte, wie die Sonne ihre blasse englische Haut erwärmte und wie sich ein angenehmes Gefühl in ihr ausbreitete. Als sie zu Penny hinüberschaute, hoffte sie, dass diese genauso empfand.

Sie machte sich Sorgen um Penny. Ihr Mann war eindeutig ein höchst unangenehmer Zeitgenosse. Und trotzdem hielt sie es aus irgendeinem Grund mit ihm aus. Natürlich schwebte immer der altmodische Einwand im Raum, dass jeder Ehemann besser sei als überhaupt keiner. So hätte die Generation ihrer Mutter es zumindest ausgedrückt. Ja, ihre Mutter hatte es sogar wortwörtlich gesagt, als Robert und sie sich getrennt hatten. Nicht, dass Nell eine Wahl gehabt hätte. Sobald er von ihrem Seitensprung erfahren hatte, hatte er seine Koffer gepackt.

Zum wohl fünfhundertsten Mal fragte sich Nell, warum sie sich vor all den Jahren auf eine Affäre eingelassen hatte. Auf eine verdrehte Weise erinnerte es sie an das Lied von Abba, in dem die Frau sich verkannt fühlt und glaubt, ihr langweiliger Ehemann hindere sie daran, Spaß zu haben. Robert war so vorhersehbar gewesen, ein echter Gewohnheitsmensch. Francis, ausgerechnet ein Pharmavertreter, hatte sich im Gegensatz zu ihm als charmant und humorvoll erwiesen. Rückblickend betrachtet wunderte es Nell, dass sie dieses Talent nicht als Teil seiner Stellenbeschreibung erkannt hatte. Er hatte ihr völlig den Kopf verdreht. Und es hatte Spaß gemacht. War aufregend gewesen. Doch wie die Frau in dem Lied hatte sie einen hohen Preis dafür bezahlt.

»Alles in Ordnung?«, riss Penny sie aus ihren Gedanken. »Du hast gerade ein wenig traurig ausgesehen. Hoffentlich bereust du es nicht, dass wir nicht einfach nach Hause fahren.« Penny musterte sie mit besorgter Miene.

Nell fing an zu lachen. »Offen gestanden, Penny« – sie lehnte sich an die Kabine des Bootes, wo sie saßen, während Takis steuerte, und räkelte sich genüsslich –, »kann ich mir nicht vorstellen, wo ich jetzt lieber wäre.«

»Wirklich?«

»Wirklich! Wir unternehmen einen Bootsausflug, die Sonne scheint, und das Meer schimmert in Hunderten von unterschiedlichen Blautönen.«

»Und keine Moira hält uns Vorträge über Homer«, ergänzte Dora grinsend.

Sie schwiegen fasziniert, während Takis sie rund um die ganze Insel mit ihren winzigen Buchten, den langen Sandstränden und dem kristallklaren Wasser fuhr, das so sauber war, dass man bis hinunter zu den Felsformationen auf dem Meeresgrund sehen konnte.

Ein Stück weiter in Richtung Süden begegneten sie einem großen, dunkelrot lackierten Boot, das von der Figur einer dunkeläugigen Frau geschmückt wurde. Ihre weißen Brüste waren nackt, und sie hielt eine Muschel in den Händen.

»Ach, du meine Güte!«, rief Dora aus. »Das sieht ja aus wie ein Piratenschiff! Was hat die barbusige Dame zu bedeuten?«

Takis lachte. »Kyri war früher ein Piratennest. Die französischen Korsaren überfielen die Türken und versteckten hier ihre Beute. Dieses Boot gehört allerdings unserem Bürgermeister. Ein interessanter Mann. Er hat die erste schwule Hochzeit auf dieser Insel zugelassen. Ihr könnt euch sicher vorstellen, wie das die Priester gefuchst hat.«

»Und die Frau am Bug? Ist das eine Piratenbraut?«

»Eher eine Nereide, eine Meerjungfrau. Es gab insgesamt fünfzig von ihnen.«

»Ich dachte, das wären die Sirenen«, antwortete Dora.

»Die Sirenen waren böse und haben Seeleute in den Tod gelockt. Die Nereiden haben den Seefahrern geholfen.«

Sie umrundeten eine Landzunge, wo eine Reihe kleiner Häuser, jedes mit einem riesigen Holztor und einem großen Balkon darüber, in Reih und Glied standen. Sie schienen beinahe in die Klippen hinein gebaut zu sein.

»Sind das Garagen?«, fragte Dora.

Takis lachte wieder. »Fast richtig. Garagen für Boote. Man nennt sie *syrma*. Im Winter stellen die Fischer ihre Boote dort ab. Unser Bürgermeister bewohnt zwei davon, ganz am Ende der nächsten Landzunge an der Bucht.«

»Es ist so schrecklich abgelegen hier«, meinte Nell. »Gibt es überhaupt eine Straße?«

»Unser Bürgermeister hat ein bisschen etwas von einem einsamen Wolf. Aber er hat ja sein Boot.« Als er sie angrinste, blitzte ein Goldzahn in der Sonne auf. »Außerdem besitzt er ein Motorrad.«

»Wie ist er denn so, euer Bürgermeister?«

»Kommt drauf an, ob man einen Mann oder eine Frau fragt.« Takis schmunzelte.

»Offenbar ist er ein Mann nach meinem Geschmack«, merkte Dora spitz an.

»Ihr lernt ihn bestimmt bald kennen.«

Penny, die nur mit halbem Ohr zuhörte, war ein wenig enttäuscht. Wieder nur ein Macho. Neugierig betrachtete sie die Gebäudereihe, die sich ans Ufer klammerte. »Die könnten traumhaft aussehen. Stellt euch vor, man würde jede Holztür in einer anderen Farbe lackieren.«

Während der ausgedehnten Geschäftsreisen ihres Mannes und seiner Aufenthalte in London hatte Penny angefangen, sich nebenbei als Innenarchitektin zu betätigen. Sie lackierte Möbel und stöberte interessante Dinge bei Trödlern auf. Einige Freundinnen hatten sie sogar gebeten, ihre Häuser neu einzurichten, und sie hatte ein wenig Geld dabei verdient. »Dein Taschengeld«, nannte Colin es abfällig.

»Überlegt mal, wie friedlich es sein muss, hier zu wohnen«, fuhr sie fort, fest entschlossen, Colin aus ihren Gedanken zu verbannen. »Es ist ein traumhafter Ort. Fast fühlt man sich, als wäre man selbst Teil des Meeres.«

»Passt auf sie auf«, witzelte Dora, »sonst verwandelt sie sich noch in eine Nereide.«

Penny sah tatsächlich glücklich und entspannt aus. Das lange Haar war ihr aus dem Haarreif gerutscht, und der griechische Sonnenschein tupfte die ersten Sommersprossen auf ihr Gesicht. Sie wirkte tatsächlich ein wenig wie eine Meerjungfrau.

»Und jetzt«, verkündete Takis, »kehren wir in meiner kleinen Bar am nächsten Strand ein.«

Als sie um die Kurve bogen, hatten sie wieder einen Strand vor sich, der eine Bucht säumte. Auf dem Hügel dahinter erhob sich eine winzige Kirche. Mehrere billige Sonnenliegen aus Plastik reihten sich am Ufer. Dazwischen warben vereinzelte Sonnenschirme für Ouzo. Seitlich stand eine Hütte mit einem herunterklappbaren Tresen, vor der einige Tische mit blau-weißen Plastiktischdecken einladend warteten. Hinter der Theke war ein etwa fünfzehn Jahre altes Mädchen zu sehen, das ihnen zuwinkte.

»Meine Tochter Ariadne.« Takis winkte ebenfalls. Sie lief den Strand hinunter, watete ins Wasser, fing das ihr zugeworfene Tau auf und band es an eine Boje, die im Seichten trieb.

»Das sind die berühmten englischen Damen – Nell, Dora und Penelope.«

Penny lächelte, als er sie bei ihrem vollen Namen nannte.

»Schließlich war Penelope eine sehr berühmte Griechin.« Takis zuckte die Achseln.

»Ich weiß.« Penny nickte. »Moira hat es mir oft genug erklärt. Die geduldige Penelope, Gattin des Odysseus. Zehn Jahre lang hat sie darauf gewartet, dass er aus dem Trojanischen Krieg nach Hause kam.«

»Typisch Mann eben«, ätzte Dora. »Wahrscheinlich war er auf dem Heimweg noch im Pub.«

»Sie ist der Inbegriff der treuen Ehefrau«, fügte Penny, plötzlich bedrückt, hinzu. Sie wartete darauf, dass jemand »Genau wie du« sagte, aber vergeblich.

Als Nell sich umblickte, stellte sie fest, dass die Kundschaft fehlte. »Nun, es ist ja noch früh in der Saison.«

»Der Zeitpunkt spielt keine Rolle.« Takis seufzte. »Es kommt fast niemand.«

Nachdem sie sich gesetzt hatten, erschien Ariadne mit den Speisekarten.

»Kochst du auch, Ariadne?«, fragte Nell das Mädchen.

»Nein, ich.« Kassandras runzeliges Gesicht lugte hinter der Tür der Strandhütte hervor. »Jeden Tag bereite ich alles im Hotel vor, und dann bringen wir es hierher. Was wir nicht verkaufen, nehmen wir wieder mit, damit nichts verschwendet wird.«

Sie studierten die Speisekarte.

»Ich weiß, dass es komisch klingt«, begann Penny entschuldigend, »aber könnte ich vielleicht ein Joghurt mit Honig haben?«

»Ihr solltet wirklich unsere Calamari probieren«, schlug Takis vor. »Die von meiner Mutter sind die besten auf der Insel.«

Alle dachten schaudernd an Moiras Schicksal.

»Beim nächsten Mal«, erwiderte Nell. »Ich möchte lieber das Lamm-Souvlaki.«

»Ich auch«, schloss sich Dora ihr an.

»Und für dich nur Joghurt, *kyria* Penelope?«

Penny nickte.

»Und eine Flasche von dem Wein, den Nikos, der Bürgermeister, mitgebracht hat.«

»Baut er auch Wein an?«, erkundigte sich Dora.

»Er besitzt einen kleinen Weinberg im Landesinneren.«

»Offenbar hat er unendlich viele Talente. Wie alt ist denn dieser Traummann?«

»Etwa so alt wie ihr, würde ich sagen.«

»Also kein Toyboy als Bürgermeister?«, hakte Dora nach. »Ach, es hat eben alles seine Schattenseiten.«

Nachdem Ariadne den Wein gebracht hatte, saßen sie eine Weile gemütlich schweigend da, lauschten den niedrigen Wellen, die an den Strand plätscherten, und spürten die warme Nachmittagssonne auf dem Rücken.

Nell seufzte wohlig. »Takis, es ist zauberhaft hier. Eigentlich genau wie auf Zanthos damals. Findet ihr nicht?« Sie sah die anderen an.

»Jetzt fehlt nur noch eine Musikbox mit ›Black Magic Woman‹«, stimmte Dora zu.

Takis stand auf und ging in die Hütte. Ein paar Minuten später kehrte er mit einem zerbeulten Kassettenrekorder zurück.

»Ach herrje!« Dora schüttelte den Kopf. »Ich wusste gar nicht, dass es die Dinger in den Zeiten von Downloads und Spotify überhaupt noch gibt.«

Als Takis auf einen Knopf drückte, drang knisternd die Stimme von Carlos Santana aus den Lautsprechern. Die Musik leierte ein wenig, was vermutlich an dem Bandsalat lag. »*Don't turn your back on me, baby …*«

Alle sangen mit und erinnerten sich lachend an vergangene Zeiten, bis Pennys Joghurt mit Honig serviert wurde.

»Ich habe ein paar Walnüsse dazugetan, *kyria*«, verkündete Kassandra und stellte die Schale ab. »Sag mir, was du davon hältst.«

Penny aß einen Löffel voll und schloss die Augen. Ein glückseliger Ausdruck zeichnete sich auf ihrem Gesicht ab.

»Sogar noch besser, als ich ihn in Erinnerung habe«, stellte sie fest. »Takis, ich bin gestorben und in den Himmel gekommen.«

Takis lächelte. »Nein, das stimmt nicht, Penelope. Deine Freundin hat halb garen Tintenfisch gegessen. Deshalb musstet ihr von der Fähre gehen und seid auf einer verzauberten Insel namens Kyri gelandet. Nur schade, dass sonst noch niemand von uns gehört hat.«

Vier

Zurück in ihrem schlichten, aber heimeligen Hotelzimmer, holte Nell ihr Telefon heraus. Diesmal konnte sie der Versuchung nicht widerstehen, auf Instagram nachzuschauen, was Marigold gepostet hatte. Es überraschte sie, dass es auf der winzigen Insel überhaupt WLAN gab. Laut Takis war dies ein weiterer Geniestreich des einsamen Wolfes und Bürgermeisters.

Wie zu erwarten grinste die leichenblasse Marigold breit in die Kamera. Sie hatte die kleine Naomi, Nells Enkelin, in den Armen und wirkte wie immer auffallend selbstzufrieden. Nell war selbstkritisch genug, sich einzugestehen, dass sie wahrscheinlich zu streng mit Marigold ins Gericht ging. Allerdings war es ein schwerer Schlag, wenn die eigene Tochter offenkundig ihre Schwiegermutter bevorzugte. Zugegeben, Marigold und Ted, ihr unter dem Pantoffel stehender Ehemann, hatten um einiges mehr zu bieten als Nell. Während sie aufs Geld achten musste, residierte Marigold in einer Villa mit Pool und Tennisplätzen und ließ Willow mit Kind bei sich übernachten, wann immer diese es wollte. Nell hatte den Verdacht, es wäre ihr am liebsten gewesen, wenn sie gleich bei ihr eingezogen wären.

Als sie sich Willows Posts ansah, wurde Nell beim Anblick ihrer wunderschönen Tochter von der Wehmut unerwiderter Liebe ergriffen. Das lange Haar fiel Willow in ihr reizendes Gesicht mit den großen Augen und den hohen Wangenknochen, und wie immer ließ ein hübsches Lächeln sie noch weicher wirken. Nell war zwar selbst recht attraktiv, aber Willow sah aus wie ein Model. Außerdem strotzte sie von Ideen und trug sich ständig mit neuen Plänen. »Hallo, Schatz«, flüsterte Nell dem Foto zu. Ob sie sie anrufen und sich endlich mit ihr aussprechen sollte?

Allerdings war Willow stets mit irgendetwas beschäftigt. Und in den meisten Fällen war Marigold nicht weit.

Entschlossen verstaute Nell das Telefon wieder in ihrer Tasche. Penny wollte rasch bei Moira vorbeischauen. Anschließend hatten sie geplant, gemeinsam zu Abend zu essen und früh zu Bett zu gehen. Nell musterte ihre ordentlich ausgebreitete Kleidung und entschied sich für ein schlichtes Leinenkleid. Es hatte zwar Knitterfalten, aber zum Teufel damit. Wenn Takis mit seinem Knitterlook durchkam, galt das auch für sie.

Dora war schon unten. Eine Flasche Weißwein vor sich saß sie vor dem Hotel an einem Tisch an der Hafenmole. Auch sie hatte sich umgezogen. Das schmal geschnittene bleigraue Gewand verhüllte sie fast völlig und schaffte es dennoch, ihre üppigen Brüste und ihr gerundetes Bäuchlein auf äußerst erotische Weise zu betonen. Das war eben das Ergebnis, wenn man so viel Geld in seine Garderobe steckte wie Dora, dachte Nell, während sie sich näherte.

Kurz darauf erschien Penny. »Hallo, Mädels. Oh, ihr habt euch beide umgezogen.«

»Dafür hast du eine gute Tat getan«, meinte Nell beruhigend. »Wie fühlt sich unsere Invalidin?«

»Viel besser. Sie versteht sich ganz wunderbar mit dem Arzt und seiner Frau. Die heißt Eleni und hat ebenfalls

Altphilologie studiert. Also sind die zwei im siebten Himmel und debattieren angeregt, ob der Trojanische Krieg wirklich stattfand oder ob es sich nur um eine Aneinanderreihung verschiedener Belagerungen handelte, die von irgendeinem Typen namens Eratosthenes dokumentiert wurden. Oder war es Aristophanes? Ich kenne mich mit den Klassikern nicht sonderlich aus.«

»Klingt ja himmlisch.« Dora grinste. »Schade, dass ich nicht dabei war, um meinen Senf dazuzugeben. Du musst dich übrigens nicht umziehen, du schaust gut aus.« Dora lag die Bemerkung auf der Zunge, dass Pennys Kleider ohnehin alle gleich aussahen, doch eine seltene Anwandlung von Taktgefühl hinderte sie daran. »Setz dich und trink etwas.« Als sie ihr einschenkte, verschüttete sie plötzlich etwas auf den Tisch.

Die anderen wandten sich um, um festzustellen, was sie erschreckt hatte.

Ein hochgewachsener, eleganter Mann mit schmalem Patriziergesicht, hoher, gewölbter Stirn, leicht hängendem Schnurrbart und grau meliertem, jedoch dichtem Haar war aus dem Hotel getreten und nahm am hintersten Tisch Platz.

»Glaubt ihr, das ist der Bürgermeister?«, raunte Dora und stellte hastig die Flasche weg.

»Mag sein.« Nell versuchte, möglichst unauffällig hinzuschauen.

Penny, der die Erfahrung in der Kunst der Diskretion fehlte, drehte sich um und musterte den Mann eindringlich. Dieser lächelte, als wäre das selbstverständlich für ihn, und hob zum Gruß eine Augenbraue. »*Kalispera*, meine Damen.«

»Nein«, flüsterte Penny ungewöhnlich überzeugt. »Er

wirkt nicht wie ein einsamer Wolf. Außerdem macht er einen viel zu verwöhnten Eindruck, um allein in einer dieser abgelegenen Fischerhütten zu wohnen. Wahrscheinlich ist er ohne Zimmerservice aufgeschmissen. Das ist zumindest meine Meinung«, fügte sie, erstaunt über ihr eigenes Selbstbewusstsein, hinzu.

Der Neuankömmling blickte sich um, als erwartete er jemanden, sah auf seine Uhr und erhob sich. Offenbar mochte er keine Unpünktlichkeit. Er nickte den dreien zu und schlenderte davon.

»Hmmm …«, machte Dora, als Takis mit den Speisekarten erschien. »Er scheint ein interessanter Mensch zu sein.«

»Ich sehe, ihr habt unseren reichen Athener schon kennengelernt.« Grinsend verteilte Takis die Speisekarten. »Das ist Alexandros Georgiades. Nennt sich Xan. Er ist Immobilieninvestor und mischt bei einigen zweifelhaften Projekten in Athen mit.«

»Ich merke, du bist kein Fan von ihm.« Nell lachte.

»Ich hasse Athener. Sie haben um vierhundert vor Christus unsere Insel verwüstet, weil wir uns geweigert haben, ihnen Tribut zu zahlen, alle Männer getötet und die Frauen und Kinder in die Sklaverei verkauft.«

»Schön, dass du nicht nachtragend bist«, merkte Dora an. »Und was will der reiche Athener hier?«

»Er hat dem alten Yannis eine baufällige Hütte in Strandnähe abgekauft. Jetzt will er für sein Ferienhaus den Teil eines Olivenhains roden.«

»Und das gefällt dir nicht?«

»Es ist wunderschön dort. Olivenbäume sind in diesem Land heilig. Sophokles hat sie ›die Bäume, die Kinder ernähren‹ genannt. Hinzu kommt, dass der Hain zufällig gleich neben meinem Strand liegt. Nicht alle sind mit seinen Plänen einverstanden. Zum Glück braucht er eine amtliche Genehmigung.«

»Und du glaubst, die kriegt er nicht?«

»Bald findet eine große Versammlung statt. Bin gespannt, was dabei herauskommt.«

Sie verspeisten ein schlichtes, aber köstliches Abendessen, bestehend aus Lamm vom Holzkohlengrill, begleitet von einem griechischen Salat aus Tomaten und schwarzen Oliven, der von einem gewaltigen Stück Feta gekrönt wurde.

»Wisst ihr noch, dass wir uns damals in Zanthos so einen zu viert teilen mussten?«, sagte Penny.

»Und dass sie uns kein kostenloses Pita mehr geben wollten, weil wir so viel davon verschlungen haben!«

Sie lachten über die Erinnerung.

»Ach herrje«, seufzte Penny. »Ich habe ein schlechtes Gewissen, weil ich mich so amüsiere, während Moira krank ist.«

»Ich bin hundertprozentig sicher, dass Moira gerade nicht an dich denkt. Sie kann in ihrem griechischen Kulturwahn ziemlich egoistisch sein«, wandte Nell ein. »Außerdem hat sie sicher eine Menge Spaß bei dem Versuch zu beweisen, dass es den Trojanischen Krieg nie gegeben hat.«

»Und es bedeutet, dass wir uns noch ein Gläschen genehmigen können, ohne dass Moira uns Moralpredigten zum Thema Teufel Alkohol hält.« Dora schenkte allen ein zweites Mal ein.

Penny, die ihr Glas schon mit der Hand hatte bedecken wollen, überlegte es sich anders. Plötzlich piepste ihr Telefon, woraufhin sie derart zusammenzuckte, dass die anderen sie anstarrten.

»Entschuldigt«, sagte sie. »Ich habe nicht mit einer Nachricht gerechnet.«

Sie warf einen Blick auf ihr Telefon. Colin hatte geschrieben: *Ich hatte ein paar Leute zu Besuch, und jetzt ist der Gefrierschrank leer. Wie lange bleibst du noch weg, verdammt?*

Penny steckte ihr Telefon wieder ein, damit die anderen die Nachricht nicht sahen. Kein *Hallo, hoffentlich genießt du deinen Urlaub*. Nur die Befürchtung, während ihrer Abwesenheit zu verhungern. Sie holte tief Luft, um die Tränen zu unterdrücken, die ihr in die Augen steigen wollten. Wie kam es, dass er sie noch aus fast dreitausend Kilometern Entfernung derart aus der Fassung bringen konnte? Vielleicht sollte sie ja ihre Tochter Wendy kontaktieren und sie bitten, die Angelegenheit zu regeln.

Nachdem sie ihre Gläser geleert hatten, umarmten sie einander, um sich eine gute Nacht zu wünschen. Mit einem Mal wurde Penny von dem Bedürfnis ergriffen, Nell die Wahrheit über ihren Mann anzuvertrauen. Doch wie ihr im nächsten Moment schmerzhaft klar wurde, würde sie dann womöglich etwas in dieser Sache unternehmen müssen.

Und die traurige Wahrheit lautete, dass ihr der Mut dazu fehlte.

Am nächsten Morgen wurden sie von einem köstlichen Frühstücksbüfett mit frischem Obstsalat, dem leckeren Joghurt und einem Kuchen aus Biskuitteig erwartet, der vor saftigen Pflaumen nur so strotzte. Beim Essen beschlossen Nell und Penny, Moira einen Besuch abzustatten, um herauszufinden, wie lange sie noch das Bett hüten musste.

Kassandra erschien mit einer Kanne dickflüssigem griechischem Kaffee. »Hoffentlich mögt ihr richtigen Kaffee. Er ist *poli kala*, sehr gut. Die jungen Leute heutzutage trinken nur noch Milchkaffee!« Sie wies auf ein bedauernswertes Mädchen im Nachbarcafé, das an einer beigefarbenen Flüssigkeit mit Schaumhaube aus einem Glas nippte.

»Und dann nehmen sie auch noch Instant-Kaffee! Eine Schande ist das! So etwas gehört sich nicht in Griechenland!«

»Weißt du noch, wie sie uns damals stolz lauwarmes Wasser mit einem Beutelchen Nescafé serviert haben?«, flüsterte Nell.

Penny überlegte indessen, wie sie Kassandras verletztem Nationalstolz wieder auf die Beine verhelfen konnte.

»Solche Banausen!«, schimpfte sie. »Ich wollte dir übrigens noch mal sagen, wie fantastisch dein Joghurt ist.«

»Das liegt an meinen Ziegen.« Kassandra strahlte übers ganze Gesicht. »Sie laufen in den Hügeln hinter dem Strandcafé herum. Meine Enkelin Ariadne passt auf, dass sie nicht ins Meer fallen.«

»Ach herrje«, antwortete Penny und dachte an die Zeit, als ihre eigenen Kinder in Ariadnes Alter gewesen waren. »Und dann kümmert sie sich auch noch um das Café? Muss sie denn nicht zur Schule?«

»Was hätte das für einen Sinn?« Kassandra reckte trotzig das mit einem Damenbart bewachsene Kinn. »Sie arbeitet später sowieso bei ihrem Vater. Wozu also braucht sie Biologie oder Chemie? Vielleicht, um diese albernen Cocktails zu mixen, die bei den jungen Leuten so beliebt sind?« Im nächsten Moment wurde sie wehmütig. »Wenn

Takis doch mehr Kundschaft hätte! Warum fahren die Touristen auf all die anderen Inseln, nur nicht hierher?«, fragte sie anklagend.

Die vier schüttelten die Köpfe und erwiderten, sie hätten keine Ahnung. Allerdings hatten sie vorher noch nie etwas von Kyri gehört.

Als der ausgesprochen starke Kaffee ausgetrunken war, beschloss Dora, die anderen ihrem humanitären Einsatz zu überlassen und sich auf den Weg ins Strandcafé zu machen, wo es Cappuccino gab. »Dein Kuchen war ein Gedicht.«

Kassandras Miene erhellte sich. »Ich stehe um sechs auf, damit das Gebäck auch wirklich frisch ist.«

»Das schmeckt man.« Dora lächelte.

»Dann musst du etwas davon mitnehmen!« Kassandra verschwand und kehrte mit einem riesigen, in eine Papierserviette gewickelten Kuchenstück zurück.

Dora addierte in Gedanken die Kalorien, konnte jedoch nicht widerstehen. »Danke. *Efcharistó.*«

»*Parakaló*«, antwortete Kassandra lächelnd. »Köstlich, wie ich schon sagte.«

Dora winkte ihren Freundinnen nach. Sie kam zu dem Schluss, dass sie Schuhe brauchte, die sich dazu eigneten – mit Ziegenbegleitung oder nicht –, den steilen Pfad zu überwinden. Das Problem dabei war, dass Dora Turnschuhe hasste wie die Pest. Auch wenn die jungen Frauen in ihrer Agentur sie oft auf dem Weg zur Arbeit trugen. Beim Gedanken an die Agentur stieg unvermittelt Panik in ihr auf, weshalb sie einen Moment innehielt und aufs Meer hinausstarrte.

Sie wollte nicht an die grausige Wendung der Ereignisse denken. Bestimmt zerriss man sich in der gesamten

PR-Branche schon die Mäuler darüber oder twitterte sich die Finger wund. Aber sie würde sich nicht damit befassen. Deshalb hatte sie ihr Telefon absichtlich in ihrem Zimmer in der Schublade gelassen. Es fühlte sich an, als risse ihr jemand das Herz aus der Brust, aber es musste sein.

Und nun würde sie in einem der kleinen Geschäfte am Hafen passende Schuhe kaufen müssen. Nachdem sie es in zwei Läden versucht hatte, in denen es nur schauderhafte Plastiksandalen zum Schutz gegen Seeigel und solche mit Strasssteinen gab, kam sie auf die Idee, sich in einem Supermarkt umzuschauen. Tatsächlich lagen zwischen gewaltigen roten Tomaten und Statuetten, die Jesus mit offener Brust darstellten, einige neutrale Turnschuhe. Dora entschied sich für ein Paar in Weiß. Die Schuhe erinnerten sie an den Sportunterricht in der Schule, der ihr so zuwider gewesen war, dass sie sich auf eine Dauermenstruation herausgeredet hatte.

Zurück im Hotel nahm sie sich eine Touristenkarte vom Empfangstisch. Kyri war so klein, dass man die Insel in etwa zwei Stunden durchqueren konnte, wenn man ein begeisterter Wanderer war, was auf Dora jedoch nicht zutraf. Sie betrachtete die Karte. Nach einem Blick auf ihre unpraktischen Stadtschuhe hatte Takis ihr den Bus empfohlen, der vor dem Hotel abfuhr. Obwohl der Fußmarsch mit den neuen Turnschuhen vermutlich kein Problem gewesen wäre, hielt sie sich an seinen Rat.

Der Bus war voller alter Damen mit überquellenden Einkaufskörben, die ihr Platz machten und sie fröhlich durcheinanderredend begrüßten.

»*Kalimera*.« Dora nickte in die Runde. Ein Fehler, wie sich herausstellte, denn die Frauen strahlten und überschütteten sie mit einem unverständlichen griechischen Wortschwall, den sie nur mit einem Lächeln und einem erneuten Nicken erwidern konnte. Zu ihrer Erleichterung erkannte sie eine Haltestelle später die winzige Kirche oben an der Straße, die zum Strand führte. Sie hätte wirklich zu Fuß gehen können, sagte sie sich, als sie den vergnügten Frauen zum Abschied zuwinkte. Den unangenehmen Gedanken, dass diese Großmütter wahrscheinlich nur unwesentlich älter waren als sie selbst, schob sie lieber beiseite. Sie machte sich an den Abstieg den zugewucherten Pfad hinunter. Wenn sie sich in der Natur ausgekannt oder sich überhaupt dafür interessiert hätte, hätte sie den ringsherum wachsenden gelben Ginster, die nach Thymian duftenden Hügel hinter ihr und den Lavendel unter ihren Füßen zu schätzen gewusst. Als sie plötzlich von rauem Fell gestreift wurde, schrie sie laut auf. Wie sie feststellte, wäre sie beinahe von einer Ziege umgerannt worden.

Rasch machte sie Platz, denn dem Tier folgten zwei Artgenossinnen. Dahinter kam Ariadne in Sicht. Takis' Tochter war offenbar auf dem Weg zur Strandbar.

»Hallo, Ariadne. Sind das deine Ziegen? Die haben mir einen ganz schönen Schrecken eingejagt!«

Ariadne nickte. Mit ihrem blassen Gesicht, den dichten schwarzen Augenbrauen und den mandelförmigen, beinahe schwarzen Augen erinnerte sie Dora an die junge Frida Kahlo. »Sie gehören meiner Großmutter. Sie hält sie für den Joghurt.« Als sie unwirsch die Achseln zuckte, erkannte Dora hinter dem Lächeln einen starken Willen – ebenfalls eine Gemeinsamkeit mit Frida.

»Solltest du nicht in der Schule sein oder so?«, erkundigte sich Dora. Noch während sie die Frage aussprach, wurde ihr klar, dass sie keine Ahnung hatte, wie viele Jahre die Schulpflicht in Griechenland dauerte.

»Meine Großmutter sagt, ich brauche keine Prüfungen zu bestehen, um für meinen Vater zu arbeiten.«

»Und du? Hast du andere Vorstellungen?«

»Ich würde gern die Pflanzen studieren, die Apotheke der Natur.« Sie vollführte eine ausladende Handbewegung. »Wir haben hier so viele: Oregano gegen Halsschmerzen, Fenchel gegen Übelkeit, Veilchenwurzel, wenn man nicht ...« Sie kauerte sich hin und zog eine vielsagende Grimasse, sodass Dora lachen musste.

»Verstopfung!«, verkündete sie.

Ariadne wies auf ein Gebüsch aus jungen grünen Blättern mit weißen Blüten in der Mitte, die sich in der Morgensonne entrollten. »Heiliges Basilikum«, verkündete sie. »Vom Heiligen gesegnet.« Sie führte zwar nicht näher aus, um welchen Heiligen es sich handelte, doch Dora vermutete, dass es der mit dem unaussprechlichen Namen war, dessen Abbild alljährlich an seinem Namenstag herumgetragen wurde.

»Ist es deshalb heilig?«, fragte sie.

Entsetzt über ihre Unwissenheit starrte Ariadne sie an. »Heiliges Basilikum wurde nach Christi Auferstehung rings um sein Grab entdeckt. Das ist in Griechenland der wichtigste Feiertag. Die Kirche gibt Basilikum ins Weihwasser. Aber wenn man Husten hat«, diesmal simulierte sie einen Hustenanfall, »ist ein Tee aus Basilikum die beste Medizin.«

»Welche Kräuter wirken denn sonst noch heilend?« Zu ihrer Überraschung stellte Dora fest, dass ausgerechnet sie, eine eingefleischte Skeptikerin, was die Naturheilkunde anging, tatsächlich Interesse verspürte.

Ariadne wies auf einen Busch mit großen roten Beeren. »Die tun wir ins Brot. Außerdem machen wir ein starkes Getränk daraus. Ich weiß nicht genau, wie es heißt.«

»Likör?«

»Ja. Mastiha. Die Insel Chios ist berühmt dafür, aber unserer ist besser.«

»Und der ist auch für etwas gut?«

»Um sich zu betrinken.« Ariadne grinste. Im nächsten Moment zuckte Dora wieder zusammen. Ein rau bepelzter Hals hatte sie berührt. »Das ist Juno, meine Lieblingsziege. Ich glaube, sie mag dich.«

Dora wurde spielerisch angestupst und dabei beinahe umgeworfen. »Wenn das Zuneigung ist, möchte ich sie lieber nicht verärgern.«

Als sie weiter den Pfad hinuntergingen, hing Juno, die Ziege, noch immer an Dora wie eine lästige Klette. Nach einer Weile erreichten sie eine kleine Lichtung, auf der rosafarbener Oleander und wilde Rosen wuchsen. Dora bückte sich und pflückte eine.

»*Loulouthia!*« Abfällig zuckte Ariadne die Achseln. »Blumen. Die verschwenden guten Boden.«

Dora steckte sich die Rose hinters Ohr. Sie fühlte sich dadurch wie ein Hippie und lachte laut auf.

»Pssst!«, brachte Ariadne sie zum Schweigen und blickte sich um.

»Warum?«, wollte Dora wissen, denn schließlich waren sie mitten in der Einöde. Der Pfad verlief nach links durch einen großen Olivenhain, der bis zum Strand reichte. Von dort aus bis zur Strandbar waren es etwa fünf Minuten.

Ariadne schwieg. Im Gänsemarsch setzten die beiden ihren Weg fort. Fast waren sie unten angekommen, als

Ariadne Dora an der Hand nahm und sie durch die alten Bäume führte, wo ein paar von Junos Freundinnen scharrten und sich an den Grasbüscheln labten.

Es war ein außergewöhnlicher Ort. Dora versuchte zu schätzen, wie viele Olivenbäume es wohl sein mochten. Sie vermutete, mindestens fünfzig.

»Mein Lieblingsplatz«, flüsterte Ariadne. »Ein Heiligtum der Göttin.«

»Welcher Göttin?«, erkundigte sich Dora. Gottheiten schienen hier ebenso zahlreich zu sein wie Heilige.

Ariadne warf ihr einen vernichtenden Blick zu. »Aphrodite natürlich. Die Göttin, die ihr Venus nennt.«

Beim Wort »Venus« spürte Dora, dass sich Panik wie ein kleiner Pfeil in ihr Bewusstsein bohrte. Ihre Freundinnen ahnten nicht, wer Venus Green war, und wahrscheinlich war es ihnen herzlich egal. Dora hingegen konnte sich gut vorstellen, wie rasch es sich in den angesagten Restaurants und schicken Bars von London herumgesprochen hatte, dass sie ihre wichtigste Klientin los war.

Sie schloss die Augen und zwang sich, nicht daran zu denken.

Ariadne packte sie am Arm. »Spürst du es auch?«

Dora schlug die Augen wieder auf und war im ersten Moment verdattert. Wovon redete das Mädchen?

»Ich weiß es immer, wenn sie hier ist.«

»Ja, o-kay«, erwiderte Dora zweifelnd. »Wann kommt sie denn normalerweise?« Es wäre gemein gewesen, wenn sie Ariadne widersprochen hätte. Junge Leute brauchten ihre Illusionen.

»Manchmal um die Mittagszeit, bei großer Hitze. Dann liegt ein Dunstschleier über dem Meer. Hin und wieder ist sie auch während der Dunkelheit da, wenn alles ganz still und friedlich ist.« Plötzlich verstummte sie und erstarrte. »Jetzt. Riech mal. Das ist ihr Duft. Die Göttin muss hier gewesen sein.«

Dora verkniff sich ein gönnerhaftes Lächeln und holte tief Luft.

Es duftete eindeutig – frisch und grün mit einer kräftigen, scharfen Eukalyptusnote. Dora versuchte, den Geruch einzuordnen, erkannte ihn aber nicht.

»Das ist Myrte, wir nennen sie *myrtia*. Die Pflanze ist der Aphrodite geweiht. Man verwendet sie zur Anbetung. Statuen der Göttin tragen oft einen Kranz aus Myrte um den Hals.« Ariadne machte eine dramatische Pause und reckte stolz die Brust. »Nur dass hier gar keine Myrte wächst.«

Hinter ihr warf Juno, die Ziege, offenbar zustimmend den Kopf hin und her.

»Sieh dich um, Dora.« Ariadnes Lächeln war geheimnisvoll wie das einer Hohepriesterin oder Vestalin. »Und zeig mir, wo die *myrtia* wächst.«

Dora sah in alle Richtungen. Ariadne hatte recht: Nirgends war Myrte zu sehen.

»Bestimmt versteckt sie sich irgendwo«, entgegnete sie beinahe unwirsch. Sie fühlte sich, als wäre sie in *Der Magus* geraten. Jeden Moment würde eine als Priesterin verkleidete Schauspielerin mit einer gruseligen Maske auftauchen.

Ariadne zeigte weiterhin ihr leicht überlegenes Lächeln. »Vielleicht ist sie böse.«

»Das werde ich auch, wenn ich nicht gleich einen Cappuccino kriege.« Dora nahm Ariadne fest am Arm. »Und warum sollte sie böse sein?«

Ariadne marschierte voran und rief die Ziegen mit einem Zungenschnalzen zu sich. »Der reiche Mann aus Athen ...«

»Xan Soundso?«

»Genau der. Er hat diesen Olivenhain gekauft, damit er an ihrem heiligen Ort ein dämliches Haus bauen kann.«

»Aha. Und das wäre dann ganz in der Nähe eurer Bar.«

Ariadne zuckte die Achseln. »Wir haben sowieso kaum Kundschaft.«

»Was hat er mit dem Olivenhain vor?«

»Er will den Teil neben dem Haus abhacken. Um einen Swimmingpool anzulegen! Und dabei ist der Strand nur fünf Minuten weit entfernt!«

»Kein Wunder, dass die Göttin böse ist.« Doras Blick fiel auf die hufeisenförmige Bucht, wo die Sonnenstrahlen im seichten Wasser funkelten. Es war wirklich wunderschön hier. Im nächsten Moment fiel ihr etwas ein. »Wie schafft ihr eigentlich die Sachen für die Strandbar hierher? Mit dem Esel?«

Ariadne grinste. »So altmodisch sind wir nun auch wieder nicht. Mein Vater transportiert alles, was wir brauchen, mit dem Boot seines Freundes vom Hotel hierher.«

Dora war erleichtert.

»Hoffentlich hat er auch etwas von Kassandras leckerem Kuchen dabei. Sie hat mir ein Stück geschenkt, aber ich habe es in meinem Zimmer vergessen.«

Nebeneinander schlenderten sie die letzten fünf Minuten des Weges über den weißen Sandstrand. Gesäumt von Pinien, wilden Pistazien, Johannisbrotbäumen und hin und wieder einem rosafarbenen Oleanderbusch oder einem Olivenbaum, war dies wirklich ein magischer Ort.

Magisch. Schon wieder dieses Wort. Mein Gott, reiß dich zusammen, schalt sich Dora. Du bist ja schon fast so schlimm wie Ariadne.

Als Nell und Penny beim Arzt eintrafen, saß Moira aufrecht im Bett. Eleni, die Frau des Arztes, hatte ihr ein kleidsames Bettjäckchen mit Ärmeln aus Spitze geliehen, kein Kleidungsstück, bei dem die zwei spontan an Moira gedacht hätten.

»Du siehst aus wie eine Romanheldin von Jane Austen«, scherzte Nell.

»Diese Leute sind so nett!«, begeisterte sich Moira. »Immer wieder schlage ich vor, ich könnte zu euch ins Hotel ziehen, aber sie wollen nichts davon hören. Offenbar war diese Magen-Darm-Geschichte wirklich gefährlich. Der Arzt hat mich zu einer Woche Bettruhe oder wenigstens Liegen auf dem Sofa verdonnert! Wenigstens haben sie sich überreden lassen, Geld von mir anzunehmen. Zum Glück besitzt der Arzt eine wundervolle Bibliothek voller Geschichtsbücher, insbesondere über diese Insel.«

»Wirklich?« Es wunderte Nell, dass über das winzige Kyri überhaupt Bücher geschrieben worden waren. Die Insel war so klein und unauffällig, dass es unvorstellbar schien, sie könne eine Geschichte haben. Wie hatte Takis' Sohn sie beschrieben? Ein Punkt im Ozean, wo es von Ziegen und Verwandtschaft wimmelte.

»Archäologen haben hier Unmengen von minoischen Tonscherben ausgegraben. Doch das ist nicht mal das Spannendste.«

»Oh?« Nells Interesse ließ bereits nach.

»Piraten!« Moira klang, als hätte sie im Lotto gewonnen. »Über die Zivilisation des klassischen Altertums wurde so viel veröffentlicht. Aber kaum jemand weiß von den französischen Korsaren, die über diese Küste herrschten. Die Piraten waren zweihundert Jahre lang die Herren der Meere! Sie haben die Türken überfallen und ihre Beute in Höhlen versteckt.«

»Das hört sich an wie in dem Film mit Johnny Depp.« Nell nickte. Sie erinnerte sich, dass auch Takis Piraten erwähnt hatte.

»Pass auf!« Moira griff nach einem uralten Wälzer und las vor: »»Die Insel Kyri war viele Jahre lang ein Schlupfwinkel der Piraten, wo sie in ausufernden Orgien die von den Türken geraubte Beute verprassten – zum großen Vorteil der Damen, die weder prüde noch hässlich waren ...«»

»Übersetzung bitte«, unterbrach sie Penny.

»Das heißt«, erklärte Nell lachend, »die Mädels hier waren hübsch und in Partylaune.«

»Es geht noch weiter«, fuhr Moira begeistert fort. »»Die Damenwelt von Kyri hatte nichts anderes zu tun, als der Liebe zu frönen oder Baumwollstrümpfe zu stricken ...« Ist das nicht süß? Wofür würdet ihr euch entscheiden? Liebe oder Strümpfe? Ich wüsste schon, was.«

»Strümpfe natürlich«, frotzelte Penny.

»Und jetzt kommt das Beste, ein echtes Geheimnis!« Moira war so voller Überschwang, dass Nell und Penny schon befürchteten, sie könnte einen Rückfall erleiden. »Nämlich die Statue!«

»Was für eine Statue?«, fragte Penny.

»Olivier de Menton, einer der Piraten, hatte eine wirklich unglaubliche Statue entdeckt, die eine liegende Venus darstellt. Sie ruht auf einem Diwan und hält den Apfel in der Hand, den ihr Paris gegeben hat. Den, der den Trojanischen Krieg auslöste.«

»Ganz bestimmt hast du recht«, sagte Nell rasch.

»De Menton berichtete dem französischen König von der Statue, und dieser erbot sich, ihn zu begnadigen, wenn er die Statue nach Paris brächte.«

»Und?«

»De Menton kam zu Ohren, dass der König ihn trotzdem wegen Hochverrats hängen lassen wollte. Also versteckte er die Statue irgendwo auf der Insel, und seitdem ist sie verschollen.«

»Das ist wirklich eine aufregende Geschichte«, räumte Penny ein.

»Und wisst ihr, was außerdem erstaunlich ist?«, verkündete Moira beglückt. »Damals wohnten fünftausend Menschen auf Kyri. Heute sind es etwa fünfhundert.«

»Ach, du meine Güte.« Penny schien besorgt um das Wohl jedes verbliebenen Einwohners. »Deshalb macht es ihnen so zu schaffen, dass alle jungen Leute wegziehen. Glaubt ihr, wir können ihnen irgendwie helfen?«

»Wie denn?« Moira klang skeptisch.

»Nun, abgesehen vom Hotel gibt es kaum Unterkünfte. Ich habe mir Gedanken über die Fischerhütten gemacht, die wir vom Boot aus gesehen haben. Stellt euch vor, wir würden die leeren Bootshäuser renovieren. Wir könnten jedes der Tore in einer anderen Farbe lackieren und die Zimmer mit den Balkonen darüber herrichten. Ich wette, bei Airbnb würden sich alle drum reißen!«

Nell musterte sie beeindruckt. »Vielleicht könnte meine Tochter Willow da etwas tun. Sie ist die Königin von Instagram und beschäftigt sich ständig mit solchen Dingen.«

Während Moira von ihren Piraten abgelenkt war, entging Penny der wehmütige Ton in Nells Stimme nicht, als sie ihre Tochter erwähnte. Sie fragte sich, was wohl mit Willow im Argen liegen mochte. Ihre Freundin sprach fast nie über sie.

»Warum redest du nicht mit Takis?«, schlug Nell vor. »Offenbar kennt er alle und jeden. Allerdings willst du bestimmt nicht, dass diese Insel sich so entwickelt wie Zanthos. Lauter Bier trinkende Nudisten, hm?«

Als sie sich von Moira verabschiedeten, ertappte sich Penny dabei, dass sie erleichtert war. Zum Glück wollte der Arzt, dass ihre Freundin weiter das Bett hütete. Das bedeutete, dass sie auch auf der Insel bleiben mussten.

Zurück im Hotel sprach sie Takis darauf an, ob es möglich sei, die Bootshäuser auf Vordermann zu bringen.

»Einige Eigentümer wären sicher einverstanden. Aber andere werden wissen wollen, wie viel sie das kostet, obwohl vielleicht gar keine Touristen kommen. Soll ich ein Treffen und eine Besichtigung mit ihnen vereinbaren?«, fragte Takis.

»Das wäre spitze. Meinst du, es könnte schon morgen klappen?«, erkundigte sich Penny, der klar war, dass ihr die Zeit davonlief. Vermutlich war es Wahnsinn, sich überhaupt einzumischen, aber möglicherweise konnten sie den Stein ja ins Rollen bringen.

Takis setzte sein faltiges Mr.-Bean-Lächeln auf und meinte, er werde sehen, was sich machen ließe.

Nell und Penny nahmen an ihrem Stammtisch am Hafen Platz. »Wo mag Dora wohl abgeblieben sein? Sie hat irgendetwas von der Strandbar gesagt. Ob sie noch dort ist, schwimmt und sich in der Sonne aalt?«

»Hallo, Mädels!« Als sie sich umdrehten, trat Dora wieder in einem ihrer ungeeigneten Kleider vor das Hotel. Diesmal war es ein Cocktailkleid aus rotem Samt, das glänzend zu einer Filmpremiere gepasst hätte, aber für den Hafen von Kyri recht übertrieben schien. Sie setzte sich und bestellte einen seltsam aussehenden Likör namens Mastiha.

»Der ist aus wilden Pistazien gemacht«, teilte sie ihren Freundinnen vergnügt mit. »Ich hatte gerade eine Unterrichtseinheit bei Ariadne, und zwar darüber, wozu man jedes Kraut von Salbei bis hin zu Rosmarin und Thymian verwenden kann. Ihr würdet euch wundern, wie nützlich das Grünzeug ist.«

»›Scarborough Fair‹.« Grinsend griff Nell nach ihrem Glas und nahm einen Schluck.

»Wie bitte?« Dora verstand kein Wort.

»*Parsley, sage, rosemary and thyme* – das ist der Refrain von ›Scarborough Fair‹. Ich dachte, du wärst in der Musikbranche. Schon mal was von Simon & Garfunkel gehört?«

»Im Grunde genommen habe ich mit der Musikbranche recht wenig zu tun«, gab Dora verschnupft zurück.

»Was ist denn mit dieser Sängerin? Wie heißt sie noch mal?«

»Venus Green«, antwortete Penny zur allgemeinen Überraschung. »Meine Tochter und ich waren süchtig nach der Casting-Show, die sie gewonnen hat. Wir haben keine einzige Folge verpasst.«

»Eigentlich wollte ich euch von einem spannenden Erlebnis erzählen, das ich gerade mit Ariadne hatte.« Dora senkte die Stimme.

»Oh mein Gott.« Penny beugte sich vor wie ein neugieriger Golden Retriever.

»Lasst uns zuerst ein Glas Wein bestellen«, schlug Nell vor. »Dann kann ich besser zuhören.« Sie hielten Ausschau nach dem Jungen, der als Kellner fungierte, konnten ihn jedoch nirgends entdecken. Schließlich ging Nell zur Rezeption, um nachzufragen, und wäre dabei fast über die langen, aristokratischen Beine von Xan Georgiades gestolpert.

»Haben Sie vielleicht den Kellner gesehen?«, wollte Nell wissen. Ihr fiel auf, dass er einen Tweedanzug trug, wie man ihn sonst nur in England beim Pferderennen sah. An ihm wirkte der Anzug tatsächlich elegant und nicht etwa wie bei einer Figur aus den Romanen von P.G. Wodehouse.

»Leider nein«, antwortete er lässig. »Ich versuche gerade selbst, einen Gin Tonic zu ergattern.«

Als der Kellner erschien, ließ Xan Nell mit einer kleinen Verbeugung den Vortritt.

»Eine Flasche Weißwein und drei Gläser bitte.« Sicher hatte Dora nach dem Mastiha auch Lust auf einen Schluck.

Xan bestellte seinen Gin Tonic, folgte ihr nach draußen und ließ sich höflich zwei Tische entfernt von Dora und Penny nieder.

»So«, begann Nell, sobald der Wein eingeschenkt war. »Jetzt schieß los.«

Dora nippte an ihrem Glas, ohne zu bemerken, dass der Neuankömmling ein Stück hinter ihr Platz genommen hatte.

»Ich war mit Ariadne in einem Olivenhain«, fing sie an. »Es ist ein faszinierender Ort. Gleich am Strand, in der Nähe von Takis' anderer Bar.«

Xans Rücken verspannte sich kaum merklich, und er lehnte sich diskret zu ihnen hinüber.

»Ariadne ist oft dort. Sie ist Amateurbotanikerin und sammelt ständig Kräuter und Beeren. Sie hat mir das hier empfohlen.« Dora hob ihr Glas mit durchscheinender Flüssigkeit. »Genau genommen wird es aus dem Harz gebraut.«

»Du wolltest uns erzählen, was dort passiert ist.«

»Genau.« Leicht verärgert wegen der Unterbrechung ließ Dora ihr Glas auf den Tisch knallen. »Laut Ariadne ist der Hain der Göttin geweiht ...«

»Welcher Göttin? Hier scheint es eine Menge davon zu geben.« Nell unterdrückte ein Kichern, denn Dora wirkte ungewohnt ernst.

»Aphrodite. Bei den Römern Venus.«

»Die Göttin der Liebe.« Penny lächelte.

»Wie dem auch sei. Jedenfalls ist Ariadne überzeugt, dass Aphrodite im Olivenhain umgeht.«

»Klar.« Nell nickte bierernst.

»Sie sagte, ihr Erkennungszeichen sei der Duft von Myrte. Und während wir da standen, war er plötzlich da. Ein übermächtiger Geruch nach Myrte! Einfach aus dem Nichts.«

»Das ist doch nichts Besonderes«, wandte Nell ein. »Dort wachsen sicher welche.«

»Genau das ist es ja.« Dora sah sie nacheinander an und zuckte die Achseln. »Nirgendwo war auch nur die Spur von Myrte zu sehen.«

Nell und Penny wechselten einen Blick, unsicher, wie sie reagieren sollten.

»Willst du damit sagen, dass die Göttin tatsächlich da war?«, hakte Nell nach.

Dora schüttelte den Kopf. »Keine Ahnung, was ich sagen will. So ist es eben passiert.«

Penny stellte fest, dass Xan hinter ihnen ausgesprochen verärgert das Gesicht verzog. Schon im nächsten Moment wich der Ausdruck einem gönnerhaften Lächeln.

»Hoffentlich verzeihen Sie mir die Störung, meine Damen.« Er wandte sich direkt an Dora. »Doch ich befürchte, da ist die Fantasie mit Ihnen durchgegangen. In diesem Hain gibt es nichts außer ein paar Ziegen. Vermutlich war es Felsenrose. Die kann ein wenig wie Myrte riechen. Um diese Jahreszeit wächst sie hier überall.«

Er leerte sein Glas, verbeugte sich und schlenderte kurz darauf am Hafen entlang zum anderen Ende der Stadt.

»Na, was haltet ihr davon?«, meinte Nell.

»Sagte Takis nicht, er wolle den Olivenhain roden und ein Ferienhaus bauen? Wahrscheinlich möchte er verhindern, dass sich lästige Göttinnen dort herumtreiben und ihn dabei stören.«

»Aber glaubst du wirklich, dass da eine Göttin war?« Nell war skeptisch.

»Ich weiß nicht.« Doras Miene war nachdenklich. »Jedenfalls schaue ich morgen nach, ob irgendwo in der Nähe diese Felsenrose wächst. Möchte eine von euch mitkommen?«

»Wir können nicht«, erwiderte Nell. »Wir treffen uns mit den Eigentümern der Bootshäuser am Strand. Penny glaubt, sie könne eine Attraktion bei Airbnb daraus machen.«

Penny und Nell sahen einander an.

»Ich möchte doch nur helfen«, beteuerte Penny, plötzlich entschlossen. »Es ist so schön dort. Laut Takis fahren die Leute zwar nach Santorin und sogar nach Sifnos, aber nicht nach Kyri. Es ist an der Zeit, dass sie merken, wie wundervoll diese Insel ist.«

»Tu, was du nicht lassen kannst«, entgegnete Dora und musterte sie versonnen. »Allerdings dachte ich, dass wir nur für einen Kurzurlaub hier sind.«

Fünf

Zurück in ihrem Zimmer beschloss Nell, endlich Willow anzurufen. Es war albern, dass sie derart nervös wurde, wenn sie mit ihrer eigenen Tochter telefonieren wollte. Aber so war es nun einmal.

Wie immer läutete das Telefon, ohne dass eine Mailbox ansprang. Willow hasste Mailboxen. Sie hielt sie für überflüssig, da sie ohnehin feststellen könne, wer angerufen habe. Also blieb Nell außer einer SMS nur das verdammte Instagram, um ihre Tochter anzuschreiben.

Natürlich stieß sie sofort auf ein Foto ihrer geliebten Enkelin, wie sie sich in Marigolds Arme schmiegte und furchtlos in die Kamera lächelte. Naomi war ein wunderschönes kleines Mädchen. Funkelnde grüne Augen, ein Stupsnäschen und ein schimmernder kastanienbrauner Haarschopf. Einen glückseligen Moment lang glaubte Nell, dass sie das Kleidchen trug, das sie ihr geschickt hatte. Dann jedoch sah sie gründlicher hin. Nein, der Stoff wirkte schwer und teuer, während Nell ihr Kleidchen beim Discounter gekauft hatte. Die Frage, von wem das Kleid stammte, erübrigte sich. Willow hasste Einkaufen und lief nur in Secondhand-Kreationen und ausgewaschenen Jeans herum. Also hatte sie es ganz sicher nicht besorgt.

Wieder betrachtete Nell das niedliche Gesichtchen voller Sehnsucht, als Großmutter anerkannt zu werden.

Doch die Fotos vermittelten ihr klipp und klar die Botschaft, dass sie unerwünscht war.

Penny hingegen wurde sehr wohl vermisst. Allerdings nicht wegen ihrer liebreizenden und herzensguten Art oder auch nur wegen ihrer unangefochtenen hausfraulichen Fähigkeiten: Der Gefrierschrank war leer.

Einige Sekunden lang war sie versucht, Colins letzte Nachricht einfach zu ignorieren. Dann jedoch sorgten ihre ehelichen Schuldgefühle, die er nun schon seit Jahrzehnten schlau auszunutzen wusste, dafür, dass sie zum Telefon griff und ihrer Tochter eine Nachricht schickte. Ob Wendy rasch vorbeifahren und Proviant abwerfen könne? Sie werde ihr die Kosten erstatten, sobald sie zurück sei.

Kaum hatte sie ihr Nachthemd angezogen, als schon die lästerliche Antwort in überraschender Geschwindigkeit und mit offensichtlicher Schadenfreude eintraf.

Vergiss Dad, schrieb Wendy. *Er beutet dich aus, weil du ihn lässt. Wenn er solchen Hunger hat, soll er in den Pub gehen. Und du amüsierst dich jetzt. Das ist ein Befehl!*

Penny konnte sich ein Schmunzeln nicht verkneifen. Die Wahrheit lautete, dass sie sich wirklich amüsierte. Was noch vor wenigen Tagen zur Katastrophe zu werden drohte, entpuppte sich inzwischen als höchst aufregendes Abenteuer.

Dann jedoch erhob sich Penny, die Kummervolle, aus dem Dunst wie ein böser Flaschengeist – nur dass sich die andere Penny nicht erinnern konnte, ihr Alter Ego heraufbeschworen zu haben.

Was, zum Teufel, würden die Einheimischen davon halten, wenn eine aufdringliche Engländerin, die nicht einmal Griechisch sprach, ihnen sagte, sie sollten ihre Bootshäuser streichen und bei Airbnb anbieten?

Irgendwann aber hörte sie auf zu grübeln und griff nach ihrem Buch. Aus irgendeinem Grund schlief sie bei Agatha Christie stets innerhalb von fünf Minuten ein.

Am nächsten Morgen wurde Penny davon geweckt, dass die Sonne durch die Ritzen in den Fensterläden strömte. Außerdem ertönte ein seltsames Geräusch, das fast klang, als würde eine Trommel geschlagen. Das monotone Hämmern ging immer weiter, bis sie nicht anders konnte, als das Fenster zu öffnen und hinauszuspähen. Nell war auf dieselbe Idee gekommen.

»Was ist denn da los, verdammt?«, fragte Penny schlaftrunken.

»Keinen Schimmer. Ich habe schon überlegt, ob es irgendeiner dieser Feiertage ist, die sie hier ständig begehen.«

Zu Pennys Überraschung hatte Nell eine Brille auf der Nase. »Ich wusste gar nicht, dass du Brillenträgerin bist.«

»Seit ich achtzehn bin. Der Optiker meinte, ich würde zu viel büffeln.«

Sie starrten aus dem Fenster, bis sie die Geräuschquelle ermittelt hatten. Es war Takis, der Tintenfische gegen die Hafenmauer schlug.

»Was machst du da?«, rief Penny entsetzt.

»So klopft man sie weich«, erwiderte er. »Ich weiß, dass dir alle Lebewesen am Herzen liegen, aber die hier sind mausetot«, fügte er hinzu, als er ihre entgeisterte Miene bemerkte.

Penny konnte sich ein Lachen nicht verkneifen. Das also war der Ruf, der ihr jetzt schon vorauseilte.

»Tut mir leid«, entschuldigte sich Nell. »Wahrscheinlich ist es meine Schuld. Ich konnte nicht anders, als ihm zu erzählen, wie du auf Zanthos dem Mann mit dem Esel deine Handtasche übergezogen hast.«

»Der Esel war nur Haut und Knochen. Er konnte sich kaum noch auf den Beinen halten!« Penny klang noch genauso zornig wie damals.

Sie lächelten einander zu. Dann standen sie eine Weile da und betrachteten das Dorf unter ihnen. Jenseits der Zeile aus Cafés und Restaurants lag der kleine, von Tamarisken gesäumte Strand, wo das Meer in der Morgensonne funkelte. Der weiße Sand schien dazu einzuladen, dass man barfuß darüberlief.

»In England regnet es bestimmt«, merkte Nell schadenfroh an.

»Warum nehmen wir nicht ein Morgenbad?«

Fünf Minuten später rannten sie an einigen alten Männern vorbei, die Kappen oder Baskenmützen auf den Köpfen trugen. Sie feuerten die beiden Engländerinnen an, als diese sich bis auf die Badeanzüge entkleideten und lachend ins Wasser stürmten.

»*Daxi! Daxi!*«, riefen sie lobend, als Nell und Penny einander aus purem Übermut nass spritzten. Es war so schön, im warmen griechischen Meer zu baden, wo die Sonne vom Himmel brannte und es bereits um neun Uhr morgens heiß war.

»Daran könnte ich mich gewöhnen.« Nell seufzte auf und spürte, wie das Wasser sie sanft umhüllte.

»Fantastisch!«, verkündete Penny. Nell stimmte ihr zu.

»Das Frühstück ist fertig!«, meldete Takis, der sich zu den alten Männern gesellt hatte, um die beiden zu beobachten.

»Sind wir gestorben und in einem Himmel gelandet, wo die Männer Frühstück machen?« Nell lachte.

Kurz musste Penny an Colin denken, doch zum ersten Mal weigerte sie sich, sich von ihm vereinnahmen zu lassen. Er durfte ihr nicht alles kaputt machen.

»Ich raube dir ja nur ungern die Illusionen«, meinte sie zu Nell, während sie nach ihrem Handtuch griff. »Aber ich glaube, Kassandra ist schon seit sechs auf den Beinen und rührt Joghurt an.«

»Nun ja.« Nell schüttelte ihr nasses Haar aus. »Dann wollen wir sie nicht enttäuschen. Lass uns frühstücken.«

Moira fühlte sich schon viel besser. Sie hatte keine Ahnung, ob es am Antibiotikum, der Bettruhe oder daran lag, dass der Arzt und seine Frau sie so wundervoll pflegten. Doch ganz gleich, was es auch sein mochte, jedenfalls war sie fast wieder die Alte. Und mit diesem Gefühl stellte sich Tatendrang ein.

»Eleni, glaubst du, wir könnten wenigstens einen kleinen Spaziergang machen? Nur zehn Minuten? Sonst werde ich noch verrückt!«

Eleni lächelte nachsichtig. »Ich frage meinen Mann.«

Sie verschwand nach unten in die Praxis und kehrte nach zehn Minuten nickend zurück.

»Aber nur rund um den Garten und ein Stück die Straße hinauf. Danach geht es wieder ab ins Bett. Er sagt, dein ganzer Organismus sei aus dem Lot. Deshalb müsstest du dich noch schonen. Aber ein Spaziergang ist in Ordnung, findet er.«

Moira bürstete ihre vogelnestähnliche Frisur so gut wie möglich. Eleni beäugte sie mit einer Mischung aus Neugier und Grauen.

»Ja, ich weiß«, räumte Moira ein. »Ich muss etwas dagegen unternehmen.«

»Wenn du möchtest, kümmere ich mich darum«, erbot Eleni sich schüchtern. »Vor meiner Hochzeit war ich Friseurin.«

Moira schlüpfte in ihre sonderbare Garderobe, die außerdem recht abgetragen aussah. »Du warst nicht zufällig auch Einkäuferin bei einem Modehaus?«, witzelte sie.

»Nein, aber ich habe noch die Sachen von meiner Mutter. Ich habe es nicht über mich gebracht, sie – wie sagt man? – wegzuschmeißen.«

»Aha«, erwiderte Moira zweifelnd. Sich wie eine alte Griechin zu kleiden schien ihr kein sonderlicher Fortschritt zu sein.

»Sie war sehr elegant.« Elena lächelte. »Ich zeige dir ihre Sachen später.«

Als sie auf die Steintreppe zusteuerten, verstand Moira, was der Arzt gemeint hatte. Es war offenbar ratsam, dass sie sich am Geländer festhielt und sich Zeit ließ.

»Ist dir schwindelig?«, erkundigte sich Eleni besorgt.

»Nur ein kleines bisschen«, log Moira. Sie dachte an ihre Urahnen, die Bauern gewesen waren, und hoffte, dass sie etwas von deren Rossnatur geerbt hatte.

Zum Glück legte sich der Schwindel, doch ihr war klar geworden, dass der Arzt recht hatte: Ihr gesamter Organismus war angegriffen. Die Sache würde wohl ein wenig länger dauern als erwartet. Allerdings wollte sie nicht, dass die anderen ihren Urlaub opferten, um an ihrer Seite auszuharren.

Der Garten war an den schattigeren Stellen erstaunlich grün. Elena zeigte ihr stolz ihre einzige Rose und eine Stockrose.

»Das ist mein englischer Garten!«, verkündete sie.

»Sehr hübsch«, antwortete Moira, die sich nicht die Bohne für Gärten oder Pflanzenzucht interessierte. Der Kollege in Cambridge, der den Fehler begangen hatte, ihr die Mitgliedschaft im Gartenausschuss anzutragen, konnte das aus Erfahrung bestätigen.

Ganz hinten im Garten gab es ein kleines Tor. Moira schritt hindurch und erstarrte im nächsten Moment, als wäre ihr ein Geist erschienen. »Was, um alles in der Welt, ist das?« Sie wies auf einige große Steinbrocken mit eingemeißelten Verzierungen.

»Oh, das sind Teile einer Säule. Die ganze Insel ist voll davon.«

Trotz ihres Zustands ließ sich Moira ehrfürchtig auf die Knie hinab und begann, den glatten goldfarbenen Stein zu liebkosen. Die Säule war zwar zerbrochen, sah aber ansonsten genauso aus wie vor Tausenden von Jahren. »Womöglich stammt sie von einem Apollotempel!«, rief sie, übersprudelnd vor Begeisterung.

Eleni lächelte so nachsichtig, als wäre Moira gerade wegen einer Alltäglichkeit wie einer Scheibe Brot oder einer Tasse griechischen Kaffees aus dem Häuschen geraten.

»Auf der anderen Seite der Insel gibt es ein ganzes aus Stein gehauenes Theater. Man könnte daran vorbeispazieren, ohne es zu bemerken. Sobald du dich besser fühlst, gehen wir hin und sehen es uns an.«

Moira setzte sich auf einen verzierten Felsen und machte ein Gesicht, als wäre sie im Paradies gelandet. Außerdem musste sie ja auch noch die Piratenhöhlen erkunden. Vielleicht würde sie länger auf Kyri bleiben als geplant.

Takis trat vor, um zu den etwa zwölf Anwesenden zu sprechen. Es waren überwiegend wettergegerbte Männer mit grau meliertem Haar, die ihren Lebensunterhalt mit dem immer weniger ertragreichen Fischfang verdienten. Ihre Frauen hatten sich mit verschränkten Armen aufgereiht. Mit ihren kampfeslustigen Mienen erinnerten sie Penny an Schnäppchenjägerinnen im Schlussverkauf. Ganz offensichtlich trauten sie dem Braten nicht.

»*Yassou*, liebe Nachbarn«, begann Takis auf Griechisch. »Mich kennt ihr ja bereits, aber ich möchte euch diese beiden charmanten englischen Damen vorstellen. Penelope und Helena. Griechische Namen, wie ihr seht. Sie haben eine Idee, wie ihr alle Geld verdienen könnt, und zwar indem ihr eure Bootshäuser, die ihr sowieso nur im Winter benutzt, im Sommer an Touristen vermietet. Penelope ist eine berühmte Innenarchitektin und hat die Häuser reicher Leute ausgestattet.« Er lächelte Penny zu, die seiner unverfrorenen Lüge gewiss widersprochen hätte, hätte sie auch nur ein Wort verstanden. »Und Helena wird ihr helfen.«

Dann wandte er sich an Penny und fuhr auf Englisch fort: »Also, Penelope, erklär meinen Nachbarn, was du von ihnen erwartest und wie dein Plan funktionieren kann. Ich übersetze.«

»Los, Penny«, zischte Nell. »Stell dir vor, du wärst nicht du selbst, sondern Dora. In Sachen Selbstbewusstsein kann selbst Boris Johnson ihr nicht das Wasser reichen, und außerdem ist sie dickfellig wie ein altes Walross.«

Penny rief sich die beiden Punkte ins Gedächtnis, die angeblich wichtig waren, wenn man vor einer größeren Gruppe sprach: Man musste von Anfang an bestimmt auftreten und dann zu einem der Zuhörer Blickkontakt aufnehmen. Leider war die Frau, die direkt vor ihr stand, die Furcht erregendste von allen.

»Also.« Sie zwang sich, trotz ihrer Gutmütigkeit einen strengen Gesichtsausdruck aufzusetzen. »Sicher haben Sie alle schon von Airbnb gehört. Das Unternehmen hat das Übernachten in fremden Häusern revolutioniert und Städten und Dörfern, die ganz ähnlich sind wie Kyri, zu Einkünften verholfen. Und dabei die Hoteliers ziemlich verärgert, indem es sie preislich meilenweit unterbietet.« Sie deutete auf Takis, der ein übertrieben trauriges Gesicht machte.

»Meiner Ansicht nach eignen sich Ihre Bootshäuser ausgezeichnet dafür, um sie an Touristen zu vermieten.« Ein interessiertes Raunen entstand. »Allerdings müsste man einiges verbessern. Zuerst einmal sollten die Tore in wunderschön leuchtenden Farben lackiert werden, damit sie auf Fotos etwas hermachen. Ich schlage vor, dass wir eine Pinselparty veranstalten und das gemeinsam erledigen. Vielleicht sogar schon morgen, wenn jeder Schmirgelpapier und Pinsel mitbringt …«

»Und wer bezahlt die Farbe?«, fragte die Furcht erregende Frau, der Penny beim Sprechen unverwandt in die Augen geblickt hatte. Mit finsterer Miene wartete sie ab, bis Takis übersetzt hatte.

»Ich«, erwiderte Penny zu ihrer eigenen Überraschung. Schließlich hatte sie ja noch etwas von ihrer Erbschaft übrig. »Und Helena hier kümmert sich um Mittagessen für alle.«

Nell zuckte zusammen. Penny wusste von ihrem Kochkurs. Nun war sie auf Gedeih und Verderb in die Sache verwickelt.

»Was bilden Sie sich eigentlich ein, uns Vorschriften zu machen?«, wurde sie plötzlich von einer alten Dame angeherrscht, deren schwarze Ganzkörperverhüllung sie als stolze Witwe auswies. »Sie sind eine Fremde, die Kyri gar nicht kennt!«

Einige andere, insbesondere die Männer, murmelten beifällig.

Wenn Penny allein gewesen wäre, hätte sie vermutlich das Handtuch geworfen. Doch zum Glück stand Takis an ihrer Seite. Er ergriff das Wort, noch ehe sich Widerstand regen konnte.

»Hört zu, meine Freunde. Wisst ihr, was unser Problem ist? Acht von zehn neuen Arbeitsplätzen hängen hierzulande vom Tourismus ab. Und wie viele von diesen Jobs gibt es auf Kyri? Keinen! Wollt ihr, dass eure Kinder auch Fischer werden und sich im Winter aufs Meer hinauswagen, um Fische zu fangen? Nein, nein und nochmals nein!« Er sprach einen alten Mann hinten in der Gruppe an. »Apostolis, wo sind deine Enkel?«

»In Athen«, räumte der grauhaarige Mann ein.

»Und deine Tochter, Irene? Wo ist sie?«

»Auf Santorin. Sie ist mit einem Albaner verheiratet.«

Diese griechische Tragödie sorgte für mitleidiges Kopfschütteln.

»Genau«, fuhr Takis fort. »Wir müssen verhindern, dass unsere Söhne und Töchter von Kyri fortwollen. Also nehmen wir unsere Pinsel und machen unsere Insel noch schöner, als sie schon ist.«

Nell spürte, dass sich die Stimmung veränderte. Sie schmunzelte in sich hinein. Mit einer Mischung aus Charme und Drohungen hatte Takis seine Mitbürger überzeugt. Während sie sich bereits überlegte, wie sie morgen eine kleine Armee aus Griechen verköstigen sollte, bemerkte sie einen Neuankömmling, der sich durch die Anwesenden schlängelte.

Er war hochgewachsen, hatte eine gute Figur und grau meliertes Haar mit ebensolchem Schnurrbart. Seine sonnengebräunte Haut bildete einen auffälligen Kontrast zu dem ausgebleichten Jeanshemd. Belustigt ließ er den Blick über die Versammlung schweifen, bis seine Augen auf Penny trafen. Beinahe schien er einen Schritt zurückzuweichen, als er sie genauer musterte. Es wirkte, als hätte er ein Gespenst gesehen.

»Nikos«, begrüßte Takis ihn erfreut. »Mein Freund. Ich bezweifle, dass du dein Haus bei Airbed vermieten willst« – Nell lachte über seine Verballhornung von Airbnb –, »aber betreffen wird es dich auch. Deine Gegend wird das Touristenviertel Nummer eins von Kyri.«

Der Mann namens Nikos lachte. »Dann trifft es sich ja gut, dass mein Haus um die Ecke liegt. Schließlich möchte ich deine Gäste nicht mit dem Lärm meines Motorrads wecken.«

»Meine Damen.« Takis lächelte breit. »Das ist Nikos Dukakis, mein sehr alter Freund und außerdem der verehrte Bürgermeister der Insel Kyri.«

Die Versammlung löste sich voller Vorfreude auf. Die Leute gingen zu zweit oder zu dritt und debattierten dabei, wo man Schmirgelpapier kaufen konnte, wer Pinsel oder Farbroller hatte und ob das Streichen eher Männer- oder Frauenarbeit war.

»Ich glaube, das lief ganz gut.« Penny lächelte dem letzten Anwesenden hinterher.

»*Fandabidozi!*«, rief Takis aus und wirbelte auf dem Absatz um die eigene Achse.

»Heißt das ›genial‹ auf Griechisch?«, erkundigte Nell sich neugierig.

»Das ist Glasgower Dialekt«, erwiderte Takis zu ihrer Überraschung. »Ein Begeisterungssturm der Berufsschottin Jimmy Krankie. Ich habe vor vielen Jahren mal in Glasgow gearbeitet.«

»Glaubst du, die Leute stehen wirklich hinter der Idee?«, fragte Penny besorgt. »Ich fand, dass sich einige von ihnen ziemlich ablehnend verhalten haben.«

»Kein Wunder, oder?« Nell zuckte die Achseln. »Wir sind ja erst seit ein paar Tagen hier, und schon mischen wir uns in ihr Leben ein.«

Takis schüttelte den Kopf. »Nein, am Schluss war alles in Ordnung. Unter diesen Leuten muss man erst eine Bombe zünden. Für die ist es schon eine Neuerung, eine Glühbirne zu wechseln. Deshalb geht hier einfach nichts voran.«

»Okay.« Penny grinste. »Dann müssen wir unser Versprechen auch halten. Ich schaue mir die Bootshäuser gründlich an. Touristen sind nicht unbegrenzt zu Zugeständnissen im Namen der Folklore bereit. Allerdings habe ich die Häuser einiger Freunde aufgemöbelt, fast ohne Geld auszugeben. Es könnte also klappen.«

»Man muss es den Leuten nur schmackhaft machen, für ein schlichtes Ambiente so richtig viel Geld springen zu lassen.« Nell lachte und musterte Penny forschend. »Bist du eigentlich je diesem Nikos über den Weg gelaufen?«

»Dem knackigen einsamen Wolf, Bürgermeister von Kyri? Kann nicht behaupten, dass ich ihn beim Einkaufen getroffen hätte.«

»Er schien dich nämlich zu kennen. Er hat dich angestarrt, als wärst du einem Traum entstiegen.«

»Ach herrje, Nell!« Penny schüttelte den Kopf, so albern fand sie diese Äußerung. »Woher sollte ich den Bürgermeister einer winzigen griechischen Insel kennen? Insbesondere einen, der die Schwulenehe gutheißt. Bei mir zu Hause haben sie gerade erst angefangen, Scheidungen zu segnen.«

»Hmmm.« Nell schien nicht überzeugt. »Tja, warten wir's mal ab.«

So vorsichtig, wie Joan Collins in Stilettos über den roten Teppich stakste, lief Dora in ihren neuen Turnschuhen den Pfad von der Bushaltestelle zum Strandcafé hinunter. Sie gab es zwar nur ungern zu, aber mit einem Sturz war in ihrem Alter nicht zu spaßen, vor allem dann nicht, wenn man vielleicht keinen Empfang hatte und deshalb nicht sofort Hilfe herbeitelefonieren konnte.

Allerdings geriet sie trotzdem beinahe ins Straucheln, als Juno, die Ziege mit dem langen cremefarbenen Fell und den gebogenen Hörnern, auftauchte und sie anstupste. Das ungewöhnlich menschenähnliche Gesicht des Tiers schien Dora anzulächeln.

»Du würdest nicht so vergnügt grinsen, wenn du wüsstest, dass ich mir dich als hübschen, flauschigen Bettvorleger vorstelle«, teilte Dora der Ziege mit.

Die Ziege lächelte weiter.

Dora betrachtete den Hügel und überlegte, wie lange der Fußweg vom Hafen hierher wohl dauern mochte. Der Pfad wirkte nicht sehr steil. Sie würde Ariadne fragen. Beinahe hatte sie die Strandbar erreicht, als sie der Versuchung nicht widerstehen konnte, den Olivenhain auszukundschaften und festzustellen, ob es dort wieder nach Myrte roch. Obwohl Dora nicht in der Lage war, eine

Pinie von einer Eiche zu unterscheiden, blieb sie zwischen den Bäumen stehen und blickte sich aufmerksam um.

Es waren etwa fünfzig Bäume, viele mit erstaunlich knorrigen und verschlungenen Stämmen. Ihre Kronen breiteten sich über ihr aus wie Schirme. Die silbrigen Blätter raschelten im Wind. Die winzigen Früchte waren noch hell, würden aber bald reifen und sich so schwarz verfärben, wie man es gemeinhin von Oliven kannte. Viele der Bäume schienen tot oder krank zu sein. Plötzlich war Dora ihre eigene Unkenntnis peinlich. Sie wusste gerade mal, dass Oliven an Bäumen wuchsen und nicht verzehrfertig in Dosen oder Behältern im Supermarkt gediehen. Eigentlich war sie nicht anders als die vernachlässigten Stadtkinder, über die das Fernsehen immer wieder berichtete – bedauernswerte junge Menschen, die nicht ahnten, dass die Milch von Kühen kam.

Es war so still, dass man sich fast vorstellen konnte, wie Nymphen und Satyrn zwischen den dicken Baumstämmen Verstecken spielten oder in lüsterner Umarmung auf die zu Boden gefallenen Oliven sanken.

Dora holte tief Luft. Doch da waren nur die Meeresbrise und ein leichter Aprikosenduft von den rosafarbenen Oleanderbüschen, die hier überall gediehen. Der Oleander hätte einen Platz als Wahrzeichen Griechenlands verdient, denn er wuchs in jedem Garten und an jeder Raststätte und erinnerte die Menschen daran, dass sie im Urlaub waren.

Heute gab es hier weder Nymphen noch Satyrn und nicht mal den Hauch von Myrte in der Luft. Dora hielt Ausschau nach den Felsenrosen, die man laut Xan Georgiades angeblich hier fand. Fehlanzeige.

Sie wollte schon umkehren, als sie einen weiteren, noch kühneren Einfall hatte – nämlich, sich rasch das baufällige Haus anzusehen, das Xan dem alten Yannis abgekauft hatte.

Eigentlich war es mehr eine Hütte als ein Haus. Die Wände bestanden offenbar aus Treibholz, das Dach war aus Riffelbeton. Wahrhaftig keine Augenweide, wäre der traumhafte und ungestörte Blick auf die funkelnde Ägäis nicht gewesen. Dora konnte verstehen, warum man dieses Haus abreißen und ein neues bauen wollte. Allerdings brachte die Vorstellung, dass ein halbseidener Zeitgenosse und Snob wie Xan hier wohnen wollte, sie zum Lachen.

»Es freut mich, dass Sie mein bescheidenes Zuhause so amüsiert.« Beim Klang der Stimme machte Dora einen Satz rückwärts und trat dabei aus Versehen die Ziege, die lautstark protestierte.

Sie zwang sich zur Ruhe. Schließlich hatte sie auf Tagungen Referate vor mit allen Wassern gewaschenen Managern gehalten. Wieso also sollte sie nicht mit einem wohlhabenden, wenn auch ziemlich aufgebrachten Griechen fertigwerden?

»Ich war gerade auf dem Weg zum Strand«, entgegnete sie kühl. »Ich dachte, ich mache einen Umweg, um mir die Felsenrosen anzuschauen.«

»Vielleicht sind es ja keine Felsenrosen.« Xans Blick wurde gehässig. »Blumen sind nicht unbedingt mein Fachgebiet.«

»Ich frage Ariadne.« Dora lächelte zuckersüß. »Die kennt sich mit Blumen besser aus als David Attenborough mit Pottwalen.«

»Wer, zum Teufel, ist Ariadne?«, erwiderte er unwirsch.

»Takis' Tochter. Sie versorgt die Ziegen und führt die Strandbar.«

»Dann ist sie offenbar damit überfordert. Wären Sie so gütig, dieses Tier von meinem Grundstück zu entfernen, bevor es mir die Oliven vollscheißt?«

»Natürlich gern.« Dora lächelte wieder. »Auch wenn ich bis jetzt dachte, dass Scheiße ein guter Dünger ist.« Gefolgt von der Ziege lief sie zu dem Weg, der zum Strand führte. Ihr Herz schlug schneller, und ihr Atem ging stoßweise. Dennoch gelang es ihr, ihre herablassende und ein wenig einschüchternde Art zu bewahren, die Journalisten erzittern ließ und in den Klienten Erleichterung darüber auslöste, dass Dora *sie* vertrat und nicht die Konkurrenz.

Den Prada-Rucksack geschultert marschierte sie den Pfad zum Strand hinunter, ohne sich umzublicken. Unten angekommen stellte sie verärgert fest, dass die Bar geschlossen war. Von Ariadne fehlte jede Spur. Ebenfalls – und das war noch schlimmer – von dem Cappuccino, auf den sie sich so gefreut hatte.

Sie zog die Turnschuhe aus, krempelte ihre Jeans hoch, trat in den weißen, vom türkisfarbenen Meer begrenzten Sand und ließ sich die Knöchel vom Wasser umspülen, bis ihre Gereiztheit sich legte. Dann schloss sie die Augen. Ein Stück entfernt sang ein Vogel in einer Tamariske. Eine derart friedliche Stimmung wie hier hatte sie noch nie erlebt. London schien ganz weit weg. Sie hatte nie viel für all die Wichtigtuer dort übrig gehabt, doch als sie hier allein am Strand stand und die frische Luft einatmete, wurde ihr zum ersten Mal der Grund dafür bewusst.

Widerstrebend kehrte sie um in Richtung Pfad.

Eine halbe Stunde später ließ sie sich neben Penny und Nell auf einen Stuhl fallen. Letztere machte sich Notizen in das neue Heft, das sie gerade im Supermarkt gekauft hatte.

»Vorhin bin ich im Olivenhain einem stinksauren Xan in die Arme gelaufen«, meldete Dora.

»Und was genau wolltest du in seinem Olivenhain?« Nell verkniff sich ein Grinsen. »Myrte suchen?«

Dora bedachte sie mit einem vernichtenden Blick. »Ich wollte nachsehen, ob es dort wirklich diese Felsenrosen gibt, die er erwähnt hat.«

»Und, gibt es welche?«

»Natürlich nicht.«

»Und warum war er sauer? Weil du sein Grundstück ungefragt betreten hast?«

»Das habe ich doch gar nicht. Ich musste Ariadnes Ziege da rausholen.«

»Die, die dir überallhin folgt?«, fragte Penny mit Unschuldsmiene. »Ariadne hat uns erzählt, dass sie sich in dich verliebt hat.«

»Das würde zu mir passen.« Dora warf ihr bronzefarbenes Haar in den Nacken. »Von einer Ziege angehimmelt zu werden. Und noch dazu von einem Weibchen.«

»Aber, aber.« Nell schnalzte tadelnd mit der Zunge. »Denk an die Geschlechtergerechtigkeit.«

»Und warum war er sauer?«, hakte Penny nach. »Befürchtet er, deine Göttin könnte seine Baugenehmigung durchkreuzen?«

»Haben Göttinnen heutzutage überhaupt Einfluss auf Baugenehmigungen?«, erkundigte sich Dora.

»Immerhin sind wir in Griechenland.« Nell lachte. »Hier nehmen sie ihre Götter und Göttinnen sehr ernst.«

»Seltsam, wenn man bedenkt, dass es ein katholisches Land ist«, merkte Penny an. »Oder besser gesagt, ein griechisch-orthodoxes.«

»Das muss Moira uns genauer erklären«, erwiderte Nell. »Wisst ihr, dass ich sie allmählich vermisse?«

Dora machte ein entsetztes Gesicht.

»Und was hattest du wirklich dort vor?«, erkundigte sich Nell.

»Tja, ich habe einen Blick auf sein Haus geworfen«, gestand Dora. »Es ist wirklich sehr baufällig. Bewohnen tut er es ganz bestimmt nicht.«

»Natürlich nicht«, meinte Nell. »Er hat ein Zimmer im Hotel, richtig?«

»Das hatte ich ganz vergessen. Was ist eigentlich das da?« Dora deutete auf das Notizbuch. »Gute Vorsätze für den Frühsommer? Und ist das Wein in dieser Flasche?«

»Nein«, fauchte Nell sie an. »Desinfektionsmittel! Warum trinkst du nicht ein Schlückchen?«

»Welche Laus ist dir denn über die Leber gelaufen?«

Kurz überlegte Nell, ob sie die Wahrheit sagen sollte. Verdammt, warum auch nicht? Obwohl Dora als überzeugter Single sie vermutlich für total übergeschnappt halten würde.

»Okay … Ich war gerade auf Instagram. Hier.« Sie gab das Telefon Dora, diese reichte es an Penny weiter.

»Ein Kindergeburtstag.« Dora zuckte die Achseln.

»Ja.« Nell nickte. »Und zwar der erste Geburtstag meiner Enkelin Naomi. Offenbar hat die Post meine Einladung verschlampt. Okay, Mädels, die schonungslose Wahrheit lautet, dass ich an einem schweren Fall des Ungeliebte-Oma-Syndroms leide, ausgelöst von der traumhaften Marigold. Meine Tochter ist lieber mit ihr zusammen als mit mir.«

»Das stimmt ganz sicher nicht«, setzte Penny an, der Nells tief gekränkter Ton nicht entging.

»Doch, es stimmt. Marigold schenkt Naomi Kleidchen von Gucci und Lernspielzeug von Baby Einstein.«

»Willst du mich verarschen?«, protestierte Dora. »Die Firma gibt es gar nicht.«

»Es gibt sie sehr wohl«, beteuerte Nell, die sich immer mehr in Rage redete. »Außerdem finanziert Marigold Babymassagen und Baby-Yoga. Sie lässt sich nicht lumpen.«

»Ein Glück, dass ich keine Kinder habe! Aber ist es nicht toll, dass diese Marigold das alles übernimmt? So hast du keine Omapflichten. Du kannst reisen oder übers Wochenende wegfahren. Kein lästiges Herumstehen am Schultor mitten im Winter. Wunderbar!«

»Das Problem ist nur, dass ich es gerne täte«, gab Nell zu. »Ich habe schreckliche Sehnsucht danach.«

»Und was würde passieren, wenn du es vorschlägst?«, fragte Penny einfühlsam.

»Willow lehnt nie ausdrücklich ab«, antwortete Nell mit zitternder Stimme. »Nur dass immer etwas dazwischenkommt. Und dann gehe ich auf Instagram, und schon sehe ich Naomi in Gegenwart dieser blöden Zicke Marigold! In ihrem bescheuerten Swimmingpool. Oder in irgendwelchen Teuerklamotten, die Marigold ihr gekauft hat.«

»Oh, Nell, wie schlimm für dich.« Penny verstand auf Anhieb. »Die Frau muss ein echter Gefühlstrampel sein.«

»Wie dem auch sei, es ist mir wirklich schwergefallen, das alles zuzugeben.« Nell zuckte die Achseln. »Lasst uns jetzt etwas trinken und uns mit dem Notizbuch beschäftigen.«

»Danke für dein Vertrauen«, sagte Penny leise, prostete ihr zu und dachte daran, dass ihr bislang der Mut gefehlt hatte, den anderen die Wahrheit über ihre Ehe zu eröffnen.

»Ja«, stimmte Dora sichtlich gerührt zu. Sie hatte nicht viele enge Freundinnen. Eigentlich war dieser Urlaub seit Menschengedenken das erste Mal, dass sie Zeit mit Freundinnen verbrachte. Für einen Sekundenbruchteil spielte sie mit dem Gedanken, zu gestehen, dass sie Venus Green, ihre wichtigste Klientin, verloren hatte. Und dass sich jetzt die ganze PR-Branche vermutlich das Maul über sie zerriss. Aber nein, eine Lebensbeichte wie bei Oprah Winfrey lag ihr einfach nicht. Wenn sie litt oder ein schlechtes Gewissen hatte, bestand ihre übliche Reaktion in Schuldgefühlen und Selbstmitleid, was dazu führte, dass sie zu viel trank. Später tat sie dann so, als wäre nichts geschehen. Bis jetzt hatte es mit dieser Methode immer geklappt.

Sie beschloss, rasch das Thema zu wechseln, bevor die Situation zu gefährlich wurde. »Wofür ist dieses Notizbuch?«, erkundigte sie sich. »Hast du noch nie von Digitalisierung gehört?« Offen gestanden war das ein wenig dick aufgetragen, denn Dora war beileibe kein Computergenie.

»Mir sind altmodisches Papier und ein Stift lieber«, entgegnete Penny. »Das wird eine To-do-Liste für den Umbau der Bootshäuser. Morgen gehen wir hin, um uns ein besseres Bild zu machen. Möchtest du mitkommen?«

»Nein, eher nicht, danke. Neuigkeiten von unserer siechen klassischen Heldin?«

»Sie zerrt schon an der Leine«, erwiderte Nell. »Wir sollen mit ihr die Piratenhöhlen erkunden, sobald der Arzt es ihr erlaubt.«

»Wir müssen bald zurück nach Athen«, gab Dora zu bedenken. »Schließlich wollen wir doch unsere Flüge nicht verpassen, oder?«

Niemand antwortete, worauf Dora die anderen forschend musterte. »*Oder?*« Eine Hausfrau und eine Empfangssekretärin in Rente mochten ja gern hier versauern, dachte sie verärgert. Sie hingegen hatte ein Leben. Kurz wurde sie von Panik ergriffen, als sie sich ausmalte, was sie womöglich erwartete.

Nell sah Penny an. Sie hatten sich darauf eingelassen, die Bootshäuser zu streichen, und das wenige Tage vor ihrem Abflug. War das ein Problem?

Penny wich ihrem Blick aus.

»Natürlich«, verkündete Nell entschlossen. »Und jetzt wieder zu der Liste.«

Penny hatte ihr Telefon im Zimmer gelassen. Als sie hereinkam, hörte sie es läuten. Kurz fuhr ihr der Schreck in alle Glieder. War Wendy oder einem der Kinder vielleicht etwas zugestoßen? Aber Wendy meldete sich stets auf WhatsApp. Sie warf einen Blick aufs Display: Colin. Beinahe hätte sie den Anruf angenommen, doch sie hielt inne und starrte auf die Nummer. Gewiss hatte er nur wieder etwas zu meckern.

Zu Anfang ihrer Ehe hatte sie sich öfter gefragt, warum jemand, dem Geld und Prestige so viel bedeuteten wie Colin, sich ausgerechnet für sie entschieden hatte: recht unscheinbar, nicht sehr weltgewandt und völlig desinteressiert an irgendwelchen wie auch immer gearteten Statussymbolen. Ihre Vorzüge – menschliche Wärme, Einfühlungsvermögen, eine ausgeflippte künstlerische Ader und die Fähigkeit, ein Zuhause heimelig zu gestalten – wusste er überhaupt nicht zu schätzen. Als andere Leute sie gebeten hatten, ihre Häuser für sie einzurichten, hatte er sie ausgelacht. Für ihn war so etwas selbstverständlich, die Mindestanforderung, wenn man mit Colin Anderson verheiratet sein wollte. Anstelle ihrer Stärken nahm er nur ihre Fehler wahr. Sie war nicht so elegant wie die Ehefrauen seiner Freunde, kaufte nicht in denselben Läden ein wie sie und hatte auch keine Lust, sich mit ihnen zum Tee zu treffen. Auch ihre Dinnerpartys waren nicht so stilvoll und *ambitioniert*. Dabei hatte er dieses Wort ganz sicher nicht in seiner Jugend in Dagenham gelernt. Sie konnte sich des Eindrucks nicht erwehren, als grollte er ihr, weil sie seine bescheidene Herkunft kannte.

Zum ersten Mal überkam die Erkenntnis Penny mit solcher Wucht, dass sie sich aufs Bett setzen musste: Sie konnte ihren Mann eigentlich nicht leiden, geschweige denn, dass sie ihn liebte.

Dieses Eingeständnis tat ausgesprochen weh. Denn es bedeutete, dass sie Jahre ihres Lebens vergeudet hatte. Der einzige Lichtblick war ihre Tochter Wendy, die wundervolle, lebhafte, pragmatische Wendy. Obwohl ihre Eltern ihr kein gutes Beispiel gegeben hatten, war sie glücklich verheiratet und hatte einen ganz normalen, gutmütigen und sympathischen Mann und ganz normale, sympathische Kinder, die Penny geradezu vergötterte. Und dann war da noch Tom, der am anderen Ende der Welt wohnte und das Geld offenbar fast so zu lieben schien wie sein Vater.

Nachdem sie sich mit einem Glas Wein aus der Flasche gestärkt hatte, die sie im Kühlschrank aufbewahrte, hörte sie die Nachricht auf ihrer Mailbox ab.

Colins gereizter Ton zerstörte den Frieden in ihrem sonnendurchfluteten Zimmer. Wie zuvor sparte er sich ein »Hoffentlich amüsierst du dich gut« und fing sofort an, sich zu beschweren. Er habe keine sauberen Hemden mehr – was aus unerfindlichen Gründen ihre Schuld war. Wann, zum Teufel, würde sie zurück sein? Habe sie etwa vergessen, dass sie bei seinem Partner und dessen Frau auf einen Umtrunk eingeladen seien?

Durch das Fenster betrachtete Penny das Dorf. Gerade ging die Sonne in einem strahlenden Farbenmeer am Horizont unter. Ihr Licht tauchte die Segel zweier Boote in einen bronzefarbenen Schein. Einige alte Männer saßen debattierend und lachend auf einer Mauer. Am Strand unter den Tamarisken spielten Kinder Fußball. Zwei Frauen standen plaudernd beisammen. Aus den Cafés am Hafen wehte beruhigendes Stimmengewirr herbei. Die Zikaden zirpten. Überall duftete es süß und wächsern nach den winzigen weißen Blüten, die laut Kassandra *angeliki* hießen.

Penny fasste einen Entschluss. Sie würde weder auf diese Nachricht noch auf sonst eine ihres Mannes antworten.

Ein berauschendes Freiheitsgefühl sorgte dafür, dass ihr schwindelig wurde. Zum ersten Mal im Leben hatte sie selbst etwas entschieden. War das egoistisch? Sie wusste es nicht. Doch wenn ja, fühlte es sich ziemlich gut an.

Obwohl sie normalerweise einen Bogen um Spiegel machte, durchquerte sie nun zielstrebig das Zimmer und betrachtete ihr eigenes Gesicht. Warum trug sie noch immer diesen albernen Haarreif wie ein Schulmädchen? In einem plötzlichen Anfall von Euphorie riss sie ihn sich vom Kopf und schüttelte ihr Haar aus.

Morgen war ein neuer Tag, wie Scarlett O'Hara in *Vom Winde verweht* sagte. Von nun an wollte sie ein bisschen mehr so sein wie die starrsinnige, um sich selbst kreisende und dennoch bewundernswerte Scarlett.

»Was ist denn mit Penny passiert?«, zischte Dora Nell am nächsten Morgen zu, als sie in dem hübschen, mit Seestücken dekorierten Frühstückszimmer saßen, dessen offene Türen zum sonnenbeschienenen Hafen hinausgingen. »Der Haarreif ist weg, und sie scheint vor Frühlingsgefühlen zu platzen. Gleich ruft sie, dass Kyri voller Musik ist, und fängt an zu singen.«

»Vielleicht freut sie sich so über die Bootshäuser.« Nell zuckte die Achseln. Penny machte tatsächlich einen glücklicheren Eindruck. »Sie hat mir erzählt, dass sie sich zu Hause ein wenig als Innenarchitektin betätigt hat. Allerdings hatte sie nie Gelegenheit, es ernsthaft zu betreiben. Vielleicht werden wir ja miterleben, wie ihr Talent aufblüht.«

»Ein Hausfrauendasein muss stinklangweilig sein. Man ist finanziell abhängig und hat keine Freiheiten«, merkte Dora an. Allerdings wünschte sie sich insgeheim jemanden herbei, der ihr derzeitiges Leben regelte.

»Vor allem, wenn man an einen Miesepeter wie Colin geraten ist. Der Mann vereint Geiz und Reichtum in einer Person.«

»So geizig kann er nicht sein. Sonst hätte er Penny keinen Kurzurlaub in Griechenland finanziert«, wandte Dora ein.

»Sie hat alles selbst bezahlt, schon vergessen? Eine Erbschaft von ihrem Vater. Jedenfalls … pssst, da kommt sie.«

Penny nahm ihnen gegenüber Platz. Ihr Tablett war mit Joghurt, Honig, Walnüssen, Baklava und einem großen Glas voll frisch gepresstem Orangensaft beladen.

»Ein himmlisches Frühstück«, verkündete sie. »Und all das dank der Ziegen von Ariadne. Sind sie dir auf deinem täglichen Ausflug zum Strand wieder begegnet?«

In diesem Moment erschien der elegante Xan Georgiades aus dem winzigen Aufzug in der Lobby wie ein Gott, der dem Haupt des Zeus entsteigt.

»Guten Morgen, meine Damen«, begrüßte er sie förmlich, den Blick starr auf Dora gerichtet. »Stehen heute wieder Exkursionen auf dem Programm?«

»Ja, wir veranstalten eine Malerparty unten bei den Bootshäusern«, verkündete Penny fröhlich. »Wir helfen den Besitzern, alles herzurichten, damit sie ihre Unterkünfte über Airbnb vermieten können.«

»Ach, wirklich?«, entgegnete er in eisigem Ton. »Da kann ich nur für Sie hoffen, dass Sie auch eine Baugenehmigung haben.«

Er rauschte hinaus und winkte ein Taxi vom ziemlich schäbigen Taxistand vor dem Hotel heran.

»Ach herrje«, seufzte Penny. Kurz war ihr seliges Strahlen wie weggeblasen. »Glaubt ihr, er hat in Sachen Baugenehmigung recht?«

»*Malakas!*«, rief eine vertraute Stimme am Empfang aus. »Dieses Athener Arschloch.« Takis' faltige Züge kamen in Sicht. Er hatte mehrere Wasserflaschen in der Hand. »Was weiß der schon? Die Fischer haben früher dort übernachtet, also ändert ihr nichts an der Nutzung. Ihm ist nur mulmig, weil ich in dem Ausschuss sitze, der über sein Ferienhaus entscheidet.« Er grinste spitzbübisch und tippte sich an den Nasenflügel. »Was kocht ihr für die Party?«

Mit einem triumphierenden Lächeln griff Nell unter den Tisch und förderte zwei große Tüten mit Gemüse und anderen Lebensmitteln zutage. »Hättest du etwas dagegen, wenn ich deine Küche benutze?«

»Meine Küche ist deine Küche.« Takis verbeugte sich.

»Ich dachte, ich mache die Leute mal mit Ottolenghi bekannt.«

»Was ist Ottolenghi?«, erkundigte Takis sich begeistert. »Eine Pastasorte?«

»Es ist der Name eines Meisterkochs.« Nell lachte.

»Aber ist der nicht Türke?«, hakte Penny nach. »Findest du, das ist eine gute Idee? Du weißt schon … die Griechen und die Türken …«

»Ich dachte immer, dass er Libanese ist«, gab Nell zurück.

»Yotam Ottolenghi«, las Dora vom Display ihres Smartphones ab. »Geboren in Jerusalem. Englisch-israelischer Küchenchef‹.«

»Also? Glaubst du, du kannst mit dem ganzen Kleingeschnippel bei den Griechen punkten? Mich persönlich macht das wahnsinnig«, frotzelte Penny. »Ich halte es da eher mit Delia Smith.«

»Na, kommt schon, Mädels«, forderte Nell die beiden auf. »Wir werden denen zeigen, dass es mehr im Leben gibt als Moussaka.«

»Ohne mich«, meinte Dora. »Ich gehe zum Strand.«

»Mit einem Abstecher zum Olivenhain?« Nell zog eine Augenbraue hoch. »Hoffentlich erwischt Xan Georgiades dich nicht.«

Dora griff nach ihrer Badetasche, ohne sie einer Antwort zu würdigen. »Viel Glück auch.« Winkend marschierte sie den Hügel hinauf und entfernte sich vom Dorf.

Wieder war es ein traumhafter Morgen. Das Meer funkelte verführerisch durch die Olivenbäume, und der Duft der Pinien erinnerte sie an die Urlaube in Südfrankreich vor der Scheidung ihrer Eltern, ehe Dora mit einer zunehmend verbitterten Mutter zurückgelassen wurde. Sie schlenderte durch wilden Oleander und wohlriechenden gelben Ginster. Aus der Ferne hörte sie die Glöckchen von Ariadnes Ziegen, und bald stand Juno, ihre treu ergebene Verehrerin, neben ihr auf dem steilen Pfad. Irgendwo stieß ein Kuckuck seinen unverkennbaren Ruf aus – einer der wenigen Vögel, die Dora tatsächlich einordnen konnte.

Hinter der nächsten Kuppe kam Ariadnes hübsches, aufmerksames Gesicht zum Vorschein.

»Ist das ein Kuckuck?«, fragte Dora. »Oder gibt es die nicht in Griechenland?«

Ariadne bedachte sie mit einem empörten Blick. »Natürlich gibt es die hier. Wusstest du nicht, dass Zeus, der König der Götter, sich als armer, durchnässter kleiner Kuckuck getarnt hat, damit Hera ihn an ihren Busen drückte? Dann hat er sich wieder in Zeus verwandelt und ihr seine Liebe aufgezwungen.«

»Spitze! Genau der Trick, auf den Penny sicher auch reinfallen würde – ein armer, durchnässter kleiner Kuckuck. Ich sollte sie warnen. Im Zeitalter von Time's Up würde euer Zeus allerdings keine so gute Figur machen.«

»Was ist Time's Up?«

»Das lassen wir mal lieber.« Dora hatte keine Lust, der fünfzehnjährigen Bewohnerin einer winzigen griechischen Insel die Grundzüge der amerikanischen Bewegung gegen Diskriminierung und sexuelle Belästigung von Frauen zu erklären. »Anscheinend schreckt Zeus vor keiner Schandtat zurück, ganz gleich, ob es um Schwäne oder Kühe geht.«

»Das hast du völlig falsch verstanden«, beteuerte Ariadne. »Zeus hatte kein Verhältnis mit einer Kuh. Er hat seine Geliebte nur in eine Kuh verwandelt, um sie vor seiner Frau zu verstecken.«

»Die Sorte Männer kenn ich.«

Sie blickte sich im Olivenhain um, besorgt, der Eigentümer könne aufkreuzen und sie vertreiben. »Sollten wir nicht besser verschwinden?«, schlug sie vor.

»Die Göttin ist heute zornig. Sie war gerade noch hier. Riechst du ihr Parfüm nicht?«

Dora holte Luft. Da war er wieder, der unverkennbare Duft von Myrte. Es war wirklich sonderbar.

»Und heute hat sie das hier zurückgelassen. So etwas hat sie noch nie getan. Es ist ein schlechtes Omen, da bin ich sicher.« Ariadne förderte einen großen Strauß flauschiger weißer Blüten hinter ihrem Rücken zutage.

Dora betrachtete zweifelnd die Blumen. »Aller Wahrscheinlichkeit nach stammen sie nicht von der Göttin Aphrodite, sondern von Xan Georgiades. Autsch!« Sie war einem Busch zu nahe gekommen und hatte sich einen Dorn in den Zeh getreten. Dora sah sich nach einem großen Stein zum Hinsetzen um. Stattdessen entdeckte sie neben der baufälligen Hütte praktischerweise eine lange steinerne Bank mit verwitterten Verzierungen.

Nachdem sie sich noch einmal voller Unbehagen umgesehen hatte, nahm sie Platz. »Komisch«, merkte sie an, während sie den Dorn aus ihrem großen Zeh entfernte. »Letztens habe ich das Ding gar nicht bemerkt. Du vielleicht?« Ariadne zuckte die Achseln. Sie war zu sehr mit der derzeitigen Stimmung der Göttin beschäftigt, um sich für Bänke zu interessieren.

Dora wusste nicht, warum sie plötzlich von dem übermächtigen Bedürfnis ergriffen wurde, die Bank mit ihrem iPhone zu fotografieren.

Ariadne schob Juno zu Dora hinüber. »Sie will auch aufs Bild!«

Dora verscheuchte die Ziege. »Tut mir leid, Ariadne, aber ich will nur die Bank. Von Juno mache ich anschließend ein Foto.«

Sechs

Zu Pennys und Nells Überraschung hatten sich etwa dreißig Menschen auf dem schmalen Strandstück vor den Bootshäusern versammelt. Einige von ihnen waren bodenständige, schweigsame Fischer mit dunkler, wettergegerbter Haut, beeindruckenden Schnurrbärten und Augen, für immer verengt vom ständigen Ausschauhalten nach Wetterveränderungen am Horizont. Ihre Frauen, auch die schwarz vermummten, zwitscherten durcheinander wie ein Schwarm Wellensittiche. Sicher tratschten sie über die beiden merkwürdigen Engländerinnen, die glaubten, der Insel den Tourismus bringen zu können.

»Ach herrje«, murmelte Nell. »Hoffentlich habe ich genug zu essen für alle.«

Penny schnupperte. Es roch nicht nur nach Meer und ein wenig nach Motoröl von den Booten, sondern auch eindeutig nach backendem Brot. »Wenn nicht, kannst du ja loslaufen und mehr Brot kaufen. Die Lösung für jede Party.«

Erstaunt beobachtete Nell, wie geschickt sie die Truppen dirigierte, und zwar hauptsächlich in Zeichensprache, weil die meisten kein Englisch konnten. Als Penny ihre Gerätschaften auf einem Tisch ausbreitete, war sie im ersten Moment enttäuscht, weil nur wenige Spachtel oder Pinsel mitgebracht zu haben schienen. Doch sobald sie einen Pinsel in die Luft reckte, wurden viele weitere aus

Hosentaschen, Einkaufsbeuteln und in einem Fall sogar aus dem hautengen Oberteil einer ziemlich aufgetakelten, stark geschminkten Dame mit hohen Absätzen hervorgezaubert.

Penny erkannte diese auf den ersten Blick aus dem Rahmen fallende Helferin trotz ihrer körperbetonten und absolut ungeeigneten Kleidung als den Typ von Frau, den man bei jeder Wohltätigkeitsveranstaltung in Südengland antraf. Mit ihrem herrischen Auftreten, der lauten Stimme und der völligen Skrupellosigkeit, wenn es um eine gute Sache ging, kam sie Penny wie gerufen. Die Frau, die Demetria hieß, machte sich sofort daran, zu dolmetschen, alle herumzukommandieren und außerdem aus dem nahe gelegenen Café ausgezeichneten Kaffee herbeizuschaffen.

Bald wurden Leitern hergeschleppt und von mit Spachteln bewaffneten Fischern erklommen. Ihre Frauen hielten die Leitern unten fest und schwatzten dabei angeregt.

»Oh«, seufzte Nell. »Das ist ja wie die Szene in *Mamma Mia*, wo die Frauen die Männer auf den Leitern stehen lassen und Meryl Streep zum Hafen folgen, um dort ins Wasser zu springen.«

»Und wer von uns ist Meryl?«, fragte Penny.

»Du natürlich.«

Penny setzte zu einem griechischen Tanz an, riss sich jedoch zusammen. »Los. Ich habe so was schon öfter gemacht. Man muss die Arbeit erledigen, bevor allen die Puste ausgeht.«

Es dauerte nicht lange, bis sie und Demetria die Leute zum Kratzen und Schmirgeln abkommandiert hatten. Da Demetria der Ansicht war, dass die Leitern nicht festgehalten zu werden brauchten, mussten die Frauen ebenfalls ran.

Gerade zeigten sich die ersten Ermattungserscheinungen, als die Frauen in Unruhe gerieten wie Hennen, wenn sich ein Fuchs dem Hühnerhaus nähert.

Penny drehte sich um und stand nicht vor einem Fuchs, sondern vor einem einsamen Wolf in Gestalt des Bürgermeisters. Nikos war eingetroffen. Diesmal trug er schwarze Motorradkleidung aus Leder und sah aus wie eine Figur aus einem der erotisch aufgeladenen und dennoch geistreichen Filme von Jean-Luc Godard oder François Truffaut.

»Ich habe mich gefragt, ob Ihnen die vielleicht weiterhelfen«, verkündete er in fließendem Englisch und hielt zwei elektrische Schleifmaschinen und eine Handvoll verschiedener Schleifscheiben hoch.

Die Männer auf den Leitern, deren Arme allmählich lahm wurden, stürzten sich, begleitet von begeisterten »*Daxi! Daxi!*«-Rufen darauf. Inzwischen hatte Penny begriffen, dass das so etwas wie »okay« bedeutete, vermutlich das nützlichste Wort im Neugriechischen.

Nikos schlenderte zu Penny. Verstohlen wartete Nell auf Anzeichen der eigenartigen Vertrautheit, die sie an ihm beobachtet hatte, als er ihre Freundin am Vortag angesehen hatte.

»Du hast deinen Haarreif verloren«, stellte er fest.

»Ich habe ihn weggeworfen«, erwiderte Penny.

»Gut. Er hat dir nicht gestanden.«

»Danke. *Efcharistó.*« Schüchtern schüttelte sie den Kopf.

»Das hast du früher auch immer gemacht«, meinte er. In seinem Gesicht zeichnete sich ein gleichzeitig verwunderter und zärtlich-weicher Blick ab.

»Verzeihung?« Überrascht zuckte Penny die Achseln. »Sind wir uns schon mal begegnet?«

»Erinnerst du dich wirklich nicht mehr?« Seine blauen Augen fixierten sie, sodass sie sich nicht mehr von der Stelle rühren konnte.

»Woran soll ich mich erinnern?«

»Zanthos. Wir sind zwei oder drei Mal miteinander ausgegangen.«

Nell, die einige Meter entfernt stand, lauschte neugierig, während sie so tat, als rührte sie ein Salatdressing an.

»Unmöglich«, protestierte Penny. »Das würde ich noch wissen. Schließlich hatte ich nicht so viele Freunde, dass ich das vergessen könnte.«

»Auch das sieht dir so ähnlich, Penelope. Die Ehrlichkeit. Keine … wie sagt man? Weibliche List?«

Nell hatte Mühe, ein Kichern zu unterdrücken. Weibliche List war das Letzte, wozu Penny greifen würde.

»Wir sind miteinander ausgegangen. Du und ich und deine Freundin …« Als er auf Nell zeigte, ließ diese den Schneebesen fallen. »Beim letzten Mal waren wir im Apollo-Tempel auf Zanthos.« Jetzt wirkte er beinahe verärgert. »Und du musstest mir meine eigene Geschichte erklären. Dass es Apollo ist, der in der griechischen Mythologie jeden Tag die Sonne mit seinem Streitwagen über den Himmel zieht.«

»Das hatte ich nur von Moira«, meinte Penny tröstend, die seine Niedergeschlagenheit spürte. »Inzwischen lehrt sie Altphilologie.«

Plötzlich stand ihr die Situation wieder klar vor Augen. In aller Unschuld waren sie einverstanden gewesen, die beiden jungen Griechen zum Tempel zu begleiten. Doch die zwei hatten ihnen nur an die Wäsche gewollt.

»Aber der Junge hieß doch Christos!«, fiel ihr plötzlich ein. Ihre Empörung, als sie sich an die Situation erinnerte, ließ sie beinahe komisch wirken. »Und sein Freund, der es auf Nell abgesehen hatte, hieß Spiro!«

»Das weiß ich noch genau!«, meldete sich Nell zu Wort. Ihr Salat war vergessen. »Er fand es zum Totlachen, als du über Götter und Göttinnen geredet hast. Der einzige Glaube, den er kannte, war die griechisch-orthodoxe Kirche, die es ihm verbot, sich griechischen Mädchen zu nähern, weshalb er Engländerinnen für leichte Beute hielt.«

Nikos kramte in einer Tasche seiner Lederkombi und zückte ein zerknittertes Schwarz-Weiß-Foto. Es zeigte zwei junge Mädchen, das eine blond, das andere dunkelhaarig. Hinter ihnen ging über dem Apollotempel die Sonne unter. Zwei junge Griechen hatten die Arme um sie gelegt. Einer wies keck auf die Kamera.

»Oh mein Gott«, stieß Penny hervor. »Das sind ja wir!«

Sie starrte Nikos an. »Du bist Christos!«, schleuderte sie ihm entgegen. »Hast du einen falschen Namen angegeben, weil du Frau und Kinder hattest?«

»Ich war neunzehn! Christos ist mein zweiter Vorname. Ich habe einfach den genommen, mehr steckt nicht dahinter.«

»Und warum hast du das Foto aufbewahrt?«

Wieder musterte er sie eindringlich, so als wäre es lebenswichtig, dass sie ihn verstand.

»Weil dieser Moment in mir etwas verändert hat. Ich habe mich geschämt. Geschämt, weil wir euch nur verführen wollten. Vielleicht sogar noch mehr, weil ich so wenig über meine eigene Kultur wusste. Ich stamme aus der Arbeiterschicht. Mein Vater war ein einfacher Mann.

Da ich nie an Mythologie und Geschichte interessiert war, habe ich in der Schule bloß meine Zeit abgesessen. Ich wollte nichts als endlich weg, mir einen Job suchen und Geld in der Tasche haben. Nur dass ich ein ungebildeter Schwachkopf war – und durch dich ist mir das schlagartig klar geworden. Also habe ich mich neu erfunden. Ich habe gebüffelt, bin an die Uni gegangen und habe mich in Nikos verwandelt. Und schließlich bin ich hier gelandet.«

»Und bist Bürgermeister geworden«, beglückwünschte Nell ihn lächelnd.

»Was hast du denn studiert?«, erkundigte sich Penny.

Niko grinste strahlend. »Die klassische Antike, was sonst?«

»Na, dann wirst du dich ja prima mit Moira vertragen.«

»Noch ein griechischer Name«, erwiderte er.

»Ich dachte, er wäre irisch.«

»Die Moiren waren die Schicksalsgöttinnen, die entschieden, wie lange jemand lebte, und die den Zeitpunkt des Todes bestimmten.«

»Spitze«, frotzelte Nell. »Ich bin nicht sicher, ob ich unserer Moira so viel Verantwortung übertragen würde.«

»Und du bist Helena, deren unwiderstehliche Schönheit Anlass für den Trojanischen Krieg war«, meinte er zu Nell. »Und Penelope …« Er wandte sich an Penny und fixierte sie mit Blicken, »war die Frau des Odysseus, die zehn Jahre lang auf seine Rückkehr wartete.«

»Bitte erinnere mich nicht daran«, entgegnete Penny in einem sarkastischen Ton, den Nell gar nicht an ihr kannte. »Ich bin die leidgeprüfte Gattin, die nie aus der Reihe tanzt.«

»Aber unsere Vierte im Bunde hat eindeutig keinen griechischen Namen«, sagte Nell.

»Wie heißt sie denn?«

»Dora.«

»Ist das nicht die Abkürzung für Pandora?«

Penny nickte.

»Dann war sie die erste Menschenfrau. Zeus gab ihr eine Schachtel oder Büchse und wies sie an, diese auf keinen Fall zu öffnen. Sie tat es trotzdem und ließ damit sämtliches Übel auf die Welt los.«

»Genau wie bei Eva und dem Apfel!«, rief Nell aus und schüttelte verärgert den Kopf. Es war so ungerecht. »Immer sind die Frauen schuld. Allerdings sind in der Büchse unserer Dora vermutlich eher Schminksachen.«

Einer der Fischer stieß einen Jubelruf aus.

»Er ist fertig!«, erklärte Demetria. »Pavlos, Petros, Andros und Manoli auch.«

»Herrje.« Nell schmunzelte. »Dann essen wir jetzt am besten zu Mittag.« Sie und Demetria fingen an, das Essen auf Klapptischen am Strand zu arrangieren.

Penny und Nikos blieben allein zurück, als hätten sie sich abgesprochen.

»Ich möchte gern mehr über dich wissen.« Nikos betrachtete sie eindringlich. »Bist du verheiratet?«

Penny nickte.

»Und bist du glücklich mit deinem Mann?«

Penny konnte nicht anders, als sich der Wahrheit in ihrem Herzen zu stellen.

»Nein.«

»Aber ihr seid noch zusammen?«

Als sie nickte, hakte er nicht weiter nach. »Hast du auch Kinder?«

»Eine Tochter und einen Sohn. Und drei Enkelkinder«, fügte sie lachend hinzu. Sie war nicht sicher, ob sie die nächste Frage stellen wollte, tat es aber trotzdem. »Und du? Bist du verheiratet?«

»Nein.«

Die Antwort war schnörkellos schlicht. »Ich hatte Beziehungen. Recht viele. Einige schön, andere nicht so sehr. Aber nie die richtige.« Plötzlich grinste er. »Keine Sorge. Ich habe nicht mit gebrochenem Herzen auf dich gewartet. Doch irgendwie habe ich es nicht geschafft, eine Frau kennenzulernen, die ich heiraten wollte.«

»Wie lange wohnst du schon hier?«

»Zwanzig Jahre. Ich habe in Athen studiert und anschließend dort gelebt. Manchmal bin ich ins Ausland gereist. Es war nicht schlecht, aber wenn man von einer Insel stammt, fühlt man sich in einer Stadt nie so richtig heimisch.«

Er blickte auf das funkelnde blaue, mit türkisfarbenen Punkten getupfte Meer hinaus bis hin zum schnurgeraden Horizont, als wüsste dieser die Antwort auf die Frage, die sie beide nicht aussprachen.

»Es ist gut, was du hier tust«, merkte er nach einer Weile an, als zwänge er sich dazu, vom Unerklärlichen in die praktisch zu bewältigende Gegenwart zurückzukehren. »Die Insel stirbt. Die jungen Leute gehen alle fort. Unsere Wirtschaft liegt am Boden. Die Schifffahrt, die Griechenland früher Wohlstand gebracht hat, ist heute in koreanischer oder sogar russischer Hand.«

Penny wusste, dass er recht hatte. In ihrer Jugend war ständig von millionenschweren griechischen Reedern die Rede gewesen, nicht von russischen Oligarchen.

»Den jungen Leuten ist es zu anstrengend, auf traditionelle Weise Landwirtschaft und Fischfang zu betreiben. Also brauchen wir Touristen. Denkst du, du kannst aus diesen Bootshäusern wirklich etwas machen?«

»Ich versuche mein Bestes.« Penny lächelte.

»Dann bleibst du eine Weile auf Kyri?« Wieder musterte er sie forschend.

»Ich weiß nicht …« Sie geriet ins Stocken, denn ihr war klar, dass sie dieser Frage bis jetzt ausgewichen war. »Vielleicht.«

Eine Weile betrachteten sie einander in angespanntem Schweigen.

»Da wäre noch etwas.« Penny rettete die Situation, indem sie ein praktisches Problem ansprach. »Dieser Xan hat behauptet, wir bräuchten eine Baugenehmigung. Hat er recht?«

»Nicht, wenn das Haus bereits bewohnt ist.«

»Und sind die Bootshäuser bewohnt?«, erkundigte sie sich.

»Ich glaube, man könnte es so auslegen. Die Fischer übernachten hin und wieder dort.«

»Warum hat er das wohl gesagt?«

»Er versucht, Unfrieden zu stiften, bevor wir über sein Bauvorhaben entscheiden«, erwiderte Nikos. »Es wird eine öffentliche Versammlung stattfinden. Der Olivenhain ist für manche hier heilig.«

»Insbesondere für Ariadnes Ziegen.« Penny lachte. »Laut Dora treiben sie sich ständig dort herum.«

»Wahrscheinlich werden sie nicht mehr willkommen sein, wenn seine Villa erst einmal steht.«

»Könnt ihr das nicht verhindern?«

»Eine schwierige Frage. Viele der Olivenbäume sind abgestorben. Deshalb hat Yannis den Hain ja verkauft.

126

Außerdem brauchen wir Arbeitsplätze, und Georgiades wird Einheimische auf der Baustelle beschäftigen. Er hat sich eingehend mit den Vorschriften befasst. Wir werden sehen, wie die Menschen hier dazu stehen. Doch im Moment würde ich mich geehrt fühlen, wenn du dir mein Haus anschauen würdest.« Als er lächelte, funkelten seine hellblauen Augen spitzbübisch. »Nur, um dir ein Bild vom Grundriss zu machen, denn der ist ganz ähnlich wie hier.« Er wies auf die etwa zwanzig Bootshäuser entlang der Klippe.

»Sehr gern.«

»Jetzt gleich? Dann kannst du überlegen, was bei den anderen Bootshäusern möglich wäre«, schlug er vor. Penny fand sein Lächeln beinahe unwiderstehlich.

Neugierig beobachtete Nell, wie Penny Nikos den Strandpfad entlang folgte, bis die zwei außer Sichtweite waren.

»Ich hebe dir etwas vom Mittagessen auf«, murmelte sie schmunzelnd. »So, Demetria, rufen wir die Herrschaften zu Tisch!«

Penny und Nikos schlenderten den Weg zwischen Bootshäusern und Meer entlang. Einige kleine Boote lagen dort vor Anker, doch die Fischerkähne, die im Winter hier untergebracht waren, befanden sich schon im Hafen. Penny spürte, wie ihr die Sonne, unglaublich heiß für diese Jahreszeit, auf den Rücken brannte. Nikos schien sich in seiner Lederkombi wohlzufühlen. Penny hatte den Eindruck, dass er ein Mensch war, der sich immer wohlfühlte. Er ruhte in sich, obwohl – oder vielleicht gerade weil – er sein Leben allein und ohne Familie verbracht hatte.

In der nächsten Bucht stand ein einzelnes, großes weißes Gebäude, das aus mehreren zusammengelegten Bootshäusern bestand. Penny ließ die malerische Szenerie auf sich wirken. Ein eigenes Haus. Direkt am Meer. Ohne jemanden, der einen störte – bis auf gelegentliche Seevögel oder Delfine.

»Habt ihr hier manchmal Delfine?«, fragte sie. Nun, da sie allein waren, fühlte sie sich plötzlich befangen.

»Ständig. Sie kommen ganz nah heran und tanzen einem vor Freude etwas vor. Wenn das Wetter so warm ist wie in diesem Jahr, nennt man das Delfinfrühling.«

»Fühlst du dich hier hin und wieder einsam?«, erkundigte sie sich. Penny, die sich stets für einen geselligen Menschen gehalten hatte und viel Kontakt mit ihren Nachbarn pflegte, stellte fest, dass sie die Stille und das Rauschen der Wellen magisch anzogen.

»Nie.« Er hielt inne und sah sie an. »Wenigstens nicht bis jetzt.« Er trat einen Schritt auf sie zu und hielt inne, als wäre ihm gerade eingefallen, dass sie ja Mann, Kinder und Enkel hatte. »Außerdem habe ich mein Motorrad. Und das Boot.« Beinahe hätte Penny nach Luft geschnappt. Natürlich, das romantische Schiff, das sie bei ihrem Ausflug mit Takis beobachtet hatten. Das mit der wunderschönen Galionsfigur, die sie an Piraten denken ließ.

»Also, Bürgermeister Nikos« – erschrocken stellte Penny fest, dass sie klang, als wollte sie flirten –, »wohnt in deiner Seele etwas von einem Piraten?«

»Warum?« Sein Augenausdruck strafte seinen ernsten Tonfall Lügen. »Möchtest du, dass ich dich entführe, dich bis zur Zahlung eines Lösegeldes gefangen halte und über dich herfalle?«

Penny blickte aufs Meer hinaus, um sich bloß nicht durch ihren Blick zu verraten.

»So haben die französischen Korsaren hier auf Kyri ihr Geld verdient.«

»Ja.« Penny war erleichtert über den Themenwechsel. »Moira hat uns von dem Piraten erzählt, der eine Statue der Venus entdeckt hat. Der französische König war so erpicht darauf, dass er ihm die Freiheit versprach. Aber als der König ihn betrügen wollte, hat der Pirat die Statue in einer Höhle versteckt.«

»Sie kennt sich gut aus, deine Freundin. Olivier de Menton. Und bis jetzt hat niemand die Statue gefunden. Damit könnte man Kyri ganz sicher bekannt machen.« Sie stiegen eine Treppe hinauf. Als er die Tür öffnete, standen sie in einem riesigen Raum mit einem Balkon, der direkt über das Meer hinausragte.

Man hätte die betonte Schlichtheit für das Werk eines teuren Innenarchitekten halten können, hätte es nicht einige beruhigend bodenständige Elemente gegeben, die diesen Eindruck zunichtemachten. Eine leuchtend blaugrün lackierte alte Tür diente als Esstisch.

»Kippt dein Weinglas darauf nicht um?«, fragte Penny grinsend.

»Schon«, erwiderte er und betrachtete ihr Lächeln. »Aber die Tür stammt aus dem Haus meiner Eltern. Sie besaßen keine Antiquitäten oder Bilder, nur ein Porträt des Popen, und da ich nicht gläubig bin, war mir die Tür als Erinnerungsstück lieber.«

An der linken Wand waren Regale angebracht, auf denen etwa zwanzig Modellboote aus Holz standen.

»Wie ich sehe, sammelst du Boote.« Wieder lächelte sie. »Nett, wenn man ein Hobby hat.«

»Danke«, antwortete er lachend. »Ich habe sie sogar selbst gemacht. Es sind Kaiks, hiesige Fischerboote. Ich bastle sie aus Treibholz, das ich am Strand auflese.«

Penny griff nach einem Boot und untersuchte es. Es war etwa dreißig Zentimeter lang. Das Treibholz war enteneierblau lackiert, und außerdem verfügte das Boot über einen Mast, zwei Segel, vorne einen Klüver, ein Steuerhaus und eine Leiter für die Seeleute, damit sie hinaufsteigen konnten. Es war ein Meisterwerk bis hin zu der Ankerkette und den Tauen, die aus alten Schnüren bestanden – schön in seiner Schlichtheit und handwerklichen Umsetzung.

»Ich liebe Treibholz«, erklärte Nikos. »Die Vorstellung, dass es schon einmal gelebt hat. Vielleicht sogar als Boot. Es wäre eine Schande, es zu verschwenden.«

Penny teilte diese Auffassung so sehr, dass es ihr fast die Sprache verschlug. Sie war eine leidenschaftliche Gegnerin von Verschwendung. Colin hingegen bestand darauf, dass ihr gewaltiger amerikanischer Kühlschrank stets zum Platzen gefüllt war. »Nur, falls jemand vorbeikommt«, pflegte er zu sagen. »Es wäre peinlich, dann nichts anbieten zu können.« Allerdings kam nie jemand vorbei. Und so musste Penny Woche für Woche bergeweise teure Lebensmittel wegwerfen oder im Komposthaufen entsorgen.

»Mir gefällt die Vorstellung vom einfachen Leben.« Nikos stand da, hielt sich die Hand schützend vor die Augen und sah auf das in der hellen Sonne glitzernde Meer hinaus. »Zu fischen und zu essen, was man gefangen hat.« Seine schalkhafte Ader meldete sich wieder. »Leider würde mir Lammfleisch zu sehr fehlen. Vom Holzkohlengrill. Und Hummus. Und *spanakopita*. Kennst du das?«

Spanakopita, erst vor wenigen Tagen hatte sie es in Piräus für alle gekauft. Seitdem schien eine Ewigkeit vergangen zu sein. »Ja«, erwiderte sie, beinahe gerührt. »Das kenne ich.«

»Ich hatte für einen Moment vergessen, dass du schon einmal hier warst.« Seine Stimme hatte sich zu einem heiseren Flüstern gesenkt.

Obwohl sie sich beide nicht bewegt zu haben schienen, lag sie plötzlich in seinen Armen, und er küsste sie.

Die hungrigen Fischer stürzten sich mit Sturmesgewalt – um Lord Byron zu bemühen – auf Nells Büfett. Anstelle des allgegenwärtigen griechischen Salats hatte sie beschlossen, ein Baba Ganoush aus gerösteten Auberginen und Knoblauch, Zitrone und Granatapfelkernen an ihnen zu testen. Doch der Höhepunkt des Tages war das Huhn mit Sumach und Zitrone. Demetria musste sechs Fischersfrauen versprechen, ihnen das Rezept zu beschaffen.

»Wo hast du den Sumach her?«, fragte Penny, als sie eine halbe Stunde später unbemerkt zurückkehrte.

»Ich habe immer welchen dabei. Was hast du mit deinem Bürgermeister gemacht?« Nell versuchte, sich ein anzügliches Grinsen zu verkneifen.

»Er ist nicht *mein* Bürgermeister«, antwortete Penny rasch.

»Nein, natürlich nicht, das sollte bloß ein Scherz sein. Sumach eignet sich für viele Dinge.« Sie wühlte in ihrer Handtasche. »Ich habe stets welchen bei mir. Ohne Sumach kann man keine Rezepte von Ottolenghi kochen.«

Penny fing an zu lachen. »Nell, du bist echt ein Witzbold.«

»Sag mir, wenn ich mich irre«, entgegnete Nell, »aber bist du nicht diejenige, die Teebeutel von PG Tips im Koffer hatte?«

»Das ist etwas anderes.«

»Und einen Reise-Wasserkessel?« Nell ließ nicht locker. »Und die meilenweit marschiert ist, um frische Milch zu besorgen?«

»Man muss den Tag mit einer ordentlichen Tasse Tee einläuten«, erwiderte Penny.

Inzwischen war auch Nikos wieder da. Er schien absichtlich einen Bogen um Penny zu machen und plauderte stattdessen mit den Fischern. Nells Meinung nach ein klares Schuldeingeständnis. Sie kannte so etwas von Feiern in der Praxis. Einer knutschte im Materiallager mit der Kollegin und tat anschließend so, als würde er sie nicht beachten, damit niemand Verdacht schöpfte. Aber trotzdem waren alle im Bilde.

Schließlich hatte Nikos sämtliche Anwesenden abgeklappert und gesellte sich betont lässig zu ihnen. Nell sah ihn in einem neuen Licht. Er war eindeutig ein sehr attraktiver Mann. Ganz im Gegensatz zu Colin, dem Miesepeter.

Penny war es gelungen, sich ein kleines Stück Huhn mit Salat, Pinienkernen und einigen rubinroten Granatapfelkernen zu sichern.

»Sei vorsichtig, wenn du die isst«, warnte Nikos. Er flirtete schon wieder, auch wenn er selbst es vielleicht gar nicht bemerkte. »Vergiss nicht, was mit Persephone passiert ist.«

»Was ist denn mit Persephone passiert?«, hakte Penny nach. Es war ihr ein wenig unangenehm, dass sie diesen Namen nur als den eines britischen Verlags mit Schwerpunkt auf weibliche Autoren kannte.

»Hades, der Gott der Unterwelt, entführte sie. Sie durfte dort unten weder essen noch trinken, wenn sie gerettet werden wollte. Leider legte Hades sie herein und brachte sie dazu, sechs Granatapfelkerne zu sich zu nehmen. Das wiederum hatte zur Folge, dass sie jedes Jahr für sechs Monate in die Unterwelt zurückkehren musste und nur die übrigen sechs auf Erden verbringen konnte. Deshalb haben wir Winter und Sommer.«

»Wenn ich diese Kerne esse, ist es also möglich, dass ich nicht nach Hause fahren kann und sechs Monate lang hierbleiben muss?«, fragte Penny und blickte ihm in die Augen.

»So könnte man es auslegen.«

Langsam verspeiste sie die Kerne, wobei sie ihn weiter ansah.

Nell wandte sich ab. Pennys Verhalten überraschte sie. Sie war sich ziemlich sicher, gerade Zeugin eines seltsam erotischen und sehr intimen Moments geworden zu sein.

»So«, verkündete sie forsch. »Zeit, dass ich das Geschirr abräume und euch weiterstreichen lasse.«

Als der Nachmittag vorbei war, waren zwar alle müde, doch die Türen der Bootshäuser erstrahlten in verschiedenen leuchtenden Farben von Hellrot bis hin zu Türkis, Zartgelb, griechischem Blau und Orange. Fensterläden und die Balkone in den oberen Etagen waren im selben Farbton lackiert. Nur das Haus von Demetria und ihrem Mann stach mit limettengrünen Türen und orangeroten Läden und Balkon kühn hervor.

Penny stand am Ende des Bootsstegs und trat einen Schritt zurück, um zu fotografieren. Das Ergebnis war einfach wundervoll.

»Jetzt müssen wir die Häuser nur noch einrichten«, verkündete sie, bemüht, sich von dieser gewaltigen Aufgabe nicht ins Bockshorn jagen zu lassen. »Aber wo, um alles in der Welt, kriegen wir Möbel her?«

»Sprich mit Takis«, empfahl Nikos. »Niemand auf der Insel ist so gut im Improvisieren wie er.«

»Ich muss los«, sagte Penny. Ihre neu entdeckte Courage schien plötzlich wie weggeblasen.

»Ja.« Nikos seufzte, als verstünde er genau, in welcher Klemme sie steckte. Verwundert fragte sich Penny, wie sich dieser Mann so grundlegend von demjenigen unterscheiden konnte, mit dem sie die vergangenen dreißig Jahre verbracht hatte.

»Bestimmt bist du fix und fertig«, meinte Nell, als sie sich auf den Weg zum Hotel machten.

»Richtig«, erwiderte Penny.

»Das hast du echt toll hingekriegt.«

»Wirklich?«, antwortete sie leise. Nell wusste, dass sie nicht nur über die Streichorgie sprach. Ihr Flug von Athen nach England ging in wenigen Tagen. Würde Penny mit an Bord sein oder nicht?

In diesem Moment erkannte Nell, dass Kyri etwas Geheimnisvolles, ja, sogar Magisches an sich hatte.

Allmählich erschien ihr die Insel realer und greifbarer als ihr Zuhause.

Als sie im Hotel eintrafen, saß Dora auf einem leuchtend türkisfarbenen Sofa in der Vorhalle. Sie war mit einer ziemlich eleganten Frau ins Gespräch vertieft, die Penny und Nell den Rücken zukehrte.

»Wie ist es gelaufen, Mädels? Kann man eure Bootshäuser jetzt fotografieren?«

»Von außen sehen sie toll aus.« Penny zeigte ihr die Fotos auf ihrem Smartphone. »Allerdings fehlt noch die Inneneinrichtung.« Eigentlich rechnete sie mit Doras Einwand, dass sie das niemals schaffen würden, da ihre Abreise kurz bevorstand. Doch dieser blieb erstaunlicherweise aus.

»Schaut mal, wer wieder auf dem Damm ist!« Dora zwinkerte ihnen übertrieben zu.

»Moira!« Nach Luft schnappend, starrte Nell die wiedergeborene Moira an. Sie trug ein schickes schwarzes Kleid, und ihr Vogelnest war einem locker fallenden, schimmernden Pagenkopf gewichen. Ein Wunder war geschehen. »Wenn das an deiner Lebensmittelvergiftung liegt, sollte ich mir auch eine einfangen!«

»Offen gestanden verdanke ich das alles Eleni, der Frau des Arztes.« Moira lächelte. »Sie war früher Friseurin und langweilt sich anscheinend zu Tode. Deshalb hat sie beschlossen, mich einer Generalüberholung zu unterziehen.«

»Na, das hat eindeutig geklappt.« Penny traute ihren Augen nicht.

»Außerdem habe ich, während ich krank war, eine Menge nachgedacht.«

»Aha …«, sagten Penny und Nell im Chor. Ihnen wurde ein wenig mulmig zumute.

»Piraten!«, rief Moira aus. »Diese Insel macht praktisch nichts aus ihrer von Piraten geprägten Geschichte. Meiner Ansicht nach sollte es hier Piraten-Rundfahrten geben. Außerdem werde ich Takis überreden, seine Strandbar in ein Resort namens Treasure Island zu verwandeln. Nur vorübergehend, um ein paar der Ausflugsboote aus Santorin anzulocken, damit die Insel ein bisschen Umsatz macht. Wir könnten Cocktails mit den Namen Black Dog, Long John Silver und Billy Bones anbieten.«

»Zu Black Spot würde ich allerdings nicht raten. Wenn ich mich recht entsinne, bedeutet der den sicheren Tod.« Dora grinste.

»Die Leute werden begeistert sein«, beharrte Moira. »Nell, du kannst dich ums Essen kümmern«, ergänzte sie huldvoll.

Dora blickte ihre Freundinnen an, als hätten sie den Verstand verloren. »Abgesehen davon, dass du keinen Alkohol magst … fliegen wir bald nach Hause«, sagte sie und klang nicht sehr überzeugt.

»Zerbrich dir darüber nicht den Kopf«, fiel Moira ihr fröhlich ins Wort. »Eleni hat mich mit diesem traumhaften Rotwein aus dem Inneren der Insel bekehrt.«

»Hört sie euch an«, frotzelte Nell. »Moira O'Reilly, die Weinkennerin.«

»Gütiger Himmel, Eleni hatte dich nur ein paar Tage lang in ihren Klauen, und schon bist du zur Säuferin geworden!«

»Vermutlich hat der Wein besser gewirkt als das Antibiotikum.«

»Ich dachte, wenn man Antibiotika nimmt, darf man nichts trinken.«

»Der Arzt ist der Ansicht, dass das Unsinn ist. Vielleicht eine typisch griechische Einstellung.«

»Wie ich gerade sagte«, beharrte Dora mit ein wenig mehr Nachdruck. »Ihr habt offenbar vergessen, dass wir bald nach Hause fliegen.«

»Ich nicht«, entgegnete Penny. So, jetzt war es heraus.

»Ich möglicherweise auch nicht«, stimmte Nell zu. »Ich

bin ja in Rente. Also interessiert es niemanden, was ich mache.«

»Moira? Du musst doch bestimmt zurück ans College.«

Moira hielt gerade Ausschau nach Takis, um noch etwas zu trinken zu bestellen. »Ach, habe ich euch das nicht erzählt? Das College verlängert aus Altersgründen meinen Vertrag nicht. Viele meiner Kollegen protestieren dagegen, aber seit ich hier bin, habe ich das Gefühl, dass es mir auf Kyri ohnehin viel besser gefällt als in Cambridge.«

»Tja, ich muss jedenfalls zurück«, verkündete Dora herablassend. »Das versteht sich wohl von selbst.« Einen Sekundenbruchteil spielte sie mit dem Gedanken, zu gestehen, dass sie von Venus Green, Sängerin und Star einer Reality-Show, in die Wüste geschickt worden war, nachdem sie sich für die blöde Schnepfe krumm geschuftet hatte. Aber schon im nächsten Moment überlegte sie es sich anders. Schließlich lebte sie in einer völlig anderen Welt als ihre Freundinnen. Sie brauchte die Aufregung, die es bedeutete, ihre Klienten auf die Covers von Zeitschriften zu hieven, selbst wenn es sich um Klatschmagazine handelte. Nur dass Venus überzeugt war, sie gehöre auf die Titelseiten von *Vogue* und *Cosmopolitan*.

Moira beobachtete, wie Takis durch die Vorhalle huschte, als wollte er sich vor jemandem verstecken. Als sie sich nach dem Übeltäter umsah, bemerkte sie die übertrieben lässige und elegante Gestalt von Xan Georgiades. Während der Athener auf die Hotellobby zusteuerte, ging Takis hinter der Rezeption in Deckung.

Ärgerlich ließ Xan den Blick durch den Raum schweifen. Als von Takis jede Spur fehlte, kam er stattdessen auf die vier Freundinnen zu. »Hallo, meine Damen. Wie ich gehört habe, erobern Sie die Insel im Sturm.« Obwohl er sich um einen leutseligen, freundlichen Ton bemühte, klang er geradezu gönnerhaft und ziemlich unsympathisch. »Es wird ein gutes Stück Arbeit werden, Kyri in Saint-Tropez zu verwandeln.«

»In der Tat.« Moira ahmte seine Sprechweise nach. »Und deshalb tragen wir uns auch nicht mit derart abwegigen Plänen.«

Gekränkt blickte er sich um. »Haben Sie zufällig den Wirt gesehen?«

»Unterwegs«, verkündete Moira und schleuderte mit einer abfälligen Geste ihr Haar zurück. »Er meinte, er wolle zur Strandbar.«

»Gut, dann versuche ich es dort. Falls er wieder auftaucht, können Sie ihm ja ausrichten, dass ich ihn suche. Er hat meine Nummer.«

»Selbstverständlich«, entgegnete Moira so würdevoll, wie es sich für eine Cambridge-Dozentin mit Fachgebiet klassisches Altertum geziemte. »Und jetzt entschuldigen Sie uns, wenn ich bitten dürfte. Wir führen hier ein Privatgespräch.«

Die anderen mussten ein Lachen unterdrücken, als Xan erbost hinausstolzierte, während Takis wie ein Schachtelteufel hinter der Rezeption hervorschoss. »*Efcharistó, kyria Moira!*«

»Was will er denn so dringend von dir?«, fragte Moira. Sie freute sich über seine Dankbarkeit, denn diese eröffnete ihr die Gelegenheit, ihn auf ihre Idee bezüglich Treasure Island anzusprechen.

»Es geht um die Versammlung morgen. Um den Olivenhain. Er will mich dazu bringen, dass ich den Bau seines Hauses befürworte und diese Meinung entsprechend vertrete.«

»Und, tust du das?«

»Nein. Allerdings stecke ich in einer Zwickmühle. Seiner Ansicht nach sollte ich gar nichts zu sagen haben, da ich doch bloß verhindern will, dass sein Haus in der Nähe meiner Bar steht.«

»Bist du denn nur deshalb dagegen?«, hakte Moira nach.

»Selbstverständlich nicht. In die Bar kommen sowieso kaum Gäste. Ich möchte nichts weiter, als dass der Olivenhain dort bleibt, wo er schon immer war. Und …« Er zögerte. »Um ehrlich zu sein, kann ich den Mann nicht leiden. Und jetzt lade ich die Damen auf einen Drink ein. Danke, dass ihr für mich geschwindelt habt.«

»Ha!« Nell stieß mit den anderen an. »Klingt so, als würde es morgen auf der Versammlung so richtig zur Sache gehen.«

In ihrer Handtasche piepste das Telefon. Sie griff danach. Zu ihrer Überraschung hatte Willow ihr ein Video geschickt. Als sie darauf klickte, wackelte ihre niedliche Enkelin Naomi auf pummeligen Beinchen zögernd auf sie zu. Offenbar waren es ihre ersten Schritte. Eine schier übermächtige Sehnsucht stieg plötzlich in ihr hoch. Wie gern wollte sie Naomi im Arm halten!

»Ist sie nicht süß?«, riefen die anderen im Chor und scharten sich um das Telefon, um sich das Video anzusehen.

Naomi drehte sich um, lächelte direkt in die Kamera und geriet ins Wanken. Sofort reckten sich zwei magere, sonnengebräunte Arme nach ihr, behangen mit genügend klimpernden Silberketten, um ein Juweliergeschäft zu eröffnen. »Komm zu Marigold!«, schrillte eine Stimme außerhalb des Bildes.

»Ihr müsst mir erklären, wer Marigold ist«, flüsterte Moira. »Abgesehen von der Gummihandschuh-Marke für den Haushalt.«

»Die *andere* Oma«, raunte Penny. »Allerdings lässt sie sich offenbar nicht gern als Großmutter bezeichnen, weil das alt macht. Nell hat ein kleines Problem mit ihr.« Plötzlich fühlte sie sich erschöpft. »Ich muss vor dem Essen noch duschen. Treffen wir uns in einer Stunde draußen?«

Moira erhob sich entschlossen. »Ich besorge mir eine Landkarte und versuche, mich auf dieser Insel zu orientieren.« Sie nahm sich eine vom Empfangstisch und trat ins perlmuttfarbene Abendlicht hinaus.

Die Strandbar, die sie in Treasure Island verwandeln wollte, befand sich links von hier an der Küste. Der Karte nach war sie zu Fuß in etwa zwanzig Minuten zu erreichen. Mit dem Boot ging es natürlich viel schneller. Die berüchtigten Bootshäuser lagen an der Nordküste und boten einen Blick auf die südliche Ägäis. Die spannenden Höhlen, wo Olivier de Menton seine Beute versteckt hatte, befanden sich an der Meerenge zu Ximonos, der winzigen Insel, die früher einmal wohl ein Teil von Kyri gewesen war. Dahinter stand das luxuriöse White Hotel, das im *Condé Nast Traveller* erwähnt wurde und dessen Zimmerpreise unerschwinglich für sie waren. Dort verkehrten hauptsächlich die Eigner von Jachten, die auf einen Mojito vorbeischauten und den Wellnessbereich nutzten, oder unbedeutendere Promis, die glaubten, der Öffentlichkeit entfliehen zu müssen.

Kaum hatte Penny die Zimmertür aufgeschlossen, als sie sich auch schon auf ihr Telefon stürzte. Wendy hatte eine Nachricht hinterlassen.

Sie setzte sich aufs Bett und wählte die Nummer ihrer Tochter.

»Hallo, Kleines, wie geht es dir?« Wendy hatte einen netten, ganz normalen Mann und zwei nette, ganz normale Kinder, in Pennys Augen beides ein großer Erfolg.

»Prima. Aber was wichtiger ist: Wie geht es dir? Ich habe ehrlich gesagt schon auf deinen Anruf gewartet. Du bist doch nicht etwa mit einem knackigen Fischer durchgebrannt wie in *Shirley Valentine – Auf Wiedersehen, mein lieber Mann*?«

»Fischer sind nicht unbedingt mein Ding«, erwiderte Penny nach einer kurzen Pause.

»Meine auch nicht. Außerdem wurde der Grieche im Film von Tom Conti gespielt. Und was treibst du so auf dieser Mini-Insel?«

»Ich versuche, den Leuten hier dabei zu helfen, ein paar Touristen anzulocken. Was macht Dad? Alles in Ordnung mit ihm?«

»Himmelherrgott, Mum!«, setzte Wendy zu ihrer üblichen Schimpfkanonade an. »Du bedienst ihn von vorn bis hinten. Wenn er ein Kundenkonto in der Feinkostabteilung von Harrods hätte, würde er gar nicht merken, dass du weg bist.«

Allerdings irrte Wendy ausnahmsweise. Colin hatte Pennys Abwesenheit sehr wohl zur Kenntnis genommen. Eigentlich hatte er mit einer sofortigen Reaktion auf seinen Anruf gerechnet. Aber Fehlanzeige. Inzwischen waren ihm nicht nur Lebensmittel und saubere Hemden ausgegangen, nein, ständig erkundigten sich die Leute, wo Penny steckte, als wäre nicht er die Hauptperson, sondern sie.

Er stand im Schlafzimmer vor dem Spiegel und musterte sich. Gut, er hatte Geheimratsecken und wurde allmählich grau. Doch er war überzeugt, dass er noch das gewisse Etwas besaß.

Niemand hätte je vermutet, dass er in einem Drecksnest wie Dagenham das Licht der Welt erblickt hatte. Er hatte es im Leben weit gebracht, ein Umstand, zu dem Penny seiner Ansicht nach absolut gar nichts beigetragen hatte. Seit ihrer Hochzeit verdiente sie kein Geld mehr, hatte keinen Stil und war nicht einmal eine sonderlich gute Köchin. Er hätte es viel besser treffen können. Deshalb hätte sie ihm dankbar sein sollen, anstatt einfach nach Griechenland zu verschwinden. Zu allem Überfluss mit drei Frauen, die er kaum kannte, auch wenn sie auf dem College beste Freundinnen gewesen waren.

Colin war nicht nur übellaunig, sondern wurde langsam richtig wütend. So wütend, dass seine größte Freude derzeit darin bestand, sich zu überlegen, wie er es Penny heimzahlen könnte, wenn sie erst zurück wäre.

Die Versammlung sollte am nächsten Abend um sechs auf dem Dorfplatz stattfinden, bei dem es sich eigentlich nur um eine große Einbuchtung im Hafen handelte. Dora ging zum Büro einer der Fährgesellschaften, um ihre Rückfahrkarte nach Athen zu buchen. Es fiel ihr noch immer schwer, sich damit abzufinden, dass sie allein nach Hause fliegen würde. Später stieg sie den steilen Hügel hinter dem Dorf hinauf und steuerte auf die

Strandbar in ihrer abgelegenen Bucht zu. Die Gegend würde sie nach den Ferien wirklich vermissen. Inzwischen betrachtete sie dieses Stückchen Küste nämlich als ihren Privatstrand, was zwar sehr angenehm für sie, jedoch nicht sonderlich gut für den Tourismus auf der Insel war.

Von Ariadne fehlte jede Spur, was hieß, dass niemand da war, der ihr einen Cappuccino machte. Dora versuchte, sich nicht darüber aufzuregen. Dennoch fühlte sie sich wie die Prinzessin auf der Erbse, denn der wunderschöne Vormittag, den sie eigentlich geplant hatte, erhielt dadurch einen kleinen Dämpfer. Sie ließ den Blick über den Strand mit seinem weichen weißen Sand, dem türkisfarbenen Meer und den sich funkelnd in der Sonne kräuselnden Wellen schweifen. Das Wasser war so klar, dass sie beinahe – aber nur beinahe – schnorcheln gegangen wäre. Da das aber bedeutet hätte, sich die Haare nass zu machen, beschloss sie, sich aufs Muschelsammeln zu beschränken. Eine halbe Stunde später hatte sie eine ziemliche Menge blauer Spitzschnecken, violetter und grüner Seeigelpanzer, eine kleine, wie ein Dschungeltier gestreifte Porzellanschnecke und, als Krönung, die Schale einer Jakobsmuschel gefunden, die aussah wie auf dem Bild von Botticelli, auf dem Venus der Gischt entsteigt. Schon wieder Venus, verdammt noch mal! Warum musste dieser Name sie nur auf Schritt und Tritt verfolgen?

Da sie die Lust auf einen Cappuccino nicht länger unterdrücken konnte, deponierte sie die Muscheln auf ihrem Handtuch und machte sich auf die Suche nach Ariadne.

Kaum hatte sie einen Fuß in den Olivenhain gesetzt, als Juno, die Ziege, sie auch schon entdeckte und – es gab kein anderes Wort dafür – auf sie zutanzte. Der Boden war trocken und stellenweise mit herabgefallenen Oliven bedeckt. Wenn Juno hier war, konnte das Mädchen nicht weit sein.

Ariadne saß auf der eigenartigen Steinbank vor der Hütte. Sie hatte die Augen geschlossen, als schliefe sie, und sog den Sonnenschein in sich auf wie eine Eidechse.

»Hallo, Ariadne«, sagte Dora. »Hältst du ein Nickerchen?« Sie hatte den Verdacht, dass Kassandra das Mädchen ziemlich schwer arbeiten ließ.

Ariadne öffnete die dunklen Augen, die selbst ein wenig an Oliven erinnerten. Dora musste daran denken, wie unsinnig der Ausdruck »olivenfarbener Teint« war, denn Oliven waren für gewöhnlich grün oder beinahe schwarz. »Ich habe den Duft der Myrte gerochen. Riechst du ihn auch? Heute ist er sehr stark.«

Dora schnupperte geräuschvoll. Da war er wieder, der mysteriöse, aber unverkennbare Geruch dieser gottverdammten Pflanze. Sie blickte sich um. Hier gab es keine Blumen, geschweige denn die frei erfundenen Felsenrosen, mit denen Xan Georgiades sie hatte abwimmeln wollen. Und ganz eindeutig keine Myrte.

»Die Göttin ist zorniger als sonst.« Ariadne wies auf die Furchen im Boden neben ihnen. »Sie hat gegraben. Die Erde ist aufgewühlt. So, als hätte sie etwas gesucht.«

Dora konnte sich nicht vorstellen, dass Göttinnen, insbesondere Aphrodite, in der Erde herumbuddelten. Ach herrje, warum verschwendete sie überhaupt einen Gedanken daran? In der modernen Welt gab es keine Göttinnen – genau genommen hatte es sie nie irgendwo gegeben. Sie waren nichts als Fantasiegebilde, mit denen die Menschen versuchten, sich eine beängstigende Welt voller Ungewissheiten zu erklären. Nervös blickte sie sich um in Richtung Hütte. Schließlich wollte sie sich so kurz vor der Versammlung keine Anzeige wegen unbefugten Betretens einhandeln.

Plötzlich war der Duft verschwunden.

»Jetzt ist sie weg«, verkündete Ariadne. »Ich komme später wieder und sehe, ob ich ihr helfen kann.«

»Selbstverständlich. Sicher freut sie sich darüber. Aber glaubst du, du könntest mir jetzt einen Cappuccino machen?«

Auf dem Weg hinunter zum Strand ließ Juno, die Ziege, keine Gelegenheit ungenutzt, sich ins Gespräch einzuschalten. Dora spürte, dass Ariadne wirklich unglücklich war. Sie hatte zwar nicht viel Erfahrung mit jungen Leuten, erkannte aber an den dunklen Schatten unter den hübschen Augen des Mädchens, dass etwas im Argen lag.

»Hast du etwas auf dem Herzen? Mir kannst du es ruhig erzählen. Ich bin weder dein Vater noch deine Großmutter.«

»Ich will nicht länger auf dieser Insel festsitzen!«, rief Ariadne leidenschaftlich aus. »Ich will etwas lernen! Mein Vater ist in Ordnung, aber er steht unter dem Pantoffel seiner Mutter, was in seinem Alter ein Jammer ist. Meinst du, dass du es vielleicht schaffen könntest, ihn zu überzeugen? Dürfte ich möglicherweise mit nach England kommen und bei dir wohnen?«

In ihrem Tonfall schwang so viel Hoffnung mit, dass es Dora, für die sogar eine Katze zu viel Verantwortung bedeutete, seltsam ans Herz ging. »Ich spreche mit deinem Vater und deiner Großmutter und tue mein Bestes«, erwiderte sie spontan.

Ariadne warf sich Dora in die Arme und drückte sie an sich. »Danke! Du bist wirklich ein lieber und guter Mensch.«

Dora zweifelte daran, dass sie eine dieser beiden Eigenschaften für sich in Anspruch nehmen könnte. Wenn sie nicht aufpasste, würde sie mit einer fünfzehnjährigen Griechin im Schlepptau nach London zurückkehren.

Sieben

Zu der Versammlung, die über das Schicksal des Olivenhains entscheiden sollte, erschienen so viele, dass die Menschenmassen die Cafés am Hafen füllten.

Vorne stand ein Tisch, an dem einige Honoratioren saßen. Nikos, zu diesem Anlass in einen eleganten Anzug und ein weißes Hemd gekleidet, führte den Vorsitz. Penny, die aus einer hinteren Reihe alles beobachtete, fand, dass er eine natürliche Autorität ausstrahlte, ohne dabei laut werden zu müssen.

»Guten Abend, meine Freunde«, begann Nikos. »Zu Beginn möchte ich jeden, der ernsthafte Einwände gegen das Projekt hat, auffordern, sich zu erheben und diese vorzubringen. Im Anschluss wird Herr Georgiades erklären, warum sein Vorhaben seiner Ansicht nach umgesetzt werden sollte.« Er sprach zwar Griechisch, doch Kassandra, die neben Penny und den anderen stand, übersetzte.

Schweigen senkte sich über die Anwesenden, als alle sich umsahen und abwarteten, wer es wagen würde, Einspruch zu erheben. Fast machte es den Anschein, als wollte sich niemand gegen das Vorhaben äußern.

Schließlich nahm Takis allen Mut zusammen und stand auf. »Ich bin gegen den Plan«, verkündete er. »Ich weiß, das bedeutet, dass ich dem Planungskomitee nicht mehr angehören kann, da man mich als voreingenommen betrachten wird. Deshalb, Nikos, erkläre ich hiermit meinen Rücktritt.«

Die Menge raunte. Allerdings konnte Penny nicht feststellen, ob es sich um Zustimmung oder Missbilligung handelte.

»Dieser Olivenhain gehört schon seit Menschengedenken zu Kyri. Yannis hat damit sein Brot verdient, ehe er zu alt wurde, um die Oliven zu ernten. Wenn Herr Georgiades dort sein Haus baut, wird ein Teil dieses Hains für immer verschwinden. Was früher der Lebensunterhalt eines armen Mannes war, ist dann der Luxus eines reichen. Das kann doch nicht richtig sein, meine Freunde.«

Einige Anwesende blickten einander nickend an. Es wurde beifällig gemurmelt.

Nikos hob eine Hand. »Herr Georgiades, Sie haben gerade wichtige Bedenken gehört. Was möchten Sie darauf antworten?«

Xan Georgiades erhob sich. Er wirkte überhaupt nicht nervös und war offenbar ein geübter Redner.

»Erstens werden sämtliche Vorschriften buchstabengetreu befolgt. Mein Haus wird den Mindestabstand von dreißig Metern zum Strand einhalten. Mein Anwalt wurde von einem öffentlich bestellten Notar bevollmächtigt. Ich habe nachgewiesen, dass das Grundstück vor 1923 bewohnt war. Außerdem habe ich einen *mechanikos politikos*, einen amtlich beauftragten Bauingenieur, damit betraut, mich zu beraten ...« Seine Stimme begann, vor Wut umzukippen. »Und hinzu kommt, dass ich ein wunderschönes Haus bauen möchte, ein Haus, auf welches das Dorf stolz sein kann.«

»Wenn man große Kästen mag«, stichelte jemand in der hinteren Reihe.

Georgiades lächelte. »Alle griechischen Häuser sind im Grunde genommen Würfel, und meiner ist eben ein größerer Würfel. Ich werde ihn ausschließlich aus vor Ort hergestellten Materialien bauen. Und, was noch wichtiger ist, mit einheimischen Arbeitskräften.«

»Keine verdammten Ausländer«, fügte einer der Anwesenden streitlüstern hinzu.

»Und auch keine Ganoven aus Santorin!«, stimmte ein anderer zu. »Für das Geld, das diese Schurken einem abknöpfen, könnte man ein Haus in Athen bauen.«

»Aber unser Freund Takis, der so edelmütig seinen Rücktritt anbietet, redet vom Verlust einer Ernte, die so groß ist, dass ein Mann davon leben kann. Nur dass die meisten Olivenbäume tot sind und die anderen auch bald eingehen werden. Deshalb hat Yannis den Hain ja verkauft.«

Das Nicken und Raunen der Anwesenden klang mit einem Mal ganz klar nach Zustimmung.

»Er schafft es, sie zu überreden«, sagte Penny bestürzt. »Die Stimmung kippt zu seinen Gunsten.«

»Außerdem hat der edle Takis in Wahrheit ein ganz anderes Motiv«, nutzte Georgiades den Meinungsumschwung aus. »Er möchte nicht, dass mein Haus so dicht an seiner Bar steht, weil die Bauarbeiten seinen Umsatz stören würden. Oder vielleicht plant er ja, seine Bar – eine Bar ohne Gäste – an irgendeinen Investor zu verkaufen. Ich frage euch, meine Freunde, wäre es nicht besser, wenn ich mein Haus mit einem öffentlichen Swimmingpool baue, den die Menschen aus dem Dorf benutzen können?«

Das war eindeutig ein Pluspunkt, insbesondere für die Mütter kleiner Kinder.

»Einen Teufel wird er tun.« Dora gab sich nicht einmal Mühe, ihre Stimme zu senken. »Unser Nachbar in Wembley hat das auch versprochen, bis seine Baugenehmigung durch war. Dann hat er den Leuten gesagt, sie sollen sich zum Teufel scheren.«

»Deshalb frage ich euch Folgendes, meine Freunde«, fuhr Georgiades fort. »Ihr braucht dringend Tourismus. Wenn mein Haus fertig ist, werde ich viel mehr Zeit hier verbringen und beabsichtige, irgendwo auf der Insel einen Strandclub zu eröffnen, der viele Touristen anziehen wird. Hat jemand also noch irgendwelche Einwände gegen mein Vorhaben?«

»Die Göttin Aphrodite hat welche!«, rief da eine körperlose Stimme ganz hinten in der Menge.

Alle drehten sich um, und eine Gasse öffnete sich wie bei der Teilung des Roten Meeres, sodass die vor Empörung förmlich knisternde Ariadne in Sicht kam. »Der Hain ist der Göttin geweiht, und sie ist sehr zornig über Ihre Gotteslästerung.«

Xans Reaktion bestand darin, dass er zu lachen begann. Einige der Anwesenden taten es ihm nach.

»Das arme Mädchen«, meinte Dora mitfühlend. »Und dabei ist sie erst fünfzehn.«

»Bist du nicht die Tochter von unserem heldenhaften Takis?«, höhnte Xan. »Vermutlich möchtest du deinen Job bei ihm behalten.«

»Nein, das will sie nicht.« Dora war aufgesprungen. »Ariadne ist ein kluges Mädchen. Sie will nicht in einer Bar oder in einem Hotel arbeiten, sondern an der Universität Botanik studieren!«

Xan beachtete Dora nicht weiter. »Und woher weißt du, dass die Göttin zornig auf mich ist?«, fragte er

Ariadne abfällig. »Wegen des eingebildeten Myrten-dufts?«

»Weil sie das hier zurückgelassen hat!« Ariadne förderte eine kunstvoll gemeißelte Marmorhand, die einen Apfel hielt, aus ihrem Ärmel hervor.

»Oh mein Gott!«, hauchte Penny.

»Vielleicht stimmt die Legende von Olivier de Mentons Venus ja doch!« Moira konnte ihre Begeisterung kaum im Zaum halten.

Xan Georgiades schüttelte nachsichtig den Kopf. »Wir sind hier in Griechenland. Auf dem Feld jedes Bauern liegen die Trümmer von Statuen herum. Woher wollen wir wissen, dass du sie nicht dort hingelegt hast?«

Das leise Kichern hinten in der Menge steigerte sich zu Gelächter, fast wie eine akustische La-Ola-Welle. Die Vorstellung, die kleine Ariadne, ein Mädchen aus dem Dorf, könnte eine Marmorhand gefunden und absichtlich auf dem Feld deponiert haben, um den Bau eines Ferienhauses von diesem protzigen Athener zu verhindern, war zu komisch.

»Jetzt stehen sie nicht mehr auf seiner Seite.« Dora grinste.

»Genug, genug, *arketa, arketa*.« Nikos erhob sich. »Danke, meine Freunde. Ich glaube, wir müssen das Geheimnis dieser Marmorhand ergründen. Deshalb werden wir die Entscheidung vertagen.«

Xan blickte Ariadne wutentbrannt an und wollte ihr die Hand entreißen. »Wo hast du die her?«

Ariadne ließ sich nicht bange machen und umklammerte ihren Schatz.

»Für wen hältst du dich eigentlich?«, herrschte er sie an.

»Für eine der Sibyllen des Orakels von Delphi? Du bist nichts weiter als eine dumme, kleine Göre!«

»Danke, Herr Geldsack aus Athen«, ließ sich da Takis vernehmen. »Wie wir zuvor gehört haben, ist Ariadne eine sehr kluge junge Dame.« Er legte den Arm um seine Tochter und führte sie zurück zum Hotel.

»Herrje, ist das aufregend!« Moira schmiedete bereits Pläne. »Was, wenn das tatsächlich ein Teil der verschollenen Statue der Venus ist? So ein Fund würde Kyri wirklich berühmt machen. Es wäre wie bei der Venus von Milo! Jetzt ist ein Drink angesagt!«

»Wir sollten Moira und den Retsina im Auge behalten.« Dora zwinkerte Nell zu. »Die Konvertiten sollen ja die Schlimmsten sein.«

Sie schlängelten sich durch die Menschenmenge, bis sie an ihrem üblichen Tisch vor dem Hotel angelangt waren.

Moira wirkte nachdenklich. »Die Sache ist die«, sprudelte sie hervor. »Ich bin mir ziemlich sicher, eine Zeichnung von der Statue gesehen zu haben. Oder eher eine Skizze, vermutlich angefertigt vom Gesandten des Königs. Morgen gehe ich zu Eleni und suche sie. Sie war irgendwo in der Bibliothek des Arztes.«

»Schön, dass du wieder die Alte bist.« Penny lächelte.

»Glaubst du, eine Krankheit könnte mich daran hindern, euch mit Fakten aus der Antike zu langweilen?« Moira grinste.

Alle lachten.

Plötzlich beugte Moira sich vor. »Dora, wie kannst du auch nur daran denken, nach Hause zu fliegen? Schließlich weiß ich, wie viel Einfluss du in der PR-Branche genießt. Sogar ich habe schon von dieser Sängerin gehört ... wie heißt sie noch mal?«, wandte sie sich an die anderen.

»Venus Green«, erwiderte Penny. »Sie hat bei der Reality-Show *Make Me a Star* gewonnen. Meine Tochter und ich waren süchtig nach der Sendung. Natürlich hält Colin sie für Volksverdummung. Dora hat diese Venus groß rausgebracht.«

Moira lachte. »Wie konnte ich den Namen einer Frau vergessen, die ausgerechnet Venus heißt?«

Diesmal war Doras Versuchung, den anderen ihr Herz auszuschütten, beinahe übermächtig. Sie war sich sicher, diesen Frauen vertrauen zu können. Vielleicht, weil sie so gar nicht Teil ihrer Welt waren. Und da war auch noch etwas anderes, etwas Gemeinsames, an das sie gar nicht gewöhnt war: Gefühle.

Doch ehe sie das Wort ergreifen konnte, stürmte eine zierliche Gestalt aus dem Hotel und warf sich ihr so heftig in die Arme, dass sie beinahe vom Stuhl gefallen wäre.

»*Kyria* Dora, mein Vater hat mir gerade gesagt, dass du Kyri verlässt und wieder nach *Anglia* fährst! Bitte, bitte, geh nicht! Du bist die Einzige, die mir mehr zutraut, als dämliche Ziegen zu hüten und Kaffee zu kochen!«

Dora stand auf und legte den Arm um Ariadne. Sie sah die anderen an. »Die Wahrheit lautet, dass Venus Green mich gefeuert hat und zur Konkurrenz gewechselt ist. Wahrscheinlich redet man in meiner Branche momentan über nichts anderes. Um ganz ehrlich zu sein, war das der Hauptgrund, warum ich mitgekommen bin.«

Eine Pause entstand, als alle diese Neuigkeit verarbeiteten.

Moira fand als Erste die Sprache wieder. »Dann hast du ja umso mehr Grund, hierzubleiben«, verkündete sie fröhlich. »Tritt diesen Leuten in den Hintern.« Die anderen sahen ihre Freundin erstaunt an. Bis jetzt hatten sie gedacht, dass Moira und Dora einander nicht leiden konnten. »Du kannst dabei helfen, Kyri zum Tourismusziel zu machen. Und falls wir die Statue finden, brauchen wir eine PR-Fachfrau. Was hast du übrigens mit der Hand gemacht, Ariadne?« Moira vergewisserte sich, dass sie auch niemand belauschte.

»Mein Vater hat sie an einem sicheren Ort weggesperrt.«

»Ausgezeichnet. Ich kann es kaum erwarten, diese Skizze zu suchen. Wie spät ist es?«

»Nach zehn«, erwiderte Nell. »Hast du denn keine Uhr?«

»Ich habe nie viel von solchen Dingern gehalten. Meint ihr, es ist schon zu spät, dem Arzt einen Besuch abzustatten?«

»Ja, sofern es nicht um Leben oder Tod geht.« Penny grinste.

»Um Bill Shankly zum Thema Fußball zu zitieren, was mein Vater ständig tat«, meinte Moira, »ist die Lage noch viel ernster als das.«

»Wer zum Teufel ist Bill Shankly?«, erkundigte sich Dora verdattert.

»Er war Fußballer und ein Trainer vom FC Liverpool«, erklärte Moira.

»Aha.«

»Das wäre also geklärt«, sprach Moira vergnügt weiter. »Auf einer kleinen griechischen Insel bist du viel besser aufgehoben, bis diese Sängerin ihren Fehler einsieht, sich der Staub in der abenteuerlichen Welt der PR gesenkt hat und die Leute sich ein anderes Opfer zum Lästern suchen.«

Ariadne stand noch immer neben ihrer Heldin wider Willen und blickte sie flehentlich an.

»Offenbar habt ihr alles geplant«, meinte Dora. »In Ordnung, Ariadne. Ich bleibe auf Kyri und fliege fürs Erste nicht nach Hause nach *Anglia*.«

Ehe sie sich's versah, hatte sich Ariadne ihr schon wieder in die Arme geworfen.

Die anderen beobachteten, wie Dora, die Zärtlichkeitsbekundungen nicht gewohnt war, das Mädchen unbeholfen tätschelte.

Ariadne blickte zu Dora auf. »Juno wird sich auch sehr freuen.«

Dora ließ den Blick über ihre alten Freundinnen schweifen. Plötzlich fühlte sie sich wie berauscht und beinahe glücklich. »Da habt ihr es«, sagte sie. »Alles, um einer Ziege eine Freude zu machen.«

Am nächsten Morgen war der Arzt nur zu gern bereit, Moira seine Bibliothek zur Verfügung zu stellen. Er beschäftigte sich voller Begeisterung mit der Geschichte der Insel, und außerdem war er froh über die Abwechslung zu seinen täglichen Hausbesuchen.

Leider war das Problem, dass Moira sich nicht erinnern konnte, in welchem Buch sie die Skizze gesehen hatte, weshalb sie zu guter Letzt sämtliche Bände aus den Regalen holten.

Überraschenderweise entdeckten sie das Gesuchte in einem modernen Reiseführer über die Kykladen. Beinahe platzend vor Aufregung hastete Moira mit dem Buch ins Hotel zu den anderen.

»Seltsam«, merkte Dora an. »Ich habe die Bewertungen für diesen Reiseführer gelesen, und es wurde vor dem

Buch gewarnt, da es vor langweiligen historischen Details strotze und keine angesagten Bars und Restaurants erwähnt würden.«

»Ausgezeichnet«, stellte Moira fest. »Je weniger Leute das Buch lesen und auf die Skizze stoßen, umso besser.«

Sie schlugen die Seite mit der dürftigen Darstellung der Venus auf. Diese zeigte eine schöne, barbusige junge Frau, die in die Falten eines kunstvoll gemeißelten Leinengewands gehüllt war. Einen Apfel in der Hand ruhte sie auf einem Diwan. Trotz der unbeholfenen Zeichnung sah man, dass es sich nicht um eine gewöhnliche Statue handelte.

Nell starrte auf die Hand mit dem Apfel. »Man kann es nur schwer erkennen, aber ich glaube, es könnte dieselbe Hand sein. Die Finger waren doch genau in dem Winkel gespreizt, findet ihr nicht?«

»Ich erinnere mich beim besten Willen nicht daran.« Dora zuckte die Achseln. »Ariadnes Auftritt hat mich überrascht. Sonst ist sie so schrecklich schüchtern, außer wenn sie über Pflanzen redet.«

»Schade, dass Professor Brinkley nicht hier ist.« Moira seufzte. »Er ist der Leiter der Antikenabteilung in einem der Museen in Cambridge und lebt und atmet dieses Zeug.«

»Dann hol ihn her!« Dora kicherte. »Je mehr, desto besser. Takis wird überglücklich sein, sein Hotel voller angesehener Wissenschaftler zu haben.«

»Wisst ihr, was?« Moira lächelte breit. »Ich glaube, ich versuche es.« Sie fotografierte die Skizze mit ihrem Telefon. »Jetzt brauche ich nur noch ein Foto von der Hand mit dem Apfel. Vielleicht kann Brinkley uns ja, was die Echtheit des Stücks angeht, einen Rat geben.«

Sie schlenderten zurück zum Hotel, wo Penny gerade mit Takis die Möblierung der Bootshäuser erörterte.

»Was möchtest du denn für Möbel?«, fragte er.

»Sachen, die ich lackieren kann, von alten Türen bis hin zu Waschtischen. Kommoden, Wandschirme, Bücherregale, ausrangierte Stücke eben.«

Takis nickte und tippte sich an den Nasenflügel, als hätten sie soeben ein zwielichtiges Geschäft geplant. »Ich sehe, was sich machen lässt.«

»Spitze, Takis! Allerdings wäre da noch etwas.« Moira stürzte sich so überschwänglich auf ihn, dass er es mit der Angst zu tun bekam. Was mochte diese energische Engländerin wohl jetzt von ihm wollen?

»Ich würde gern die Marmorhand mit dem Apfel fotografieren, die Ariadne entdeckt hat.«

»Aha.« Takis war sichtlich erleichtert. »Aber sei vorsichtig. Ich habe gehört, dass der Athener Geldsack bei der Polizei war und behauptet, die Hand gehöre ihm, weil sie auf seinem Grundstück gefunden wurde.«

»Und stimmt das?«

»Nikos hat darauf bestanden, das Antikenministerium zu informieren. Deshalb sind diesem Kerl erst mal die Hände gebunden. Außerdem«, er grinste spitzbübisch, »könnte es laut Nikos sein, dass er gar nicht bauen darf, bevor nicht weitere Untersuchungen durchgeführt wurden, nur für den Fall, dass die Statue wirklich auf seinem Grundstück vergraben ist.«

»Weißt du, was?« Moira strahlte übers ganze Gesicht. »Dieser Nikos wird mir immer sympathischer. Hast du nicht erzählt, ihr wärt euch bei unserem letzten Besuch hier schon mal begegnet?«, wandte sie sich an Penny.

Vor Verlegenheit warf Penny unwillkürlich ihr Haar zurück, womit sie mehr verriet, als ihr recht war. »Ja, Nell und ich sind mit ihm und seinem Freund ausgegangen, als wir auf Zanthos waren. Er hat ein Foto von uns aufbewahrt.«

»Ach, wirklich?« Moira musterte sie, und ein leichtes Lächeln bildete sich in ihren Mundwinkeln. »Warum mag er das wohl all die Jahre lang getan haben?«

Nell, die sich den Grund dafür gut denken konnte, eilte ihrer Freundin zu Hilfe. »Penny und ich haben offenbar einen bleibenden Eindruck bei ihm hinterlassen. Wir hatten damals derart über ihn hergezogen, weil er so wenig über die griechische Mythologie wusste, dass er beschloss, zu studieren, nur um es uns zu zeigen.«

»Du meine Güte!« Moira war beeindruckt. »Was für eine schöne Geschichte. Und jetzt bist du wieder in sein Leben spaziert, damit er seine Kenntnisse unter Beweis stellen kann.«

»Natürlich war da auch noch die Kleinigkeit, dass die beiden Jungs uns an die Wäsche wollten«, fügte Nell lässig hinzu.

»Nun, diesmal passiert so etwas sicher nicht«, merkte Moira an.

Wie aufs Stichwort fing Pennys Telefon ausgerechnet in diesem Moment an zu läuten. Errötend bückte sie sich, um es aus der Tasche zu kramen.

Es war Colin. Sicher, um sich zu beschweren, weil die Milch sauer war oder die Spülmasche ausgeräumt werden musste. »Nur mein Mann«, eröffnete sie ihren Freundinnen mit einem Grinsen, das sie noch nie an ihr erlebt hatten.

Es bereitete Penny einen Heidenspaß, auch diesen Anruf auf die Mailbox zu schicken.

»Penny! Penny!« Nells Stimme riss sie aus einem erstaunlich friedlichen Schlaf. Vermutlich hatte es beruhigend auf sie gewirkt, dass sie Colins Nachricht gar nicht abgehört hatte.

Jetzt quälte sie sich aus dem märchenhaft bequemen Bett und riss die Fensterläden auf. Allerdings vergaß sie dabei, dass ihr während der Nacht ziemlich warm geworden war und sie daher ihr schulmädchenhaftes Nachthemd ausgezogen hatte, weshalb sie jetzt nur in einem weißen Slip dastand.

Ihr bot sich ein überraschender Anblick. Gleich neben dem Hotel und dem Eingang des kleinen dazugehörigen Parkplatzes war ein riesiger, scheiterhaufenhoher Berg an Möbeln entstanden.

»Schau dir das an!«, rief Nell, die ihren Augen kaum traute. »Offenbar hat Takis wie ein Lumpensammler sämtliche Häuser abgeklappert, um in derart kurzer Zeit so viele Sachen aufzutreiben.«

Verschiedene Leute, unter ihnen Nikos, hatten sich am Hafen versammelt. Tassen mit starkem griechischem Kaffee in der Hand betrachteten alle den Stapel. Als Penny winkte, blickte Nikos auf und schenkte ihr ein träges, verführerisches Lächeln. Schlagartig wurde Penny bewusst, dass sie halb nackt war. Schnell versteckte sie sich hinter den Fensterläden.

Zehn Minuten später stand sie in Jeans und Sweatshirt neben ihm. »Das gerade eben tut mir leid«, murmelte sie.

»Ich bitte dich.« Nikos grinste. »Du brauchst dich nicht zu entschuldigen. Wir sind Griechen. Der weibliche Körper ist für uns eine hohe Form der Kunst.«

»Oh, ich verstehe«, erwiderte Penny gespielt sittsam.

»Deshalb wolltest du vor all den Jahren auf Zanthos wohl auch, dass ich mich ausziehe.«

Nikos verbeugte sich. »Bitte verzeih mir mein schauderhaftes Benehmen.«

Beinahe hätte sie mit »Schade, ich hatte schon gehofft, du tust es noch einmal« geantwortet, als die elegante Demetria, die beim Abspachteln und Lackieren der Bootshaustüren eine solche Hilfe gewesen war, einen Schrei ausstieß. »Penelope! Komm und sieh dir die Sachen an. Ein paar davon sind wirklich gut.«

Penny gesellte sich zu ihr. Takis hatte mehr als nur Wort gehalten. Die Möbel schienen nicht nur aus Hütten und Bauernhäusern zu stammen, sondern allem Anschein nach sogar aus einem Kloster. Penny war zwar nur Amateurin, hatte aber auf Flohmärkten, bei Trödlern und hin und wieder auf einer Auktion ihren Blick geschult. Sie erkannte sofort, was man retten und in ein Schmuckstück verwandeln und was man nur noch auf den Sperrmüll werfen konnte.

Es dauerte nicht lange, die Spreu vom Weizen zu trennen.

»Wahrscheinlich eignet sich eines der leeren Bootshäuser am besten, um alles zu lackieren.«

»Mein Mann bringt dir die Sachen dorthin. Er hat einen Pick-up«, schlug Demetria vor.

»Mit einem Pick-up muss er aber oft hin- und herfahren. Bist du sicher?«, fragte Penny.

»Er tut, was man ihm sagt.« Demetria lächelte.

Penny erwiderte das Lächeln. Für sie war es unvorstellbar, dass eine Frau in der Ehe das Sagen haben konnte. Wenn sie nur nicht so dumm gewesen wäre, ihren Beruf aufzugeben und sich damit von Colin abhängig zu machen, hätte ihre Beziehung vielleicht anders ausgesehen. Allerdings kannte sie genügend Ehen, in denen die Frau keinen Finger krümmte und dennoch das Kommando führte.

Wonach sie sich wirklich sehnte, war eine Partnerschaft auf Augenhöhe. Ein wenig spät im Leben für solche Wünsche …

Als sie aufblickte, stellte sie fest, dass Nikos angefangen hatte, Demetrias Mann beim Aufladen der Möbel zu helfen. Die Geste ging ihr wirklich ans Herz. Sie hatte ihn nicht einmal darum bitten müssen.

Gerade lächelte sie ihm dankbar zu, als ihr Telefon läutete. Diesmal war der Anrufer so beharrlich, dass das Gebimmel von vorne begann, sobald sie ihn wegdrückte. Natürlich war es Colin.

Sie entfernte sich ein Stück von Nikos und den anderen, um den Anruf entgegenzunehmen.

»Was, zum Teufel, bildest du dir ein, nicht ans Telefon zu gehen?«, begrüßte ihr Gatte sie liebevoll.

»Ich war beschäftigt«, erwiderte Penny ruhig und fest entschlossen, sich nicht von ihm aus der Reserve locken zu lassen.

»Wann kommst du nach Hause? So unfähig, wie du bist, kreuzt du wahrscheinlich mitten in der Nacht auf. Glaube bloß nicht, dass ich nach Gatwick pilgere, um dich abzuholen.«

Penny spürte, wie ihr Blutdruck in die Höhe schoss. Sie kämpfte dagegen an. »Ich komme morgen gar nicht nach Hause«, sagte sie. »Ich habe beschlossen, noch ein wenig zu bleiben.«

»Was, verdammt noch mal, soll das jetzt bedeuten? Wann kommst du dann?«

»Ich bin mir nicht sicher.«

Sie bemerkte, dass Nikos sie beobachtete, als hätte er erraten, wer da am Apparat war.

»Was meinst du damit – du bist dir nicht sicher?«, herrschte Colin sie an.

Warum war ihr bis jetzt nicht aufgefallen, was für ein Tyrann er war? Sie hatte rund dreitausend Kilometer Abstand gebraucht, um das endlich zu begreifen.

»Es hängt davon ab, wie es mir hier gefällt und wie lange ich mich gebraucht fühle«, entgegnete sie gelassen.

»Gebraucht? Du wirst doch von niemandem gebraucht, verdammt.«

Inzwischen lächelte Nikos sie an, als wollte er ihr Mut machen. Und es klappte tatsächlich. »In dem Fall wirst du mich ja wohl kaum vermissen.«

»Hast du den Verstand verloren?«

»Ich glaube, allmählich finde ich ihn wieder. Ich fürchte, ich muss jetzt aufhören. Jemand erwartet mich.« Mit diesen Worten legte sie auf.

Noch nie während ihrer gesamten Ehe hatte sie bei einem Telefonat Colin das Wort abgeschnitten. Es war ein befriedigendes Gefühl.

Natürlich würde er sofort Wendy anrufen, doch zum Glück würde die ihn nicht ernst nehmen. Also würde er sich in den Pub oder den Golfclub trollen, wo die einzige Voraussetzung für eine Mitgliedschaft darin bestand, ein Chauvi und ein Langweiler zu sein, und wo er mit den anderen langweiligen Chauvis über das weibliche Geschlecht jammern konnte.

Sie hingegen befand sich auf einer idyllischen griechischen Insel und wurde von einem attraktiven und offenbar einfühlsamen Mann angelächelt. Sicher hätte ihre Mutter sie gewarnt, dass alles mit Tränen enden würde, und vielleicht stimmte das ja auch. Allerdings war ihre Mutter längst tot, während sich Penny zum ersten Mal seit Menschengedenken quicklebendig fühlte.

»Ist euch aufgefallen, was mit Penny los ist?«, raunte Moira Nell am nächsten Morgen beim Frühstück zu.

»Nein«, erwiderte Nell. Sie unterdrückte den Drang, auf ihrem Telefon Ausschau nach dem neuesten Beitrag von Anti-Oma Marigold zu halten. »Was soll mit ihr sein?«

»Du musst es doch bemerkt haben. So wie sie müssen die ersten Menschen ausgesehen haben, als Prometheus ihnen das Feuer brachte. Staunend, aufgeregt und auch ein bisschen ängstlich.«

»Wovon redest du?«, fragte Nell gereizt.

»Nicht schon wieder eine Anspielung auf die griechische Kultur, Moira!« Dora hielt inne, als ihr bewusst wurde, dass sie so viel frisches Obst auf ihren Teller lud, dass es für sechs Hotelgäste gereicht hätte. »Hast du immer noch nicht kapiert, dass wir keine Ahnung von der Antike haben und dass sie uns schnurzpiepegal ist?«

»Das ist ein bisschen zu drastisch«, protestierte Nell. »Ich hatte immerhin eine Eins in Latein.«

Sie drehten sich zu Penny um, die dastand und träumerisch aufs Meer hinausblickte.

»Sie ist gerade dabei, sich in Nikos zu verlieben«, erklärte Moira. »Herrje, an meinem College behaupten zwar einige, dass ich mich zu wenig in meine Studenten hineinversetzen könnte, aber anscheinend kriege ich um einiges mehr mit als ihr.«

»Sei nicht albern«, widersprach Nell. »Sie ist seit dreißig Jahren mit Colin verheiratet.«

»Vielleicht waren das dreißig Jahre zu lang.«

In diesem Moment wandte Penny sich um und lächelte sie strahlend an. Ohne den scheußlichen Haarreif sah sie nicht mehr aus wie ein linkisches Schulmädchen. Außerdem hatte die Sonne goldblonde Strähnchen in ihr Haar gezaubert und einige hübsche Sommersprossen auf ihre Nase.

»Ja, sie hat sich verändert«, stimmte Dora zu. Als sie Nell auffordernd anblickte, wühlte diese jedoch gerade in ihrer Tasche. »Komm schon, Nell, vergiss die Neidgalerie bei Instagram und denk an Penny. Glaubst du, dass sie in Nikos verliebt ist?«

In diesem Moment trat Takis aus der Hotellobby. Der Bürgermeister folgte ihm auf den Fersen. Augenblicklich ging mit Penny eine Verwandlung vor sich, als wäre in ihr eine Glühbirne eingeschaltet worden. Am verräterischsten war, dass sie es selbst gar nicht bemerkte.

Alle starrten Nikos mehr oder weniger unverhohlen an. Dieser steuerte schnurstracks auf Penny zu. »Wie klappt es mit den Möbeln?«

»Wir fangen erst heute Morgen damit an«, antwortete Penny. »Und was wird denn jetzt aus dem Olivenhain?«

»Das Ministerium will sich selbst ein Bild machen. Georgiades kocht vor Wut. Er hat sogar vorgeschlagen, uns selbst graben zu lassen, um zu beweisen, dass da keine Statue ist.«

»Echt komisch«, flüsterte Moira, während sie Penny und Nikos beobachtete. »Die zwei reden über Möbel, obwohl sie in Wirklichkeit über Sex reden wollen.«

»Moira!«, riefen Nell und Dora im Chor.

»Seid nicht so prüde. Schließlich befindet ihr euch hier im Land von Eros, dem Gott der sexuellen Anziehungskraft. Wenn er seinen Pfeil abschießt, bleibt einem nichts anders übrig, als sich zu fügen.«

»Tja, hoffentlich behält Eros in meinem Fall die Pfeile im Köcher«, entgegnete Nell mit Nachdruck.

»Ach, ich weiß nicht.« Dora warf einen Blick auf Takis, der gerade die Tische und Stühle auf der Hotelterrasse zurechtrückte. »Unser Gastgeber hat ein wirklich reizendes Zwinkern, findest du nicht?«

Kurz darauf setzte sich Penny zu ihnen. Sie strahlte immer noch nach ihrer Begegnung mit Nikos.

»Ich habe ganz vergessen, es euch zu zeigen«, verkündete Moira plötzlich. »Es ist einfach zu viel los.« Sie grinste die anderen an. »Hier ist die Zeichnung aus der Bibliothek des Arztes.«

Und da war sie, die ruhende Venus auf dem Diwan mit dem goldenen Apfel in der Hand. Penny musterte sie eindringlich. Dora spähte ihr über die Schulter und hatte auf einmal die Eingebung, die Abbildung mit ihrem Telefon zu fotografieren.

»Wunderschön«, stellte sie fest. »Selbst an dieser einfachen Skizze erkennt man die meisterhafte Arbeit. Kein Wunder, dass der König sie haben wollte.«

Sie war nicht nur schön. Dora wurde außerdem den Eindruck nicht los, dass ihr etwas daran ein wenig bekannt vorkam. Und das hatte nichts mit der Hand oder dem Apfel zu tun.

Vielleicht hatte sie ja eine Kopie irgendwo in einem Museum gesehen. Die Sache war nur, dass Dora eigentlich nie ins Museum ging. Die einzige Venus in ihrem Leben war allzu real. Das kleine Miststück! Sie steckte ihr

Telefon weg und bemühte sich, nicht an Venus Green zu denken, die sie vermutlich viel zu sehr ins Herz geschlossen hatte und die sich nach wie vor von Doras Erzrivalin vertreten ließ.

Acht

Pennys erstes Projekt bei der Möbelrestaurierung war eine Kommode. Sie hatte sie vorne in den Raum gerückt, damit ihre Gehilfinnen ihr etwas abschauen konnten.

Ihre Wahl war auf ein hübsches Stück mit zwei kleinen Schubladen oben und zwei großen darunter gefallen. Die Knäufe waren schlicht und rund, die reizend geschwungenen Beine ließen sie ein wenig französisch wirken. Fast wie eine kecke Can-Can-Tänzerin, dachte Penny.

Als sie jetzt weiteres Schmirgelpapier zutage förderte, schien ihre Mitstreiterinnen angesichts der letzten Marathonsitzung zum Abschleifen der Türen der Mut zu verlassen.

»Keine Sorge! Ihr müsst nur ein wenig anschmirgeln. Dann könnt ihr das da benutzen. Meine Geheimwaffe!« Demetria übersetzte mit großer Leidenschaft und begleitet von viel Gefuchtel. Penny zauberte drei grellgelbe Dosen hervor, die an übergroße Behälter für Feuerzeugbenzin erinnerten. »Flüssiges Sandpapier – kein Schmirgeln mehr nötig!«, verkündete sie. Offenbar wurde die Botschaft verstanden, denn alle klatschten.

Auf den Dosen war ein furchterregender Totenschädel mit gekreuzten Knochen abgebildet. GIFTIG – ENTFLAMMBAR, hieß es in Großbuchstaben darunter.

»Seid vorsichtig damit«, warnte Penny. »Außerdem stinkt es ziemlich. Könnte jemand die Tür aufmachen?«

Als eine der Frauen die frisch lackierte Tür weit aufschob, standen sämtliche Männer glotzend davor. Offenbar waren sie neugierig auf das, was hier vor sich ging, taten das Ganze jedoch als Weiberkram ab.

»Verschwindet ins *kafenion*, ihr alle!«, rief Demetria. Sie wandte sich wieder an die Frauen und deutete auf die Dosen. »Die Kerle sind doch zu nichts zu gebrauchen. Falls eine von euch ihren Mann loswerden will, kann sie ihm das Zeug ja in den Ouzo schütten. Wahrscheinlich merkt er den Unterschied gar nicht.«

Die Frauen kicherten. Penny zog Gummihandschuhe an, öffnete die Dosen und verteilte Pinsel.

»Wo, um alles in der Welt, hast du die Dosen her?«, fragte Nell. »Du hattest sie doch sicher nicht neben deinen Teebeuteln im Koffer verstaut, nur für den Fall, dass du an einem griechischen Strand Abbeize gebrauchen könntest.«

Penny wirkte leicht verlegen. »Nikos hat sie mir besorgt. Offenbar ist er ein eifriger Heimwerker.«

»Ach ja?«, entgegnete Moira spitz. »Er scheint ja ein Mann mit vielen Talenten zu sein.«

Bis zum Abend hatten sie die Kommode olivgrün lackiert. Eine alte Tür, die wie jene in Nikos' Haus als Tischplatte dienen sollte, war blaugrün gestrichen, ein Bücherregal hellgelb, und ein Küchenschrank erstrahlte enteneierblau. Moira hatte sich selbst übertroffen und einen beschädigten Wandschirm restauriert, der die Nymphe Io zeigte, die von einem als Kuh getarnten Zeus verfolgt wurde.

»Ich muss zugeben, dass das eine sehr hübsche Kuh ist«, stellte Dora beeindruckt fest.

»Allerdings.« Moira grinste. »Vermutlich dachte Zeus das auch.«

Schließlich stellte Penny die neuen Möbel im Bootshaus auf. Bis auf das ziemlich schlichte Sofabett wirkt alles äußerst ansprechend.

»Ich habe eine Idee. Wir nehmen Moiras hübsche Kuh als Kopfbrett«, verkündete Penny.

Gemeinsam schoben sie die gerade getrocknete Nymphe ans Kopfende des Bettes.

Moira, die ihre Umgebung für gewöhnlich nur am Rande wahrnahm, sah sich gezwungen, Raumgestaltung in einem völlig neuen Licht zu betrachten. »Penny, du hast echt ein Händchen für so was.«

»Richtig«, stimmte Dora zu. »Du hast einen kahlen Raum von der Größe einer Garage in etwas verwandelt, das man sich ohne Weiteres in einem Loft in Shoreditch vorstellen könnte.«

»Sofern das Loft am Meer ist«, ergänzte Nell kichernd.

»Das Meer!«, rief Penny aus. »Wir brauchen etwas Maritimes.« Sie hielt Ausschau nach einem Gegenstand, der Verbindung zur Seefahrt hatte, konnte jedoch nichts Passendes entdecken. »Ich hab's!«, verkündete sie. »Ich leihe mir ein paar von Nikos' Modellbooten.«

»Ich dachte, der ist mit Takis in der Stadt«, wandte Nell ein und versuchte, sich ein Schmunzeln zu verkneifen.

»Er hat mir gesagt, dass er nie abschließt.« Penny bemerkte, dass sie in die Falle getappt war. Dass sie Nikos' Haus kannte, sorgte dafür, dass ihre Freundinnen unverhohlen wissende Blicke tauschten.

»Dann hol mal die Boote«, meinte Dora grinsend.

Zehn Minuten später kehrte Penny mit zwei Booten zurück und arrangierte sie im Bücherregal.

»Die sind wirklich schön«, sagte Dora bewundernd. »Erzähl jetzt nicht, dass er sie selbst geschnitzt hat.«

»Er macht sie aus Treibholz. Er hat Freude daran, Vernachlässigtes wieder zum Leben zu erwecken.«

»Wenn das mal kein passender Vergleich ist, Dora.« Moira zwinkerte.

»Hör auf!«, schimpfte Dora, überzeugt, dass Penny die Anspielung auf sich selbst sehr wohl verstanden hatte. Doch ihre Freundin wich ihrem Blick aus. Dora hielt es für ratsam, das Thema zu wechseln.

»Penny, du musst das unbedingt auf Instagram posten. Ich wette, irgendwelche Hipster würden einen Mord begehen, um hier übernachten zu können.«

»Willow muss uns dabei helfen«, schlug Nell vor. »Sie ist in solchen Dingen einsame Spitze.«

»Dann schick ihr die Fotos«, erwiderte Dora.

»Glaubt ihr wirklich?«, fragte Penny schüchtern.

»Ja«, beteuerten alle.

»Ja, das glauben wir wirklich«, ergänzte Dora. »Du bist eine echte Begabung, Penny. Ein bisschen mehr Selbstvertrauen, wenn ich bitten darf!«

»Gut. Dann schicke ich sie an deine Tochter, und wir warten ab, was sie davon hält. Allerdings brauche ich zuerst das Einverständnis des Hauseigentümers.«

»Warum, glaubst du, haben diese Leute zwei Tage inmitten von Sägemehl und Lackdämpfen verbracht, Penny?«, entgegnete Dora. »Das kann doch nur daran liegen, dass sie sich über unsere Hilfe bei der Vermietung ihrer leeren Häuser freuen.«

Als Dora eine Stunde später das Hotel betrat, stürzte Ariadne auf sie zu.

»*Efcharistó, efcharistó, kyria* Dora! Mein Vater hat meine Großmutter überredet, mich wieder zur Schule gehen zu lassen. Jetzt kann ich alles über Botanik und Biologie lernen und vielleicht klug genug werden, um an der Universität zu studieren. Und das habe ich nur dir zu verdanken!«

Dora, vermutlich das unsentimentalste Wesen auf Erden, spürte, wie ihr plötzlich die Augen feucht wurden, was sie auf eine vorbeischwebende Staubflocke schob. »Prima!«, erwiderte sie forsch und entwand sich Ariadnes Umarmung. »Juno wird dich vermissen.«

»Ab jetzt bist du die Stimme der Göttin«, fuhr das Mädchen aufgeregt fort. »Sie wird zufrieden sein, weil du dich für mich eingesetzt hast.«

»Okay«, meinte Dora, mit einem Schmunzeln kämpfend. »Fängst du sofort mit der Schule an?«

»Ja, auf der Stelle. Die Direktorin sagt, es würde nichts ausmachen, dass das Schuljahr schon zur Hälfte vorbei ist. Ich sei ein intelligentes Mädchen und hätte ihrer Ansicht nach sowieso nicht abgehen dürfen«, verkündete Ariadne begeistert. »Meine Großmutter behauptet, dass sie das nur sagt, weil sie befürchtet, man könnte ihr wegen Schülermangels die Schule dichtmachen.«

»Die gute, alte Kassandra«, murmelte Moira. »Immer ein aufmunterndes Wort auf den Lippen. Jedenfalls heißt das, Mädels, dass ich auch Grund zur Freude habe, denn jetzt wird Takis jemanden für die Strandbar suchen. Und ich melde mich freiwillig!«

Die anderen starrten Moira entgeistert an. »Moira! Vor einer Woche warst du noch überzeugte Abstinenzlerin«, wunderte sich Nell.

»Das war einmal«, antwortete Moira. »Außerdem kann ich diesen Ausdruck nicht leiden. Er erinnert mich immer an eine Parole der Anti-Alkohol-Liga.« Sie zog einen Spitzmund und warf sich in Positur. »*Lippen, die Schnaps berührt haben, werden niemals die meinen berühren!*«, deklamierte sie. »Das Zeug hat mir einfach nie geschmeckt. Inzwischen ist das anders. Und mit ein bisschen Glück kann ich aus der Bar vielleicht endlich eine Goldgrube machen.«

»Aber du hast Altphilologie in Cambridge studiert!«, protestierte Nell. »Da kannst du doch keine Barkeeperin werden!«

»Warum nicht, verdammt? In Cambridge haben sie mich abserviert. Außerdem wollte ich schon immer hinterm Tresen stehen. Das viele Bierzapfen.« Sie machte es vor. »Ausgezeichnet für den Bizeps.«

»Ich bin nicht sicher, ob du in Takis' Bar viel Bier zapfen wirst.« Dora schüttelte den Kopf.

Ariadne stand mit leicht bedrückter Miene da. Dora zog sie in ihre Arme. »Entschuldige, Ariadne, deine gute Neuigkeit ist total untergegangen. Lasst uns applaudieren, um zu feiern, dass Ariadne Ziegen und Bar aufgibt und wieder die Schule besucht.«

Alle klatschten. Ariadne wirkte ein wenig verlegen, aber zugleich sehr froh.

»Glückwunsch.« Moira tätschelte sie unbeholfen. »Dora erzählt uns immer, was für ein kluges Mädchen du bist.«

Übers ganze Gesicht strahlend lief Ariadne in die Küche.

»Gut gemacht«, flüsterte Penny Dora zu. »Das hat sie sehr gefreut.«

Dora grinste die anderen an. »Offenbar hat die Göttin mich inspiriert.«

Ganz gleich, ob es nun der Einfluss der Göttin war oder nicht, jedenfalls breitete Dora die Kleidung, die sie später zum Abendessen anziehen wollte, auf dem Bett aus und schlüpfte in Jeans und die Turnschuhe aus dem Supermarkt. Etwas ließ sie nicht los, eine winzige Kleinigkeit, die ihr im Olivenhain aufgefallen war. Also würde sie wohl hingehen und nachsehen müssen. Auf dem Weg durch die Lobby warf sie einen Blick in das Schlüsselfach von Xan Georgiades. Der Zimmerschlüssel war nicht da. Das hieß, dass er entweder gerade in seinem Zimmer war – oder dass er den Schlüssel überallhin mitnahm.

Zehn Minuten später kletterte sie den Hügel hinter dem Hotel hinauf. Obwohl sie rasch im Olivenhain nachsehen und rechtzeitig zum Essen zurück sein wollte, entging ihr nicht, wie wunderschön dieser Abend war. Das Meer schillerte, sodass es eher grün wie Murano-Glas als blau wirkte. Ein hauchzarter Dunst hing am Horizont, und am Himmel ging die Sonne unter.

Als sie weitereilte, wäre sie beinahe mit der Ziege Juno zusammengestoßen.

»Mistvieh!« Sie rieb sich den bei ihrem Ausweichmanöver leicht verdrehten Knöchel. »Warum magst du mich so? Rieche ich etwa nach Ziegenbock?«

Als sie das raue Fell an Junos Hals streichelte, rieb sich die Ziege wohlig an ihr.

»Pass auf, Juno. Ich bin Pandora Perkins, die gefährlichste PR-Agentin Londons. Ich bin keine, und ich wiederhole, *keine* Ziege. Weder eine männliche noch eine weibliche! Also geh mir aus dem Weg.«

Allerdings weigerte sich Juno, auch nur einen Zentimeter Platz zu machen. Dora ließ die Schultern hängen, als ihr einfiel, wie wenig die Bezeichnung »gefährlichste

PR-Agentin« inzwischen auf sie zutraf. Wer hatte heutzutage noch Angst vor ihr? Sie hatte sich so sehr auf die Karriere von Venus Green konzentriert, dass sich ihre übrigen Klienten still und leise verabschiedet hatten. Mitarbeiter hatte sie keine, und jetzt war sie auch noch ihr Einkommen los. Diese Erkenntnis traf sie mit der Wucht eines herannahenden Schnellzugs, sodass sie sich setzen musste. Juno verstand das als Aufforderung, sie spielerisch anzustupsen.

Dora besaß eine Eigentumswohnung und hatte Ersparnisse. Nicht sonderlich viel, aber immerhin etwas. Vor ein paar Jahren hätte sie ihre Agentur noch verkaufen können. Man hatte ihr sogar Angebote gemacht. Mittlerweile war das jedoch keine Option mehr. Sie rappelte sich auf und marschierte weiter.

Bald hatte sie den Olivenhain erreicht. Sie blickte sich um. Etwas hatte sich verändert, auch wenn sie nicht dahinterkam, was es war. Sie holte tief Luft. Heute duftete es nicht nach Myrte. Eine ziemliche Erleichterung.

Sie ging durch die Bäume zu dem baufälligen Häuschen, das dem alten Yannis gehört hatte.

Und da fiel es ihr wie Schuppen von den Augen.

Die ungewöhnliche Marmorbank, auf der sie bei ihrem letzten Besuch hier mit Ariadne gesessen hatte, war fort.

Doras Atem ging schneller. Sie förderte ihr Telefon zutage und betrachtete das Foto, das die verschollene Statue der Aphrodite zeigte. Der Diwan, auf dem die Göttin lag, ähnelte der verschwundenen Bank auf erstaunliche Weise. War die Statue womöglich von dem Stück Marmor getrennt worden, auf dem sie geruht hatte? Die Einzelteile waren sicherlich tonnenschwer. Oder hatte Xan die Skulptur in zwei Teilen gefunden? Und da er keines von beiden ohne Hilfe transportieren konnte, hatte er eines – die Bank – eben einfach in aller Öffentlichkeit zwischengelagert, bis er Gelegenheit hatte, es wegzuschaffen.

Falls die Statue der Aphrodite wirklich hier war, war sie von unbeschreiblichem Wert und großer historischer Bedeutung. Die Venus von Milo war auf einer Nachbarinsel entdeckt worden und heute vermutlich die berühmteste Statue der Welt. Vielleicht hatte Xan das Abbild der Aphrodite ja versteckt, weil er befürchtete, dass sie sein Bauvorhaben verhindern könnte. Oder – und Dora hatte den starken Eindruck, dass das seine wahre Absicht war – er wollte sie auf dem Schwarzmarkt für Antiquitäten verkaufen. Für den Erlös konnte er sich bestimmt ein paar zusätzliche Bäder leisten. Früher hätte man sich mit so einem Verdacht lächerlich gemacht, aber heutzutage war die wirtschaftliche Lage derart miserabel, dass viele Menschen mit gefundenen Kunstgegenständen handelten, anstatt sie bei den Behörden zu melden.

Wie immer brach rasch die Dunkelheit herein. Das Beste war, wenn Dora jetzt umkehrte und sich ihren nächsten Schritt überlegte. Würde ihr jemand glauben, wenn sie von ihrer ungeheuerlichen Vermutung erzählte?

Ein plötzliches Scharren in trockener Erde sorgte dafür, dass sie sich erschrocken umdrehte. Sie duckte sich in die Schatten und bemerkte die glimmende Spitze einer Zigarette, die sich vom anderen Ende des Olivenhains her näherte. Gerade noch schaffte sie es, hinter dem herabhängenden Ast einer Zypresse in Deckung zu gehen, als Xan Georgiades erschien und die Tür der Hütte aufschloss. War die Statue vielleicht dort?

Kurz darauf kam er wieder heraus, diesmal mit einer starken Taschenlampe bewaffnet. Wie, zum Teufel, sollte sie ihm ihre Anwesenheit hier erklären? Er begann, die Umgebung des Hauses abzuschreiten und in jeden Winkel zu leuchten. Sollte sie einfach herauskommen und die Ahnungslose spielen? Noch während sie ihren Mut zusammennahm, ertönten ein Schrei und kurz darauf ein Fluch, als Xan die Taschenlampe jäh aus der Hand geschlagen wurde. Sie fiel auf den steinigen Boden, und das Birnchen zerbrach.

»Verdammtes Drecksbiest!« Xan trat nach Juno, die ihrer Heldin zwischen die dunklen Zypressen gefolgt war. Anstelle einer Antwort versetzte Juno ihm einen so heftigen Stoß, dass er stürzte und nur wenige Meter neben Doras Versteck auf dem Boden landete.

»Ich mache Ziegenhackfleisch aus dir, du elendes Mistvieh!«

Ein unwiderstehlicher Drang zu kichern stieg in Dora hoch wie ein Schluckauf. Und wieder wurde sie von Juno gerettet, die lässig auf Xan zuschlenderte und ihm auf die Füße pinkelte.

Xan hatte genug. Er wälzte sich weg, holte noch einmal mit dem Fuß nach der Ziege aus und floh durch den Olivenhain.

Dora zauste wie zuvor das raue Fell am Hals der Ziege. »Danke, Juno. Was sollen wir nur von diesem Menschen halten? Ein mieser Kerl, meinst du nicht auch? Traue nie einem Mann, der in Griechenland Tweed trägt, hätte mein alter Dad gesagt.«

Vorsichtig wagte sie sich zwischen den Zypressen hervor und blieb ruckartig stehen. Neben dem durchdringenden Geruch nach Ziegenurin wehte der unverkennbare Duft von Myrte durch die Olivenbäume.

Penny hatte eine Nachricht von ihrer Tochter auf der Mailbox. Sie fragte sich, ob sie Wendy zurückrufen oder bis morgen damit warten sollte. Es würde unweigerlich von Colin die Rede sein, und sie wusste nicht, ob sie sich das antun wollte.

Nachdenklich setzte sie sich an den kleinen Frisiertisch und fing an, ihr schulterlanges Haar zu bürsten. Es wurde in der Sonne wirklich immer blonder. Sie musterte ihr Gesicht. Ihre Mutter hatte immer gesagt, da sie nicht hübsch sei, müsse sie nett oder interessant sein. Das mit dem Interessantsein hatte sie nie hingekriegt. Vielleicht hatte sie sich ja deshalb für »nett« entschieden. Allerdings war »nett« gleichbedeutend mit »lebenslänglich Colin«, der sie wahrscheinlich nicht von einem Roboter unterschied, solange der Kühlschrank voll war. Falls sie noch viel länger wegbliebe, würde er vermutlich das Internet nach einer dieser gruseligen Sexpuppen mit den leeren Gesichtszügen und den allzeit bereiten Körperöffnungen durchforsten und sie einfach abschreiben.

Aber verhielt sie sich ein Jota besser? Penny atmete durch und schlug die Hände vors Gesicht. Was empfand sie für Nikos? War er nicht der wahre Grund, warum sie ihren Urlaub verlängert hatte, ganz gleich, wie viel Spaß es ihr machte, Möbel zu lackieren und die Bootshäuser für Feriengäste vorzubereiten?

Wendy hatte über die Filmheldin Shirley Valentine gewitzelt, die sich in einen muskulösen griechischen Fischer verliebte. Tat sie nicht gerade etwas ganz Ähnliches? War sie nicht auch eine weltfremde Traumtänzerin wie Shirley, weil sie glaubte, dass sie Nikos wirklich etwas bedeutete?

Gut, sie hatte eine wichtige Rolle in seiner Vergangenheit gespielt. Obwohl sie vermutete, dass das eher an seinem Ärger über seine eigene Unwissenheit gelegen hatte als an leidenschaftlichen Gefühlen für sie. Sie verkörperte seine Entscheidung, sein Leben zu verändern. Penny dachte an das zerknickte Foto, das er all die Jahre lang aufbewahrt hatte. Vielleicht war es für ihn ja eine Art Revanche, sie jetzt dazu zu bringen, dass sie sich in ihn verliebte. Nein, sie glaubte nicht, dass Nikos so ein Mistkerl war. Allerdings bedeutete ihre Begegnung für ihn sicher eine Art Meilenstein.

»Du wirst nicht mit ihm schlafen!«, sagte sie sich mit Nachdruck. »Unter gar keinen Umständen.«

Da sie sich nun, zumindest für den Moment, gegen seine Verführungskünste gewappnet fühlte, rief sie Wendy an.

»Mum, wie geht es dir?«, fragte Wendy. Ihre Tochter hatte zwar Pennys Gutmütigkeit geerbt, besaß jedoch auch einen starken Willen, was ihr Leben wahrscheinlich um einiges angenehmer machte.

»Ich amüsiere mich großartig«, erzählte Penny. »Ich helfe den Einheimischen dabei, Möbel zu lackieren, um die Bootshäuser einzurichten, die sie vermieten wollen. Damit alles ein wenig stilvoller wird.«

»Vergiss nicht, zwei in diesem tollen griechischen Blau gestrichene Stühle und einen kleinen Tisch mit einer Flasche und zwei Gläsern auf jeden Balkon zu stellen. Wir alle haben unsere Urlaubsfantasien. Offen gestanden wäre ich jetzt am liebsten auch dort.«

»Wie geht es Dad?«, erkundigte sich Penny widerstrebend.

»Er ist in letzter Zeit recht still. Aber sicher findet er bald wieder einen Grund zum Meckern. Wie lange bleibst du noch?«

Penny biss sich auf die Lippe und weigerte sich, irgendwelchen Befürchtungen Raum zu geben. »Ich bin nicht sicher. Es ist wirklich schön hier. Ich fühle mich gebraucht. Du weißt ja, dass mir das gefällt.«

»Ausgezeichnet. Warum Männer in dem Glauben wiegen, dass wir nur dazu da sind, sie zu versorgen?«

Penny lachte. Sie konnte sich nicht vorstellen, dass Wendys Mann Martin es wagen würde, von ihr »Versorgungsarbeit« einzufordern. »Was machen die Kinder?«

»Milo sucht einen Job. Seine Neigung zur Archäologie, seine Begabung als DJ und sein Händchen für irgendein Computerspiel mit dem reizenden Namen Red Dead Redemption haben ihre Nische noch nicht gefunden. Aber er wirkt recht zufrieden. Ben büffelt für den Schulabschluss, und Flossie ist eben Flossie und wickelt die Lehrer um den Finger, ohne sich dabei zu verausgaben. Du, Mum … ich muss jetzt kochen. Viel Spaß beim Pinselschwingen!«

Penny dachte über das Gespräch nach. Das war die Wirklichkeit. Ihre Enkel. Wendy und Martin. Tom war in Hongkong und verdiente sich dort eine goldene Nase. Sie hörte nur selten von ihm, aber eines Tages würde er heiraten und möglicherweise sogar nach Hause kommen. Und dann war da noch Colin. Beim bloßen Gedanken an ihn wurde ihr schwer ums Herz. Vielleicht war es an der Zeit, dass sie etwas in Sachen Colin unternahm. Zumindest das war ihr durch ihre Gefühle für Nikos ein wenig klarer geworden.

Seufzend suchte sie ein schlichtes Baumwollkleid mit quadratischem Ausschnitt heraus. Im nächsten Moment fiel ihr ein, dass Nikos gesagt hatte, wie gut es ihr stünde.

Sie lächelte.

Nell bürstete sich das Haar und entschied sich für ein Oberteil aus braungrauem Leinen. Es war zwar zerknittert, aber das ging in Ordnung. Es würde ohnehin niemand bemerken. Gerade wollte sie ihr Telefon einstecken. Ein Foto der kleinen Naomi – eines der wenigen ohne Marigold darauf – war ihr Bildschirmschoner. Im letzten Moment beschloss sie jedoch, das Telefon im Zimmer zu lassen. In den nächsten beiden Stunden würde sie sicher kein Mensch brauchen.

Von Trauer überwältigt setzte sie sich. Niemand brauchte sie. So lautete die schonungslose Wahrheit.

Es klopfte an der Tür, und Pennys fröhliche Stimme durchdrang ihre Niedergeschlagenheit. Plötzlich war Nell so froh über ihr buntes Trüppchen.

Sie griff nach ihrem Schlüssel und öffnete die Tür.

»Ich habe mir etwas überlegt«, meinte Penny auf dem Weg nach unten. »Wenn wir noch eine Weile bleiben, könnten wir Takis bitten, uns für unsere Zimmer einen Sonderpreis zu machen. Schließlich ist es bis zum Anfang der Saison noch ein Weilchen hin, also klappt es vielleicht. Ich habe zwar noch etwas Geld von meiner Erbschaft übrig, aber natürlich habe ich nur unseren ursprünglich geplanten Urlaub eingerechnet.«

»Ich auch. Eine prima Idee. Wir können ja vorschlagen, dass wir den Abwasch erledigen.«

Lachend erinnerten sie sich daran, dass das bei ihrem letzten Aufenthalt in Griechenland tatsächlich ihre Befürchtung gewesen war. Dass sie damals mit so wenig Geld ausgekommen waren, grenzte an ein Wunder.

»*Kalispera*, meine Damen.« Takis begrüßte sie mit einer theatralischen Verbeugung. »Darf ich euch auf einen Schluck aus meiner bescheidenen Bar einladen?«

»Mit Vergnügen.« Nell erwiderte die Verbeugung. »Ehrlich gesagt würde ich gern einmal Raki probieren.«

»Raki?« Takis verstand die Welt nicht mehr. »Aber der ist ja aus der Türkei.«

»Raki«, wiederholte Nell mit Nachdruck.

»Kein griechischer Ouzo.« Takis war sichtlich gekränkt.

»Ich habe einen Grund dafür«, erklärte Nell. »Meine Tochter Willow hat früher immer wieder dasselbe Lied gespielt. Es ging darin um jemanden, der Raki trinkt und dabei Maynard Keynes liest. Damals habe ich mir vorgenommen, das Zeug mal zu testen.«

»Und wer ist dieser Maynard Keynes?«

»Ein britischer Wirtschaftswissenschaftler.«

»So jemanden könnten wir in Griechenland gut gebrauchen. Lad ihn doch ein.«

»Das würde ich ja gerne, aber leider ist er 1946 gestorben.«

»Das ist natürlich ein Problem. Und was möchten die anderen?«

»Ich nehme das Gleiche wie Nell.« Moira grinste. »In einem Sprichwort heißt es, dass man Raki nie allein trinken soll.«

»Oder am besten gar nicht.« Dora rümpfte die Nase. »Das Zeug hat vierzig Prozent oder so. Für mich einen Weißwein. Woher hast du nur all diese Informationen, Moira?«

»Zu viele Jahre in Bibliotheken.«

»Für mich auch Weißwein, danke«, sagte Penny.

»Takis«, begann Penny, wobei sie hoffte, dass er nicht beleidigt sein würde. »Weil so viel passiert ist, sind wir schon länger hier als geplant. Einige von uns würden gerne noch ein Weilchen bleiben.«

»Wie viele?«, fragte er.

»Wer möchte noch ein bisschen mehr Zeit auf Kyri verbringen?«

Nell hob sofort die Hand. Moira folgte ihrem Beispiel, und zu guter Letzt schloss sich auch Dora an.

»Natürlich kriegt ihr einen Spezialpreis!«, verkündete Takis erfreut. »Ich gebe euch den für Geschäftskunden. Außerdem helft ihr ja der Insel! Ich sollte euch als meine Gäste hier wohnen lassen.«

»Nein, nein«, protestierte Penny. »Der Preis für Geschäftskunden wäre absolut in Ordnung.«

Sie setzten sich an ihren üblichen Tisch und blickten auf den Hafen hinaus. Um sie herum spielte sich der Inselalltag ab. Auf der Bank neben dem Kai unterhielten sich alte Männer. Kinder traten nach einem Fußball. Fischerboote fuhren nach einem Tag auf See ein. Einige schicke Jachtbesitzer schlürften Cocktails an Deck und protzten mit ihrem Reichtum. Ein orthodoxer Priester in schwarzem Gewand mit einem Rauschebart und einem hohen Hut auf dem Kopf hastete vorbei, vermutlich damit seine Schäfchen, die sich hier einen Schluck genehmigten, ihn nicht in Versuchung führen konnten. Und ein Stück entfernt grenzte der weiße Sandstrand an das tiefblau leuchtende Meer.

»Was gefällt euch am besten an Kyri?«, fragte Penny unvermittelt.

»Man weiß immer, dass morgen die Sonne scheinen wird.« Dora lächelte. »Und das Gefühl des Sandes zwischen den Zehen unten an der Strandbar.«

»Das sind zwei Gründe«, meinte Moira. »Dann wären da noch die freundlichen Leute. Die würden alles für einen tun. Schaut euch nur den Arzt und seine Frau an. Sie haben mich für ein Butterbrot bei sich aufgenommen. Könnt ihr euch so etwas zu Hause vorstellen?«

»Das Geräusch von Flipflops«, ergänzte Penny kichernd.

»Griechischer Joghurt mit Walnüssen zum Frühstück«, fügte Nell hinzu.

»Die friedliche Stimmung hier.« Dora schloss die Augen und spürte die letzten Sonnenstrahlen im Gesicht. »So etwas habe ich noch nie erlebt.«

»Ich finde es toll, wie günstig hier alles ist«, warf Moira ein. »Dieses Hotel zum Beispiel. Man hat nie das Gefühl, über den Tisch gezogen zu werden. Und jetzt senkt er für uns sogar noch den Preis.«

In diesem Moment erschien Takis mit ihren Getränken und verteilte Wein und Raki. »Die Türken nennen ihn Löwenmilch«, teilte er ihnen mit. »Medizin, um den Geist zu beruhigen und das Herz zu heilen.«

»Dann ist Raki genau das Richtige für mich.« Nell griff nach ihrem Glas.

»Tut dir dein Herz weh, reizende Helena?«, fragte Takis so unvermittelt, dass die anderen ihn anstarrten.

»Nur wegen meiner kleinen Enkelin«, antwortete Nell schmunzelnd.

»Oh, ich verstehe.« Takis lächelte erleichtert. »Und hier sind die heutigen Speisekarten.«

»Nun, reizende Helena«, frotzelte Moira. »Offenbar hast du einen Verehrer. Schade, dass nicht ich seine Auserwählte bin, denn dann würde er mir vielleicht freie Hand in der Strandbar gewähren. Aber immer eins nach dem anderen. Wer hat Lust, morgen mitzukommen und den Unterschlupf der Piraten zu suchen?«

»Mit Vergnügen«, sagte Dora, denn ihr war gerade etwas eingefallen, das sie überprüfen wollte.

»Spitze«, sagte Moira erstaunt. »Sonst noch jemand?«

»Nell und ich müssen wirklich mit den Bootshäusern weitermachen«, wandte Penny ein. »Schließlich werden wir jetzt von Takis subventioniert. Ich hoffe, du hast nichts dagegen.«

»Ganz und gar nicht.« Moira grinste. »Wenn Takis nicht von der reizenden Helena abgelenkt wird, kann ich ihn wegen des Treasure-Island-Projekts bearbeiten. Aber zuerst muss ich mir wie gesagt den Piratenschlupfwinkel ansehen.« Sie betrachtete die kleinen Boote, die darauf warteten, mit Touristen Ausflüge rund um die Insel zu unternehmen. »Wer von denen kennt sich wohl mit den historischen Fakten aus?«

Penny hob ihr Glas. »Du solltest dich an Nikos wenden. Er hat ein eigenes Boot, und niemand weiß mehr über die Insel als er.«

»Vielleicht mache ich das wirklich.« Moira griff nach ihrem Raki. »Auf Nikos, Bürgermeister von Kyri und auch sonst in jeglicher Hinsicht perfekt.«

»Ich dachte immer, das sei Mary Poppins«, erwiderte Dora träge und reckte das Gesicht weiter in die Sonne.

»Lässt Sonnenlicht nicht die Haut schneller altern?«, erkundigte sich Moira.

»Dieser Mist ist mir inzwischen piepegal.« Als Dora die Achseln zuckte, gab ihr tief ausgeschnittenes Kleid ein Stückchen mehr von ihrem makellosen Dekolleté frei.

»Wer hätte das gedacht?« Moira lachte. In diesem Moment kam Takis mit einem Tablett vorbei. »Eine Frage, Takis.«

Er bremste ruckartig ab. »Schmeckt dir der Raki, *kyria* Moira?«

»Sehr sogar. Er erinnert mich an alte Abbeize. Wie kann sich euer geschätzter Bürgermeister Nikos eigentlich ein Boot und ein hübsches Haus am Strand leisten? Was ist sein Geheimnis?«

»Er war früher … wie nennt man das? Wirtschaftsprüfer.«

»*Wirtschaftsprüfer?*« Beinahe wäre Moira an ihrem Raki erstickt.

»Ja. Er hat für einen multinationalen Konzern gearbeitet, die ganze Welt bereist und viel Geld verdient. Dann ist er hierher zurückgekommen, um mit uns ein einfaches Leben zu führen. Ein guter Plan, oder?«

Penny nippte an ihrem Wein. Auf einmal kam sie sich albern vor. Es gab so vieles, was sie noch nicht über Nikos wusste.

»Denkst du, er würde mit mir rausfahren und mir von den Piraten erzählen, die über Kyri geherrscht haben?«, fragte Moira.

»Wahrscheinlich nichts lieber als das.« Takis grinste. »Vor allem, wenn Penny sich auch für Piraten interessiert. Möchtest du die Geschichten über die verwegenen französischen Korsaren hören, die die Insel in Angst und Schrecken versetzt und unsere Frauen entführt haben, treue Penelope?«

»Bitte nenn mich nicht so!«, stieß Penny hervor.

Die anderen starrten Penny entgeistert an. Sie klang wirklich aufgebracht.

»Nur weil Penelope zehn Jahre darauf gewartet hat, dass Odysseus, der Idiot, gnädigerweise nach Hause kommt, bin ich noch lange nicht so wie sie! Wahrscheinlich hatte meine Mutter keine Ahnung von dieser Frau, als sie mich so genannt hat!«

»Beruhige dich, Liebes.« Moira tätschelte sie unbeholfen. Sie war nie gut darin gewesen, aufgewühlte Studenten zu beschwichtigen, und wusste mit Gefühlsausbrüchen einfach nichts anzufangen. Von Penny hätte sie niemals eine solche Reaktion erwartet.

»Ich dachte immer, ich sei nach der Pandora aus dem Fernsehballett Pan's People benannt, nicht nach einer dämlichen Nymphe mit einer Büchse«, verkündete Dora. »Erinnert ihr euch noch an sie aus *Top of the Pops*, der Musikshow?«

»Aber natürlich!«, kreischte Nell. Zur allgemeinen Verlegenheit sprang sie auf und fing an, in einem nicht sonderlich anmutigen Tanz mit den Hüften zu wackeln und die Arme zu schwenken. »Ich habe jede Bewegung der Pan's People nachgemacht. Ihretwegen habe ich drei Jahre gestreifte Leggings getragen, als schon längst niemand mehr gestreifte Leggings trug.«

Penny nippte an ihrem Wein und schien sich wieder abgeregt zu haben. »Tut mir leid, Leute. Ich bin ein bisschen durch den Wind. Vorhin habe ich mit meiner Tochter telefoniert. Und jetzt habe ich das Gefühl, dass ich mich – im Gegensatz zu der blöden Penelope – verantwortungslos verhalte, wenn ich hierbleibe.«

»Willst du denn hierbleiben?«, hakte Moira nach.

»Ja.«

»Nun, da hast du deine Antwort. Du musst lernen, das zu tun, was *du* willst. Kommst du jetzt mit auf den Piratenausflug oder nicht?«

»Wäre das hilfreich?«, erkundigte sich Penny, noch verlegen wegen ihres Ausbruchs.

»Hör auf damit, Penny!«, schimpfte Moira. »Das war eine ganz einfache Frage. Willst du mitkommen?«

»Natürlich will ich.« Sie fing an zu lachen.

»Schön, dass wir das geklärt haben. Ich glaube, dein Leben wäre um einiges einfacher, wenn du ein bisschen mehr an dich denken würdest«, verkündete Moira. »Schau dir die griechischen Götter an. Die haben immer nur das getan, was sie wollten.«

»Und hat das nicht zu jeder Menge Schwierigkeiten geführt?«, antwortete Penny. »Nymphen werden in Kühe verwandelt, Leute kriegen von Adlern die Leber aufgefressen und so weiter?«

»Tja, das schon«, räumte Moira ein. »Lasst uns anstoßen!« Sie nahm ihr Glas. »Auf Penelope, die keine Lust mehr hat, auf Männer zu warten, ob sie nun Odysseus oder Colin heißen!«

Triumphierend hob Penny ihr Glas. »Darauf trinke ich gern!«

Neun

Nikos war begeistert von der Idee, einen Ausflug mit ihnen zu unternehmen, besonders als er erfuhr, dass Penny mit von der Partie sein würde.

Am nächsten Morgen marschierten sie alle zum Hafen und gingen an Bord seines schwarzen Kaik mit den romantisch aussehenden roten Segeln. Die barbusige Galionsfigur, die ihnen von ihrem Aussichtspunkt am Bug aus zulächelte, verlieh dem Boot etwas Verruchtes. Zu Moiras Freude gab es sogar einen Ausguck hoch oben in der Takelage.

Takis und Kassandra waren ihnen zum Kai gefolgt. Kassandra reichte ihnen einen Picknickkorb, Takis eine Kühltasche voller klappernder Flaschen.

»Das wird ja immer besser«, stellte Dora fest.

Am Kai winkten Kinder und alte Männer ihnen nach. Als Nell sie betrachtete, rührte es sie auf seltsame Weise an, dass man sie auf Kyri sogleich mit offenen Armen aufgenommen hatte. Sie winkte ebenfalls und versetzte Dora einen Rippenstoß. »Guck mal, wer sich sonst noch von uns verabschieden will.«

Zwischen den alten Männern stand Xan Georgiades und blickte dem ablegenden Boot nach. Trotz seiner ausdruckslosen Miene spürte Dora, wie verärgert, ja, offen feindselig er war. Sie beobachtete, wie er mit Takis sprach. Jede Wette, dass er sich erkundigte, wohin sie fuhren.

Als Takis zum Hotel zurückkehrte, blieb Xan weiter an seinem Platz stehen und starrte sie an.

Plötzlich hatte Dora einen Geistesblitz: Falls Xan die Statue gefunden und versteckt hatte – und da war sie sich ziemlich sicher –, hatte er sie, wie Generationen von Piraten vor ihm, gewiss in die Höhlen gebracht.

Unterdessen spähte Moira zum Ausguck hinauf. »Schade, dass wir keinen Piratendarsteller haben, den wir raufschicken können, damit er Ausschau nach Feinden hält.«

»Ich fürchte, hier begegnet man nur Tagesausflüglern und hin und wieder einem Kreuzfahrtpassagier.« Lachend wies Nikos den Bootsjungen an, die Haltetaue loszumachen. »Es gibt schon lange keine Piraten mehr. Wirklich sonderbar, dass eine derart kleine Insel wie Kyri einmal der Mittelpunkt des Vorderen Orients war, doch so ist es eben.«

»Aber warum nur?« Dora konnte sich das winzige Kyri einfach nicht als Mittelpunkt von irgendetwas vorstellen.

»Wir schauen uns die Höhlen an, und dann seht ihr es selbst.«

Nell machte es sich am Bug bequem und zog kühn die Bluse aus, sodass ein schicker schwarzer Badeanzug in Sicht kam. »Willst du schwimmen gehen?«, fragte Moira.

»Das soll wohl ein Scherz sein.«

»Wartet, bis wir bei den Höhlen sind«, rief Nikos. »Das Wasser dort ist traumhaft.«

Dora, eher eine Freundin von Hallenbädern, musterte erschaudernd die Ägäis. »Ohne mich.«

»Ich lasse hinten die Leiter runter, damit du ins Wasser klettern kannst. Dann machst du dir nicht mal die Haare nass.« Nikos lachte.

Mit Motorkraft fuhren sie aufs offene Meer hinaus und spürten das Schwanken des Bootes, als es auf den lebhaften, schaumgekrönten Wellen tanzte.

»Dir wird doch nicht etwa wieder schlecht, Moira?«, witzelte Dora.

»Das ist jetzt eine knappe Woche her!«, entgegnete diese. »Außerdem war es eine Lebensmittelvergiftung.«

»Herrje, erst vor einer knappen Woche?«, wunderte sich Nell. »Mir kommt es so viel länger vor.«

»Andros, gib den Damen etwas zu trinken«, befahl Nikos, woraufhin der Junge eine Flasche Weißwein holte, deren Inhalt er geschickt in Plastikbecher goss. Der Wein war sogar gut gekühlt.

Nikos lenkte das Boot in eine abgeschiedene Bucht, umgeben von golden schimmernden, mit Sträuchern und Büschen bewachsenen Klippen. Sogar Dora musste lachen, als sie einige Ziegen entdeckten. Vermutlich waren es nicht die von Kassandra.

Auf dem gemächlichen Weg zum Ufer kamen sie an einer Reihe von Felsen vorbei, von denen manche große Löcher aufwiesen. »Hier haben die Piraten ihre Schiffe festgemacht«, erklärte Nikos.

»Exakt in diesen Löchern?«, hakte Moira aufgeregt nach.

»Exakt in diesen Löchern. Die Bucht hier war einer ihrer liebsten Schlupfwinkel. Sobald wir angelegt haben, zeige ich euch den Grund dafür. Trinkt aus, meine Damen. Von jetzt an geht es mit dem Beiboot weiter.« Als er ihnen zuzwinkerte, erinnerte er mit seinem gestreiften T-Shirt und den hellblauen Augen, die sich von der tief gebräunten Haut abhoben, selbst ein wenig an einen Seeräuber. »Und nun besichtigen wir die berühmten Piratenhöhlen.«

Nell, die noch immer auf dem Dach der Kajüte saß, machte eines ihrer seltenen Selfies, um es ihrer Tochter zu schicken. Das funkelnd blaue Meer im Hintergrund, lächelte sie in die Kamera. Anschließend unterzog sie das Foto einer selbstkritischen Musterung und stellte fest, dass Penny ihr über die Schulter spähte.

»Du siehst traumhaft aus!«, rief Penny. »Wie schaffst du es, dass deine Haare auch nach einer Bootsfahrt so toll sitzen?«

Das stimmte. Nell sah wirklich gut aus. Inzwischen war sie leicht gebräunt, und ihr dunkles Haar glänzte in der Sonne.

Sie grinste. »Ich habe mir einen sogenannten Brazilian Wrap machen lassen. Hat mich achtzig Pfund gekostet, war aber jeden Penny wert.«

»Ich dachte, das wäre eine Prozedur für untenrum«, wunderte sich Moira und starrte Nell zwischen die Beine.

»Du meinst einen Brazilian Wax, also Kahlschlag total. Etwas für die Pornostars von morgen oder Provinzlerinnen in Reality-Shows.«

Dora, die von der anderen Seite des Decks aus zuhörte, zuckte beim Wort Reality-Show zusammen.

»Und was ist jetzt ein Brazilian Wrap?«, fragte Penny.

»Keine Ahnung, wie es funktioniert.« Nell kicherte. »Doch ich glaube, dass Formaldehyd im Spiel ist.«

»Ist das nicht das Zeug, in dem man seinen Blinddarm konserviert?«, erkundigte sich Penny. Colin hatte seinen Wurmfortsatz stolz oben auf dem Fernseher aufbewahrt, bis Wendy ihn mit fünfzehn zufällig-absichtlich hinuntergeworfen hatte.

»Richtig.«

»Ach herrje.«

Eine weitere Unterhaltung zum Thema Haarpflege wurde dadurch vereitelt, dass Andros das Boot geschickt an einem Loch im nächstgelegenen Felsen vertäute. Danach halfen er und Nikos den Freundinnen in das Schlauchboot, das sie im Schlepptau hatten.

»So eins hatten wir, als wir Urlaub in Devon gemacht haben«, teilte Nell den anderen mit. »Mein Bruder und ich mussten es mit einer Fahrradpumpe aufpusten. Es hat Stunden gedauert.«

»Ein Glück, dass du und dein Bruder nicht auch das hier aufblasen musstet.« Vorsichtig kletterte Dora an Bord.

»Gott sei Dank hast du diese dämlichen Stilettos aufgegeben«, merkte Moira an.

»Ja.« Dora grinste. »Mittlerweile bin ich stolze Besitzerin eines Paars Turnschuhe.« Sie zeigte ihre Füße vor.

»Du meine Güte, schaut nur!« Als sie auf den Eingang der ersten Höhle zusteuerten, deutete Penny ins Wasser und auf die Gesteinsformation viele Meter unter ihnen. »Das sieht aus wie ein impressionistisches Gemälde!« Alle starrten hin. Das Wasser war nicht nur blau, sondern auch grün, leuchtend türkisfarben, gelb und sogar rostrot.

»Das liegt an den Mineralien im Gestein«, erläuterte Nikos. Er lenkte das Boot durch einen natürlichen Bogen im Fels. Im nächsten Moment fanden sie sich in einer riesigen, kathedralengleichen Höhle wieder, von der weitere Kammern abgingen. Am anderen Ende führte ein zweiter Bogen hinaus auf die von der hellen Sonne beschienene Ägäis.

»Deshalb war dies hier die Lieblingshöhle der Piraten«, verkündete Nikos. »So hatten sie einen Fluchtweg. Durch diesen Bogen konnten sie hinaus aufs offene Meer verschwinden. Nachdem sie die türkischen und manchmal auch britischen Schiffe überfallen hatten, versteckten sie hier ihre Beute. Französische Schiffe behelligten sie nicht, da sie ja Franzosen waren. Deshalb ließ man es ihnen durchgehen. Bis der französische König im siebzehnten Jahrhundert beschloss, dass sie zu gefährlich waren, und sie aufhängen ließ.«

Aber Dora hörte gar nicht zu. Sie spürte, dass ihr Herz schneller schlug und dass sie unwillkürlich den Atem anhielt. Sie hielt ihr Smartphone so, als wollte sie fotografieren, hatte aber die Taschenlampe eingeschaltet. Als sie den Lichtschein in die zweite Höhle richtete, glaubte sie, darin etwas zu sehen.

Dora überlegte, was sie tun sollte. Sie hatte Wasser schon immer gehasst, und allein der Gedanke an einen Tauchgang löste in ihr ein Gefühl aus, als steckte sie in einem Aufzug fest.

Außerdem hatte sie sich bestimmt geirrt. Sie würde sich zum Gespött machen, wenn sie behauptete, Xan Georgiades habe die Venus gefunden und hier gebunkert.

Sie würde sich gründlicher umsehen müssen.

»Es ist faszinierend hier«, rief sie begeistert aus. »Würde es jemanden stören, wenn ich ein bisschen schwimme?«

Die anderen betrachteten sie entsetzt.

»Dora, fühlst du dich nicht wohl?«, fragte Moira.

Sie wurde von Nikos gerettet, falls das der richtige Ausdruck war. »Tut mir leid, Pandora, aber das ist keine gute Idee. Die Strömung ist gefährlich und das Wasser eiskalt.«

Dora nickte und schluckte ihre Enttäuschung hinunter. Andererseits war sie erleichtert, weil sie nun aus dem

Schneider war. Sie mochte Nikos. Er schien die Ruhe selbst und zudem ein außergewöhnlicher Mann zu sein. Vielleicht würde sie es ja wagen, ihm ihren Verdacht anzuvertrauen.

Kurz darauf waren sie wieder im gleißenden Sonnenschein. Dora fragte sich, ob sie wohl den Verstand verloren hatte. Warum interessierte es sie überhaupt, ob Xan eine Statue gefunden und sie unterschlagen hatte, damit er sein Ferienhaus bauen konnte?

Doch sosehr sie sich auch dagegen wehrte, sie konnte nicht anders, als sich um das Schicksal der verschollenen Venus Sorgen zu machen.

»*Kyria* Moira! *Kyria* Moira!« Als sie in den Hafen einfuhren, wurde Moira, die an Deck ein Nickerchen hielt, von lauten Rufen unsanft aus dem Schlaf gerissen. Takis stand am Kai und tänzelte von einem Fuß auf den anderen wie ein Bär auf glühenden Kohlen. »Du hast Besuch!«

Moira sammelte ihre Sachen ein. Sie hatte nicht die geringste Ahnung, wer sie besuchen könnte.

»Es ist ein echter Gentleman«, erklärte Takis. »Ein sehr feiner Herr.«

»Dein Dad vielleicht?«, erkundigte sich Penny.

»Das bezweifle ich. Der war Lehrer und hat sich 1973 zu Tode gesoffen.«

»Oh, Moira, das tut mir leid«, erwiderte Penny. Möglicherweise war das ja der Grund für Moiras linkisches Auftreten und ihren Hang, sich mit ihrem Wissen zu brüsten. »Wer mag es wohl dann sein?«

Penny verabschiedete sich von Nikos und bedankte sich überschwänglich dafür, dass er sie in seinem Boot mitgenommen hatte. »Es war wundervoll, ganz Kyri von deinem traumhaften Boot aus zu sehen.«

»Jederzeit gern.« Nikos' Blick verriet ihr, dass er es ernst meinte. »Vielleicht fahren wir beim nächsten Mal zu zweit raus«, fügte er leise hinzu, damit die anderen nichts hörten.

»Das würde mich sehr freuen«, antwortete Penny und bemühte sich, nicht rot anzulaufen.

Sie brauchten nicht lange auf des Rätsels Lösung zu warten. Ein seltsamer Mann, dem es trotz seines abgetragenen weißen Anzugs und des langen weißen Haars gelang, distinguiert zu wirken, schlenderte auf sie zu.

»Hallo, Moira, meine Liebe«, begrüßte er sie. Seine kleinen Augen funkelten fröhlich. »Ich dachte, ich überrasche Sie einfach, indem ich hier aufkreuze. Ich hasse mühselige Vorbereitungen.«

»Professor Brinkley!« Moira schnappte nach Luft. »Ich habe Sie doch erst vorgestern kontaktiert.«

»In meinem Alter gibt es nichts Besseres als ein wenig Spontaneität«, erwiderte er und drückte ihre Hand. »Was man nicht sofort in Angriff nimmt, erlebt man womöglich gar nicht mehr. Außerdem: Was hält mich denn in Cambridge? Wie Sie wissen, bin ich emeritiert.«

»Was bedeutet emeritiert?«, flüsterte Dora. »Ist das eine Krankheit wie Demenz?«

»Ich glaube, das ist ein überkandidelter Ausdruck für ›in Rente‹«, meinte Nell.

»Hinzu kommt«, fuhr der Neuankömmling vergnügt fort, »dass mich das Rätsel wirklich fasziniert. Die Hand der Aphrodite mit einem Apfel! So etwas Aufregendes habe ich schon seit Jahren nicht gehört. Also, meine Liebe, Sie müssen mir die ganze Geschichte erzählen.«

Sie spazierten am belebten Hafen entlang. Es wimmelte von Babys in Kinderwagen, den allgegenwärtigen kleinen Jungen mit ihren Fußbällen und einigen wenigen Touristen, die sich in den Cafés einen frühen Drink genehmigten und zusahen, wie die Tagesausflügler von ihren Bootstouren zurückkehrten.

»Da kann meine Freundin Dora Ihnen besser weiterhelfen.« Moira zwinkerte. »Sie war von Anfang an dabei. Sie hat sogar den Duft der Göttin gerochen!«

»Wirklich?« Er strahlte Dora an. »Dann sind Sie ein Ausnahmemensch. Wollen wir uns setzen und ein Schlückchen trinken?«

»Ach«, protestierte Moira. »Behaupten Sie jetzt bloß nicht, dass Sie diesen Unsinn mit der Göttin glauben. Was ist aus der guten alten Skepsis des Wissenschaftlers geworden?«

»Die wird stark überbewertet, meine liebe Moira.« Er lächelte. »Ich würde die Geschichte wirklich gern von Anfang an hören.«

»Wohnen Sie auch im Hotel?«, erkundigte sich Moira.

»Natürlich. Es scheint recht gemütlich zu sein. Ich fasse es kaum, wie ich mich mein Leben lang wissenschaftlich mit dem alten Griechenland beschäftigen konnte, ohne je diese Insel zu besuchen. Sie ist ausgesprochen idyllisch.«

»Aber ein zu gut gehütetes Geheimnis, was ein Teil des Problems der Menschen hier ist.« Moira seufzte auf. »Am besten ziehen wir uns erst einmal um, denn wir haben den ganzen Tag auf einem Boot verbracht. Ich schlage vor, in einer Stunde treffen wir uns wieder auf ein paar Drinks und zum Abendessen und berichten Ihnen alles haarklein.«

»Wunderbar.« Professor Brinkley lächelte. »Unterdessen besichtige ich das archäologische Museum.«

»Ich bin nicht sicher, ob es hier eins gibt«, wandte Moira zweifelnd ein.

»Unsinn. Überall gibt es ein archäologisches Museum. Selbst wenn es in irgendjemandes Wohnzimmer untergebracht ist.« Begeistert und vom Tatendrang eines zwanzig Jahre jüngeren Mannes beseelt eilte er davon.

Dora, die es nicht lassen konnte, sich für männliche Gesellschaft, ganz gleich welchen Alters, in Schale zu werfen, erschien in einem silbernen Minikleid, das besser zu einer viel jüngeren Frau gepasst hätte. Sie bestellte Raki für alle.

»Ach herrje«, meinte der Professor. »Wie wunderbar verrucht. Außerdem müsst ihr mich alle Karl nennen. Leider ist das mein Name. Mein Vater war mit Leib und Seele Kommunist. Mir wäre Odysseus oder sogar Hermes lieber gewesen, aber da kann man nichts machen. Und jetzt möchte ich etwas über euch erfahren. Wenn ich im Museum einen Praktikanten einstelle, muss er auch immer als Erstes ein paar Worte über sich und die Gründe sagen, bei uns anzufangen.«

Die Freundinnen sahen einander verdattert an. Takis brachte die Speisekarten.

Professor Brinkley warf einen raschen Blick darauf und verkündete dann, er hätte gern gegrillten Halloumi-Käse, gefolgt von *sheftalia* vom Holzkohlengrill und dazu eine Flasche Mythos-Bier. »Neben dem Museum gibt es ein sehr nettes griechisches Restaurant, wo ich jeden Tag zu Mittag esse«, erklärte er, als die anderen noch zögerten und erörterten, was sie nehmen sollten.

»Also, zurück zu euch, meine Mädchen.«

Penny holte tief Luft. »Ich bin Penny Anderson. Ich bin Hausfrau und wohne in Surrey, und ich glaube, ich bin hergekommen, weil ich Abstand von meinem Mann brauche.«

Die anderen starrten sie an.

»Ich bin Helen Winstanley. Vor der Rente war ich Empfangssekretärin bei einem Arzt. Hergekommen bin ich, weil es nach Spaß klang.« Nell hielt inne und biss sich auf die Lippe. »Und, um ehrlich zu sein, weil ich einsam bin.«

Moira schwieg einen Moment. »Wie ihr wisst, bin ich Moira O'Reilly. Mein College, zum Teufel mit diesen Idioten, hat mich auf die Weide geschickt!«

Alle sahen Dora erwartungsvoll an und rechneten fest damit, dass sie sich als Londons gefährlichste PR-Fachfrau bezeichnen würde.

»Ich bin Pandora Perkins. Vor drei Wochen habe ich einen Tritt von meiner wichtigsten Klientin gekriegt, einer Prominenten, die spannenderweise auf den Namen Venus Green hört. Ich bin hier, um mir den Tratsch nicht anhören zu müssen.«

»Die ist mir kein Begriff«, stellte der Professor ohne Umschweife fest. »Schon die alten Griechen wussten, dass Ruhm nie von Dauer ist. Überleg nur. Wenn sie dir das nicht angetan hätte, wärst du nie der Göttin im Olivenhain begegnet. Und jetzt erzähl mir, wie das passiert ist.«

Dora lachte und bestellte Wein für alle. Sie persönlich würde ihn sicher brauchen. Dann berichtete sie, dass es eigentlich Ariadne war, die alles über die Göttin wusste. Diese sei überzeugt, Aphrodite gehe regelmäßig im Olivenhain um und verrate ihre Anwesenheit durch einen starken Duft nach Myrte. Und das, obwohl jegliche Spur von Myrte fehle.

»Und glaubst du, dass Aphrodite wirklich da war, wie das Mädchen sagt?«, fragte er freundlich.

Dora seufzte auf. »Offen gestanden habe ich keinen Schimmer. Mein Verstand sagt mir, dass es albern ist. Aber ich habe die Myrte selbst gerochen. Und dann ist da noch die Hand mit dem Apfel. Der Grundstückseigentümer behauptet, jemand hätte sie absichtlich dort abgelegt, um den Bau seines Ferienhauses zu verhindern.«

»Und teilst du diese Ansicht?«

Dora blickte sich verstohlen um. Von Xan war nichts zu sehen. Sie beugte sich vor und senkte die Stimme. »Meiner Meinung nach hat der Mann, der den Olivenhain gekauft hat, die Venus gefunden und sie irgendwo versteckt. Vielleicht in einer der Piratenhöhlen, die Nikos uns gezeigt hat.«

»Aber warum sollte er das tun?«, erkundigte sich Penny.

»Aus zwei Gründen. Erstens, damit er bauen kann. Und zweitens, weil er sie möglicherweise verkaufen will.«

»So eine berühmte Statue kann man doch nicht einfach verkaufen«, wandte Nell ein.

»Nun, ich fürchte, man kann«, antwortete der Professor nachdenklich. »Das hat mir der Kurator des Museums erklärt. Offenbar war der Schmuggel von Antiquitäten ins Ausland früher fest in der Hand des organisierten Verbrechens, so wie der Handel mit Drogen oder Waffen. Doch seit es mit der griechischen Wirtschaft so steil bergab geht, mischen Hinz und Kunz mit.« Er nippte an seinem Wein. »Vor einigen Jahren sind zwei Bauern ins Gefängnis gewandert, weil sie eine gefundene Statue für zehn Millionen Euro verhökern wollten.«

»Du heiliger Strohsack!«, staunte Moira. »Davon hatte ich keine Ahnung.«

»Es gibt sechstausend griechische Inseln. Das Antikenministerium hat jedoch nur achtzig Mitarbeiter. Da gewinnt der Ausspruch von de Gaulle, ein Land mit zweihundertsechsundvierzig Käsesorten sei unregierbar, eine ganz andere Bedeutung, oder?«

»Aber wie schmuggelt man eine eins achtzig große Statue?«, beharrte Moira.

»Wie der Kurator mir erläutert hat, wird sie dazu leider aufgeteilt. Dann übergibt man den Großteil einem Sammler und hält das Wichtigste – häufig den Kopf – zurück, um später mehr Geld zu fordern.«

»Das können wir auf keinen Fall dulden!« Moira hob ihr Glas und leerte es in einem Zug.

Da Penny und Nell noch viel zu tun hatten, standen sie am nächsten Morgen früh auf, verzichteten sogar auf Kassandras Kuchen und fuhren auf ziemlich klapprigen, von Takis geborgten Rädern zu den Bootshäusern. Zum Glück hatte die Bäckerei nebenan geöffnet, sodass sie sich einen Kaffee und *bougatsa* kaufen konnten, ein leckeres griechisches, mit Sirup gefülltes Gebäck.

»Damit sollten wir bei Kräften bleiben.« Grinsend holte Nell die Pinsel heraus. Mit den ersten beiden Bootshäusern waren sie schon fertig. Nun war das dritte an der Reihe. Wertvolle Hilfe erhielten sie von Demetria, die solchen Spaß an der Sache hatte, dass sie mit ihrem Mann selbst eine Pension eröffnen wollte.

»Jetzt habe ich eure Tricks durchschaut.« Sie schmunzelte. »Ihr nehmt einen Haufen alten Schrott und macht Antiquitäten daraus. Sehr schlau.«

Am Abend hatten sie das Zimmer im Obergeschoss beinahe geschafft. Es fehlte nur noch ein hübsches Kopfbrett. »Moira muss uns noch eines bemalen«, sagte Penny. »Was hältst du von dieser alten Tür mit den Schnörkeln?«, schlug sie vor und wies auf die neueste Spende.

Sie schoben die Tür hinter das Bett, wo sie ausgezeichnet hinpasste. Das dunkle Holz hob sich wundervoll von der strahlend weißen Bettwäsche ab, die Penny zu Testzwecken besorgt hatte.

»Penny, du bist echt eine Wucht.« Nell war begeistert. »Hier würde ich selbst gern schlafen.«

Penny lächelte. Die Menschen auf Kyri hatten, im Gegensatz zu denen zu Hause, einen positiven Einfluss auf ihr Selbstbewusstsein.

In diesem Moment steckte Nikos den Kopf zur Tür herein. Er schien ein wenig enttäuscht, außer Penny auch noch Nell und Demetria anzutreffen.

»Was können wir für dich tun, lieber Bürgermeister?«, fragte Demetria.

»Morgen fahre ich mit dem Boot nach Ximonos, der kleinen Insel auf der anderen Seite der Bucht, um etwas abzugeben. Ich habe mich gefragt, ob du vielleicht mitkommen möchtest, Penelope. Der Bauer dort sagte, er habe ein paar kleine Stücke, Bilder und so, die du vielleicht zum Dekorieren brauchen kannst.«

Penny bemerkte, dass Demetria und Nell einander angrinsten und so taten, als wären sie mit der Tür beschäftigt, obwohl sie natürlich die Ohren spitzten.

»Klingt gut«, erwiderte sie bemüht sachlich. »Wann?«

»Gegen neun? Dann ist im Hafen nicht so viel los.«

»Er wollte verhindern, dass Takis und das ganze Dorf

dich sehen«, scherzte Nell, sobald Nikos und Demetria verschwunden waren.

»Du geheimnisst da zu viel hinein.« Penny schüttelte den Kopf. »Wir holen doch nur Sachen für die Bootshäuser ab.«

»Da lachen ja die Hühner«, flüsterte Nell. »Treue Penelope, ich glaube, du solltest den Tatsachen ins Auge sehen. Nikos steht auf dich. Was wirst du deswegen unternehmen?«

Zehn

»Dreimal dürft ihr raten!« Als Penny und Nell müde und erschöpft mit ihren Fahrrädern am Hotel eintrafen, hüpfte Moira buchstäblich auf und nieder. »Die erste Reservierung für die Bootshäuser ist da!«

Penny freute sich zwar, verstand jedoch die Welt nicht mehr. »Wie kann das sein? Wir haben doch noch gar keine Werbung gemacht.«

»Demetria hatte die geniale Idee, die Fotos auf die Webseite der Insel zu stellen – und bingo! Zwei Erwachsene und ein Baby kommen heute mit der Fähre an.«

Penny geriet in Panik. »An Babys habe ich gar nicht gedacht! Wo nehmen wir denn ein Babybettchen her?«

»Haben die Leute so etwas normalerweise nicht dabei?«, fragte Nell. Sie gab sich Mühe, sich nicht darüber zu ärgern, dass es hinter ihrem Rücken passiert war. Dabei hatte sie ihrer Tochter Willow doch schon die Fotos geschickt und sie um Hilfe bei der Vermarktung der Bootshäuser gebeten.

»Demetria treibt schon eines auf«, meinte Kassandra, die zugehört hatte.

»Und ich bemale es mit ein paar hübschen Figuren aus der griechischen Mythologie«, erbot sich Moira.

»Könntest du dich vielleicht auf Motive aus Kinderliedern beschränken?«, sagte Nell. »Das ist sicher weniger verfänglich.«

»Ganz gewiss sogar«, stimmte Professor Brinkley zu, der gerade mit Dora aus dem Hotel trat. Er hatte sie untergehakt, was sie zum allgemeinen Erstaunen zu genießen schien.

»Karl hat mir einige faszinierende Dinge über Venus erzählt«, verkündete Dora aufgeregt. »Sie war nicht nur die Göttin der Erotik und der Liebe, sondern auch die der Prostitution! Geboren wurde sie aus Schaum, nachdem Saturn seinen Vater kastriert hatte und dessen Blut ins Meer tropfte. Und jetzt kommt das Beste: Myrte, die Blume, die ich ständig im Olivenhain rieche, ist ein römisches Symbol für die Vulva, insbesondere die Klitoris!«

Kassandra starrte Dora an. »Wer sind denn Vulva und Klitoris?«, erkundigte sie sich. »Sind das eure britischen Göttinnen?«

»Bleib bitte, bitte bei den Kinderliedern, Moira!« Nell fing an zu kichern. Ihr Missmut wegen der Fotos war vergessen.

Tüchtig wie immer organisierte Demetria ein hölzernes Babybett von einer Bauersfrau, deren Kinder zu ihrem großen Bedauern weggezogen waren, um auf Kreta und Santorin Arbeit zu suchen.

Moira bemalte es mit einer Kuh, die über den Mond sprang, verbrachte eine Stunde damit, ihr Werk mit dem Föhn zu trocknen, und schleppte das Bett, unterstützt von Demetrias Mann, ins Bootshaus. »Bitte sehr.« Sie grinste. »Wobei die Kuh auch das arme Mädchen sein könnte, das Zeus in eine Färse verwandelt hat, um dem Zorn seiner Frau zu entgehen.«

»Ich persönlich denke dabei lieber an ein Kinderlied.«

Penny lachte. »Was hast du denn da?« Sie wies auf die von Flaschen ausgebeulte Tasche.

»Ich bin unterwegs zur Strandbar! Wenn ihr später vorbeischaut, könnt ihr Piratencocktails testen.«

Penny und Nell bezogen zwei Betten mit der weißen Bettwäsche, die sie in Athen bestellt hatten. Anschließend staubsaugten sie gründlich und vergewisserten sich, dass die Töpfe und Pfannen ausreichten, damit die Gäste sich selbst verköstigen konnten.

»Was ist mit einem Begrüßungsgeschenk?«, fragte Nell. »Ich finde so etwas immer prima, weil man nicht gleich einkaufen muss.« Sie riefen Dora an und baten sie, eine Grundausstattung zu besorgen. Die Lieferung bestand, typisch Dora, aus Hummus, Pita, Oliven, Kaffee, Tee, einem großen Stück von Kassandras Kuchen und zwei Flaschen Weißwein.

»Zwei Flaschen Wein und keine Milch?«, stellte Nell fest.

»Neun von zehn Müttern mögen Wein lieber. Das ist eine Tatsache«, beteuerte Dora. »Was ist mit Blumen? Soll ich welche pflücken?«

»Okay, aber keine Myrte.« Nell grinste. »Schließlich möchten wir keine vorbeiwandelnden Göttinnen anlocken. Das Baby könnte sich erschrecken.«

Fünf Minuten später kehrte Dora mit hellrosafarbenem Oleander, einigen orangeroten Garten-Montbretien und einem prachtvollen Zweig violetter Bougainvillea zurück. Nell und Penny mussten zugeben, dass das Ergebnis beeindruckend war. »Ich habe einen Kurs im Arrangieren von Blumen besucht«, gestand Dora. »Man hat uns erklärt, jeder Strauß brauche einen Aufmacher, eine herausstechende Blume, die für die Wirkung sorgt.«

»Dir hätte ich nie ein Händchen für Blumen zuge-traut«, gab Nell zu.

»Ich hatte es satt, bei jedem meiner Events schicken Floristen ein verdammtes Vermögen in den Rachen zu werfen.«

»Sie steckt voller Überraschungen, was?«, flüsterte Nell, als Dora fort war.

»Stimmt. Wer hätte gedacht, dass sich Pandora Per-kins, die gefährliche PR-Löwin, mit Blumen abgibt? Oder sich so gut mit einem Professor für Altphilologie versteht, der die siebzig schon lange hinter sich hat.«

Sie stellten die Blumen mitten auf den blaugrün la-ckierten Tisch, der im früheren Leben eine Tür gewesen war, und blickten sich um. »Weißt du, was, Nell?« Penny seufzte laut und zufrieden. »Es sieht hier einfach spitzen-klasse aus!«

»Richtig. Dann gehen wir jetzt runter zum Treasure Is-land und feiern unseren Triumph!« Nell legte den Arm um Penny, und sie machten sich auf den Weg zu ihren Rädern.

»Ich weiß, dass ich sehr viel verlange.« Professor Brink-ley sprach die Bitte trotzdem aus, und zwar mit einem charmanten, trotz seines fortgeschrittenen Alters ein we-nig jungenhaften Lächeln. »Aber ich würde zu gern den berühmten Olivenhain sehen, der der Göttin Aphrodite geweiht ist.«

»Gut«, stimmte Dora zu. »Aber Ariadne muss mit-kommen. Sie ist die inoffizielle Hüterin der Göttin. Au-ßerdem hat sie die Hand mit dem Apfel gefunden.«

Ariadne begleitete sie nur zu gern. Also brach das bunte Trüppchen auf: der Professor in seinem zerknitterten weißen Anzug, Dora in Samt und mit Turnschuhen und allen voran Ariadne. Die allgegenwärtige Juno bildete die Nachhut.

»Offenbar haben wir Geleitschutz.« Der Professor lachte.

»Sie ist in *kyria* Dora verliebt«, erklärte Ariadne kichernd.

»Wer könnte ihr das zum Vorwurf machen?«, erwiderte Karl mit einer Verbeugung. Dabei wirkte er humorvoll und sympathisch und ganz und gar nicht übergriffig – ein Talent, wie Dora fand.

Sie stiegen einen nicht mehr benutzten Eselspfad hinauf, schoben gelbe Ginsterzweige beiseite und schnupperten den Duft des wilden Thymians unter ihren Füßen. Bis auf das Zirpen der Zikaden und die Glöckchen einiger Ziegen in der Ferne herrschte Stille. Die Luft war so frisch, dass man Lust bekam, sie in Flaschen abzufüllen.

»Man fühlt sich, als würde man Tausende von Jahren zurückversetzt«, flüsterte Dora.

»Das ist es, was Griechenland so besonders macht«, erwiderte Professor Brinkley. »Wir spüren alle, dass seine Geschichte zu uns gehört.«

Dora verkniff sich die Antwort, dass sie bei Griechenland normalerweise an *Mamma Mia* denken musste. Selbst sie konnte sich der farbenfrohen, sagenumwobenen Vergangenheit dieses Landes nicht verschließen.

Inzwischen hatten sie das baufällige Haus erreicht. Kurz blieb Dora stehen und kramte einen Zettel aus ihrer Tasche. »Bei einem meiner Besuche hier stand eine Art Bank neben dieser Mauer. Ich habe mit Ariadne darauf gesessen. Erinnerst du dich?«, wandte sie sich an das

Mädchen. »Für mich sah sie dem Diwan der Venus in dieser Zeichnung sehr ähnlich.«

»Und woher stammt die Zeichnung?«, hakte der Professor nach.

»Moira hat sie in einem Reiseführer entdeckt. Angeblich hat ein französischer Gesandter sie im siebzehnten Jahrhundert angefertigt, um sie dem König von Frankreich zu zeigen. Offenbar war ein Pirat auf die Venusstatue gestoßen und hatte sie dem König im Austausch gegen seine Begnadigung angeboten. Dann jedoch erfuhr er, dass der König ihn trotzdem hängen lassen wollte, und versteckte sie stattdessen.«

»Wie aufregend«, meinte Professor Brinkley.

»Und hier habe ich die Hand gefunden.« Ariadne deutete auf eine vor Kurzem aufgewühlte Stelle im Boden.

»Und hast du das Gefühl, dass die Göttin häufig hier ist?«, fragte der Professor freundlich.

Ariadne blickte ihn misstrauisch an, denn sie hatte den Verdacht, dass er sich über sie lustig machte. Aber sein Gesicht war ungewöhnlich ernst.

»Ja, immer wenn ich Myrte rieche, weiß ich, dass sie hier war.«

»Ach, papperlapapp!«, rief eine Männerstimme hinter ihnen zornig aus. »Sie hören doch wohl nicht auf das dümmliche Geschwätz dieser Göre.«

Als sie herumwirbelten, stand Xan Georgiades nur wenige Meter vor ihnen. Dora hatte den starken Verdacht, dass er ihnen gefolgt war.

»Sie wäre nicht die Erste, die an die Götter der Antike glaubt«, antwortete der Professor ruhig. »Die Hälfte der Schreine, die Sie am Straßenrand sehen, waren früher

Apollo oder Demeter geweiht, bevor die orthodoxe Kirche sie einfach für sich vereinnahmt hat.«

»Und wer zum Teufel sind Sie?«, herrschte Xan ihn an.

»Karl Brinkley, emeritierter Professor vom Museum für antike Kunst in Cambridge.«

»Jetzt schleppen Sie schon Ihre verdammten Fachleute an!«, fluchte Georgiades.

»Offen gestanden ist er ein guter Freund von uns«, entgegnete Dora gelassen.

»Ich weiß, wer Sie sind!« Er zeigte mit dem Finger auf Dora. »Nämlich die Querulantin, die bei der Versammlung dieses geisteskranke Balg in seinen Wahnideen bestärkt hat.«

»Haben Sie je von der heiligen Bernadette von Lourdes gehört, Herr … äh …«, fiel der Professor ihm ins Wort.

»Georgiades. Natürlich habe ich das, aber auch das ist doch nichts weiter als Mumpitz!«

»Wie genau erklären Sie sich dann die Hand mit dem Apfel, Herr Georgiades?«, erkundigte Professor Brinkley sich höflich.

»Und die Marmorbank vor Ihrer Hütte, die sich geheimnisvollerweise in Luft aufgelöst hat?«, fügte Dora weitaus weniger höflich hinzu.

»Ach, trollen Sie sich doch gefälligst in Ihr Museum, das zweifellos vor gestohlenen griechischen Kunstgegenständen strotzt, und lassen Sie uns in Ruhe!«, brüllte Xan, ohne auf die Fragen einzugehen. »Darf ich Sie außerdem daran erinnern, dass dieses Grundstück immer noch mir gehört, ganz gleich, ob ich nun hier ein Haus baue oder nicht?« Sein schmales Patriziergesicht mit der gewölbten Stirn und dem hängenden Schnurrbart bekam einen harten Ausdruck. Dora musste an die Feudalherren denken, die lästige Leibeigene einfach in den Kerker gesteckt oder, noch besser, in ein unterirdisches Verlies geworfen hatten, wo die armen Teufel dann in stinkendem Brackwasser ertrunken waren.

»Ein reizender Zeitgenosse«, merkte Professor Brinkley an, als sie bedrückt durch den Hain zum Eselspfad marschierten.

»Wirklich ein Herzchen«, stimmte Dora zu. »Kommt, wir feiern im Treasure Island, dass er nicht Befehl gegeben hat, uns niederzuschießen oder auszupeitschen!«

Der Blick von den Hügeln war so malerisch, dass der Professor einen Moment innehielt und sie aufforderte hinzuschauen. »Manchmal muss ich das auch in Cambridge tun, um mir vor Augen zu führen, wie wunderschön es auf der Welt ist. Denn ganz gleich, wie idyllisch die Umgebung auch sein mag, irgendwann nimmt man sie nicht mehr wahr. Seht nur!«

Unter ihnen lag die kleine Bucht. Das Wasser strahlte türkisfarben. Die seichteren Stellen an den Sandbänken waren marineblau, und dahinter erstreckte sich das dunkelblaue Meer bis zum Horizont. Der Sand am schmalen Strand war verführerisch weiß, und man glaubte fast, ihn weich zwischen den Zehen zu spüren. Die Klippen rings um die Bucht bestanden aus golden schimmerndem Stein, zusammengehalten von Büschen aus Stranddisteln und Wildblumen. Der warme Wachsgeruch von weiß blühenden *angeliki* erfüllte schwer und süß die Luft. Die drei schnupperten und lächelten zufrieden.

»Am liebsten würde ich jetzt runterlaufen und ins Wasser springen!« Professor Brinkley lachte. »Aber in meinem Alter würde ich mir wahrscheinlich ein Bein brechen.«

»Unsinn!«, protestierte Dora. »Du bist genauso spring-lebendig wie eine von Ariadnes Ziegen. Warum trägt Juno eigentlich ein Glöckchen? Das tut sie doch sonst nie.«

»Sie ist in Xan Georgiades' Haus eingedrungen und hat dort alles angeknabbert. Er war ziemlich wütend. Mein Vater sagt, dass sie jetzt immer eine Glocke umhaben muss, damit wir wissen, wo sie ist.«

»Eine Ziege mit Stil«, murmelte der Professor. Inzwischen waren sie an der Strandbar angekommen.

Seit Doras letztem Besuch war sie nicht wiederzuerkennen.

»*O Thee mou!*«, flüsterte Ariadne ehrfürchtig und sah sich staunend um.

»Was hat sie gesagt?«, raunte Dora.

»Meine Studenten würden das vermutlich mit ›O mein Gott‹ übersetzen«, meinte Professor Brinkley.

»Da hat sie eindeutig recht.«

Moira hatte es geschafft, sechs Plastikstühle und einen altersschwachen Food-Truck in ein exotisches Inselparadies zu verwandeln. Die Bar war mit Palmwedeln dekoriert. Außerdem hatte sie Strohmatten aus dem kleinen Supermarkt zusammengetackert und damit das Fahrgestell des Trucks originalgetreu verkleidet. Außerdem hatte sie eine große Karte der Schatzinsel gemalt, auf der ein X den Standort der Bar markierte, und diese an einen Baum genagelt. Es gab sogar eine alte Kiste, aus der billiger Plastikschmuck quoll, der wohl eher aus Taiwan als vom spanischen Festland stammte.

»Wohlan, meine Getreuen!« Moira kam in voller Piratenmontur, komplett mit schwarzer Augenklappe, auf sie zumarschiert. Sie hatte sogar einen ausgestopften Papagei auf der Schulter. »Womit kann ich euch an diesem herrlichen Nachmittag beglücken?«

»Moira!«, stieß Dora hervor. »Du siehst umwerfend aus. Wo, um alles in der Welt, hast du den Papagei her?«

»Aus dem Naturkundemuseum geliehen. Offiziell sollte ich ihn dazu nutzen, um Grundschülern alles über *Aves psittaciformes*, den gemeinen Papagei, beizubringen. Ich muss Takis und vor allem Kassandra davon überzeugen, dass man ein paar Euro investieren sollte, damit Bootstouristen hier auf ein Gläschen einkehren. Wie ich schon zu Kassandra sagte: Irgendetwas muss man ja tun!«

Dora studierte die Liste bunter Cocktails hinter der Bar. Diese strotzte von Alkoholika in diversen Signalfarben, die wie flüssiges Plastik aussahen.

»Es könnte sich als fataler Fehler erweisen, aber ich glaube, ich probiere einen Billy Bones.«

»Eine gute Wahl!« Moira verschwand hinter der Theke, kippte fünf oder sechs Zutaten in einen Cocktailshaker, gab Eis dazu und schüttelte das Ganze mit Leidenschaft. Danach goss sie das Ergebnis in ein bauchiges Weinglas und dekorierte es mit einer Scheibe Ananas und einem rosafarbenen Schirmchen.

»Kann ich es wagen zu fragen, was da drin ist?«, meinte Dora.

Moira grinste. »Rum, Amaretto, Cherry Brandy, Pfirsichlikör, ein wenig Orangenbitter, ein Spritzer Ananassaft, ein Schuss Blutorangensaft, eine halbe Limette und etwas Kokosmilch.«

»Gütiger Himmel, das wird mich umbügeln. Wo hast du das Mixen gelernt?«

»Ich halte mich an das alte Glaubensbekenntnis der Barkeeper: ein Teil sauer, zwei Teile süß, drei Teile stark und vier Teile mild. Damit liegt man niemals falsch.« Sie wandte sich an den Professor. »Und was kann ich dir anbieten, Karl?«

»Ich versuche den Black Spot, um meine Sünden zu büßen. Wollen wir hoffen, dass ich das überlebe.«

Geschickt mischte Moira ein giftig aussehendes Gebräu zusammen, bei dem offenbar fast alle Flaschen auf dem Regal zum Einsatz kamen. Abgerundet wurde die Sache mit einer gemeingefährlichen Dosis Brombeerlikör.

»Danke.« Er beäugte die Mixtur argwöhnisch. »Und genehmigst du dir selbst auch ein Glas?«

»Ich bin so frei. Ich glaube, ich versuche einen Long John Silver.«

»Ich möchte ja kein Spielverderber sein, Gott bewahre.« Er schüttelte den Kopf. »Aber ich dachte immer, du seist überzeugte Abstinenzlerin.«

Wie eine waschechte Piratin nahm Moira einen kräftigen Schluck aus einer Pulle Kokosrum. »Das war, bevor ich dem Teufel Alkohol verfallen bin.«

Karl und Dora schlenderten mit ihren Gläsern zum Ufer und suchten sich einen bequemen Felsen, um sich zu setzen und die idyllische Umgebung zu betrachten.

»Ich muss zugeben, dass Moira viel unterhaltsamer ist, seit sie nicht mehr Enthaltsamkeit predigt. Wenn ich sie früher auf einer Party näher kommen sah, habe ich mich meist hinter die sprichwörtliche Topfpalme verdrückt. Wo hat sie nur den vielen Schnaps her?«

»Von Takis«, erklärte Dora. »Er hat einen zwielichtigen albanischen Lieferanten an der Hand, der das Zeug billig beschaffen kann. Aus unbekannter Quelle, vermutlich von einem Kreuzfahrtschiff abgezweigt. Der Mann könnte Gott dem Allmächtigen Hehlerware abschwatzen. Schau nur.« Sie zeigte mit dem Finger aufs Meer hinaus. »Eines der Ausflugsboote scheint hierherzukommen.«

Ein recht großes Motorboot von einer der Nachbarinseln steuerte direkt auf sie zu. Popmusik dröhnte, und an Bord wimmelte es von Mädchen in knappen Bikinis und eingeölten Männern mit peinlich aufgesprühter Sonnenbräune, die alle den Eindruck machten, als hätten sie schon einiges intus. Das Boot setzte etwa vierzig ausgelassen feiernde Gäste am Strand ab.

Bald kippten alle Moiras exotische Cocktails in sich hinein. Es waren sicher zehnmal mehr Gäste, als Ariadne und Dora je in dieser Strandbar gesehen hatten.

»Wie hast du das hingekriegt?«, erkundigte sich Dora, als sie sich das Glas nachfüllen ließ.

Moira grinste. »Verrat Takis nichts, aber ich habe gesagt, dass der erste Drink aufs Haus geht, wenn sie einen zweiten bestellen. Dann habe ich die Preise entsprechend angepasst, und so sind alle zufrieden. Der Kapitän hat versprochen, uns fest in seine Route einzuplanen.«

Plötzlich bemerkten sie oben auf der Klippe einen wutschnaubenden Xan, der hitzig mit einem höchst erfreuten Takis debattierte. Letzterer lief nun leichtfüßig den Pfad hinunter und auf sie zu.

»*Kyria* Moira, dein Name bedeutet auf Griechisch Schicksal, und das Schicksal war auf meiner Seite, als es dich hierhergeschickt hat. Danke, meine Liebe. Jetzt verdiene ich mit meiner Bar vielleicht endlich etwas Geld!«

Moira lächelte ihn an. Wahrscheinlich war der Moment nicht günstig, um ihn darauf hinzuweisen, dass er für den Alkohol ein kleines Vermögen vorgelegt hatte.

Am späten Nachmittag warteten Penny und Nell am Kai auf ihre Übernachtungsgäste. »Da ist ja die Fähre. Meinst du, es ist ein bisschen übertrieben, dass wir sie hier empfangen und nicht am Bootshaus?«, fragte Penny verunsichert.

»Ganz und gar nicht«, erwiderte Nell beschwichtigend. »Wir sind wie die alten Griechinnen, die immer am Hafen standen, wenn die Fähre kam. Außerdem ist der Weg zu den Bootshäusern recht kompliziert, und wir können verhindern, dass sie das merken.«

Die gewaltige Fähre legte an und klappte die Rampe aus, damit Autos und Lastwagen das Schiff verlassen oder an Bord kommen konnten. Auf der seitlich angebrachten Gangway erschienen bereits die ersten Passagiere.

Penny hielt ein Schild mit der Aufschrift »Mrs. Williams« hoch, der Name, unter dem die Unterkunft reserviert worden war.

Die meisten Passagiere waren Einheimische, die rasch von Bord gingen. Nach einer Weile begannen Penny und Nell sich zu fragen, ob die neuen Feriengäste etwa die Fähre verpasst hatten. Dann jedoch kam eine junge Frau mit riesiger Sonnenbrille in Sicht. Sie schob einen Kinderwagen.

»Oh mein Gott!«, rief Nell aus. »Das ist Willow!«

Sie stürmte die Gangway hinauf und schloss ihre Tochter fest in die Arme. »Willow, mein Liebes! Warum hast du mir nicht erzählt, dass du kommst? Und warum, um alles in der Welt, hast du unter dem Namen Williams reserviert?«

Im nächsten Moment trat eine hagere Blondine hinter Willow ins Sonnenlicht. Sie sah aus wie ein künstlich konserviertes Partygirl und trug hautenge weiße Jeans und mehr Silberschmuck als Kleopatra.

»Ach, du meine Güte. Das ist Marigold, die blöde Pute«, murmelte Nell so leise, dass nur Penny sie hören konnte.

»Tja, weißt du …« Willow klang verlegen, so als wäre ihr die Sache unangenehm. »Eigentlich hat Marigold das Zimmer gebucht und es mir erst später gesagt. Sie fand, eure Idee mit den Bootshäusern hätte echt Potenzial. Und da Ollie auf irgendeiner Geschäftsreise ist, dachten wir, wir hüpfen einfach in den nächsten Flieger und schauen uns alles mal an.«

Sie deutete auf den Strand, die Tamarisken und den strahlenden griechischen Sonnenschein. »Es ist wirklich sehr hübsch hier.«

Sie erwähnte mit keinem Wort, dass sie Nell hatte besuchen wollen, stellte diese fest. »Wieso hast du mir nicht wenigstens Bescheid gegeben?«, erkundigte sie sich.

Willow senkte die Stimme. »Tut mir leid, Mum. Du kennst ja Marigold. Sie hat eben das Kommando, und außerdem bezahlt sie alles …« Sie zögerte, denn es schien ihr wirklich sehr peinlich zu sein. »Ich glaube, Marigold denkt, sie hätte selbst ein Händchen fürs Herrichten von Bootshäusern, wenn man sie nur lässt.«

Nell zwang sich, ihre Mordgelüste zu unterdrücken. Es war so schön, Willow zu sehen, ganz gleich, weshalb sie hier sein mochte. Doch wenn Marigold, dieses Miststück, glaubte, sich die Bootshäuser unter den Nagel reißen zu können, konnte sie sich auf etwas gefasst machen.

Nell umarmte ihre Tochter. »Egal. Es ist toll, dass du da bist.« Sie beugte sich vor, um ihre Enkelin zu begrüßen, die gerade aufwachte und sich nach der Flugreise offenbar fragte, wo sie war – und wem das Gesicht gehörte, das da über ihr schwebte. Verängstigt brach sie in Tränen aus.

Marigold schritt sofort zur Tat und schnappte sich das Mädchen. »Naomi, du arme Kleine, komm zu Mari.« Besitzergreifend streichelte sie die weichen kastanienbraunen Locken der Kleinen, als handelte es sich um ihr eigenes Kind. »Alles wird gut. Wir sind in Griechenland und werden in einem hübschen Haus direkt am Meer wohnen. Vielleicht treffen wir ja eine Meerjungfrau!«

Am liebsten hätte Nell sie darauf hingewiesen, dass Meerjungfrauen hier Nereiden hießen, doch es war die Mühe nicht wert. Plötzlich spürte sie etwas am Rücken, und ihr wurde klar, dass Penny sie mitfühlend tätschelte.

»Also«, verkündete ihre Freundin vergnügt. »Dann wollen wir uns mal ums Gepäck kümmern. Ihr werdet sicher bald herausfinden, dass man sich auf dieser Insel am besten mit dem Fahrrad fortbewegt. Bestimmt können wir einen Babyanhänger auftreiben.«

Ein Blick auf Marigolds weiße Jeans, ganz zu schweigen von ihrer entgeisterten Miene, verriet Penny, dass dieser Vorschlag nicht auf Gegenliebe stieß.

»Gut, dann rufen wir euch ein Taxi. Warum fährst du nicht mit, Nell? Ich komme auf dem Rad nach. Wir passen nämlich nicht alle rein.«

»Es ist ziemlich lästig, so weit ins Dorf fahren zu müssen«, beklagte sich Marigold mit eisiger Miene, als sie ins Taxi kletterten. »Das hast du in der Anzeige gar nicht erwähnt.«

Nell hielt es für klüger zu verschweigen, dass sie die Anzeige gar nicht kannte und selbst aus allen Wolken gefallen war, weil jemand reserviert hatte. Stattdessen versuchte sie, Marigold abzulenken, indem sie auf die winzigen Kirchen, die violetten Bougainvilleen an sämtlichen

Hauswänden, die Olivenhaine mit den im Schatten der Bäume grasenden Ziegen und die kleinen Schreine am Wegesrand hinwies. Aber diese machte weiter ein Gesicht wie drei Tage Regenwetter.

Zehn Minuten später waren sie da.

»Dieses Haus liegt ja in der absoluten Einöde«, nörgelte Marigold. »Was, wenn wir Windeln brauchen? Oder Babymilch?«

Gerne hätte Nell entgegnet, dass sich viele Leute über die friedliche Stimmung hier freuen würden, doch wieder verkniff sie sich die Bemerkung. Sie hätte nur wie ein rotes Tuch gewirkt. Stattdessen förderte sie eine der Touristenkarten aus dem Hotel zutage und überreichte sie den beiden. »Ihr seid hier oben«, begann sie. »Diese Insel ist nur einen Dreiviertelkilometer breit, weshalb die Lage des Hauses eigentlich sehr zentral ist. Gleich um die Ecke befindet sich die Strandbar, die zum Hotel gehört. Und dort ist der Hafen, nur zehn Minuten mit dem Taxi oder eine angenehme Fahrt mit dem Rad entfernt.«

Angewidert betrachtete Marigold die Karte. »Ich fühle mich, als wäre ich auf einer einsamen Insel gestrandet.«

Zum Glück traf Penny ein und machte sich eilig daran, beim Ausladen des Gepäcks zu helfen. »Ich bin ja so aufgeregt! Ihr seid die allerersten Gäste.« Sie lächelte. »Die Einheimischen nennen diese Häuser *smyrnata*. Hier haben die Fischer im Winter ihre Boote untergestellt. Deshalb liegen sie auch so dicht am Wasser.« Sie griff nach mehreren Gepäckstücken, während Marigold weiter das Baby umklammerte.

Wie versteinert stand sie da und musterte das Fleckchen Erde, das die meisten als malerisch und paradiesisch bezeichnet hätten, als wäre es tristes Niemandsland.

»Gleich um die Ecke gibt es eine Bäckerei«, fuhr Penny fort, denn sie hatte Marigolds Gedanken ganz richtig gelesen. »Dort bekommt man leckeres Gebäck und Cappuccino zum Mitnehmen.«

»Wenigstens etwas«, räumte Marigold ein, was offenkundig bedeutete, dass die Unterkunft in ihren Augen ansonsten zu wünschen übrig ließ.

Mit Nell an der Spitze stiegen sie die weiß verputzte Treppe seitlich am Haus hinauf.

Oben angekommen wartete Nell auf Marigolds Urteil.

»Oh, Mum«, begeisterte sich Willow. »Das hast du toll hingekriegt. Gleichzeitig gemütlich und cool.«

Nell war machtlos gegen ihr zufriedenes Lächeln. »Die meiste Arbeit hat Penny gemacht. Sie hat die Fischersfrauen dazu gebracht, die Möbel abzuschleifen und zu lackieren.«

»Nett, aber musste es denn gleich *Blaugrün* sein?«, entgegnete Marigold in einem Ton, der von Abscheu zeugte. »Kombiniert mit Hellgelb?« Ihre schweren Silberarmbänder klimperten, als wollten auch sie diesen himmelschreienden Verstoß gegen die Regeln des guten Geschmacks kommentieren. »Und dieses Sofa sieht aus wie ein alter Diwan mit Kissen darauf.«

Weder Penny noch Nell hatten es eilig, ihr zu erklären, dass es sich genau darum handelte, denn schließlich waren die schicken Einrichtungsboutiquen Westlondons von Kyri aus nicht gut zu erreichen.

»Unsere Freundin Moira hat ein Bettchen eigens für Naomi bemalt«, verkündete Penny begeistert, um das Thema zu wechseln.

»Das brauchen wir nicht.« Marigold zuckte die Achseln. »Wir haben unser eigenes dabei.«

Wer ist wir?, hätte Nell sie am liebsten angeschrien. *Was bildest du blöde Kuh mit deinem dämlichen gekünstelten Oberschichtenakzent dir eigentlich ein, im Namen meiner Tochter zu sprechen?*

Endlich gab Marigold Willow das Kind, damit sie das Begrüßungspaket inspizieren konnte. »Wein. Ausgezeichnet. Nur dass er nicht einmal kalt ist und vermutlich ohnehin abscheulich schmeckt. Du hättest uns wenigstens einen Rotwein hinstellen können.«

Nach einem Blick auf Nell verkündete Penny, es sei an der Zeit, sich zu verabschieden. »Sollen wir euch ein Taxi bestellen, das euch später abholt?«, fragte sie.

»Ich hätte nicht übel Lust, mit euch zurückzufahren und mich in dem kleinen Hotel am Hafen einzumieten«, erwiderte Marigold in unheilverkündendem Ton. »Es hat einen recht komfortablen Eindruck gemacht.«

Penny und Nell sahen einander entsetzt an. Noch ehe sie antworten konnten, wurde an die frisch lackierte Haustür geklopft.

»Ach herrje.« Marigold schüttelte den Kopf. »Jetzt auch noch neugierige Nachbarn, die wahrscheinlich wie die Kletten an uns kleben werden.«

Als Nell die Tür öffnete, stand ein lächelnder Nikos auf der Schwelle.

»Ist Penelope bei dir? Ich suche sie schon überall.«

»Ja, sie ist oben bei unseren ersten Gästen. Wie sich herausgestellt hat, sind es meine Tochter Willow, ihr Baby und ihre Schwiegermutter Marigold. Komm rein, ich stelle dich vor.« Sie senkte die Stimme. »Wir brauchen einen edlen Ritter. Du könntest uns bei der Flucht helfen, bevor ich die Frau ermorde und Kyri aus falschen Gründen in die Schlagzeilen gerät.«

»Ja, natürlich, ich tue mein Bestes. Allerdings bin ich leider mit dem Rad da, nicht mit meinem weißen Streitross.«

Als Marigold feststellte, dass es sich bei dem überraschenden Besucher nicht um einen neugierigen Nachbarn, sondern um einen charmanten und kultivierten Gentleman handelte, war sie schlagartig wie ausgewechselt. Anstelle der mürrischen Alten gab sie die arglose Naive.

»Marigold«, sagte Nell, ein gefrorenes Lächeln im Gesicht. »Das ist unser guter Freund Nikos. Er ist der Bürgermeister von Kyri und wohnt gleich auf der anderen Seite der Landzunge.«

»Wenn ich den Damen irgendwie behilflich sein kann.« Nikos, der die Stimmung sofort erspürte, verbeugte sich. »Bitte zögern Sie nicht, mich anzusprechen.«

»Ich kann Ihnen gar nicht sagen, wie sehr mich das beruhigt«, flötete Marigold und wandte ihm diskret ihre Frontpartie zu. »Wir sind mit einem Kleinkind hier und haben kein Fahrzeug. Natürlich hatten wir keine Ahnung, wie abgelegen dieses Haus ist.«

»Marigold, ich habe dir doch erklärt, dass es sich um eines von mehreren umgebauten Bootshäusern handelt«, versuchte Willow, sie zu aufzuhalten, biss jedoch auf Granit.

»In Dörfern gibt es normalerweise Dorfläden«, entgegnete Marigold abfällig.

»Geben Sie mir einfach Ihre Liste.« Diesmal galt Nikos' Lächeln zu Marigolds sichtlicher Erbitterung hauptsächlich Willow. »Und wer ist denn das?« Er lächelte die kleine Naomi an.

Nun steckte Marigold in der Klemme. Das war so sonnenklar, dass Nell Mühe hatte, nicht laut loszuprusten. Denn um nichts in der Welt hätte Marigold freiwillig zugegeben, dass sie bereits Großmutter war.

»Unsere Enkeltochter«, erklärte Nell deshalb lachend. »Marigold und ich sind die Omas. Obwohl Marigold ganz sicher eine Kindsbraut war.« Sie wies auf Willow. »Und das ist meine Tochter Willow.«

»Willkommen auf Kyri, und danke, dass Sie unser neues Vorhaben unterstützen. Ihre Mutter und ihre Freundinnen haben sich mit Leib und Seele für uns eingesetzt.«

Er blickte sich nach Penny um und lächelte sie vertraut an, worauf Marigold fast vor Wut geplatzt wäre.

»Und wo ist dein Mann, Penny?«, erkundigte sie sich zuckersüß. »Colin, richtig? So ein erfolgreicher Geschäftsmann. Vermutlich konnte er sich nicht freinehmen. Kommt er bald nach?«

»Im Moment nicht«, entgegnete Penny und sah ihr in die Augen. »Jetzt müssen wir aber los. Hoffentlich habt ihr alles, was ihr braucht. Wenn nicht, habt ihr ja meine Nummer.«

»Penelope.« Als sie gerade gehen wollte, fasste Nikos sie am Arm. Marigold zog eine perfekt gezupfte Augenbraue hoch. »Vergiss die Bootsfahrt nicht. Ich hole dich um neun am Kai ab.«

»Ich werde da sein«, antwortete Penny in zackigem Ton, denn sie wollte Marigold nicht noch mehr Stoff zum Lästern liefern.

»Oh mein Gott«, flüsterte sie Nell zu, sobald sie draußen waren. »Du hast nicht übertrieben. Die Frau ist das Hinterletzte! Wenn man sie besser kennenlernt, ist sie ein absoluter Albtraum.«

»Schön, dass es dir ähnlich geht.« Nell grinste. »Sie ist

die Hölle, oder? In den Siebzigern hatte sie eine kurze Hochphase, in der sie ein bisschen in den Jetset reingeschnuppert hat. Hat sich als Model bezeichnet und sich mit den Reichen und Schönen in der King's Road rumgetrieben. Den armen, alten Ted konnte sie leider damit täuschen. Er erstickt förmlich im Geld und betet sie an, obwohl sie ihn behandelt wie den letzten Dreck. Sie wohnen in einer Herrenhaus-Kopie voller Kunstblumen. Was bildet sie sich eigentlich ein, an unserer Inneneinrichtung herumzumeckern?«

»Aber warum steckt Willow die ganze Zeit mit ihr zusammen? Sie scheint doch ein nettes Mädchen zu sein.«

»Willow konnte mir den Seitensprung nicht verzeihen, der meine Ehe zerstört hat.« Nell stiegen Tränen in die Augen. »Und natürlich hat sie recht. Es war total idiotisch von mir. Ich verzeihe es mir ja selbst kaum.«

Penny, die sich gerade aufs Rad hatte setzen wollen, lehnte es wieder an und umarmte Nell. »Ich habe zwar keine Ahnung, was genau passiert ist, aber eines steht fest: Die meisten Männer tun es, einfach weil sie es können. Doch du bist nicht so. Wenn du eine Affäre hattest, muss es dafür einen guten Grund gegeben haben.«

Nell musterte sie eindringlich. »Genau wie du einen guten Grund für eine Affäre mit Nikos hättest.«

»Ja«, antwortete Penny und hielt ihrem Blick stand. »Danke dafür, dass du das verstehst.«

Elf

Am nächsten Morgen um neun stellte Penny erleichtert fest, dass das Kai beinahe menschenleer war. Für die Kapitäne der Ausflugsboote war es noch zu früh, ebenso wie für die Touristen, die auf und ab schlenderten und überlegten, was sie heute unternehmen wollten. Takis und Kassandra waren im Hotel beschäftigt. Und Marigold lag – dem Himmel sei Dank – noch in den Federn.

Penny wartete am Ende des Landungsstegs, betrachtete das Glitzern des Sonnenlichts auf dem Meer und spürte, wie die Strahlen ihr Gesicht erwärmten. Es war ein wundervoll wohliges Gefühl. Was vermutlich auch daran lag, dass sie zum ersten Mal einen Tag allein mit Nikos verbringen würde.

Kurz fragte sie sich, ob sie Grund hatte, nervös zu sein. Deutete er ihre begeisterte Zustimmung womöglich als unanständiges Angebot? Doch sobald sie sah, wie sein Piratenboot um die Landzunge bog und die roten Segel sich in der Morgenbrise blähten, wusste sie, dass sie sich keine Sorgen zu machen brauchte. Dazu verstanden sie einander einfach zu gut.

Lächelnd warf Nikos ihr ein Tau zu. »Bist du bereit?«

»Klar doch.« Penny lächelte ebenfalls.

»Lass das Tau los und komm an Bord. Du bist heute mein Matrose.«

Penny salutierte und schenkte ihm ein keckes und, wie sie hoffte, einer Piratin würdiges Grinsen.

»Wenn du weiter so ein Gesicht machst, muss ich dich vielleicht küssen«, drohte Nikos. »Was keine gute Idee ist, solange ganz Kyri zuschaut.«

»Es ist niemand da!«, protestierte Penny.

»Das glaubst du. Man wird jede unserer Bewegungen beim Metzger verhackstücken wie ein Lammkotelett, das versichere ich dir.«

»Dann verschwinden wir besser.« Penny erschrak über sich selbst. Woher kam plötzlich diese fröhliche, zum Flirten aufgelegte Frau?

»So«, begann sie, nachdem sie den geschützten Hafen verlassen hatten. »Wo fährst du mit mir hin?«

»Eigentlich wollte ich dir die berühmte blaue Grotte zeigen, aber die liegt auf der Wetterseite der Insel, und mir gefallen diese Wolken nicht.« Er wies auf die eigenartige, oben abgeflachte Wolkenformation am Himmel. »*Cumulonimbus incus. Incus* heißt Amboss auf Latein. Sieh nur, sie ist geformt wie der Amboss eines Schmiedes. Kein gutes Zeichen. Wir werden sie sorgfältig im Auge behalten. Stattdessen fahren wir zu einer geschützten Bucht und zu meinem liebsten Strand auf der ganzen Insel.«

»Aye, aye, Käpt'n. Was soll ich tun?«

»Ich möchte, dass du das Ruder hältst, während ich etwas herrichte.«

»In Ordnung.« Penny setzte sich und übernahm das Steuer. Allerdings verschwieg sie ihm, dass sie laut Colin rechts und links nicht unterscheiden konnte. Aber Colin war weit weg. Plötzlich wurde ihr klar, dass sie sich wie ein völlig neuer Mensch fühlte, obwohl sie erst so kurze

Zeit hier war. Die Wahrheit lautete, dass sie Colin ganz und gar nicht vermisste, und mit jeder Minute schwand ihr schlechtes Gewissen, weil sie beschlossen hatte zu bleiben. Natürlich fehlten ihr Wendy und die Kinder. Tom hingegen meldete sich ohnehin nie. Wie der Vater, so der Sohn. Oh Gott, hoffentlich nicht.

Als sie spürte, wie ihr der Wind das Haar ins Gesicht blies, wurde ihr klar, dass sie den Kurs geändert hatte, ohne es zu bemerken. Unaufgefordert korrigierte sie ihn wieder, sodass sie in die ursprüngliche Richtung fuhren. Dabei war sie stolz auf sich. Allmählich erkannte sie, dass Colin beständig ihr Selbstbewusstsein unterminiert und sie dadurch unter der Knute gehalten hatte. Er hatte ihr eingeredet, dass sie ohne ihn völlig aufgeschmissen sei. Aber vielleicht stimmte das ja gar nicht. Knapp dreitausend Kilometer entfernt von ihm wurde sie mit jedem einzelnen Tag viel mutiger und zupackender.

Plötzlich kam ihr ein Gedanke, der ihr ziemliche Angst machte. Colin hatte sich zwar nicht mehr gemeldet, aber er würde sie bestimmt nicht ohne Weiteres freigeben. Oder, noch schlimmer, er würde versuchen zu verhindern, dass sie ihn verließ. Die Auseinandersetzung war unausweichlich, und sie würde ihre gesamte neu gewonnene Courage brauchen, um sie zu überstehen.

Da sie sich nicht mehr mitten in der Fahrrinne befanden, wurden sie von der Küste geschützt, und die Wellen wurden höher. Das Boot sackte in Wellentäler und richtete sich wieder auf, sodass man sich fast vorkam wie in einer Achterbahn. Doch Penny genoss es, denn sie fühlte sich dadurch lebendig.

»Gut gemacht«, lobte Nikos. »Bei diesem Seegang ist es nicht leicht, den Kurs zu halten. Du bist die geborene

Seglerin. Was hast du sonst noch für Talente? Kannst du zufällig Wolle weben?« Lachend blickte er sie an. Sie sah ihr Spiegelbild in seiner blauen Sonnenbrille: glücklich strahlend und sogar ziemlich hübsch.

»Warum fragst du das?«

»Wegen deiner Namenspatronin Penelope. Weil Odysseus so lange fort war, wollten alle sie überreden, sich wieder zu verheiraten. Sie bekam Hunderte von Anträgen. Deshalb verkündete sie, sie werde einen der Männer erwählen, nachdem sie ein Leichentuch für seinen Vater zu Ende gewebt habe. Aber nachts trennte sie es immer wieder auf, sodass sie nie fertig wurde.«

»Schlaue Penelope. Sie muss ihn geliebt haben.«

»Ich habe auch lange gewartet, weil ich jemanden geliebt habe«, erwiderte Nikos leise.

Penny hielt den Atem an. Wollte er ihr etwa sagen, dass er sie liebte? Das bildete sie sich sicher nur ein. Wie konnte sich ein Mann wie Nikos in sie, die linkische, unscheinbare Penny, verlieben, die, wie Colin stets betonte, seit ihrer Hochzeit nichts zum Familieneinkommen beigetragen hatte?

»Man beurteilt sich selbst stets nach den Maßstäben, die andere Menschen an einen anlegen«, fügte Nikos hinzu, als hätte er ihre Gedanken gelesen. Er musste schreien, um den auffrischenden Wind zu übertönen. »Doch das ist nicht alles, was zählt. Güte und Einfühlsamkeit sind wichtiger. Du hast eine einfühlsame Seele, Penelope.«

Zu ihrer großen Erleichterung musste sie nicht darauf antworten, denn sie hatten eine kleine Bucht erreicht, und Nikos übernahm sanft das Ruder. »Genau hier gibt es Unterwasserfelsen. Sie schützen die Bucht und machen sie zu einem Ort, den nur wenige Menschen kennen. Ich hoffe, dass wir sie allein für uns haben. Nur du und ich.«

Penny wurde von einer Welle aus Sehnsucht und Furcht ergriffen, die sich auf beunruhigende Weise miteinander vermischten.

Nikos warf den Anker aus und belud das Beiboot mit Dingen, die sie an Land brauchen würden.

Penny starrte hinab ins Meer. »Noch nie habe ich so klares Wasser gesehen. Ich erkenne sogar die Muscheln am Meeresgrund.«

»Möchtest du ans Ufer schwimmen?«

Penny zögerte und überlegte, wie sie wohl mit nassen Haaren und möglicherweise verlaufener Wimperntusche aussehen würde. Dann jedoch stand sie auf, schlüpfte aus dem Leinenkleid, das sie über dem Badeanzug trug, und sprang ins Wasser.

Die Schönheit der Unterwasserwelt machte die Erfahrung noch unwirklicher. Sie bemerkte die violetten Panzer von Seeigeln, eine makellose Turbanschnecke und eine wunderschön verschnörkelte Spitzschnecke. Doch als sie die Hand danach ausstreckte, schwebten sie davon.

Sie kam gleichzeitig mit Nikos am Ufer an und half ihm, das Beiboot an den Strand zu ziehen. Heiß wie im Sommer brannte die Sonne auf sie herab.

»Es ist traumhaft hier!« Penny betrachtete den menschenleeren weißen Sandstrand, der sich sanft in die Bucht schmiegte. Das Meer funkelte marineblau. »Wie in der Karibik!«

Nikos schleppte ihren Proviant zu einer geschützten Stelle an der Seite der Bucht und hielt Ausschau nach Steinen für eine Feuerstelle, um ihr Mittagessen zuzubereiten. Fasziniert beobachtete Penny, wie er Holzspäne, Streichhölzer und sogar einen Grillrost aus Metall zutage förderte.

»Robinson Crusoe hätte das Anfeuerholz am Strand gesammelt«, witzelte sie.

»Schon, aber Robinson Crusoe hat keine Boote gebaut. Wenn du ein Stück Treibholz findest, habe ich eine bessere Verwendung dafür, als es zu verbrennen.«

»Willst du nicht anfangen zu angeln?«

»Ich habe lieber Lamm aus dem Supermarkt und Gemüse aus meinem Garten mitgebracht. Und dann hätte ich da noch etwas, auf das Robinson Crusoe leider verzichten musste.« Er öffnete eine Kühlbox und reichte ihr ein eiskaltes Mythos-Bier. »Und jetzt geh Treibholz suchen.«

Penny fühlte sich schrecklich verrucht, weil sie schon um elf Uhr morgens Bier trank. Lachend machte sie sich auf den Weg den Strand entlang, um vom Meer angespülte Holzstücke aufzuklauben. Stattdessen fiel ihr Blick auf grüne Glasscherben, von den rollenden Wellen milchig geschliffen und mit abgerundeten Kanten. Nach ein paar Metern stieß sie auf mehr davon, diesmal kobaltblau. Aufgeregt suchte sie weiter. Nikos hatte ihr erzählt, Kyri liege an der beliebten Schifffahrtsroute von Kreta nach Athen. Und hier hatte sie den Beweis. Keine versunkenen Schätze, sondern über Bord geworfene Flaschen, vom Meer in unregelmäßige Scherben zerteilt, aus denen im Laufe der Zeit etwas Eigenständiges, Schönes geworden war. Zu ihrer Begeisterung fand sie ein Knäuel aus alten Tauen in einem verblassten Blaugrün. Sie zog einen langen Faden heraus und befestigte damit geschickt die Glasstücke aneinander, bis sie eine schlichte Kette in der

Hand hielt. Nachdem sie zehn Stücke Meerglas zusammengefügt hatte, legte sie sich die Kette um und kehrte zu Nikos zurück.

»Was, kein Treibholz?«, fragte er. »Was ist aus Robinson Crusoe geworden?«

»Anstelle des Holzes habe ich diese kostbaren Juwelen entdeckt.« Lachend deutete sie auf ihre Kette.

Nikos legte die Gabel weg und starrte sie an. Dann erhob er sich und kam auf sie zu. In seinem Blick zeichnete sich unbeschreibliche Zärtlichkeit ab, vermischt mit liebevollem Stolz. »Meine Penelope, nur du kannst aus zerbrochenem Glas etwas so Schönes erschaffen.« Er zog sie in seine Arme und küsste sie.

Kaum hatte er die Arme um sie gelegt, als sie ein Vibrieren in der Tasche des Kleides spürte, das sie inzwischen wieder angezogen hatte. Sie hatte einen sehr starken Verdacht, wer der Anrufer sein könnte. Es war, als ahnte ihr Mann auf unerklärliche Weise, was sie empfand, und sei fest entschlossen, es zu sabotieren. Nur dass sie das nicht zulassen würde. Sie holte das Telefon aus der Kleidertasche und warf es in einen der Einkaufsbeutel, ohne auf das Display zu schauen.

»Willst du nicht drangehen?«, erkundigte sich Nikos. »Vielleicht ist es wichtig.«

Penny lächelte. Natürlich konnte es auch Wendy oder Tom oder gar die Nachricht sein, dass einem der Kinder etwas zugestoßen war. Aber das glaubte sie nicht. Nur Colin schaffte es stets, genau den falschen Zeitpunkt abzupassen. Doch sie wollte nicht mehr die Penny sein, die es allen recht machte, ohne je an sich selbst zu denken. Es war besser, wenn sie sich Penelope zum Beispiel nahm, die so lange auf den Mann gewartet hatte, den sie liebte.

Nun, da sie ihn gefunden hatte, fühlte sie sich zum ersten Mal stark, kraftstrotzend und glücklich.

Deshalb würde sie sich nicht wie sonst den Tag von Bedenken und Grübeleien verderben lassen: Was, wenn Nikos Hintergedanken verfolgte und sie nur ausnutzte? Was, wenn sie sich lächerlich machte, ihre Ehe zerstörte und schließlich ganz allein dastand?

Entschlossen legte sie Nikos die Arme um den Hals. Obwohl sie selbst recht groß war, musste sie sich nach oben strecken und seinen Kopf zu sich herunterziehen.

»Ich habe mich gefühlt wie diese Glasscherben. Nicht beachtet und überflüssig«, flüsterte sie und konnte kaum fassen, dass sie wirklich diese Worte aussprach. »Nun fühle ich mich stark und schön, weil ich dir wieder begegnet bin.«

Gemeinsam sanken sie in den feuchten Sand. Penny konnte nur noch an seine Hände auf ihren Brüsten und an ihre überwältigende Sehnsucht denken, ihn zu lieben.

»Komm und sieh dir die übrigen Bootshäuser an«, schlug Nell ihrer Tochter vor. »Dann lernst du auch Demetria kennen. Sie hat uns viel Arbeit abgenommen. Lass dich nicht davon täuschen, dass sie aussieht wie Melina Mercouri. Sie erinnert mich eher an Sheryl Sandberg auf Speed.«

Eine Stunde später waren sie mit Demetria verabredet. Naomi schlief friedlich im Bootshaus in ihrem Reisebettchen, während Marigold sich zu Nells Erleichterung auf dem Balkon sonnte.

Im Bootshaus nebenan hatte Moira dafür plädiert, eine wunderschöne alte Tür als Kopfbrett für das Bett zu benutzen.

»Eine tolle Idee!« Willow fotografierte eifrig. »Mir wäre das nie eingefallen, aber es ist echt spitze.«

»Wir hatten nicht viel Auswahl.« Nell lachte. »Die Möbel in den Bootshäusern wurden von Dorfbewohnern gespendet. Wir haben sie nur umlackiert.«

»So wie den blaugrünen Esstisch, den Marigold so grässlich findet?«

»Genau.«

Willow blickte sich um und ließ die farbenfrohe Kommode, die bodenlangen dunkelblauen Vorhänge mit Schleifen aus Fischernetzen und den Wandschirm vor der Badewanne, den Moira mit einer von einem Satyr verfolgten Nymphe bemalt hatte, auf sich wirken. Ein alter Holzschrank war mit in verschiedenen Grüntönen gestrichenen Seiten wieder zum Leben erweckt worden. Trotz seiner zusammengewürfelten Möblierung wirkte der Raum schlicht und elegant.

»Ist das dein Werk, Mum?«, fragte Willow, ehrlich beeindruckt.

»Zum Teil. Es hat mir wirklich Spaß gemacht.«

»Und deshalb wolltest du bleiben?«

»Wir fühlen uns hier gebraucht. Die Leute hätten gern mehr Touristen, und außerdem hat Kyri etwas an sich, das in einem den Wunsch auslöst, sich einzubringen. Es ist ein ganz besonderer Ort.«

»Besser als Sevenoaks?«, frotzelte sie.

»Sevenoaks ist in Ordnung, allerdings auch ein bisschen spießig. Die Sache ist die …« Nell wurde klar, dass sie das bis jetzt nicht einmal sich selbst eingestanden hatte. »Seit ich in der Arztpraxis aufgehört habe, habe ich mich ein wenig verloren und vielleicht sogar einsam gefühlt.«

»Oh, Mum.« Willow legte den Arm um Nell. Und Nell, die pragmatische, tüchtige Nell, kämpfte mit den Tränen. Aber sie wollte Willow kein schlechtes Gewissen einimpfen.

»Warum meldest du dich nicht öfter? Wir würden dich gerne sehen«, meinte ihre Tochter.

»Ich euch auch, aber du scheinst ziemlich häufig ...« Nell zögerte. Jetzt durfte sie keinen Fehler machen.

»... bei Marigold zu sein?«, beendete Willow den Satz für sie. »Das sagt Ollie auch, und dabei ist sie seine Mum. Sie kann einen manchmal erdrücken. Das Problem ist, dass sie es nicht erträgt, auch nur eine Sekunde allein zu sein. Laut Ollie liegt das daran, dass sich in ihrer Jugend alle um sie gerissen haben. Ständig wurde sie in den Klatschspalten erwähnt. Sie kann nicht akzeptieren, dass sie nicht länger jung ist und nicht mehr im Mittelpunkt steht.«

»Ziemlich aufmerksam von Ollie, vor allem, weil sie doch seine Mutter ist.«

»Vielleicht sollte ich, was dich betrifft, auch aufmerksamer sein.«

Nell beschloss, es zu wagen. Schließlich bot sich so eine Gelegenheit nicht oft. »Ich weiß, dass du noch böse auf mich bist, weil ich mit meiner Dummheit und meinem Egoismus unsere Familie kaputt gemacht habe. Aber ich habe dafür gebüßt, das kannst du mir glauben.«

»Mum, das ist doch schon Jahre her!« Willow schüttelte den Kopf. »Ich dachte, du hättest eben kein Interesse und keine Lust, Oma zu sein. Schließlich siehst du noch sehr jung aus. Offen gestanden jünger als Marigold, und die gibt mehr für Kosmetik aus als Kim Kardashian.«

Nell spürte, dass gleichzeitig Tränen und Gelächter in ihr aufstiegen. »Liebes, es ist mir egal, ob ich wie hundert aussehe, gut, vielleicht nicht gleich wie hundert. Jedenfalls wäre ich nur zu gerne Oma!«

»Dann müssen wir etwas unternehmen.« Willow grinste. »Wir entreißen Naomi der großen Gebieterin und machen ihr klar, dass es in dieser Familie zwei Omas gibt.« Wieder blickte sie sich um. »Du hast wirklich ein Händchen für so was. Ich kann es kaum erwarten, alles auf Instagram zu posten. Wir müssen für dich zu Hause ein Projekt finden. Außer du hast vor, für immer in Griechenland zu bleiben. Wenn man sich das britische Theater mit der EU anschaut, könnte ich dir keinen Vorwurf daraus machen.«

»Vielleicht schreibe ich ja einen Blog oder einen Videoblog oder wie man das jetzt nennt. Titel: *Oma im Abseits.* Ich wette, damit würde ich einen Nerv treffen.«

»Ganz bestimmt. Meine Freundinnen reden andauernd über die Rivalitäten zwischen den jeweiligen Großmüttern. Die eine kontrolliert auf Instagram, was die andere gerade mit den Enkeln unternimmt und ob es etwas Spannenderes ist als das, was sie zu bieten hat. Das ist offenbar noch schlimmer als die Rivalität unter Geschwistern.« Sie lachten. »Und woher kommt dieses plötzliche Talent zur Innenarchitektin? Ich habe dich immer eher in Richtung *Fifty Shades of Beige* eingestuft.«

»Die meisten Ideen stammen von Penny.«

»Was? Von der langweiligen Gutmenschen-Penny? Penny mit dem Haarreif?«

Schmunzelnd erinnerte sich Nell, wie sie heute Morgen aus dem Fenster geblickt hatte, als Penny gerade zu Nikos ins Boot gestiegen war.

»Die Menschen sind nicht immer so, wie sie zu sein scheinen. Ich auch nicht.«

»Komm, jetzt retten wir besser Naomi vor Marigold. Wahrscheinlich stillt sie sie inzwischen.«

»Nein!« Nell war zutiefst schockiert.

»Nein«, beruhigte Willow sie kichernd. »Obwohl ich sie manchmal, natürlich höflich, daran erinnern muss, dass Naomi *mein* Baby ist.« Sie streckte die Hände aus. »Komm her, alte Mum, lass dich umarmen.«

Nell drückte ihre Tochter an sich. Sie war überglücklich und neidete Penny ihren Nikos nicht. Willow öfter zu sehen und ihr Enkelkind im Arm zu halten, das war mehr als genug für sie.

Dora war mit dem Schminken fertig und betrachtete sich im Spiegel am Schrank. Sie trug ihr bronzefarbenes schulterfreies Kleid und fand, dass sie mit ihrer sanft gebräunten Haut recht gut aussah. Sie war schon immer schnell braun geworden, und ein kleiner Vorteil am Älterwerden war, dass es länger anzuhalten schien.

Sie griff nach ihrer Umhängetasche von Mulberry und packte Schminksachen, Haarbürste, Portemonnaie und Schlüssel hinein. Sie wusste selbst nicht, warum sie sich solche Mühe gab, denn schließlich wollte sie nur mit Karl zu Abend essen, der trotz seines fortgeschrittenen Alters ein faszinierender Mensch war. Er hatte an Ausgrabungen in Ägypten und Syrien teilgenommen, und es waren ihm beinahe die Tränen gekommen, als er schilderte, wie wunderschön Damaskus, die Stadt der Rosen, früher gewesen sei. Außerdem hatte er die Überreste von Wikingerhorden im weniger exotischen Staffordshire aufgespürt.

Unten an der Rezeption verabschiedete sie sich von Kassandra und gab ihren Schlüssel ab. Sie hatten sich zur

Abwechslung in einem kleinen Restaurant auf der anderen Seite der Bucht verabredet.

Wie immer kam Dora exakt zehn Minuten zu spät, ihrer Ansicht nach die richtige Zeit, wenn man lässig, aber nicht unhöflich sein wollte. Sie ließ den Blick über das Restaurant schweifen. Es war heimelig und wirkte ein wenig improvisiert. Einige der Tische und Stühle aus Holz standen am Rand der schmalen Straße, die zum Hafen führte. Der Rest war direkt auf dem Strand platziert. Außerdem gab es einen Spielbereich, wo mehrere Kinder lautstark herumtobten. Dora vermutete, dass Karl – so weit von den Kindern entfernt wie möglich – am Strand saß. Plötzlich wurde sie von einem attraktiven älteren Mann mit akkurater Kurzhaarfrisur in einem eleganten hellblauen Anzug angesprochen, der sich an einem Nachbartisch erhoben hatte.

»Karl?« Dora fielen fast die Augen aus dem Kopf, so sehr hatte er sich verändert.

»Professor Karl Brinkley, zu Ihren Diensten, Ma'am.« Er verbeugte sich.

»Was hast du denn angestellt?«

»Ich habe beschlossen, mir ein wenig Mühe zu geben, wenn ich schon mit einer schönen Frau verabredet bin. Deshalb war ich beim Friseur. Griechische Friseure sind die besten der Welt. Und anschließend musste ein ordentlicher Anzug her.«

Dora musterte ihn kritisch. Das leicht zerknautschte Äußere des Professors hatte ihr eigentlich gefallen. Doch zum Glück hatte sich an dem spitzbübischen Funkeln in seinen Augen nichts geändert. »Du siehst aus wie das Sinnbild eines italienischen Salonlöwen«, stellte sie fest.

»Als Professor für Altphilologie aus Cambridge sollte ich mich vermutlich geschmeichelt fühlen.«

»Emeritierter Professor«, erinnerte sie ihn lachend.

»Autsch«, erwiderte er mit einem entwaffnenden Lächeln. »Emeritierter Professor also. Wollen wir uns setzen?«

Als sie neben ihm Platz nehmen wollte, schüttelte er den Kopf. »Gegenüber«, meinte er. Sie ließen sich an einem gemütlichen Tisch unter einem riesigen Maulbeerbaum nieder, von dem aus man einen traumhaften Blick auf den Strand hatte. »Dann kann ich die Aussicht bewundern.«

»Das Meer ist doch in der anderen Richtung«, wandte sie ein.

»Stimmt«, antwortete er mit einem schalkhaften Grinsen.

»Habt Dank, gnädiger Herr.« Dora tat, als klimperte sie mit den Wimpern. Dabei musste sie an einen albernen Zeitschriftenartikel denken, in dem es geheißen hatte, bei einem Freund säße man daneben, bei einem Liebhaber gegenüber. So ein Unsinn!

Der improvisierte Charme des Lokals zeigte sich auch in den selbst getöpferten Tellern, Wasserkrügen und Kelchen anstelle von Gläsern. Die Speisekarten waren von Hand geschrieben. Sie bestellten gegrillte Auberginen und Tomaten mit dem einheimischen Weichkäse, gefolgt von *sheftalia*, würzigen Fleischklößchen mit frischem Koriander, für Dora und *kleftiko*, auf kleiner Flamme gegrillte Lammhüfte, für Karl.

»Wusstest du, dass *kleftiko* eigentlich ›gestohlenes Fleisch‹ bedeutet?«, fragte Karl. »Früher war es armen Leuten verboten, Vieh zu halten. Deshalb haben sie ein Schaf gestohlen und es mit vielen frischen Kräutern in einem Erdloch in den Hügeln etwa zwölf Stunden lang gegart. Die Löcher waren so tief, dass man den Rauch nicht bemerkte und der Geruch des bratenden Fleisches sie nicht verriet. Darum ist es so köstlich.«

Zu Doras eigener Überraschung interessierte sie das wirklich. »Es ist sehr spannend, durch solche Dinge etwas über eine Kultur zu erfahren. Ariadne, das Mädchen, das die Hand der Statue gefunden hat, kennt sämtliche Heilkräuter, die bereits verwendet wurden, bevor es Ärzte und Medikamente gab. Wusstest du, dass bei Kratzern Lavendel wirkt? Und dass Rosenblätter gegen Schwellungen helfen?«

»Offenbar kennen wir uns beide gut mit den hiesigen Traditionen aus.« Er lachte. »Übrigens habe ich mit einem Kollegen in Athen telefoniert. Diese gestohlenen Statuen sind ein noch viel wichtigerer Geschäftszweig, als ich gedacht habe. Die Sache hat so überhandgenommen, dass es sogar eine Aufklärungskampagne gab, um den Menschen beizubringen, dass es sich beim unerlaubten Handel mit Antiquitäten um Diebstahl handelt, mit dem man ganz Griechenland schadet.«

Der Kellner servierte das Essen.

»Weißt du, was?« Dora senkte unwillkürlich die Stimme. »Morgen fahre ich mit dir zu den Höhlen. Ich habe die verschollene Venus noch nicht aufgegeben, so viel steht fest.«

»Sehr gut.« Er grinste. »Deshalb bin ich ja hier.«

Das Essen war ein Gedicht. Dora ließ die Kalorien Kalorien sein und bestellte zum Nachtisch Baklava, gefolgt von starkem griechischem Kaffee mit nach Zitrone duftenden, in Puderzucker getauchten Scheiben Loukoumi-Konfekt.

»Sollen wir aufs Ganze gehen und uns noch ein Glas griechischen Brandy gönnen? Metaxa soll recht gut sein«, schlug Karl vor.

Dora lachte. »Nein, du musst Ariadnes Empfehlung folgen. Kein Metaxa, sondern Mastiha!«

»Was, zum Teufel, ist das?«

»Eine einheimische Spirituose, hergestellt aus dem Harz der wilden Pistazie. Es schmeckt wie Ouzo, allerdings mit einem leicht harzigen Abgang. Laut Ariadne wirkt es auch gegen saures Aufstoßen, Sodbrennen, Verdauungsstörungen und Magengeschwüre.«

»Klingt prima nach drei Gängen und Konfekt. Herr Ober! Zwei Mastiha bitte!«

Der Kellner schien im ersten Moment verdattert. Offenbar hörte er diesen Wunsch selten.

»Während wir warten, husche ich rasch auf die Toilette.« Dora lächelte. »Sofern ich sie finde.«

»Verzeihung, aber die Damentoilette ist ein Stück die Straße hinunter. Es tut mir schrecklich leid«, entschuldigte sich der Kellner. »Unsere ist defekt. Deshalb benutzen wir die vom Café dort mit.«

»Schon gut. Wenn ich nicht in fünf Minuten zurück bin, schick einen Suchtrupp los. Oder besser in zehn.«

Zur Toilette war es nicht weit. Dora nutzte den winzigen Spiegel, so gut es ging, um ihr Make-up aufzufrischen und sich das Haar zu richten. Gerade als sie die Bürste wieder einsteckte, hörte sie, dass draußen eine heftige Debatte geführt wurde. Obwohl sie kein Griechisch verstand, ließ etwas an dem Tonfall sie reglos innehalten. Eine der Stimmen erschien ihr vertraut, doch sie konnte sie nicht sofort einordnen.

Anstatt auf die beleuchtete Straße hinauszutreten,

spähte sie verstohlen um die Mauer, die sie von den Sprechern trennte.

Die beiden Männer kehrten ihr den Rücken zu. Der eine wirkte protzig und reich, so wie die Besitzer der Jachten, die manchmal im Hafen anlegten. Gleichzeitig aber machte er einen halbseidenen Eindruck. Möglicherweise lag es an der um diese Uhrzeit überflüssigen Sonnenbrille oder daran, dass er ohne ersichtlichen Grund ständig die Straße mit den Augen absuchte.

Der Zweite war Xan Georgiades.

Er hob gerade in dem Moment den Kopf, als Dora rasch wieder in der Toilette in Deckung ging. Ihre Blicke trafen sich für einen Sekundenbruchteil. Pandora Perkins, die gefährlichste PR-Agentin Londons, spürte, wie sich ihr auf unangenehme Weise die Brust zusammenschnürte und wie sie schneller atmete.

Es war ein bislang fremdes Gefühl, das sie als Angst erkannte.

Am folgenden Nachmittag spielte Nell vergnügt mit ihrer Enkelin auf einer Decke auf dem schattigen Balkon, während die Wellen sanft an den Strand plätscherten. Willow und Marigold sonnten sich. Marigold trug einen Bandeau-Bikini von Heidi Klum, den Nell voller Neid als jenen erkannte, den sie selbst gern besessen hätte, bis sie die Aufschrift »275 Pfund« auf dem Preisschild bemerkt und sich für ein Modell für 7,95 von Primark entschieden hatte.

»Ich hasse die Spuren von Trägern«, verkündete Marigold als Erklärung dafür, warum sie beinahe dreihundert Pfund für Badebekleidung hingeblättert hatte. »Die sind so unsexy. Außerdem kenne ich Heidi vom Sehen.«

Nell ging nicht auf diesen Versuch ein, sich wichtigzumachen sondern kitzelte stattdessen lieber Naomi am Bäuchlein. Willow tat so, als hätte sie nichts gehört.

»Und wo ist deine Freundin Penny heute?«, fragte Marigold. »Sie trifft sich doch nicht etwa mit dem scharfen Bürgermeister?«

»Keine Ahnung«, erwiderte Nell, ohne auf den gehässigen Tonfall zu achten, der sich in Marigolds Stimme eingeschlichen hatte. »Wahrscheinlich lackiert sie Möbel oder tut sonst etwas Nützliches. Das macht sie meistens.«

»So eine Heilige ist sie nun auch wieder nicht. Ich habe beobachtet, wie die zwei einander angesehen haben. Als würden sie gleich übereinander herfallen. Warum hat ihr Mann ihr eigentlich erlaubt, den Aufenthalt zu verlängern? Colin heißt er, richtig? Sehr sympathisch.«

»Du bist ihm und Penny nur einmal für fünf Minuten bei Harrods begegnet, Marigold«, protestierte Willow.

»Ich bin eine ausgezeichnete Menschenkennerin«, beharrte ihre Schwiegermutter.

»Wann habt ihr die beiden getroffen?«, fragte Nell ihre Tochter. »Das hast du gar nicht erwähnt.«

»Ich war noch ganz benebelt nach der Geburt. Offen gestanden war es Penny, die mich wiedererkannt hat. Ich habe das Klo gesucht, und sie hat es mir gezeigt.«

Nell grinste. »Typisch Penny. Die würde sogar auf dem Jupiter wissen, wo das Klo ist.«

»Trotzdem will es mir nicht in den Kopf, dass er ihr gestattet, sich auf einer griechischen Insel herumzudrücken«, merkte Marigold spitz an.

»Jetzt lass endlich mal gut sein, Marigold!« Nell rang Willow zuliebe um Beherrschung. »Wir leben im einundzwanzigsten Jahrhundert. Ted war schließlich auch damit einverstanden, dass du verreist.«

»Das ist etwas völlig anderes.«

»Weil er unter deinem Pantoffel steht, das ist der Grund«, höhnte Willow, ohne von ihrem Buch aufzuschauen.

Marigold warf Nell einen giftigen Blick zu. Ihre sonst so folgsame Schwiegertochter benahm sich in ihrer Gegenwart plötzlich so anders. Beinahe aufsässig.

»Ich frage mich nur, ob er ahnt, was hier vor sich geht, und ob jemand die Höflichkeit besitzen sollte, ihn davon in Kenntnis zu setzen, mehr nicht.«

»Marigold!« Willow klappte ihr Buch so heftig zu, dass ihre Schwiegermutter zusammenzuckte. »Himmelherrgott! Das geht dich nichts an. Du kennst die zwei nicht einmal.«

»Das ist meiner Ansicht nach nicht der springende Punkt. Falls Ted kurz vor einem Seitensprung stünde, würde ich mich freuen, wenn es mir jemand mitteilen würde, so viel steht fest.«

Willow musste die Vorstellung beiseiteschieben, wie der pummelige, unterwürfige Ted am Rande des moralischen Abgrunds entlangbalancierte. Vermutlich wäre es lustig gewesen, wenn er hineinfiele.

»Wie dem auch sei«, fuhr Marigold fort. Ihr Lächeln war so eindeutig aufgesetzt, dass man es mit der Angst zu tun bekommen konnte. »Warum gehen wir heute Abend nicht alle zusammen essen? Ich versauere nicht gern zu Hause«, sie konnte sich den Seitenhieb einfach nicht verkneifen, »und hier in der Nähe kann man ja nirgendwo Lebensmittel einkaufen. Außerdem würde ich gerne deine anderen Freunde kennenlernen. Du könntest auch den Bürgermeister einladen«, fügte sie gespielt arglos hinzu.

»Was ist mit Naomi?«, erkundigte Nell sich bei Willow.

»Naomi ist kein Problem«, antwortete Marigold, ehe Willow etwas sagen konnte. »Früher habe ich Ollie in einem Korb mit in die Nachtclubs genommen. Er hat einfach unter dem Tisch geschlafen. Und wenn sich jemand beschwerte, habe ich ihn an der Garderobe abgegeben und der Garderobiere ein ordentliches Trinkgeld zugesteckt. Deshalb war er auch so ein pflegeleichtes Baby.«

»Wahrscheinlich geht er darum so ungern aus.« Willow kicherte. »Ich habe noch nie jemanden kennengelernt, der es sich abends so gern vor dem Fernseher gemütlich macht wie Ollie.«

Marigold ignorierte die Anspielung. Sie fand, dass Nell einen schlechten Einfluss auf Willow ausübte.

»Ich rede mit den anderen und gebe euch Bescheid«, erwiderte Nell höflich. Allerdings war sie nicht sicher, ob sie Marigold einen ganzen Abend lang würde ertragen können.

»Penny, was, um Himmels willen, machst du da?«

Penny saß da und starrte aufs Meer hinaus. Ein stumpfer Ausdruck zeichnete sich auf ihrem sonst so fröhlichen Gesicht ab. Sie war damit beschäftigt, Wattebällchen zu halbieren.

»Ach, das«, antwortete sie geistesabwesend. »Das ist wegen der Umwelt. Kennst du das Foto von dem Seepferdchen nicht, dessen Schwanz sich um einen Wattebausch gewickelt hat?«

»Nein, Penny«, erwiderte Nell anteilnehmend. »Was ist der wahre Grund?«

Pennys Miene wurde ängstlich. »Ich weiß nicht, was ich machen soll. Meinst du, ich sollte es Colin beichten?«

Nell setzte sich neben sie. »Was genau willst du Colin denn beichten? Dass du dich verliebt hast? Hast du mit Nikos über eure gemeinsame Zukunft gesprochen? Was hat er für Absichten, um es einmal so auszudrücken? Ist es eine Urlaubsromanze, oder willst du Colin verlassen, um hier mit ihm zusammenzuleben?«

»Oh Gott, Nell.« Penny schluchzte beinahe auf. »Ich weiß es nicht.«

»Okay«, fuhr Nell fort. »Dann betrachten wir es mal andersherum. Wärst du mit deinem Leben zu Hause glücklich und zufrieden, wenn du Nikos nicht wiedergetroffen hättest?«

»Nein. Aber ich hätte mich damit abgefunden, weil das eben meine Art ist. Genau das ist ja mein Problem. Ich finde mich mit allem ab. Nur dass ich jetzt die Alternative kenne. Einen Mann, mit dem ich mich nicht abfinden muss. Jemanden, dem ich etwas bedeute, so erstaunlich das auch sein mag.«

»Vermutlich wirst du mich jetzt hassen, doch ich finde, dass du zuerst mit Nikos reden musst, bevor du weiterreichende Konsequenzen ziehst. Ich hatte einmal eine Affäre mit jemandem, für den ich lediglich ein Zeitvertreib war, und ich habe mein Leben damit total an die Wand gefahren. Meiner Ansicht nach bist du anders, und Nikos ist es auch. Trotzdem müssen die Karten auf den Tisch.«

Penny hörte auf, Wattebällchen zu zerrupfen, und lächelte. »Du hast recht. Es ist Unsinn, Colin etwas zu erzählen, solange ich nicht mal weiß, was los ist. Danke.«

Nells Gesicht verzog sich zu einem spöttischen Grinsen. »Meine Tochter würde sich totlachen. Ausgerechnet ich gebe Beziehungstipps. Sie hat zwanzig Jahre gebraucht, um überhaupt wieder mit mir zu reden. Nur um dich abzulenken: Die grausige Marigold möchte, dass wir alle zusammen zum Abendessen gehen. Außerdem solltest du auf der Hut sein. Ich habe den Verdacht, dass sie es auf deinen niedlichen Nikos abgesehen hat.«

»Tja, das wäre eine Lösung für mein Problem.« Penny lachte. »Wenn du dabei bist, bin ich es auch.«

Dora zog sich an, ohne einen Gedanken an ihre Aufmachung zu verschwenden, was sehr untypisch für sie war.

Ihre Reaktion auf Xan Georgiades und seinen halbseidenen Freund war ihr peinlich. Schließlich konnte dieser Mann jeder X-Beliebige sein. Außerdem hatte Georgiades sie ohnehin auf dem Kieker, seit sie auf der Dorfversammlung das Wort ergriffen und sich für Ariadne eingesetzt hatte. Nicht minder albern waren ihre Befürchtungen, weil sie Karl zu der Höhle führen wollte, die ihrer Vermutung nach als Versteck diente.

Ein Boot am Hafen zu mieten war ohne großes Aufsehen möglich. Es musste nur über ein kleines Beiboot mit Motor verfügen, mit dem sie in die Höhlen fahren und sich noch einmal gründlich umsehen konnten. Morgen würde sie Karl alles zeigen und mit ihm Ausschau nach etwas Verdächtigem halten.

Hoffentlich hatte niemand die Beute an einen anderen Ort geschafft.

Zwölf

Alle scharten sich um den langen, für neun Personen gedeckten Tisch. Es war ein wundervoller Abend. Die letzten Strahlen der untergehenden Sonne beleuchteten den Hafen, sodass sich die Umrisse der Fischerboote von einem nicht nur rosafarben, sondern auch gelb, grau, blau und orange gestreiften Himmel abhoben.

»Es ist so schön hier«, seufzte Nell. »Ein Jammer, dass die Touristen auf Santorin einander auf die Füße treten, obwohl sie all das entdecken könnten.« Sie wies auf den Strand und die Tamarisken.

»Würdest du das wollen?«, entgegnete Moira. »So viele Kreuzfahrtschiffe, dass sie Platzkarten vergeben müssten?«

»Eins könnten sie doch wenigstens herschicken. Das wäre sicher hilfreich«, beharrte Nell.

»Die Stadt überlegt sich, ob sie das gestattet«, meinte Nikos leise. Er war mit weißen Chinos und einem frisch gebügelten Baumwollhemd lässig gekleidet. Penny liebte dieses Hemd, da es seine blauen Augen betonte. »Das oder einen Flughafen.«

»Das wäre ja schrecklich!«, entsetzte sich Penny. »Schau dir an, was auf Zanthos passiert ist, nachdem sie einen Flughafen hatten!«

»Was seid ihr doch für Snobs«, höhnte Marigold. »Was stört euch denn an Kreuzfahrtschiffen und Flughäfen?«

»Grundsätzlich nichts«, erwiderte Nell. »Kyri ist nur einfach so ein besonderer Ort.«

»Stinklangweilig, wenn du mich fragst.« Marigold zuckte abfällig die Achseln. »Die könnten hier ein bisschen Nightlife gebrauchen. Ein paar Junggesellenabschiede würden Leben in die Bude bringen.«

»Hast du das gehört, Nikos?« Penny lachte leise in sich hinein. »Du könntest Kyri zur Partyhauptstadt der Kykladen machen!«

»Einen wunderbaren guten Abend.« Takis lächelte in die Runde. »Schön, dass alle Generationen hier versammelt sind.« Als er Naomi den Kopf tätschelte, fing sie zu Willows Überraschung nicht zu weinen an. Er verzog das Gesicht zu einer Mr.-Bean-Grimasse, worauf Naomi so kichern musste, dass sie Schluckauf bekam. »Was möchtet ihr trinken?«

»Für mich einen Ouzo«, sagte Nikos und wandte sich an Penny, um festzustellen, was sie wollte.

»Ich auch!«, rief Marigold wie aus der Pistole geschossen und schenkte Nikos ein derart verführerisches Lächeln, dass dieser sich umblickte, da er glaubte, jemand hinter ihm sei gemeint.

»Weißwein für mich, Takis«, bestellte Penny. Sie hatte Mühe, angesichts von Marigolds heftigem Winken mit dem Zaunpfahl nicht laut loszulachen.

»Für mich auch.« Dora nickte. »Und für dich, Karl?«

Nun war es an Moira zu schmunzeln. Schließlich hatte sie selbst ihn all die Jahre lang gesiezt.

»Ein Mythos, bitte«, sagte Karl. »Auf dieser Insel gibt es so vieles, was von archäologischem Interesse ist, dass man sicher die Veranstalter von Bildungsreisen gewinnen könnte.«

»Ach, Mist, ich kann es mir bildlich vorstellen.« Marigold schüttelte den Kopf. »Lauter *Guardian-Leser* mit Reiseführern und Jutebeuteln. Da lobe ich mir doch die Partyreisen vom ›Club 18-30‹.«

»Bist du dafür nicht ein bisschen zu alt, Marigold?«, wandte Nell mit einem hinterhältigen Grinsen ein.

Inzwischen war Takis mit den Getränken und den Speisekarten zurück.

»Was gibt es denn an frischem Fisch?«, erkundigte sich Nikos.

»Calamari! Heute von meinem Neffen Christos aus dem Meer geholt. Als Fischer taugt er nicht viel, aber Tintenfische erwischt er immer.«

»Danke, für mich nicht.« Moira erschauderte. »Ich glaube, ich rühre nie wieder etwas mit Fangarmen an.«

»Du meine Güte, nein«, stimmte Nell ihr mitfühlend zu. »Aber überleg mal. Ohne deine Lebensmittelvergiftung hätten wir Kyri nie entdeckt.«

»Und wie lange wollt ihr bleiben?«, fragte Marigold, den Blick starr auf Penny gerichtet. »Ihr müsst doch sicher bald zurück ins wirkliche Leben.«

Aus keinem ersichtlichen Grund brachen Dora, Nell, Penny und Moira in herzhaftes Gelächter aus. Marigold hatte ihnen unwissentlich dieselbe Frage gestellt, die sie sowieso schon umtrieb.

»Worüber lacht ihr denn, ihr dummen Hühner?«, wollte diese wissen.

»Es ist nur«, stieß Nell, unterbrochen von Lachsalven, schließlich hervor, »dass Kyri einfach mehr Spaß macht als Sevenoaks!«

»Gibt es irgendwelche Entwicklungen in Sachen Olivenhain?«, erkundigte Professor Brinkley sich bei Nikos, nachdem alle wieder zur Vernunft gekommen waren und ihr Essen bestellt hatten.

»Ich habe mich mehrfach mit dem Antikenministerium in Verbindung gesetzt.« Nikos seufzte auf. »Aber man hat mir lediglich geantwortet, es käme leider sehr häufig vor, dass Kriminelle Kunstgegenstände finden und verhökern würden. Deshalb könne man kaum etwas dagegen unternehmen.«

»Also das Todesurteil für die verschollene Venus?«, hakte der Professor nach.

Dora spitzte aufmerksam die Ohren.

»Vielleicht.« Kurz wirkte Nikos entmutigt. »Zumindest für den Moment. Ohne Unterstützung des Ministeriums habe ich keine Befugnis, die Sache weiter zu betreiben.«

Ein lautes Scheppern sorgte dafür, dass alle herumfuhren. Ariadne hatte ein Tablett mit Gläsern fallen gelassen. »Ihr dürft sie nicht im Stich lassen!«, rief sie anklagend aus. Ihr Gesicht war so bleich, als wäre sie eine marmorne Statue.

Takis hastete herbei und begann, die Scherben einzusammeln. »Ariadne!«, schimpfte er. »Jetzt ist nicht der richtige Zeitpunkt. Hilf mir mit diesem Durcheinander.«

Noch immer bleich vor Zorn bückte sie sich nach den zerbrochenen Gläsern.

»Ich bringe sofort neue«, entschuldigte sich Takis.

»Keine Sorge«, raunte Dora dem Professor zu. »Morgen fahren wir mit dem Boot hin, und ich zeige dir, wo sie meiner Ansicht nach versteckt sein könnte.«

Ariadne, das Gehör geschärft von so vielen Jahren, in denen sie auf die Geräusche der Ziegen gehorcht hatte, hob fast unmerklich den Kopf und sah sie an.

»Es tut mir so leid, dass du mit den Behörden nicht weiterkommst«, meinte Penny leise zu Nikos. »Ich kann mir vorstellen, wie frustrierend das sein muss.«

»Stimmt«, erwiderte er. Zuneigung zeichnete sich in seinem Blick ab. »Offenbar habe ich nicht sehr viel Macht. Danke für dein Verständnis.«

Aufmerksam beobachtete Marigold ihr Gespräch. Im nächsten Moment entriss sie Nell das kleine Mädchen, das friedlich auf deren Schoß gesessen hatte. »Schockiert es dich denn überhaupt nicht, wie deine Freundin sich aufführt?«, zischte sie Nell mit einem Bühnenflüstern zu. »Schließlich hat sie einen sympathischen Mann zu Hause. Und trotzdem macht sie sich hier zum Narren. Noch dazu in ihrem Alter!«, fügte sie gehässig hinzu.

»Ich glaube nicht, dass mich das etwas angeht«, entgegnete Nell spitz. »Und dich braucht es ganz bestimmt nicht zu interessieren.«

»Ach, wirklich?« Marigold griff nach ihrer Handtasche, holte ihr Portemonnaie heraus und klatschte eine absurd hohe Geldsumme auf den Tisch. »Ich finde nicht, dass ich solch einem Betragen Vorschub leisten sollte. Es gibt Dinge, zu denen man einen moralischen Standpunkt einnehmen muss. Ich glaube, mir ist der Appetit vergangen. Hier ist mein Anteil an der Rechnung. Gute Nacht!«

Marigold rauschte in Richtung Taxistand am Hafen davon.

»Ich gehe ihr besser nach, Mum«, sagte Willow betreten. »Sie kann eine Landplage sein, aber sie ist nun mal Ollies Mum. Sicher tut es ihr morgen leid.«

Nell blickte den Davongehenden nach. »Gut, dass sie weg ist«, sagte sie, an niemanden im Besonderen gewandt. »Jetzt können wir uns endlich amüsieren.«

Am nächsten Morgen trafen Dora und Karl sich in einem Café am Hafen. Sie musterten die kleinen Boote, die Rundfahrten um die Insel anboten. Ganz bewusst warteten sie, bis die beliebteren unter ihnen fort waren, und steuerten dann auf ein recht klappriges Boot zu, dessen Skipper sich offenbar in einer Kneipe wohler fühlte als an Bord. Sein Hemd war löchrig wie ein Fischernetz, und seine Augen waren nach einer anscheinend durchzechten Nacht glasig und gerötet.

»Wirklich?«, erkundigte Karl sich zweifelnd und mit Blick auf die besser gewarteten Boote, die den Hafen verließen. »Bist du sicher?«

»Ganz sicher«, bestätigte Dora. »Bestimmt fährt er dorthin, wo wir wollen, ohne lästige Fragen zu stellen, und außerdem werden wir nicht von anderen Passagieren gestört«, fügte sie leise hinzu, obwohl der Skipper vermutlich kaum Englisch konnte.

Allerdings irrte sie, was den zweiten Punkt anbelangte, denn in letzter Minute kam Ariadne aus dem Hotel und durch den Hafen gelaufen und sprang an Bord, als sie gerade ablegen wollten.

»Ich komme mit«, verkündete sie. Ihr hübsches Gesicht mit den mandelförmigen Augen wirkte ungewöhnlich entschlossen. »Immerhin hat die Göttin mit mir gesprochen!«

Dora war erschrocken, doch Karl machte ihr mit seinem typischen schalkhaften Grinsen Platz. »Ich habe eher den Verdacht, dass du gestern Abend belauscht hast, wie wir unseren kleinen Ausflug erörtert haben.«

»Wenn ihr die Göttin sucht, muss ich dabei sein«, beharrte Ariadne.

»Du weißt schon«, wandte Dora freundlich ein, »dass

es sich nur um eine Statue und nicht um eine echte Göttin handelt?«

Anstelle einer Antwort starrte das Mädchen zum Horizont.

Als sie aufs offene Meer hinausfuhren, war Dora machtlos dagegen, dass sie sich immer wieder umschaute.

»Du solltest dich nicht ständig umdrehen«, meinte Karl in seiner ruhigen Art. »Das wirkt nämlich, als würdest du etwas Verbotenes tun. Außerdem kannst du dir ziemlich sicher sein, dass auf einer kleinen Insel wie Kyri ohnehin jeder weiß, was seine Mitmenschen so treiben.«

»Jedenfalls weiß *er* es bestimmt«, merkte Ariadne sachlich an. »Der reiche Athener, den die Göttin hasst. In seinem Zimmer hat er nämlich ein Fernglas. Das habe ich bemerkt, als ich dort sauber gemacht habe.«

»Tja, da hast du es.« Lachend wandte Karl sich zum Ufer und winkte.

Der Kapitän beschloss, dass es an der Zeit war, das Kommando zu übernehmen. »*Oriste*, meine Freunde. Wohin möchten Sie gerne fahren?«

»Ich hätte Lust, mir die Küste in dieser Richtung anzusehen«, erwiderte Dora und wies von den Höhlen weg.

»Aha«, stellte Karl fest und tippte sich als Bestätigung an die Nase. »Den Feind verwirren, ja?«

»Aber dort gibt es nichts Interessantes, *kyria*«, protestierte der Kapitän. »Die Strände sind vom vielen Müll aus den Jachten verschmutzt.«

»Aha!«, rief Dora empört aus. »Ich interessiere mich zufällig sehr für das Thema Umweltverschmutzung durch Plastikmüll.«

Selbst Ariadne konnte sich ein Kichern nicht verkneifen.

»*Kyria* Dora«, stieß sie, immer noch lachend, hervor. »Langsam klingst du wie deine Freundin Penelope.«

Nachdem sie an einem Strand haltgemacht hatten, wo das Blau in den Wellen nicht aus der Farbpalette der Natur stammte, sondern von den winzigen Teilchen blauer Plastiktüten – Dora fotografierte sie eifrig mit ihrem Smartphone –, brachen sie zu ihrem eigentlichen Ziel auf.

»Wo genau ist denn die Höhle, in der du glaubst, etwas Verdächtiges bemerkt zu haben?«, erkundigte Karl sich im Flüsterton.

»Wir folgen den anderen Booten zu den berühmten Piratenhöhlen, und dann ist es noch ein Stückchen weiter«, erklärte Dora.

Sie blickten hinab ins glasklare Wasser, wo in drei Metern Tiefe Schwärme gestreifter Fische umherflitzten.

Bei den ersten Höhlen sprangen die Passagiere der vorausgefahrenen Boote vergnügt ins Wasser oder stiegen, mit Schnorcheln bewaffnet, vorsichtig Leitern hinab. Dora bedauerte, dass sie so ängstlich war und Schnorcheln als furchterregende Mutprobe betrachtete. Und was das Tauchen anging: So sah für sie die Hölle aus!

Sie kamen an dem markanten, einsam aus dem Meer ragenden Felsen vorbei. Die Öffnung darin war sogar zu schmal für ein Boot. Also umrundeten sie die Landzunge und tuckerten auf ein Loch zu, wo der Skipper das Tempo drosselte und Anker warf. »Jetzt können Sie schwimmen!«, verkündete er.

»Schwimmen?« Dora kreischte beinahe auf.

»Komm, ich zeige es dir.« Kichernd suchte Ariadne das Deck nach einer Taucherbrille mit Schnorchel ab und entdeckte eine in einem Gewirr aus Tauen. »Ich bin eine gute Schwimmerin.« Sie machte einen schwungvollen

Satz über die Bordkante, während Dora in ihrem schulterfreien Badeanzug von Ralph Lauren vorsichtig die Leiter hinunterkletterte.

»Ich passe auf das Boot auf«, erbot sich Karl. »Damit es noch da ist, wenn ihr zurückkommmt.«

»Karl«, erwiderte Dora tadelnd. »Wenn ich es schaffe, schaffst du es auch. Es ist wichtig!«

Widerstrebend zog Karl sich bis auf eine ziemlich voluminöse Badehose aus und sprang ins Wasser.

»Fahren Sie bloß nicht weg!«, rief er dem Skipper zu, der lachte, als fände er diese Vorstellung urkomisch.

In der Höhle angekommen bemühte sich Dora, nicht in Panik zu geraten. Solange sie am Höhleneingang Sonnenlicht sehen konnte, war alles gut, sagte sie sich. Unter sich konnte sie das Muster ausmachen, das die Strömung im Sand auf dem Meeresgrund hinterlassen hatte. Die seit Urzeiten der schweren See ausgesetzten Felsen über ihr wiesen graue und gelbliche Streifen auf. Obwohl Dora gegen ihre Angst ankämpfen musste, entging ihr die Schönheit ihrer Umgebung nicht.

War das überhaupt die richtige Höhle? Ihre Gewissheit schwand wie das Meer bei Ebbe. Im nächsten Moment jedoch bemerkte sie den Seitengang, der in eine kleinere Höhle führte, und war sich ihrer Sache wieder sicher. »Hier!«, verkündete sie. »Da drin habe ich etwas gesehen!«

Kühner als ihre Begleiter tauchte Ariadne sofort los, während Dora den Atem anhielt.

»Alles in Ordnung?«, fragte Karl, der ihre Furcht spürte.

»Ja, aber wenn wir erst wieder im Boot sind, geht es mir noch besser.«

Ariadne blieb viel zu lange verschwunden. Dora spürte schon, wie ihr die Brust vor Panik eng wurde, als endlich das Gesicht des Mädchens an der Wasseroberfläche erschien. Dora wusste sofort, dass die Höhle leer war. »Vielleicht habe ich ja etwas übersehen«, meinte Ariadne. »Ich habe ein bisschen Angst gekriegt. Ich versuche es noch einmal.«

Dora riss sich zusammen. Sie durfte nicht zulassen, dass Ariadne sich in Gefahr begab. »Schwimmen wir wieder zum Boot. Wahrscheinlich habe ich mir alles nur eingebildet.«

Erleichtert hielten sie auf das Sonnenlicht zu. Als sie den Höhleneingang erreicht hatten, sahen sie sich nach dem Boot um.

Es war fort.

»Oh mein Gott, das Boot ist weg!« Dora schnappte nach Luft, atmete dabei versehentlich Wasser ein, fing an zu husten und röchelte dramatisch.

»Beruhige dich, Dora«, befahl Karl.

Er hielt sie an, sich auf den Rücken zu legen und sich treiben zu lassen. »So hört man auf, Luft zu schlucken, und die Panik vergeht wieder«, erklärte er Ariadne. »Mach dir keine Sorgen um sie. Ich schwimme los und sondiere die Lage.«

Erleichtert, weil wenigstens kein Seegang herrschte, entfernte er sich von der Höhle. Wie es das Pech wollte, waren die übrigen Ausflugsboote bereits aufgebrochen, sodass sie niemanden um Hilfe bitten konnten. Und zu allem Überfluss gab es hier unsichtbare Strömungen und Strudel. Karl spähte zu den Klippen über den Höhlen empor. Es musste doch einen Weg geben, dort hinaufzuklettern.

Links von den Höhlen lag das Meer verlassen da.

Er zwang sich zur Ruhe und schwamm um eine kleine Landzunge auf der linken Seite herum.

Da war ja das Boot!

Der Skipper hatte fernab von den neugierigen Blicken der Touristen Anker geworfen und sich einen kräftigen Schluck Ouzo genehmigt. Den Beweis dafür noch umklammernd schnarchte er gemütlich vor sich hin.

Karl schwamm zum Boot, erklomm die recht wackelige Leiter, marschierte über das Deck und riss dem schlafenden Skipper die Flasche aus der Hand. »Verdammt noch mal, sind Sie wahnsinnig geworden?«

Als der Kapitän benommen erwachte und feststellte, dass er von einem zornigen, weißhaarigen alten Mann mit ausgesprochener Gewittermiene beschimpft wurde, rieb er sich verdattert die Augen. Zeus war doch nur eine Sagengestalt, oder?

Dora schäumte zwar vor Wut, war aber dennoch erleichtert, das Boot zu sehen, als dieses in der Bucht erschien.

Erfüllt von jugendlichem Tatendrang huschte Ariadne die Leiter hinauf und hielt Dora die Hand hin.

»Geht es ihr gut?«, erkundigte Karl sich besorgt.

Ariadne grinste den Professor an. »Ich glaube, sie ist nur enttäuscht wegen der Göttin.«

Sie lehnten das Bier ab, das der Kapitän ihnen auf der Heimfahrt anbot. Dora hätte zwar nichts gegen einen Schluck einzuwenden gehabt, wollte ihn jedoch nicht zum Trinken ermutigen.

»So«, meinte Dora, als sie in den Hafen tuckerten, und blickte ihre beiden Mitstreiter an. »Vielleicht war es also doch nicht die Statue. Aber was, zum Teufel, tun wir jetzt?«

»Ich habe eine ziemliche Dummheit gemacht«, beichtete Moira Nell, als sie sich in dem kleinen Supermarkt hinter dem Hotel trafen.

Nell stellte ihren Einkaufskorb ab, der einen großen Kanister stilles Wasser und ein wirklich lecker aussehendes Sandwich enthielt. Außerdem eine Lotion zur Abwehr von Moskitos, ein Moskitovergrämungsgerät für die Steckdose, das man mit kleinen blauen Tabletten bestückte, und zu guter Letzt ein Päckchen der grünen Spiralen zum Abbrennen, wie sie in Italien beliebt waren.

Die einzige Mücke auf der Insel hatte nämlich den guten Geschmack bewiesen, Marigold zu stechen, worauf diese ein Riesentheater veranstaltet hatte. Falls Nell ihr nicht garantieren könne, dass das nicht wieder vorkäme, würde sie ins Hotel ziehen. In Nells Augen der Inbegriff eines Albtraums.

»Was hast du denn angestellt?« Nell war gespannt auf die Antwort, denn normalerweise war Moiras Neigung zur Selbstkritik ähnlich ausgeprägt wie die von Donald Trump. Offen gestanden war der gute alte Donald vermutlich sogar noch einsichtiger als sie.

»Ich habe mich erboten, für dreißig Personen zu kochen.«

»Warum?«

»Der Kapitän des Ausflugsboots, der die vielen Touristen zur Bar bringt, möchte ein Abendessen im Freien ins Programm nehmen.«

»Und du warst einverstanden?«, hakte Nell ungläubig nach.

»Es war ein Mittelding zwischen Bestechung und Drohung. Er sagte, wenn ich ablehnen würde, könne er seine

Gäste auch zu der Bar auf der anderen Seite der Insel schippern.«

»Ich verstehe.« Nell gab sich Mühe, ein Grinsen zu unterdrücken. »Hast du denn eine Spezialität? Ein Gericht, das du mit Brot und Salat mengenmäßig ein bisschen aufpeppen könntest?«

Bedrückt verschränkte Moira die Arme vor der Brust. »Sehe ich aus wie jemand, der eine Spezialität hat? Ich habe fünfunddreißig Jahre lang in einem College in Cambridge gelebt. Verpflegung inklusive. Gut, es war ein ziemlicher Schlangenfraß, aber man konnte es essen.«

»Was ist mit Kassandra? Die hilft dir doch sicher.«

»Kassandra ist sauer auf mich. Sie findet das Treasure-Island-Projekt zu riskant. Ganz gleich, wie sehr ich auch beteuere, dass es nur ein Experiment ist, um Ausflugsboote anzulocken, bin ich bei ihr in Ungnade gefallen.«

»Und Takis? Immerhin ist es seine Bar.«

»Der will seinen Sohn auf Zanthos besuchen.«

»Aha. Was hältst du von einem Barbecue?«

»Spitzenidee! Machst du mit, Nell?«

Natürlich hatte Nell sich bereits gedacht, worauf dieses Gespräch abzielte.

»Du möchtest doch sicher nicht, dass dein Prue-Leith-Kochkurs umsonst war. Außerdem hast du die Fischer mit deinem Sumach bezirzt.«

»Okay«, erwiderte Nell. »Unter einer Bedingung. Du behältst Dora im Auge. Ich glaube, sie hat es sich in den Kopf gesetzt, die verschollene Venus aufzuspüren.«

»Was ist denn so schlimm daran?« Moira zuckte die Achseln. »Hier steht die Wiege der menschlichen Zivilisation, und Dora möchte eben lieber eine griechische Statue suchen, anstatt viertklassige Promis in Klatschzeitschriften zu hieven. Ich würde das als Fortschritt betrachten.«

»Schon«, meinte Nell zweifelnd. »Allerdings ist mir nicht wohl bei der Sache. Laut Professor Brinkley lässt sich mit dem Schmuggeln von Antiquitäten eine Menge Geld verdienen. Ich hoffe nur, dass sie sich nicht in Gefahr begibt.«

»Das Leben ist nun mal gefährlich. Ansonsten könnte man auch gleich tot sein«, verkündete Moira.

»Ja, ich habe es kapiert, du große griechische Philosophin. Am besten schaffst du dir ein Notizbuch an. Die Aphorismen der Moira O'Reilly, Altphilologin a.D.«

»Ich muss doch bitten. Mein Verstand ist noch so rege wie eh und je.«

»Leider nicht, wenn es darum geht, sich Kochrezepte auszudenken«, hielt Nell ihr vor Augen.

Vermutlich war es albern, einen Vorwand zu suchen, um Nikos einen Besuch abzustatten. Aber einfach bei ihm hereinzuschneien und eine Antwort auf die Frage zu fordern, ob er sie liebte, war etwas, an das Penny nicht einmal zu denken wagte. Was hätte Colin wohl darauf erwidert? Sie konnte es sich bildlich vorstellen. Er hätte sie angestarrt, als hätte sie den Verstand verloren, und »Sonst hätte ich dich ja nicht geheiratet!« geblafft.

Bestürzt wurde ihr klar, dass sie mit dieser Einschätzung den Nagel auf den Kopf traf.

Als sie sich auf den Weg machte, um sich ein Fahrrad zu holen, spielte sich um sie herum der Alltag von Kyri ab. Die Kinder, die wie immer in ihrer Freizeit am Strand nach einem Fußball traten. Die alten Männer an ihrem Stammplatz auf einer Mauer am Ende des Hafens, die wie die Waschweiber ihre Mitmenschen durch den Kakao zogen. Die Sonne, deren Strahlen sich wie flüssiges Gold ins leuchtend blaue Meer ergossen. Die Fähre, die anlegte und Lastwagen voller Baumaterial und Wassermelonen, eine Frau mit einer riesigen karierten Einkaufstasche und ein paar versprengte Touristen absetzte.

Es war fast Mittagszeit. Ihr fiel ein Paar auf, das an einem Tisch am Ufer saß. Die beiden waren schätzungsweise Mitte siebzig. Er hatte weißes Haar und trug ein kariertes Hemd. Sie hatte eine schicke schulterlange Frisur in dem typisch diskreten Farbton zwischen Blond und Grau und war mit weißen Jeans und einem hübschen Oberteil bekleidet. Aus irgendeinem Grund nahm Penny an, dass es sich um Skandinavier handelte.

Allerdings war das nicht das Bemerkenswerteste an den beiden. Es war eher die liebevolle Gelassenheit, die zwischen ihnen herrschte. Sie redeten nicht, allerdings – anders als einige Paare, die man in Restaurants beobachten konnte – nicht deshalb, weil sie sich nichts zu sagen hätten. Penny spürte, dass es einfach nicht nötig war, weil es ihnen nach all den Jahren genügte, zusammen zu sein.

Aus heiterem Himmel traten ihr Tränen in die Augen. Nie würde sie so etwas erleben. Mit Colin wäre das ohnehin ausgeschlossen. Sie konnte sich an keinen einzigen glücklichen Abend erinnern, an dem sie, nur sie beide, zum Essen gegangen wären, mit auch nur einer Spur der friedlichen Ruhe, die dieses Paar so offensichtlich genoss.

Als sie an zu Hause dachte, erschien ihr der Entschluss, hierzubleiben, auf einmal verrückt, ja, sogar ungebührlich. Einfach ihren Mann, ihre Tochter und ihre Enkel aus einer leichtfertigen Laune heraus zurückzulassen! Sie stellte sich ihr normalerweise ordentliches und blitzblankes Haus vor. Hatte Colin auch nur ein einziges Mal sauber gemacht oder gespült? Was mochte überhaupt in ihm vorgehen? Schließlich hatte er kaum Einspruch erhoben. War sie es nicht wert, um sie zu kämpfen?

Sie parkte ihr Rad, lehnte sich an die Hafenmauer und starrte aufs Meer hinaus. Die kleinen Jungen, die neben ihr angelten, unterschieden sich kaum von ihrem eigenen Sohn in diesem Alter. Plötzlich geriet ihre Gewissheit ins Wanken, und sie vermisste ihre Familie so sehr. Verhielt sie sich doch wie eine alberne Shirley Valentine?

Sie musste es herausfinden.

Die kleinen Jungen sahen sie erstaunt an, als sie aufs Fahrrad sprang und in Höchstgeschwindigkeit die schmale Straße entlangstrampelte, die rund um die Insel führte.

In ihrer Eile bemerkte sie die Gestalt nicht, die die Treppe an der Seite eines der Bootshäuser herunterkam und ihr nachblickte.

Zehn Minuten später hatte sie Nikos' Haus erreicht, lehnte ihr Rad draußen an und klopfte an die Tür, bevor sie Zeit hatte, es sich anders zu überlegen.

Nikos machte auf. Er trug einen Baumwollkimono mit einem roten Bindegürtel. Der Anblick seiner weichen, dunklen Brustbehaarung erinnerte sie daran, was wahre Begierde bedeutete. »Du siehst eher aus wie ein Samurai als wie der seriöse Bürgermeister einer griechischen Insel«, witzelte sie, in der Hoffnung, er würde ihre Sehnsucht nicht bemerken. Schließlich sollte er sie nicht als aufdringlich empfinden.

»Ausgezeichnet, denn die meisten Bürgermeister griechischer Inseln sind kahlköpfig, haben einen Bauch und halten gerne langatmige Reden über die große Bedeutung von Abwasserkanälen. Glaube mir, das weiß ich aus eigener Erfahrung. Komm rein.«

Sein freundliches Lächeln kam so von Herzen, dass sie es einfach erwidern musste.

»Und warum bist du um diese Zeit noch im Morgenmantel? Zumindest nehme ich an, dass es ein Morgenmantel ist, oh, Allmächtiger.«

»Ich bastle ein Boot. Und warum nennst du mich Allmächtiger? Ist das nicht für den lieben Gott reserviert?«

»War nur ein Scherz, weil du doch der Chef hier bist. Ich glaube, die Briten sprechen nicht direkt mit Gott.«

»Wirklich seltsam, euer Land.«

»Darf ich mal schauen?«

»Gerne. Was möchtest du denn sehen?«

Penny fing an zu kichern. »Das Boot natürlich.«

»Das steht hier auf meinem Arbeitstisch.«

Wieder staunte Penny darüber, wie spartanisch Nikos lebte. Kein Fernsehbildschirm dominierte das große, weiß gestrichene Wohnzimmer. Es war, als böte das Meer jenseits der gewaltigen Fensterscheibe genug Unterhaltung.

Offenbar hatte er ihre Gedanken gelesen, denn er lächelte. »Du glaubst, dass Nikos lebt wie ein Mönch. Keine Bildschirme, die sein karges Dasein stören. Doch die Wahrheit lautet, dass ich ein Smartphone besitze. Außerdem habe ich einen Laptop im Schrank versteckt.« Verlegen fiel Penny ein, dass Nikos ja derjenige war, der die Insel ins digitale Zeitalter geführt hatte. Nachdenklich blickte er auf das sich im blauen Wasser der Ägäis spiegelnde Sonnenlicht. »Es stimmt, dass ich versucht habe, mein Leben zu vereinfachen. Wenn man wie ich so viele Jahre in Meetings und Hotelzimmern von Kopenhagen bis nach Kalkutta verbracht hat, kann es sehr beruhigend sein, sich mit dem Meer als Gesellschaft zu begnügen.«

Als Penny seinen Worten lauschte, wurde ihr wieder einmal klar, wie wenig sie über ihn wusste. »Was ist mit menschlicher Gesellschaft? Beziehungen? Wolltest du nie heiraten und eine Familie gründen?«

Nikos lächelte reumütig. »Selbstverständlich. Es wäre Wahnsinn von mir gewesen, mein ganzes Leben dem Traum von einem blonden englischen Mädchen zu opfern. Ja, ich habe geliebt, und diese Liebe wurde auch erwidert. Allerdings nicht immer von derselben Frau. Vielleicht bin ich wie einer der versponnenen Barden aus dem Mittelalter, der dem nachhängt, was er nicht haben kann.«

»Wie traurig.« Sie griff nach dem Boot, an dem er gerade arbeitete, und musterte es. Es war in seiner Schlichtheit und Detailtreue ein wahres Schmuckstück. »Und was, wenn du es haben könntest?«

Lange sahen sie einander an. Gerade wollte er einen Schritt auf sie zumachen, als heftig an die Tür gehämmert wurde.

»Achte nicht darauf.« Er nahm sie in die Arme, und sie spürte das aufregende Kitzeln seiner Bartstoppeln, als seine Lippen nach ihren tasteten.

Das Klopfen hörte nicht auf und steigerte sich sogar noch in seiner Lautstärke. Schließlich machte Nikos sich los und riss die Tür auf.

Marigold stand auf der obersten Stufe. Sie drängte sich an Nikos vorbei und wandte sich an Penny. »Ist deine Freundin Nell bei dir?«, fragte sie mit einem selbstgefälligen Lächeln. »Sie geht nicht ans Telefon. Am besten richtest du ihr aus, dass etwas mit ihrer Enkelin ist. Sie fühlt sich ganz und gar nicht gut.«

»Klar.« Penny warf Nikos einen verzweifelten und entschuldigenden Blick zu. »Ich suche sie sofort.«

Sie sprang aufs Rad und raste in Richtung Hotel. Erst einige Minuten später begann sie sich zu wundern, woher Marigold gewusst hatte, wo sie anzutreffen war.

Dreizehn

Nell genehmigte sich ein leckeres Mittagessen am Hafen und besprach sich mit Takis und Moira.

Als Kassandra gehört hatte, dass Moira auch ohne ihre Hilfe ein Essen für dreißig Personen ausrichten würde, hatte sie ihr Bestes getan, um sie schon im Voraus zu übertrumpfen. Sie hatte Moira und Nell überredet, nicht den üblichen griechischen Salat zu bestellen, obwohl dieser köstlich war. Stattdessen hatte sie ein wahres Festmahl aufgefahren: verschiedene Pasteten, frisch aus dem Ofen. Saftige Fleischklößchen vom Lamm, frittierte Zucchinistäbchen, *dolmades* und außerdem wie immer Tsatsiki, Hummus und Fischrogensalat.

»Gütiger Himmel«, flüsterte Nell. »Wie viele Personen hat sie eingeplant?«

»Wir schaffen das schon.« Moira beäugte das Essen mit großem Appetit. »Wir können ja immer noch erbrechen und weiterfuttern wie die alten Römer.«

»Vielen Dank auch, Moira.« Nell verzog das Gesicht. »Und ich dachte, wir hätten dich von den Anspielungen auf die Antike geheilt. Komm, Takis«, fügte sie hinzu, als er mit Wein und Wasser erschien. »Wir brauchen Hilfe, um das alles aufzuessen. Setz dich und greif zu. Es ist ja nicht so, dass du gerade viel zu tun hättest.« Sie wies auf die freien Tische ringsherum. »Außerdem möchten wir dich um Rat fragen.«

Seufzend ließ Takis den Blick über sein Restaurant mit den hübsch lackierten Tischen und Stühlen, den gestärkten weißen Servietten und den roten Rosen in ihren Vasen schweifen. Das leuchtend blaue Meer bildete einen malerischen Hintergrund. »Ja, wir könnten wirklich ein paar Gäste mehr gebrauchen. Wenn meine Familie nicht mitarbeiten würde, müsste ich schließen. Ich habe keine Ahnung, was ich machen soll, wenn Ariadne fortgeht.« Sein faltiges Gesicht wirkte plötzlich bedrückt. Doch schon im nächsten Moment setzte er wieder seine übliche vergnügte Miene auf. »Jedenfalls danke ich euch für eure Unterstützung. Was kann ich für euch tun?«

»Nell macht sich Sorgen um Dora.« Moira, wenig taktvoll wie immer, kam sofort auf den Punkt. »Ihrer Ansicht nach könnte sie sich womöglich in Gefahr bringen.«

»Meint ihr, wegen der Statue?«

»Ja.« Moira packte ihren Teller mit Kostproben sämtlicher Gerichte voll. »Aber wenn du mich fragst, ist das Risiko höher, dass sie als Pflegekraft für meinen lieben, alten Freund Karl Brinkley endet.«

»Moira!«, tadelte Nell. »Keine Ahnung, ob etwas aus den beiden wird, doch Professor Brinkley braucht wohl kaum eine Pflegekraft. Außerdem kann ich mir keine weniger geeignete Kandidatin dafür vorstellen als Dora.«

»Denk an meine Worte.« Moira steckte ein ganzes *spanakopita* auf einmal in den Mund.

»Ich muss dich bewundern«, verkündete Takis. »Vielleicht sollten wir am Strand ein *spanakopita*-Wettessen veranstalten.«

»Wie dem auch sei …« Moira betrachtete das Pitabrot und fragte sich, womit sie es belegen sollte. »Kennst du vielleicht einen zwielichtig wirkenden, reichen Typen, schick angezogen, der sogar nachts eine Sonnenbrille trägt? Er wurde in letzter Zeit gesichtet, wie er hier herumgelungert ist, und Dora hat den Verdacht, dass er eine gestohlene Statue kaufen will.«

Takis nippte an seinem Wein und überlegte. »Ich kenne jemanden, auf den diese Beschreibung passt. Ihm gehört ein Laden auf Santorin, der auf teure Gartendekorationen spezialisiert ist. Griechische Urnen, Sonnenuhren, Brunnen und auch Statuen, aber nichts wirklich Wertvolles.«

Moira zog die Augenbraue hoch und warf Nell einen vielsagenden Blick zu. »Interessant. Ich glaube, das sollte ich mir mal anschauen.«

Bevor Takis Gelegenheit hatte, ihr dieses Vorhaben auszureden, wurden sie von einer aufgeregten, erhitzten Penny unterbrochen.

»Nell! Ein Glück, dass ich dich hier treffe!«

»So schwer bin ich nun auch wieder nicht zu finden. Ich war die ganze Zeit hier.«

»Dein Telefon ist nicht eingeschaltet.«

»Ich habe es im Zimmer gelassen. Alle, mit denen ich reden will, sind ja da.«

»Es geht um Naomi. Offenbar fühlt sie sich nicht wohl. Marigold sucht dich.«

»Und wo warst du?«, fragte Nell, die über diese Nachricht nicht sonderlich erschrocken zu sein schien. »Ich dachte, du wolltest heute wieder Möbel lackieren.«

Penny schüttelte ihr Haar aus, wie immer, wenn ihr etwas schrecklich peinlich war. »Ich war bei Nikos.«

»Aha.« Nell trank einen Schluck Wein. Sie hatte die Situation und den Grund für Pennys Verlegenheit sofort erfasst. Offenbar hatte Marigold, das Miststück, sie beobachtet, ihre Chance gewittert und war einfach hereingeplatzt, weil sie eifersüchtig war. Typisch. Naomis angebliche Krankheit war bestimmt nur ein Vorwand. Diese Frau war wirklich das Hinterletzte. »Tja, ich glaube, das lässt sich problemlos klären.« Sie wies auf den freien Stuhl am Tisch. »Marigold kriegt nicht genügend Aufmerksamkeit und versucht nun, ein Drama zu inszenieren, in dem sie die Hauptrolle spielt. Bestimmt ist mit Naomi alles in bester Ordnung. Komm und greif zu. Das Essen ist echt lecker.«

Sichtlich beruhigt nahm Penny Platz. Takis schenkte ihr ein Glas Wein ein.

»Ist es nicht traumhaft hier?« Sie betrachtete die funkelnden Sonnenstrahlen auf dem Meer und lächelte, als mehrere Kinder johlend über den weichen weißen Sand liefen. Einige wunderschöne junge Frauen sonnten sich auf weißen Strandliegen aus Plastik und nippten dabei an Mojitos aus der provisorischen Bar. Währenddessen saßen ihre Männer im Schatten, tranken kaltes Bier und blickten ab und zu verstohlen auf ihre Telefone.

»Danke«, erwiderte Takis. »Es ist wirklich idyllisch.« Er seufzte tief auf. »Wenn wir nur mehr Gäste hätten.«

Plötzlich von einem schlechten Gewissen ergriffen stand Nell auf. »Vielleicht sollte ich doch mein Telefon holen. Nur für alle Fälle.«

Jemand, wahrscheinlich Ariadne, hatte ihr Zimmer aufgeräumt und das Bett gemacht. Nells Smartphone lag auf der strahlend weißen Überdecke.

Willow hatte drei Nachrichten hinterlassen, jede davon aufgeregter als die letzte. Oh Gott, dachte Nell. Naomi war wirklich krank. Sofort rief sie ihre Tochter an und bemühte sich, die Ruhe zu bewahren.

»Mum!« Willow meldete sich nach nur zweimal Läuten. »Kannst du gleich herkommen? Marigold glaubt, dass Naomi schwer krank ist, aber du kennst sie ja. Ständig macht sie ein Riesentamtam. Schaust du dir die Kleine mal an?«

»Natürlich.« Nell schnappte sich ihre Tasche. »Ich nehme ein Taxi.«

Die anderen saßen noch am Tisch in der Sonne.

»Es sieht fast danach aus«, räumte sie ein und zog dabei ein Gesicht, das Penny sofort deuten konnte, »dass Marigold recht haben könnte. Anscheinend hat sich Naomi wirklich etwas eingefangen. Ich schaue mal rasch nach ihr. Kann ich mein Essen nachher bezahlen, Takis?«

»Geht aufs Haus, meine Liebe.« Er verbeugte sich.

»Takis, nein.« Lächelnd schüttelte Nell den Kopf. »So macht man keine Geschäfte. Wir wissen, dass du uns gern hast. Ich möchte bezahlen. Bis später, Mädels.«

Penny erhob sich. »Hast du etwas dagegen, wenn ich mitkomme? Nur für den Fall, dass du moralische Unterstützung brauchst.«

»Mit Vergnügen. Du kannst die grausige Marigold ablenken.«

Vor dem Café zwei Türen weiter wartete ein Taxi. Sie stiegen ein, und zehn Minuten später eilten sie die Treppe an der Seite des Bootshauses hinauf.

Nell war auf den Anblick nicht vorbereitet, der sie erwartete. Willow, bleich wie ein Laken, lief auf den weiß lackierten Dielenbrettern hin und her. Marigold hingegen sah ausnahmsweise aus wie ein normaler Mensch und wirkte sogar aufrichtig besorgt. Sie hielt Naomi in den Armen.

»Nell, Gott sei Dank, dass du hier bist«, rief Marigold aus. »Ich bin sicher, dass etwas mit ihr nicht stimmt. Sie hat schrecklich gehustet und gekeucht, und seit einer Stunde liegt sie nur noch schlaff da. Sie will nicht essen und weint nicht einmal!«

Obwohl Nell sich selbst nicht als Mutter des Jahres eingestuft hätte, gefiel es ihr gar nicht, wie Naomis kleiner Körper reglos in Marigolds Armen hing.

»Anfangs fanden wir es nicht weiter schlimm. Wir dachten, es sei nur eine Erkältung«, erklärte Willow ängstlich. »Im Flieger saß jemand neben uns, der die ganze Zeit geniest hat.«

»Vielleicht kannst du sie ja trösten.« Marigold reichte Nell das Kind.

Nell wurde von Liebe und mütterlicher Todesangst zugleich überwältigt. Hier war etwas eindeutig nicht in Ordnung. »Wir müssen sofort den Arzt holen. Er hat Moira ausgezeichnet behandelt. Ich rufe ihn an.« Sie reichte Naomi an ihre Tochter weiter.

Es dauerte eine schiere Ewigkeit, bis sich jemand meldete. Eleni, die Frau des Arztes, war am Apparat. »Er macht leider gerade einen Hausbesuch, aber ich schicke ihn zu euch, sobald er kommt.«

Das Wissen, dass Hilfe unterwegs war, beruhigte sie alle ein wenig, bis das kleine Mädchen plötzlich einen heftigen Hustenanfall bekam. Darauf folgte ein beängstigend pfeifendes Atmen. Willow, die nicht still stehen konnte, hastete zur Treppe, um den Arzt, wenn er eintraf, sofort hereinzubitten.

Zum Glück war es bald so weit.

»Bronchiolitis«, verkündete er mit tröstender Gewissheit, nachdem er das Mädchen untersucht hatte. »Eine häufige Infektion der Atemwege bei Kleinkindern, auch wenn sie im Winter öfter vorkommt. Sie haben gesagt, Sie hätten im Flugzeug neben jemandem gesessen, der erkrankt war? So etwas beobachte ich gelegentlich, allerdings liegt der Fall diesmal schwerer. Sie bewegt sich nicht und ist kaum ansprechbar. In ihrem Alter gehört sie ins Krankenhaus.«

»Gibt es denn hier eines?«, erkundigte sich Nell, gegen die Panik ankämpfend.

»Nein. Ich fürchte, sie muss nach Santorin. Dort haben sie ein nagelneues Klinikum. Ich veranlasse alles.«

»Wie kommen wir dorthin?«, fragte Willow voller Angst.

»Nikos«, erwiderte der Arzt. »Er hat den schnellsten Motor auf Kyri.«

Penny und Marigold konnten einander nicht ansehen. Unter anderen Umständen hätten sie vermutlich gelacht.

»Ich rufe ihn an«, verkündete der Arzt. »Wenn er hört, dass es ein Notfall ist, kommt er sofort. Das geht schneller, als einen Hubschrauber zu holen. Manchmal dauert es damit seltsamerweise länger.«

Nell biss sich auf die Lippe und zwang sich, trotz des Wortes »Notfall« nicht die Nerven zu verlieren.

»Er holt euch in zehn Minuten am Steg hinter den Bootshäusern ab«, teilte der Arzt ihnen mit, nachdem er mit Nikos gesprochen hatte.

Ausgerechnet in diesem Moment rief Moira an, um sich zu erkundigen, ob alles in Ordnung sei.

»Eher nicht«, antwortete Nell. »Naomi muss nach Santorin ins Krankenhaus. Nikos holt uns in zehn Minuten am Bootssteg ab.«

Moira überlegte rasch. Auf Santorin wohnte doch auch der geheimnisvolle Statuenhändler. »Habt ihr etwas dagegen, wenn ich mitkomme?« Sie legte auf, ohne Nell die Chance zu geben, höflich abzulehnen. Dann schnappte sie sich am Hafen ein Fahrrad. Sie würde später ermitteln müssen, wem es gehörte. So schnell sie konnte, radelte sie zum Bootssteg in der Nähe von Nikos' Haus, bevor sie jemand aufhalten konnte.

»Wenigstens ist die See ruhig. So wird die Kleine nicht durchgerüttelt.« Nikos begrüßte sie mit einem beschwichtigenden Lächeln. Zu Pennys Erleichterung ließ er sich nicht anmerken, dass zwischen ihnen etwas lief. Der Motor ratterte bereits, und so fuhren sie aufs offene Meer hinaus. Penny fand es todtraurig, wie sehr sich diese Fahrt von der letzten unterschied. Vielleicht handelte es sich ja um einen Weckruf: Die Wirklichkeit drängte sich gnadenlos in ihren rosaroten Traum und verscheuchte ihn mit der Sorge um Nells kranke Enkelin.

»Was für ein Zufall«, verkündete Marigold, inzwischen wieder taktlos wie eh und je. »Ich wollte schon immer mal nach Santorin.«

»Wie lange dauert die Überfahrt?«, erkundigte sich Willow bei Nikos.

»Etwas mehr als zwei Stunden, wenn wir Glück haben.« Zu ihrer großen Erleichterung schien das sachte Schaukeln des Bootes Naomi zu beruhigen, sodass sie in den Armen ihrer Mutter einschlief.

»Sag Bescheid, falls sie dir zu schwer wird«, erbot sich Nell.

»In der Kabine gibt es eine Kajüte«, sagte Nikos, wobei er Pennys Blick auswich. »Vielleicht ist es bequemer, wenn ihr euch hinlegt.«

Penny, Marigold, Moira und Nikos blieben verlegen zu viert zurück.

»Also, Nikos«, begann Marigold spitz. »Fühlt man sich als Besitzer eines Piratenschiffs eigentlich selbst wie ein Pirat? Ich kann Sie mir gut mit schwarzer Augenklappe vorstellen, wie Sie schöne Gefangene in Ihre Kabine verschleppen.«

»Als Bürgermeister wäre es wohl meine Aufgabe, Piraten dingfest zu machen, und nicht selbst einer zu sein.«

»Aber Sie erwischen ja nicht einmal den Menschen, der diese berühmte Statue gestohlen hat«, hänselte sie ihn und betrachtete ihn durch dick getuschte Wimpern.

Moira wechselte einen Blick mit Penny, der »Herrje, so eine Schreckschraube« besagen sollte.

»Wir wissen nicht, ob diese Statue überhaupt existiert«, entgegnete Nikos knapp.

»Moira ist überzeugt davon, dass es sie gibt, richtig?«, platzte Penny heraus. »Seit sie etwas über den Seeräuber gelesen hat, der auf eine Statue der Venus gestoßen ist, die er dem König von Frankreich bringen wollte, sie dann aber verstecken musste, ist diese Venus für sie eine Art Heiliger Gral.«

Plötzlich war Nikos' Gesicht so reglos, als wäre er selbst eine Statue. »Erklär deinen Freundinnen, dass man solche Dinge lieber den Behörden überlässt. Sie sollten sich nicht einmischen.«

»Welche Freundinnen meinst du?«, scherzte sie. Doch als sie bemerkte, dass es Nikos ernst war, verstummte sie.

»Vielleicht könntest du Kaffee für alle machen«, schlug er vor. Penny verstand den Wink und überredete Marigold, mitzukommen und ihr zu helfen.

»Kehrt er jetzt den Griechen raus?«, fragte Marigold. »Das mit dem Piraten war doch nur ein Witz.«

»Wahrscheinlich will er einfach so schnell wie möglich ankommen. Wegen Naomi. Ich denke, es ist besser, wir bleiben hier unten.«

»Was, bei diesem Traumwetter? Das ist doch Verschwendung.« Marigold schleuderte das blonde Haar zurück. »Nun gut, du hast recht.«

Nell saß am Fußende der Koje, in der Willow und Naomi lagen. Penny kümmerte sich um das Kaffeekochen.

»Vermutlich kennst du dich inzwischen sehr gut an Bord aus«, merkte Marigold an. Ehe Penny etwas erwidern konnte, fügte sie hinzu: »Du glaubst doch, dass Naomi wieder gesund wird, oder?« Ihre Angst war offenbar stärker als ihre Lust am Sticheln. »Oh Gott, es ist allein meine Schuld, dass wir in Griechenland sind! Willow war sich nicht sicher, ob wir euch vielleicht stören würden. Aber ich habe darauf bestanden, weil es ein Spaß zu werden versprach.«

»Offenbar hält der Arzt große Stücke auf das Krankenhaus«, war die einzige Antwort, die Penny einfiel.

»Penny …«, fuhr Marigold fort. Dann jedoch schien sie der Mut zu verlassen. Ihre Hand fuhr hoch an ihr Gesicht, sodass ihre silbernen Armbänder klimperten.

»Ja?«

»Ich habe etwas Dummes gemacht. Vielleicht war es sogar gemein von mir.«

»Oh?« Penny fragte sich, was nun kommen würde.

»Ich habe deinem Mann von dir und dem sexy Bürgermeister erzählt.«

Penny starrte sie entgeistert an. »Wovon, zum Teufel, redest du?«

Marigold betrachtete ihre Füße in den albernen silberfarbenen Boots. »Ich habe ihm eine anonyme SMS geschickt. Ich weiß.« Sie zuckte die Achseln, als handelte es sich um einen unbedeutenden gesellschaftlichen Fauxpas, wie zum Beispiel nicht auf eine Einladung zu einer Party zu reagieren. »Das hätte ich wahrscheinlich besser nicht getan, aber ich hielt es für unfair ihm gegenüber. So, wie du dich aufgeführt hast. Vermutlich glaubt er es sowieso nicht«, fügte sie ausweichend hinzu.

Nell beugte sich entsetzt vor. »Marigold, du elendes Miststück! Soll das heißen, du hast bei Pennys Mann gepetzt und ihm gesagt, dass sie und Nikos sich nähergekommen sind? Und dann warst du sogar zu feige, ihm deinen Namen zu nennen?«

Marigold schmollte. »Ich habe mich doch entschuldigt.«

Hinter ihnen begann das Baby wieder zu husten und zu wimmern.

»Könnt ihr endlich aufhören, nur um euch selbst zu kreisen, verdammt?«, schimpfte Willow.

»Tut mir leid«, erwiderte Penny.

»Ich finde, dass nicht du es bist, die sich entschuldigen sollte«, zischte Nell. »Wann genau hattest du denn die Güte, Colin diese Information weiterzugeben?«, wandte sie sich an Marigold.

»Vorgestern.«

Penny, die tat, als kochte sie Kaffee, versuchte, die Nachricht zu verarbeiten. Wie hatte Colin es wohl aufgenommen? Und wie genau hatte die dumme Ziege sich ausgedrückt? Vielleicht hatte sie ja recht, und er glaubte es einfach nicht. Bestimmt überstieg es seine Vorstellungskraft, dass ein anderer Mann sich für sie interessierte. Aber wie sollte sie nun vorgehen?

»Man kann jetzt Santorin sehen, falls es euch interessiert!«, rief Nikos nach unten.

»Ich bleibe hier bei Naomi«, sagte Willow verärgert.

»Warum geht ihr nicht rauf? Frische Luft wird euch sicher guttun.«

Schließlich standen sie alle an Deck und betrachteten die postkartenähnliche, malerische Aussicht auf die berühmte Insel. Die Kirchen hatten blaue Kuppeln, die farbenfrohen Häuser waren ansprechend verteilt, weiße Windmühlen ragten hier und dort auf, und rosafarbene und violette Bougainvilleen rankten an Hauswänden empor.

Zu Pennys Erstaunen mussten sie an einem gewaltigen Kreuzfahrtschiff vorbeimanövrieren, während hinter ihnen bereits das nächste wartete.

»Sind das Riesenpötte!« Sie starrte die fünf Etagen mit ihren Fenstern und Balkonen hinauf. Das Schiff erinnerte sie eher an ein schwimmendes Hotel.

»Mit dem Tourismus ist es eine seltsame Sache.« Nikos zuckte die Achseln. »Santorin beschränkt die Anzahl der Kreuzfahrtpassagiere auf achttausend am Tag. Zwei Millionen Touristen kommen jedes Jahr hierher! Alle drängen sich in den engen Straßen und trampeln einander förmlich nieder, um den Sonnenuntergang zu sehen, der zugegebenermaßen beeindruckend ist. Wir hingegen haben nicht einmal achthundert Besucher pro Woche.« Er warf einen Blick in Richtung Kabine. »Wie geht es dem Baby? Am Hafen stehen Taxis, sodass ihr sofort ins Krankenhaus fahren könnt. Ich vertäue das Boot und komme später nach.«

Er suchte eine Stelle zum Anlegen, sprang elegant auf den hölzernen Steg und streckte die Hand aus, um ihnen beim Aussteigen zu helfen. Willow mit dem Baby ging als Erste von Bord, gefolgt von Nell, Marigold, Moira und zu guter Letzt Penny.

Was sollte sie ihm sagen?

Allerdings blieb ihr keine Zeit zum Grübeln, denn alle eilten zum Taxistand.

Das Krankenhaus war wirklich eine Überraschung. Anstatt der schlichten, kleinen Klinik, die sie erwartet hatten, ragte vor ihnen ein architektonisches Meisterwerk auf. Die modern gestaltete Fassade war mit weißen Säulen verziert, die an die griechischen Bauwerke der Antike denken ließen. Sie hasteten in die etwas bescheidener wirkende Notaufnahme und bekamen viel schneller eine Ärztin zu Gesicht, als das zu Hause der Fall gewesen wäre. Angesichts des Zustands der griechischen Wirtschaft ein wahres Wunder.

»Die Behandlung besteht darin, das Kind in ein Zelt mit erwärmtem feuchtem Sauerstoff zu legen«, erklärte die Ärztin einfühlsam. »In ihrem Alter wirkt das am besten. Der Dampf reinigt die Bronchien.«

»Wie lange dauert das?«, erkundigte Willow sich besorgt.

»Vielleicht eine Woche, aber zwei von Ihnen können hierbleiben, wenn Sie wollen.« Die Ärztin wies auf ein ausziehbares Bett unter dem Untersuchungstisch. »Wir haben häufig Väter und Mütter hier.«

Willow streckte die Hand nach Nell aus. »Bleibst du bei mir, Mum?«

Nells Herz machte einen Satz. Willow brauchte sie und wollte sie in ihrer Nähe haben. Sie schloss ihre Tochter in die Arme. »Natürlich bleibe ich.«

»Ich verstehe nicht, warum die mich nicht reinlassen«, beschwerte sich Marigold bei Penny und Moira, als sie indem blitzblanken weiß gestrichenen Wartezimmer saßen. »Ich bin genauso die Großmutter des Kindes wie Nell.«

»Vielleicht strafen die Götter dich ja für deine Sünden«, meinte Moira mit Unschuldsmiene.

»Sicher gibt es da irgendeine bürokratische Vorschrift, was die Anzahl der Begleitpersonen angeht«, mutmaßte Penny.

»In Griechenland?«, entgegnete Marigold säuerlich. »Ich hole mir jetzt einen Kaffee.« Sie erbot sich nicht, Penny und Moira welchen mitzubringen.

»Weißt du, was?«, sagte Moira, sobald Marigold außer Sichtweite war. »Ich fahre jetzt in das schicke Gartencenter. Wenn ich diese Frau noch länger ertragen muss, ermorde ich sie. Warum kommst du nicht mit?«

»Ich warte lieber hier«, erwiderte Penny. Die Wahrheit lautete, dass sie so schnell wie möglich ihre Tochter Wendy anrufen wollte, um das Neueste in Sachen Colin in Erfahrung zu bringen.

»Ach.« Moira grinste. »Ich hatte ganz vergessen, dass Nikos ja nachkommen wollte. Und Marigold ist auch gleich zurück. Wie nett. Dann könnt ihr euch ja zu zweit hier herumdrücken, um den ersten Preis im Schönheitswettbewerb zu gewinnen. Eigentlich sollte ich auch dabei sein, damit es ein fairer Kampf wird.«

»Moira, lass das!« Penny rang um Beherrschung.

»Entschuldige, Takt war noch nie meine Stärke. Selbstverständlich gewinnst du.«

»Oh mein Gott, Moira.« Penny ließ sich auf einen Plastikstuhl sinken. »Es ist alles so furchtbar chaotisch.«

»Das liegt in der Natur von Beziehungen«, antwortete Moira und tätschelte sie unbeholfen. »Deshalb habe ich mir dieses Tamtam auch erspart. Ich habe mich an meine Götter gehalten und die Finger von Männern gelassen. Allerdings fällt mir dabei ein, dass die Götter immer getan haben, was sie wollten, und dass letztlich alles gut ausgegangen ist.«

Penny versuchte zu lächeln. »Vielleicht solltest du ein Buch schreiben. *Die Weisheit der griechischen Götter: Tipps für das moderne Leben.* Solche Bücher sind momentan total angesagt.«

»Schon besser.« Moira grinste. »Du schaffst das, Penelope. Du bist stärker, als du glaubst. Ich lenke die grausige Marigold ab. Vielleicht sollte ich sie zu diesem Typen mit den Statuen mitnehmen. Bestimmt würde sie ihn durch ein Klimpern mit ihren Dusty-Springfield-Wimpern zur Salzsäule erstarren lassen! Oder wäre es dir lieber, wenn ich hierbleibe?«, fügte sie hinzu.

»Nein, nein, geh nur. Alles ist gut.«

Als Moira weg war, verschwand Penny in den kleinen Park für die Patienten, den sie bei ihrer Ankunft bemerkt hatte. Es war ein idyllischer Ort, bepflanzt mit rosafarbenem Oleander und den allgegenwärtigen violetten Bougainvilleen. Rings um das Blumenbeet verlief ein weißes Mäuerchen, auf dem man sitzen konnte. Sonst war niemand da.

»Wendy?«, stieß sie hervor, sobald ihre Tochter sich meldete. »Oh, Schatz. Es ist so schön, mit dir zu sprechen!« Im nächsten Moment wurde ihr klar, dass ihre eher sachlich veranlagte Tochter einen Gefühlsausbruch wie diesen sicher merkwürdig finden würde. »Wie geht es euch allen?«, fuhr sie ein wenig ruhiger fort.

»Ausgezeichnet«, erwiderte Wendy. »Es gießt wie aus Eimern, weshalb wir versuchen, nicht an unsere böse Mum zu denken, die uns verlassen hat, um Sonne und Meer auf einer griechischen Insel zu genießen. Und da war doch noch etwas? Oh ja, Sex.«

Penny spürte, wie sie verlegen errötete, und war froh, dass ihre Tochter sie nicht sehen konnte.

»Martin benimmt sich wie immer. ›Oh, ist die Spülmaschine voll?‹, sagt er und stellt sein dreckiges Geschirr einfach obendrauf. Milo lebt hauptsächlich auf Planet Game. Ben beschriftet Karteikarten, um für die Abschlussprüfung zu büffeln, und verlegt sie dann. Und Flossie treibt sich meistens auf Instagram rum, wo sie Grimassen schneidet und Filter benutzt, mit denen sie aussieht wie eine Kreuzung aus Plastikmodel und Außerirdischer. Und ich bin natürlich eine Traumfrau.«

Penny holte tief Luft. »Und Dad?«

»Oh, Dad. Ganz der Alte. Verglichen mit ihm ist Martin Feminist, und das will etwas heißen.«

»Hat er in mal etwas dazu gesagt, dass ich weg bin?«

»Ich habe ihn kaum gesehen … Ach, Floss, häng deinen Mantel auf, er tropft den ganzen Flur voll!« Penny hatte Wendys quirliges und so wundervoll chaotisches Familienleben deutlich vor sich, in dem ihre Tochter der ruhende Pol war, um den sich alles drehte. Sie hatte großes Heimweh nach einer Zeit, in der sie sich erwünscht und gebraucht gefühlt hatte.

»Hast du jetzt etwa ein schlechtes Gewissen? Bloß nicht. Wie schon gesagt, ist es gut für ihn. Außerdem war er bei meinem letzten Besuch echt seltsam drauf.«

»Seltsam? Wie genau?« Penny versuchte, sich die Panik nicht anmerken zu lassen.

»Du weißt doch, dass er sonst ohne die Hilfe seiner Sekretärin nicht einmal eine E-Mail verschicken kann. Trotzdem saß er letztens tatsächlich am Computer und hat etwas gesucht.«

»Was gesucht?«

»Es könnte easyJet gewesen sein. Oder auch Pornos. Als ich in die Küche kam, hat er den Bildschirm verdeckt und den Strom abgeschaltet, obwohl dadurch alles weg war, was er bereits gefunden hatte.«

»Das macht er immer. Er hat keine Ahnung, wie man sich richtig ausloggt. Weshalb glaubst du, dass es easyJet war?«

»Ich hatte den Eindruck, dass er sich etwas aufgeschrieben hat. Wenn es keine Notizen zu verschiedenen Stellungen beim Sex waren, was ich angesichts seiner Knieprobleme für unwahrscheinlich halte, hätten es Flugpläne sein können. Vielleicht möchte er dir einen Überraschungsbesuch abstatten. Und jetzt erzähl du. Was treibst du so? Mach, dass ich vor Neid gelb werde.«

»Hauptsächlich lackiere ich Möbel für die Bootshäuser, damit wir noch mehr davon vermieten können. Warum schaust du dir nicht mal die Webseite von Kyri an? Du könntest mir ein paar Tipps geben.«

»Hört sich an, als hättest du eine Menge Spaß.«

»Ja, stimmt. Bis auf die Tatsache, dass die kleine Enkeltochter von Nell – du erinnerst dich doch noch an meine Freundin Nell? – krank geworden ist und jetzt hier im Krankenhaus liegt.«

»Mannomann«, erwiderte ihre Tochter neiderfüllt. »Die Familien deiner Freundinnen sind auch dort. Das hast du gar nicht erwähnt.«

»Ich glaube, Nell wusste nicht, dass sie kommen.«

»Hmmm«, lautete Wendys Antwort.

»Schatz?«

»Ja?«

»Gibst du mir Bescheid, falls du Dad auf der Webseite von easyJet erwischst?«

»Wie ich gestehen muss, kann ich mir nicht vorstellen, dass er einfach in einen Flieger springt und eine so weite Reise macht, nur um dich zu überraschen. Aber man weiß ja nie. Wenn ich es mir genauer überlege, hat er mich gar nicht gebeten, seinen Kühlschrank aufzufüllen. Aber er könnte auch vorhaben, in seinen Londoner Club überzusiedeln. Ja, nicht sehr originell von mir. Warum fragst du ihn nicht selbst?«

Nach dem Telefonat überlegte Penny kurz. Sollte sie Colin einfach anrufen und ihn geradeheraus darauf ansprechen, ob er plane, nach Kyri zu kommen? Doch sie entschied sich dagegen. Colin war nicht unbedingt fantasievoll. Wenn er diese Idee nicht bereits selbst gehabt hatte, würde sie ihm womöglich Flausen in den Kopf setzen.

Da Moira inzwischen verschwunden war, machte sich Penny auf die Suche nach Nell und Naomi.

Sie traf Nell allein mit ihrer Enkelin an. »Zum Glück konnte Marigold Willow dazu überreden, sich etwas zu essen zu holen«, sagte sie.

Sie betrachteten beide das kleine Plastikzelt, erfüllt von mit Sauerstoff angereicherter Luft, in dem das Baby nackt und hilflos auf dem Rücken lag wie eine Porzellanpuppe in einem Spielwarenladen.

»Sie sieht so klein und zerbrechlich aus.« Nell kämpfte mit den Tränen. »Aber offenbar wirkt diese Behandlung am besten. Wenigstens wird sie nicht mit Medikamenten vollgepumpt.«

Penny umarmte ihre Freundin. »Es ist wunderbar, dass sie dich in ihrer Nähe hat. Offenbar verstehen die hier etwas von ihrem Beruf.«

Nell lächelte und schien sichtlich beruhigt. »Ich weiß. Ein Glück, dass wir hergekommen sind.«

»Hättest du etwas dagegen, wenn ich Moira nachfahre? Es gefällt mir nicht so recht, dass sie allein unterwegs ist.«

»Kein Problem.« Nell lächelte wehmütig. »Willow und leider auch Marigold sind gleich zurück. Eine Überdosis Omas, könnte man sagen.«

Penny grinste spitzbübisch. »Ich wette um zehn Pfund, dass Marigold nicht bereit sein wird, auf einem sechzig mal eins achtzig großen Feldbett ohne privates Badezimmer zu übernachten.«

Als Penny fort war, setzte sich Nell so nah wie möglich zu ihrer Enkelin. »Liebste Naomi«, flüsterte sie. »Ich liebe dich so sehr, und wir werden es schön zusammen haben, wenn es dir besser geht.«

Überwältigt von Liebe und Furcht lehnte sie sich zurück. Das Baby lag völlig reglos da, und es war so still im Krankenhaus, dass die ganze Situation etwas Unwirkliches an sich hatte. Und dennoch wusste Nell, dass dieser Albtraum Realität war. Sie ertappte sich dabei, dass sie sich eine überlaufene und von Lärm erfüllte Kinderstation wie zu Hause herbeiwünschte.

Eigentlich sollte man sich in einem Krankenhaus ja sicher fühlen und die Entscheidungen den Fachleuten überlassen. Doch Nell war plötzlich überzeugt davon, dass sie hier und jetzt die alleinige Verantwortung für das Wohlergehen ihrer kleinen Enkelin trug.

»So«, meinte Moira, als Penny sie an der Bushaltestelle vor dem Krankenhaus antraf. »Wenigstens können wir uns jetzt selbst ein Bild davon machen, warum man um Santorin so ein Theater veranstaltet und wieso eine Armada von Kreuzfahrtschiffen hier unbedingt ihre Passagiere absetzen will.«

»Wo ist denn dieses Gartencenter?«, fragte Penny.

»In der Hauptstadt. Das sind etwa sechzehn Kilometer von hier, aber natürlich fährt ein Bus.«

»Ziemlich weit. Hoffentlich kommt Nell allein klar.«

»Bleib, wenn du möchtest.« Moira zuckte die Achseln. »Es macht mir nichts aus, allein hinzufahren.«

»Nein, schon gut, ich komme mit.« Penny war sich sicher, dass es sich um einen wichtigen Moment in Nells Leben handelte, und wollte nicht stören.

»Laut meiner Karte führt die Straße hauptsächlich durchs Innere der Insel und nicht entlang einer dieser schrecklichen Steilküsten, wo man bei jeder Kurve glaubt, das letzte Stündlein habe geschlagen.«

Obwohl Moira alles genau geplant hatte, stiegen sie an der falschen Haltestelle aus und mussten das letzte Stück durch einen ziemlich vernachlässigten Weinberg marschieren, in dem es von halb verhungerten Katzen wimmelte. Endlich erreichten sie eine Kuppe, wo sie stehen blieben, um die Aussicht zu genießen.

Der Blick war wirklich malerisch. Unzählige strahlend weiße Häuser bedeckten den Abhang. Penny musste an einen Geburtstagskuchen mit weißer Glasur denken, den sie einmal gebacken hatte. Sie war so stolz darauf gewesen, bis er vor dem Anschneiden mit einem dumpfen Schmatzen in sich zusammengefallen war. Über sich erkannten sie die berühmten Kuppeln von Agioi Theodoroi, bemalt in dem unverkennbaren griechischen Blau, dessen strahlendes Leuchten sogar dem Meer Konkurrenz machte.

Schließlich standen sie in der engen Hauptstraße und wurden von einem vielköpfigen Touristenstrom mitgerissen. Mit Smartphones und Kameras bewaffnet wie eine riesige Armee aus technikbewehrten Amöben strebten sie alle bergauf.

»Gibt es da was umsonst?«, fragte Moira eine junge Frau im Stretchoberteil, während sie sich durch die Menschenmenge schlängelten wie in der U-Bahn zur Stoßzeit. »Findet gerade die Bergpredigt statt? Oder schwebt vielleicht Zeus in Gestalt eines goldenen Adlers vom Olymp herab?«

Die Frau starrte Moira verständnislos an. »Es ist nur der Sonnenuntergang. Eine große Sache hier.«

Verdattert sah Moira auf die Uhr. »Die Sonne geht doch frühestens in zwei Stunden unter.«

»Ja, aber die Bars mit der besten Aussicht sind rasch voll.«

»Und wenn man keinen Platz kriegt, verpasst man alles«, fügte ihr Freund hinzu.

»Ich kann mir vorstellen, wie tragisch das sein muss.« Moira nickte. »Viel Spaß beim Drängeln.«

Sie setzten ihren Weg fort, froh, die sonnenuntergangshungrigen Massen hinter sich zu lassen. Um schneller voranzukommen, bogen sie in eine Seitenstraße ein.

»Verdammt«, meinte Moira. »Das ist ja schlimmer als beim Festival auf der Isle of Wight, und da sind Bob Dylan und The Who aufgetreten.«

Inzwischen befanden sie sich inmitten einer völlig anders gearteten Menschenmenge, die sich offenbar auf die Kuppelkirche zuwälzte.

»Spinne ich, oder stecken wir mitten in einer Massenhochzeit der Moon-Sekte?«, raunte Penny. Sie blieben stehen, um etwa fünfzig breit lächelnde chinesische Brautpaare vorbeizulassen.

Schließlich kamen sie zu dem Punkt, auf den alle zusteuerten, eine Plattform, errichtet von einem geschäftstüchtigen Hochzeitsplaner, wo die Brautpaare vor einem malerischen Hintergrund posieren konnten.

»Ein Instagram-Traum«, erklärte einer der Teilnehmer hilfsbereit. »Alle wollen so etwas für ihre Hochzeitsfotos.«

Penny und Moira schritten nach links und eine Gasse hinunter. Kurz vor dem Fuß des nächsten Hügels, wo die Häuser nicht mehr so weiß und sogar ein wenig schäbig waren, bemerkten sie ein Schild. *Gartendekoration & Statuen,* lautete die Aufschrift in Griechisch und Englisch.

Es schien niemand da zu sein. Doch da das Tor offen stand, traten sie ein und schlenderten umher. Die Auswahl war ziemlich groß, angefangen bei kleinen Statuen von Mädchen, die anscheinend Nachthemden trugen, bis hin zu lebensgroßen Kopien der Drei Grazien sowie einer beträchtlichen Anzahl von Nymphen und Satyrn mit gelegentlich einem Pan zur Abwechslung. Sie stießen auf eine überlebensgroße Statue des Kriegsgottes Ares, diverse Venusfiguren, von kokett bis aufreizend, und große und kleine Urnen, manche bepflanzt mit roten Geranien. Es gab sogar einen prachtvollen Brunnen, der so gewaltig war, dass er nach Rom gepasst hätte.

Allerdings fehlte jede Spur von dem Diwan, auf dem ihre Göttin geruht hatte.

»Kann ich den Damen helfen?« Ein junger Mann in weißem T-Shirt und ausgewaschenen Jeans tauchte auf.

Er war sonnengebräunt und hatte schulterlange blonde Locken.

»Adonis, wie er leibt und lebt«, flüsterte Moira Penny zu. »Danke. Wir sind auf der Suche nach Gartenmöbeln.«

»Oh, da sind Sie im falschen Bereich. Hier stehen nur die Statuen. Die Möbel sind dahinten.« Er führte sie durch zwei weitere Statuenhaine zu einer Ansammlung von bonbonbunt gestreiften Zeltdächern und eleganten eierschalfarbenen Leinensofas.

»Ich hatte eigentlich an etwas Stabileres gedacht«, meinte Moira und sah sich um. »Eine Steinbank vielleicht.«

»Ah!« Die Miene des jungen Mannes erhellte sich zu einem strahlenden Lächeln. »So etwas haben wir auch.«

Moira und Penny wechselten einen aufgeregten Blick und folgten ihm in den nächsten Bereich.

»Wären Sie daran interessiert?« Er wies auf eine schlichte Steinbank mit hübschen verschnörkelten Podesten zu beiden Seiten.

»Wirklich reizend.« Moira gab sich Mühe, ihre Enttäuschung zu verbergen. »Aber nicht ganz das, was mir vorschwebt.« Sie überlegte, ob sie ihm die Zeichnung zeigen sollte, doch das konnte sich als gefährlich erweisen, falls er es seinem sonnenbebrillten Chef weitererzählte. »Wäre es in Ordnung für Sie, wenn wir uns noch ein wenig umschauen würden?«

»Gerne. Lassen Sie sich Zeit. Kann ich Ihnen ein kaltes Getränk anbieten? Coca-Cola? Wasser?«

Moira nahm an und drehte sich nach Penny um. Diese saß inzwischen auf der Steinbank und war in Gedanken eindeutig woanders. Ihr tiefes Aufseufzen bestätigte Moiras Verdacht, dass etwas im Argen lag.

»Was hast du, Penelope?«

Kurz überlegte Penny, ob sie zugeben sollte, welche Sorgen ihr Colins seltsames Verhalten machte. So zum Beispiel, dass er sich selbst nach Marigolds Nachricht nicht bei ihr gemeldet hatte. Allerdings eilte Moira nicht gerade der Ruf einer einfühlsamen Eheberaterin voraus. Im nächsten Moment fiel ihr ein, dass Colin Marigolds SMS womöglich gar nicht geöffnet hatte.

Penny stand auf. »Ich glaube, hier ist sie nicht.«

Nachdenklich starrte Moira auf den Rücken des sich entfernenden jungen Mannes. »Pass auf. Wenn er Cola hat, hat er auch einen Kühlschrank, und das heißt irgendeine Hütte oder ein Büro. Warum beginnst du nicht ein tiefschürfendes Gespräch mit Adonis, während ich die Lage sondiere?«

Sie warteten auf die Rückkehr des jungen Mannes.

»Bitte sehr, meine Damen. Zwei eiskalte Cola.« Er reichte ihnen die Getränke. »Heute ist es so heiß, dass man sie bitter nötig hat.« Er schnaufte und tat, als wränge er Schweiß aus dem Saum seines T-Shirts, wobei sein durchtrainierter Bauch aufblitzte.

»Wir renovieren ein Anwesen auf Kyri. Ob Sie mir vielleicht zeigen könnten, wie der Brunnen funktioniert?«

»Kyri ist ein Drecksloch«, entgegnete der junge Mann abfällig. »Dort können die sich sowieso keinen Brunnen leisten.«

»Ist er nun zu verkaufen oder nicht?«, hakte Penny mit mühsam unterdrücktem Zorn in der Stimme nach.

»*Lipame.*« Der junge Mann verbeugte sich. »Verzeihung, *kyria*, das war unhöflich von mir. Ich demonstriere es Ihnen.«

Während sie zu dem großen Brunnen gingen, tat Moira, als betrachtete sie eine geschmackvolle Putte, die Blumen für eine nicht anwesende Gottheit streute.

»Verkaufen Sie viele Statuen?«, erkundigte sich Penny.

»Ja, an die Villenbesitzer. Aber für die Boutiquehotels muss alles so modern sein, als könnte es auch überall sonst und nicht in Griechenland stehen.« Beinahe hätte er auf den Boden gespuckt.

»Also erklären Sie es mir«, heuchelte sie Interesse an dem komplizierten Mechanismus. »Wie funktioniert dieser Brunnen?«

Als sie seine Antwort hörte, hätte sie beinahe laut losgelacht. »Man stellt nur diesen Schalter an.« Er drückte auf einen Knopf, worauf Wasser vom oberen Rand des Brunnens plätscherte, sich in einem verborgenen Behälter sammelte und einige Sekunden später wieder erschien. So viel zum Thema jahrhundertelanger technischer Fortschritt.

Lautlos huschte Moira durch die Gartenmöbel zum hinteren Teil des Areals, der verborgen hinter einer Ecke lag. Es standen zwei Hütten hier. Die neuere war mit einem Kartenlesegerät, einer altmodischen Kasse und einem Hocker für Adonis ausgestattet. Außerdem lagen Plastikplanen herum, vermutlich um die teureren Möbelstücke bei Regen abzudecken. Sonst war nichts zu sehen.

Die zweite Hütte bestand aus verwittertem Holz und schrie geradezu nach Holzschutzmittel, wenn sie noch eine Weile durchhalten sollte. Hier stapelten sich Gartengeräte. Wie Moira vermutete, erledigte die Firma auch Gartenarbeiten für wohlhabende oder abwesende Hausbesitzer. Sie wollte schon das Handtuch werfen, als sie in einer Ecke einen großen Holzstapel bemerkte. Das war nicht weiter verwunderlich, denn griechische Winter konnten erstaunlich kalt sein. Allerdings erschien ihr etwas sonderbar an der Art, in der das Holz aufgeschichtet war.

Vorsichtig entfernte sie ein paar untere Scheite, wurde jedoch enttäuscht. Es war nichts Ungewöhnliches zu sehen. Gerade wollte sie aufgeben, als der Stapel plötzlich ins Rutschen geriet, sodass sie einen Satz zur Seite machen musste, um nicht getroffen zu werden.

Darunter befand sich eine Plane, und diese bedeckte einen Gegenstand, etwa eins achtzig lang und damit so groß wie die Marmorbank. Die Plane war gut festgezurrt, sodass Moira sie ohne Messer nicht entfernen konnte, und normalerweise schleppte sie so etwas nicht mit sich herum. Sie schimpfte leise vor sich hin.

Da sie befürchtete, Penny könnten bald die Ideen ausgehen, um den blonden Adonis zu beschäftigen, fotografierte sie kurzerhand das abgedeckte, längliche Objekt und schichtete die Holzscheite hastig wieder auf.

Als sie fertig war, begutachtete sie ihr Werk. War das Holz exakt so angeordnet wie zuvor, oder würde man mit geschultem Blick sofort erkennen, dass sich jemand daran zu schaffen gemacht hatte? Bis zu diesem Moment hatte sie den Ausdruck, jemandem sei flau im Magen, nur aus der Literatur gekannt. Nun verstand sie zum ersten Mal, was er wirklich bedeutete.

Eilig schloss sie die Tür der Hütte und rannte beinahe zurück zum Brunnen. Penny war noch immer heldenhaft dabei, den jungen Mann in ein Gespräch zu verwickeln.

»Moira, das musst du dir anhören!«, begrüßte sie ihre Freundin. »Yorgos studiert die Zivilisation der Antike.«

»Wie schön«, lobte Moira. Weil ihr nichts anderes einfiel, fügte sie hinzu: »Warum heißen so viele griechische Männer Yorgos?«

Der junge Mann lachte. »Ich habe gelesen, dass ein Drittel aller Männer in Griechenland auf den Namen Yorgos hört. Allerdings weiß ich nicht, ob das stimmt. Jedenfalls trifft es auf die Hälfte meiner Familie zu. Aber ich bin der Einzige mit blonden Haaren.« Stolz schleuderte er seine schulterlangen Locken zurück.

Moira fasste Penny am Arm. »Wir müssen los, Penny, sonst verpassen wir den Sonnenuntergang!«

Yorgos lachte wieder. »Dafür sind Sie zu spät dran. Keine Chance mehr, einen der guten Plätze zu ergattern.«

»Nun ja.« Moira spielte die Enttäuschte. »Dann gehen wir jetzt und ertränken unsere Trauer in Alkohol.«

»Hattest du Erfolg?«, fragte Penny, als sie weit genug weg waren.

»Ich bin ziemlich sicher, dass ich die Bank entdeckt habe. Unter einem Holzstapel. Doch sie war mit einer dämlichen Plane abgedeckt. Deshalb konnte ich sie nicht hundertprozentig identifizieren.«

»Oh mein Gott, Moira. Was, zum Teufel, machen wir jetzt?«

Vierzehn

Nell saß in dem stillen, nahezu menschenleeren Krankenhaus und betrachtete ihre kleine Enkelin. Es war so ruhig,
dass sie sich beinahe so fühlte, als wären sie die letzten
beiden Menschen auf der Welt.

Nell schalt sich wegen ihrer Melodramatik. Ollie, der
Vater des Kindes, würde jeden Moment eintreffen, weshalb Willow und Marigold zum Flughafen gefahren waren, um ihn abzuholen. Bald würde Naomi mehr als genug Ansprache haben.

Offen gestanden hätte Nell nichts gegen eine zweite
Tasse Kaffee einzuwenden gehabt, denn ihr fielen fast die
Augen zu. Außerdem musste sie dringend auf Toilette.
Aber sie durfte ihren Posten an der Seite des Babys auf
keinen Fall verlassen. So lange hatte sie ihre Enkelin nicht
sehen können, während Marigold sie in den Armen hielt.
Und jetzt war sie endlich mit ihr allein.

Sie musterte die winzigen nackten Füße, die wohlge-
formten Händchen und die Brust des Babys, die sich auf
und nieder bewegte, als es die warme, mit Sauerstoff an-
gereicherte Luft einatmete.

Nells aufgestaute Gefühle brachen sich plötzlich Bahn,
sodass sie kurz die Hände vors Gesicht schlagen musste.

Als sie eine knappe Minute später aufblickte, stellte sie
fest, dass sich etwas verändert hatte. Die Brust des Kindes
wirkte reglos, und auch das sachte Flattern der Wimpern

beim Ein- und Ausatmen fehlte. In heller Panik sprang Nell auf.

»Ich bin gleich wieder da, Kleines«, flüsterte sie Naomi zu und hastete zur Tür. Das Schwesternzimmer war menschenleer. »Im ersten Stock gab es einen Notfall«, teilte ihr eine junge Frau mit einer Kamera um den Hals mit. »Ich glaube, jemand hatte einen Herzinfarkt.«

»Oh, danke«, stieß Nell hervor und hielt Ausschau nach dem Treppenhaus. Zwei Stufen auf einmal nehmend rannte sie eine Etage höher, wo Krankenhausmitarbeiter tatsächlich damit beschäftigt waren, einen Wandschirm um eine im Bett liegende Gestalt zu schieben.

»Tut mir leid, dass ich Sie störe, obwohl Sie einen Notfall haben, aber meiner Enkelin geht es schlechter. Sie hat Bronchiolitis, und ich habe den Eindruck, dass sie nicht mehr atmet«, keuchte sie. Sie hoffte, dass jemand Englisch sprach und sie verstand.

Eine Ärztin, offenbar eine Vorgesetzte, nickte einer sehr jung wirkenden Krankenschwester zu und gab ihr Anweisungen in stakkatoartigem Griechisch. »*Daxi*. Wir kommen hier zurecht. Sehen Sie nach, was mit dem Baby ist.«

Die junge Frau begleitete Nell zu einem Aufzug. Beklommen standen sie in der Kabine, bis sich die Türen im Parterre öffneten.

»Hier entlang.« Nell nahm die Schwester am Arm.

Naomi lag völlig reglos unter dem durchsichtigen Plastikzelt. Nell bemerkte, dass die Schwester erschrak, als sie die Seite des Zeltes anhob, denn das kleine Wesen darin regte sich nicht. Ihre Angst übertrug sich auf Nell wie eine ansteckende Krankheit. Einen Moment verharrte sie wie angewurzelt. Dann setzte sie sich in Bewegung.

»Ich hole die Ärztin«, sagte sie und rannte wieder die Treppe hinauf.

Zum Glück hatte die Ärztin von vorhin auch in der ersten Station oben an der Treppe Dienst. »Verzeihung, aber Sie müssen sofort kommen!«, rief Nell. »Meine Enkelin atmet nicht mehr.« Die junge Krankenschwester, die Nell mit dem Lift gefolgt war, erschien dicht hinter ihr. Sie nickte bestätigend.

Gelassen winkte die Ärztin einem Kollegen zu, damit dieser übernahm, und folgte Nell die Treppe hinunter. Sie beugte sich über Naomi und legte das Ohr an den Mund des Babys.

»So etwas kann passieren«, verkündete sie mit beruhigender Gewissheit. »Wir geben ihr Adrenalin und mischen dem Nebel Salbutamol bei.«

Vorsichtig hob sie Naomi aus dem Zelt und trug sie weg.

Als sie sich an der Tür noch einmal zu Nell umdrehte, kamen Willow, Ollie und Marigold hereingestürmt.

»Oh mein Gott!«, rief Willow, der Ohnmacht nah. »Was ist mit Naomi?«

»Wir müssen ihre Therapie ändern«, erwiderte die Ärztin in einem Ton, der gleichzeitig gütig und bestimmt klang. Die Frau hatte ein ungewöhnliches Gesicht. Weder jung noch alt, recht faltig und erfüllt von einer Wärme, die allen Menschen zu gelten schien. »Sie wird wieder gesund. Keine Sorge. Aber bedanken Sie sich bei Ihrer Mutter. Sie hat bemerkt, dass etwas nicht stimmt.«

Weinend warf Willow sich ihrer Mutter in die Arme. »Danke, Mum.«

Auch Ollie umarmte sie. »Nell, ich weiß nicht, wie wir dir danken sollen.«

In ihrer Angst wirkten die beiden plötzlich sehr jung. Beinahe zu jung, um Eltern zu sein.

»Oh Gott, wenn du nicht da gewesen wärst ...«, begann Willow.

»Ich war da«, antwortete Nell nur. »Und ich werde immer da sein.« Sie zog sich einen Stuhl heran. »Ich danke nur Gott, dass wir alle einander wiederhaben.«

Ihre Erleichterung war so übermächtig, dass sie die Augen schließen und die schreckliche Vorstellung beiseiteschieben musste, was hätte geschehen können, hätte sie die Ärztin nicht rechtzeitig gefunden.

Aber es war gut gegangen.

»Ich liebe dich, Mum«, flüsterte Willow. »Wie soll ich dir nur danken?«

Niemandem fiel auf, dass Marigold leise den Raum verließ.

Penny und Moira wanderten die enge Straße hinunter. Inzwischen war dort kein Mensch mehr zu sehen, denn die ganze Insel schien sich oben auf dem Hügel versammelt zu haben, um den Sonnenuntergang zu beobachten.

»Hoffentlich ist bei Nell und Naomi alles in Ordnung«, meinte Penny. »Sollten wir nicht besser ins Krankenhaus fahren?«

»Zu viele Köche verderben den Brei«, entgegnete Moira. »Wollte der Vater nicht auch kommen? Lass uns zum Hafen gehen und Nikos suchen.«

Das Thema Nikos sorgte dafür, dass sich Penny vor Angst der Magen zusammenkrampfte. Was führte Colin im Schilde? Sie überlegte, ob sie Wendy noch einmal anrufen und bitten sollte, nachzuschauen, was er gerade so trieb. Nur dass sie ihr dann würde gestehen müssen, warum das so wichtig war.

»Hast du etwas?«, erkundigte sich Moira. »Du befürchtest doch nicht etwa, Adonis könnte seinem Boss von den seltsamen Engländerinnen erzählen, die bei ihm herumgeschnüffelt haben?«

»Daran hatte ich gar nicht gedacht. Meinst du, er hat Verdacht geschöpft?«

»Er schien plötzlich große Sehnsucht nach seinem Telefon zu haben, aber vielleicht wollte er ja nur die Fußballergebnisse abfragen oder sein eigenes Starfoto bei Facebook bewundern. Vermutlich war es ein bisschen komisch, dass wir uns für Statuen, Bänke und Brunnen interessiert haben, obwohl wir gar nicht hier wohnen. Die Dinger kann man schließlich nicht mit nach Hause schleppen und Tante Vera zum Geburtstag schenken.«

Obwohl oben auf dem Hügel die Hölle los war, wimmelte es auch am Hafen von Touristen, die Cafés, Souvenirläden und Ausflugsboote bevölkerten. Nikos hatte ein Stück entfernt angelegt. Offenbar tief in Gedanken versunken stand er im Steuerhaus. Als Penny ihm zuwinkte, erwiderte er lächelnd die Geste.

»Ich muss zugeben, dass er für einen Bürgermeister recht knackig ist«, stellte Moira lachend fest.

»Moment, ich hole euch ab!«, rief er und ging zur Leiter am Heck des Bootes.

»Was ist mit dem Baby?«, erkundigte er sich, während er die Hand ausstreckte, um Penny ins Schlauchboot zu helfen. »Ich war kurz im Krankenhaus, aber ihr wart schon weg. Sollen wir hier warten oder zurück nach Kyri fahren?«

Sein besorgter Tonfall brachte Penny zum Lächeln. Colin wäre so etwas niemals eingefallen.

»Ich weiß nicht. Am besten rufe ich Nell an«, antwortete sie, sobald sie an Bord waren. Sie setzte sich und förderte ihr Telefon zutage.

»Ein Glas Wein?«, fragte Nikos. »Ich habe in der Kombüse eine offene Flasche.«

»Fantastisch«, begeisterte sich Moira. »Was habe ich dir gesagt? Für einen Bürgermeister ist er eine Wucht«, raunte sie Penny zu.

»Nell? Oh, Gott sei Dank«, sagte Penny, als ihre Freundin sich meldete. »Wie geht es Naomi?«

Nell brach in Tränen aus.

»Oh mein Gott, Nell. Was ist passiert?«

»Sie wird wieder gesund. Aber einen schrecklichen Moment lang hat sie aufgehört zu atmen …«

»… und Mum hat es bemerkt und Alarm geschlagen«, fiel Willow ihr ins Wort. Anscheinend hatte sie ihr das Telefon entrissen. »Ollie und ich wissen gar nicht, wie wir ihr danken sollen.«

»Möchtest du noch bleiben?«, erkundigte Penny sich bei Nell, als diese ihr Telefon wiederhatte.

Nell zögerte, unsicher, was sie antworten sollte. Spontan hätte sie Ja gesagt, doch sie wollte sich nicht aufdrängen.

»Ohne sie wären wir aufgeschmissen!«, rief Willow im Hintergrund. »Sie ist jetzt unser Schutzengel.«

»Oh-oh«, kicherte Moira, sobald Penny aufgelegt hatte. »Ich wette, Marigold ist gar nicht erfreut. Apropos: Schau, da steht sie am Kai und winkt.«

»Nikos«, meinte Penny. »Denkst du, wir könnten jetzt ablegen? Das heißt, jetzt sofort?«

»Dein Wunsch ist mir Befehl.« Nikos schmunzelte in sich hinein. Knapp zwei Minuten später hatte er das Boot gewendet und hielt auf die Hafenausfahrt zu, während Marigold schäumend vor Wut am Ufer zurückblieb.

»Tja, das geschieht der alten Zicke recht.« Moira stieß mit Penny an.

»Richtig.« Penny grinste.

»Penelope!« In gespieltem Tadel schüttelte Nikos den Kopf. »Diese Seite kenne ich gar nicht an dir.«

»Vielleicht kenne ich sie ja selbst nicht«, erwiderte Penny mit einem verschmitzten Lächeln. »Außerdem brauchst du dir um Marigold keine Sorgen zu machen. Sicher beschlagnahmt sie jetzt ein Kreuzfahrtschiff.«

Moira griff nach ihrem Smartphone. »Ich simse Dora rasch, dass wir womöglich den Diwan der Venus gefunden haben.«

»*Kyria* Dora, ich muss mit dir reden«, raunte Takis Dora zu, als diese am frühen Abend im Café eintraf, um ein Glas zu trinken. Da Markttag war, ging es im Café ausnahmsweise hoch her. Hauptsächlich waren es Fischer, die sich lautstark und aufgebracht über Vorschriften und Preise beklagten.

»Schieß los«, antwortete Dora. »Was kann ich für dich tun?«

»Es geht um Ariadne.« Sein faltiges Gesicht wirkte todernst, was bei ihm selten vorkam. »Sie ist erst fünfzehn.«

Sie schauten hinüber zu Ariadne, deren mandelförmige Augen in ihrem hübschen Gesicht leuchteten.

»Und?«, entgegnete Dora. »Schließlich versuche ich nicht, sie zu einem Leben voller Reality-TV und Glitzerkram zu verführen, falls du das befürchten solltest.«

»Das ist es nicht. Sie redet ständig davon, dass sie die

Statue in den Höhlen suchen will. *Kyria* Dora, das ist zu gefährlich für sie.«

Dora nickte. »Ich stimme dir zu.«

»Sie hört nicht auf mich. Aber dich respektiert und verehrt sie. Letztens meinte sie zu mir, bevor sie dich getroffen hätte, wäre ihr Leben so langweilig gewesen wie zwei Stunden Kirche.«

»Ach herrje.« Dora lachte erschrocken auf. »Ich kann nicht behaupten, dass mir je ein Mensch dieses Kompliment gemacht hätte. Ich spreche mit ihr.«

Sie betrachtete Ariadne quer durch das Café. Mit ihrer Zielstrebigkeit und ihrem erstaunlichen Wissen über die Pflanzenwelt war sie wirklich ein außergewöhnliches Mädchen. Ein himmelweiter Unterschied zu ihren Altersgenossinnen, die ihre Smartphones umtanzten wie das Goldene Kalb. Sie schien aus der Zeit gefallen.

Als Ariadne Doras Blick bemerkte, grinste sie ihr zu. Dora erwiderte das Lächeln. War es Ariadnes Unschuld, die sie so anrührte? Oder ihr fester Glaube daran, dass Aphrodite ihr erschienen war und sie beauftragt hatte, das Geheimnis um ihr Verschwinden zu lüften? Und dennoch hatte sie nichts von einer versponnenen Esoterikerin an sich. Sie war so bodenständig wie ein ganz normales Mädchen. Dora nahm sich vor, in Zukunft darauf zu achten, was sie in ihrer Gegenwart sagte. Und ganz bestimmt würde sie sie von weiteren Unternehmungen ausschließen, bei denen ihr womöglich Gefahr drohte.

Sie nippte an ihrem Glas und atmete die warme, duftende Abendluft ein. Wie idyllisch die Insel war. Und was für herzliche und gastfreundliche Menschen hier lebten. Wenn man nur ein paar Touristen mehr anlocken könnte. Doch die Ironie daran war, dass dieser Ort durch

Besucherströme seinen Charme womöglich verlieren würde.

Sie stellte fest, dass Professor Brinkley aus dem Hotel trat und sich umblickte.

»Karl!«, rief sie so laut, dass die Fischer in ihrem Geschimpfe innehielten, sie bewundernd ansahen und sich offenbar fragten, was sie als Nächstes im Schilde führte.

Er schlängelte sich zwischen den voll besetzten Tischen hindurch und setzte sich zu ihr. »Ziemlich viel los heute«, merkte er an.

»Ja. Takis meinte, der Ouzo sei fast alle. Also, Karl, was unternehmen wir wegen der Statue? Es muss doch eine Möglichkeit geben.«

Karl seufzte auf. »Mir fällt dazu nicht viel ein. Wir brauchen mehr Beweise. Schon ein Foto von dem verdammten Ding wäre ein Fortschritt.«

Als sie sich umdrehten, stand Ariadne lauschend hinter ihnen. »Ich wollte den Professor nur fragen, was er trinken möchte«, rechtfertigte sie sich. »Aber die Göttin wird zornig werden, wenn wir die Suche nach ihrer Statue aufgeben«, fügte sie hinzu.

Ehe Dora eine Antwort einfiel, piepste ihr Telefon, sodass sie vor Schreck zusammenzuckte und Karl zu lachen anfing. »Ich dachte, du wärst ein Medienprofi, während ich nur ein alter Uhu bin«, erklärte er. »Doch nicht einmal ich erschrecke, wenn ich eine Nachricht kriege. Wie hast du nur in der Twitter-Hölle überlebt?«

Dora wandte sich ab und schob den Gedanken beiseite, dass Venus Green sie genau aus diesem Grund in die Wüste geschickt hatte. Sie hatte kein Händchen für den Einsatz sozialer Medien. In der Geborgenheit von

Kyri hatte sie schon seit Tagen nicht mehr daran gedacht. »Ach herrje!«, rief sie aus. »Moira schickt eine SMS aus Santorin. Sie glauben, sie haben den Sockel entdeckt.«

»Eine tolle Idee, das dem ganzen Restaurant mitzuteilen«, merkte Karl an. »Vielleicht solltest du deinem Freund Xan Georgiades eine Nachricht an der Rezeption hinterlassen.«

»Ariadne.« Doras Tonfall wurde ernst. »Es tut mir leid, dass du das gehört hast. Bitte vergiss es.«

»Du hast eine sehr laute Stimme, *kyria* Dora. Gut, dass keiner dieser Fischer weiß, wovon du redest.«

»Pssst, Ariadne«, zischte Dora streng.

»Nein. Nicht, bis jemand die Göttin findet.«

Als Nikos sie am Hafen absetzte, war es fast dunkel. Von Dora fehlte jede Spur.

»Ob sie schon im Bett ist?«, mutmaßte Moira. »Hast du Lust auf ein spätes Abendessen?«

Penny schüttelte den Kopf. »Zu viel Aufregung. Ich gehe lieber in mein Zimmer. Bestimmt leistet Takis dir Gesellschaft.« Und siehe da, er erwartete sie bereits mit seinem üblichen freundlichen Lächeln.

»Bis morgen.« Penny umarmte Moira. Es war erstaunlich, wie eng sie nach dem zweifelhaften Auftakt dieser Reise zusammengewachsen waren.

Kaum hatte Penny ihre Zimmertür geöffnet, als ihr Telefon läutete. Es war Nell.

»Wie ist der Stand der Dinge?«, erkundigte sich Penny.

»Großartig. Naomi spricht gut auf die neue Behandlung an. Vielleicht wird sie morgen schon entlassen. Ollie sucht gerade einen Flug heraus. Sie möchten lieber nach Hause, sobald keine Gefahr mehr besteht. Aber, Penny …«

Penny bemerkte Nells besorgten Tonfall. »Ja?«

»Was ist mit deinem Mann, seit Marigold, diese Zicke, dich verpetzt hat?«

Penny ließ sich aufs Bett fallen. »Seltsamerweise gar nichts. Er ist wie vom Erdboden verschluckt.«

»Verschwunden, meinst du?«

»Wendy hat ihn seit Tagen nicht gesehen. Außerdem hat er sie, anders als sonst, nicht damit beauftragt, den Kühlschrank aufzufüllen.«

»Wo könnte er denn sein?«

»Ich muss es noch mal in seinem Club versuchen. Manchmal übernachtet er dort.«

»Was für eine sonderbare Welt, in der Frauen Kühlschränke auffüllen und Männer in Clubs übernachten. Als Single kriege ich nicht viel davon mit.«

»Du Glückspilz. Doch meine wahre Befürchtung ist, dass er hier aufkreuzen könnte.«

»Traust du ihm das zu?«

»Ich bin mir nicht sicher. Der Mann hat einen Kontrollzwang, und jetzt schweigt er. Oh mein Gott, Nell, allein bei dieser Vorstellung wird mir ganz schlecht.«

»Komm schon, Penelope, du bist stärker, als du glaubst.«

»Du musst dich ja nicht mit einem stinksauren Ehemann rumschlagen.«

»Wir stehen alle hinter dir, vergiss das nicht.«

Penny lächelte. Es stimmte. Hier auf Kyri war sie nicht allein.

Nach dem Telefonat mit Nell rief sie im Piccadilly Club an und erkundigte sich, ob Colin Anderson da sei.

Nein, war er nicht.

»Verdammt!«, rief Moira aus. Sie war gerade dabei, sich einen wahren Mount Everest aus griechischem Joghurt aufzutun. »Es ist Mittwoch.«

»Ja, richtig«, pflichtete Takis ihr bei, während er den Joghurtberg mit gemischten Gefühlen beäugte.

»Morgen findet mein Abendessen für dreißig Personen statt. Oh mein Gott, warum habe ich mich nur darauf eingelassen? Bis jetzt waren weiße Bohnen auf Toast für mich *haute cuisine*. Ist Nell schon zurück, Penny? Ich brauche sie ganz, ganz dringend, und sie geht nicht ans Telefon.«

»Gestern Abend meinte sie, sie käme heute vielleicht wieder. Aber das hängt wahrscheinlich von dem Baby ab.«

Moira schlang ihren Joghurt hinunter und eilte in den kleinen Supermarkt, um ein Geschenk für Nell zu finden. Sozusagen als Bestechung, damit sie ihr half.

Nachdem sie eine Viertelstunde lang vergeblich gesucht hatte, stieß sie schließlich auf eine wundervoll schillernde Perlmuttmuschel. Bewaffnet mit ihrer Beute machte sie sich auf den Weg zum Hafen, in der Hoffnung, dass Nell auf der Fähre sein würde. Zu ihrer großen Erleichterung war sie tatsächlich unter den Passagieren.

»Nell!«, rief sie, als ihre Freundin die Gangway hinunter zum Hafen ging.

»Moira«, erwiderte Nell überrascht. »Das ist aber nett, dass du mich abholst.« Im nächsten Moment wurde ihr klar, welche Hintergedanken Moira verfolgte. Sie fing an zu lachen. »Mit deinem Festmahl für dreißig Personen hat es wohl nichts zu tun.«

Mit verlegener Miene reichte Moira ihr die Muschel. »Die ist für dich. Als Andenken an unsere Zeit auf Kyri.«

»Danke, Moira.« Nell unterzog die Muschel einer gründlichen Musterung. »Die Farbe ist toll. Genau wie das Meer hier am Morgen. Schade, dass sie nicht aus Kyri stammt.« Als sie die Muschel umdrehte, kam ein großer Aufkleber mit der Aufschrift »Made in Indonesia« in Sicht. Aber der Wille zählte. »Ich bringe nur rasch mein Gepäck ins Hotel. Dann schauen wir, was es auf dem Markt gibt.«

Eine halbe Stunde später füllten sie einen Korb mit schwarz glänzenden Auberginen, riesigen Fleischtomaten, Zucchini und roten Zwiebeln.

»Du hast in Treasure Island doch hoffentlich einen Holzkohlengrill.«

Moira nickte.

»Meiner Ansicht nach ist jede Menge Grillfleisch die schnellste Lösung. Außerdem packen wir den Leuten die Teller mit gegrilltem Gemüse und meinem Spezialsalat mit Wassermelone, Oliven und Feta voll. Dazu gibt es genug Pita, um eine Armee durchzufüttern. Am besten gehst du gleich zum Bäcker und bestellst welches.«

Moira nickte. »Ich liebe dich, Nell.«

Nell grinste. »Und zum Beweis habe ich die Muschel.«

Am Abend versammelten sie sich zum Abendessen im Café am Strand. Es war später als gewöhnlich, und die letzten Strahlen des Sonnenuntergangs tauchten das Meer in einen matt rosafarbenen Schein.

»Ist mit Naomi jetzt alles in Ordnung?«, erkundigte sich Dora, als sie sich an einem recht windschiefen Tisch niederließen, der direkt im Sand stand. Da sie nie Kinder, ja, nicht einmal ein Haustier gehabt hatte, konnte sie sich nicht vorstellen, wie es war, wenn ein Baby plötzlich erkrankte.

»Viel besser. Deshalb sind sie auch mit ihr nach Hause geflogen.« Nell lächelte.

»Hoffentlich ist die grausige Marigold auch weg«, meinte Moira.

»Offen gestanden habe ich keine Ahnung. Vermutlich ist sie mit ihnen abgereist. Sie ist jedenfalls stinksauer auf mich.« Nell grinste zufrieden. »Dass alle mir dankbar sind, weil ich bemerkt habe, dass Naomi nicht mehr atmet, macht sie neidisch. Sie findet, dass die Rolle der Heldin ihr selbst gebührt.«

»Bestimmt sind sie dir sehr dankbar.« Penny legte den Arm um sie.

»Ich bin diejenige, die dankbar ist.« Nell spürte, wie ihr schon wieder Tränen in die Augen stiegen. »Endlich hat sie mir verziehen.«

»Deine Tochter kann doch unmöglich all die Jahre wütend auf dich gewesen sein«, hakte Dora erstaunt nach.

»Meine Affäre war der Schlussstrich unter meiner Ehe, und wie Willow es sieht, habe ich ihr damit ein Stück Geborgenheit genommen. Sie hat viel Zeit bei ihrem Vater verbracht, der offenbar nicht müde wurde zu betonen, dass alles nur meine Schuld sei. Vielleicht hatte sie sogar recht. Ich kann euch gar nicht sagen, wie schön es ist, dass sie mir jetzt vergibt.«

Penny wandte sich ab und starrte aufs Meer hinaus. Wie würden Wendy und Tom reagieren, wenn sie ihnen beichtete, dass sie Nikos liebte?

»Jetzt würde mich eines interessieren, Leute«, kehrte Moira zu ihrem Lieblingsthema zurück, »nämlich, was wir wegen der Statue unternehmen. Takis lässt uns für wenig Geld hier wohnen, weil wir etwas für Kyri tun.

Aber stimmt das wirklich? Deshalb habe ich nachgedacht. Dora, du bist doch PR-Fachfrau. Meinst du, wir sollten die Sache öffentlich machen? ›Die Jagd nach der neuen Venus von Milo‹ oder so ähnlich?«

»Das Problem daran ist, dass wir nur die Hand und deine Zeichnung von der Statue vorweisen können. Ich bin nicht sicher, ob das als Köder für die Presse reicht.«

»Ein wahrer Jammer, dass wir auf Santorin nicht genug Zeit hatten, unter die Plane zu gucken«, merkte Moira an. »Doch vermutlich hat dieser Typ ohnehin schon Verdacht geschöpft. Was denkst du, Karl?«

»Offen gestanden hat Dora recht. Wir brauchen mehr Beweise«, erwiderte Karl.

»Wir haben auf der Insel nicht so viel bewirkt, wie wir gehofft haben«, seufzte Nell.

»Hast du etwa Sehnsucht nach Sevenoaks?«, fragte Moira. »Und was ist mit Treasure Island? Inzwischen ist es eine wichtige Touristenattraktion!«

Lachend blickte Nell sich um. Gerade war die Sonne am Horizont untergegangen, und nur wenige Meter entfernt von ihnen plätscherten friedlich die Wellen, die so perlmuttfarben schimmerten wie die Muschel, die Moira ihr geschenkt hatte. »Wahrscheinlich gießt es in Sevenoaks wie aus Eimern. Kyri ist ein Paradies. Ich finde es nur schade, dass wir nicht mehr tun können.«

Am nächsten Tag wandte Moira sich, wie immer die Unverblümteste von den vieren, an Takis. Anders als sonst hastete dieser nicht umher, sondern wirkte seltsam besorgt. Moira hoffte, dass sie ihn durch die verbilligten Zimmerpreise nicht in geschäftliche Schwierigkeiten gebracht hatten. »Wir haben uns gestern Abend unterhalten und sind zu dem Schluss gekommen, dass wir für Kyri etwa so hilfreich sind wie vier ungeladene Gäste bei einer griechischen Hochzeit.«

»Nein, nein.« Trotz seiner bedrückten Miene zwang Takis sich zu einem Lächeln. »Ihr habt uns Hoffnung und ein Ziel gegeben. Das ist sehr wichtig.« Er bemerkte die Frühstücksschale in ihrer Hand. »Wenn du natürlich weniger Joghurt essen würdest ...«

»Ich bin ja so ein Gierschlund.« Am liebsten wäre Moira im Erdboden versunken. »Auch wenn es die Speise der Götter ist.«

»Ach, mach dir nichts draus. Es kommt von den Ziegen meiner Mutter. Apropos Ziegen: Habt ihr Ariadne gesehen?«

Moira schüttelte den Kopf.

»Sie ist schon den ganzen Morgen verschwunden.« Die Falten in seinem Gesicht wirkten noch tiefer als gewöhnlich.

»Vielleicht ist sie ja im Hain der Göttin«, schlug Dora vor. »Dort geht sie sehr gern hin.«

Kurz schien Takis erleichtert. »Du könntest recht haben.«

»Ich muss alles für das Festmahl am Strand vorbereiten. Unterwegs suche ich nach ihr«, erbot sich Moira.

»Danke.«

»Ich komme mit«, verkündete Dora wie aus der Pistole geschossen. »Und Karl auch.«

»Ich ebenfalls«, schloss Penny sich an. Noch nie hatte sie Takis so voller Sorge erlebt.

»Könnte sie mit den Ziegen irgendwo hingegangen sein?«, fragte Dora. »Oder sucht sie vielleicht nach irgendwelchen Wunderkräutern?«

»Die Ziegen sind alle im Pferch. Heute Morgen hat kein Mensch sie gesehen.«

Nach dem Frühstück stiegen sie den Pfad zum Olivenhain hinauf. Wieder war es ein wunderschöner Morgen und so früh, dass noch keine Touristen mit der Fähre eingetroffen waren. Von einem wolkenlos blauen Himmel brannte die Sonne herab. Durch die Olivenbäume funkelte verlockend das Meer.

»Hast du den Proviant für das Festmahl schon hingeschafft?«, erkundigte sich Penny.

»Ja. Nell hatte die blendende Idee, Nikos zu bitten, dass er uns mit dem Boot mitnimmt. Auf die Fahrräder hätte nicht alles gepasst.«

Sie marschierten von der Hügelkuppe hinunter zum Strand.

»Ein idyllisches Fleckchen Erde«, stellte Dora fest. »Wie viele Olivenbäume, glaubt ihr, wachsen dort?«

Karl sah sich um. »So fünfzig bis sechzig. Nach den Stämmen zu urteilen, sind sie ziemlich alt. Wahrscheinlich stehen sie schon seit Jahrhunderten hier.« Er blickte hinauf zu den silbrigen Blättern, wo die Oliven bereits zu reifen begonnen hatten. »Es wäre eine Tragödie, das alles zu zerstören.«

Plötzlich hielt Dora ihn am Arm fest.

»Was ist?«

»Der Geruch. Schnuppert mal.«

Karl holte tief Luft. »Was ist das? Ziemlich frisch und angenehm, mit einem leichten aromatischen Hauch. Ähnlich wie Eukalyptus.«

Dora starrte ihn an. »Myrte. Der Duft der Göttin.«

»Gut, ich glaube dir. Wo sind die Blüten?« Er spähte in alle Richtungen. »Wie sehen sie überhaupt aus?«

»Klein und weiß mit flauschigen Stempeln, die am Ende einen gelben Punkt haben. Nur dass es hier nirgendwo welche gibt. Genau das ist ja der springende Punkt.«

»Mach dich nicht lächerlich, Dora.« Sein Tonfall war der eines vernunftbetonten Wissenschaftlers aus Cambridge.

»Okay«, entgegnete Dora herausfordernd. »Dann liefere mir eine bessere Erklärung. Du wolltest doch der Göttin begegnen. Wenn Ariadne jetzt hier wäre, würde sie dir sagen, dass du sie knapp verpasst hast.«

Karl fehlten die Worte, was bei ihm selten vorkam.

»Ich hab's!« Dora erstarrte. »Jetzt weiß ich, wo Ariadne stecken könnte.« Sie drehte sich um und hastete durch den Olivenhain zurück. »Wir brauchen Nikos! Ich hoffe bei Gott, dass er noch in Treasure Island ist. Komm, Moira!«

»Was ist denn in Dora gefahren?«

»Vermutlich hatte sie ein mystisches Erlebnis.« Karl zuckte die Achseln. »Wir müssen sie einholen.«

Sie folgten der in ihren Turnschuhen aus dem Supermarkt plötzlich leichtfüßigen Dora, die ihnen voran durch die Bäume und den Pfad hinunter zum Strand eilte.

Fünfzehn

»Nikos!«, schrie Dora. »Warte!«

Nikos hielt im Einholen des Ankers inne und sah Dora näher kommen. Etwas an ihrem Tonfall ließ ihn Böses ahnen, insbesondere deshalb, weil sie sonst stets so unterkühlt und herablassend war. Ihre Panik grenzte beinahe an Hysterie, so als nähme sie sich mit letzter Kraft zusammen.

Als er Penny hinter ihr bemerkte, warf er ihr einen fragenden Blick zu, doch sie zuckte nur die Achseln. Offenbar war sie genauso schlau wie er.

»Es geht um Ariadne«, keuchte Dora atemlos und voller Angst. »Ich fürchte, sie könnte allein zu den Höhlen zurückgekehrt sein, um weiter nach der Statue zu suchen. Sie hat Karl und mich belauscht, als wir sagten, ohne Beweise seien uns die Hände gebunden.« Sie watete durch das seichte Wasser zum Boot, ohne darauf zu achten, dass ihr der lange Rock an den Oberschenkeln klebte. »Du musst verstehen, dass Ariadne sich persönlich verantwortlich fühlt. Fast wie eine Priesterin. Seit sie die Hand entdeckt hat, glaubt sie, dass Aphrodite persönlich mit ihr spricht.« Nikos half ihr die Leiter hinauf ins Boot, wo sie auf das warme Holzdeck sank. »Und nach dem heutigen Tag kann ich ihr das nicht verdenken.«

»Bleib sitzen, während ich die anderen am Bootssteg abhole. Was du jetzt brauchst« – er lächelte sie aufmunternd an –, »ist einen Metaxa.«

Wenn Dora nicht so aufgelöst gewesen wäre, hätte sie sich gedacht, dass Penny gewaltiges Glück hatte. Nikos war nicht nur ein attraktiver Mann, sondern auch ein guter Mensch, eine Eigenschaft, die Pennys besserer Hälfte Colin anscheinend völlig fehlte.

Nikos kletterte ins Steuerhaus und lenkte das Boot zu dem kleinen Holzsteg bei den Bootshäusern.

Als Penny an Bord sprang, fragte sie sich kurz, ob Marigold wohl noch in dem Bootshaus wohnte und die dramatischen Ereignisse nun vom Balkon aus beobachtete.

Nachdem auch Karl eingestiegen war, brachen sie auf.

»Wo könnte Ariadne denn nach der Statue suchen?«

»In den Höhlen der Korsaren. In der großen, die hinten und vorne einen Eingang hat.«

»Gut. Penelope, würdest du Dora einen Brandy holen? Der Metaxa steht in der Kombüse. Das wird sie beruhigen.«

»Aber wie könnte sie denn hingekommen sein?«, erkundigte sich Karl bei Nikos und betrachtete dabei das blaue, spiegelglatte Meer.

»Wenn sie keine Aufmerksamkeit erregen wollte, vielleicht mit einem Kajak«, meinte Nikos nachdenklich. »So hat sie keines der Ausflugsboote anheuern müssen, was sicher teuer ist und zu Tratsch geführt hätte. Am besten halten wir Ausschau nach einem Kajak, das irgendwo festgemacht ist.«

Schweigend suchten sie mit Blicken die Buchten und Strände nach einem kleinen Boot ab.

Nach einer in wortloser Anspannung verbrachten Viertelstunde erreichten sie die Höhle mit den Löchern im Fels, wo die Korsaren ihre wendigen Schiffe vertäut hatten, um ihre Beute zu verstecken und durch die geheime Ausfahrt aufs offene Meer zu flüchten.

»Keine Spur von einem Kajak«, merkte Dora besorgt an.

»Zu welcher Höhle wollen wir?«, fragte Nikos. Er band sein Boot in genau demselben Loch fest wie die Seeräuber vor dreihundert Jahren.

»Wir müssen mit dem Beiboot in die große Höhle. Dort geht rechts eine weitere ab.«

Vorsichtig stiegen sie die Leiter hinunter ins Schlauchboot. Nikos tat sein Bestes, um es ruhig zu halten.

Die gesamte Höhle wurde von hellem Sonnenschein erleuchtet, der die erstaunlichen Farben der Felsen hervorhob. Strahlend blau mit gelben und rostroten Streifen, die an ein impressionistisches Gemälde erinnerten. Kurz wurde Dora von einem Gefühl der Beklemmung ergriffen und wäre beinahe panisch umgekehrt. Doch im nächsten Moment durchdrang ein leises Geräusch ihre Angst wie die eisigen Nadelstiche unter einer kalten Dusche.

»Dort!« Ihre Stimme überschlug sich beinahe. »Rechts in der Höhle!«

Ohne Zeit zu verlieren, sprang Nikos über Bord und schwamm so schnell er konnte zu der kleineren Höhle. In der Tasche seiner Badehose steckte sein wasserdichtes Telefon, für den Fall, dass er es als Taschenlampe brauchte.

Es wurde still. Dora und Penny erschien es wie eine Ewigkeit, als Nikos plötzlich einen Ruf ausstieß. »Sie ist hier! Ihr Fuß hat sich in einer Felsspalte verklemmt. Ich versuche, sie zu befreien.«

Wieder Stille. Im nächsten Moment ertönte ein schriller Schrei. Dora umkrallte Pennys Arm.

Dann erschien Nikos. Er hielt Ariadne in den Armen und trat mit den Füßen Wasser. Karl streckte die Hände aus und half ihm, das beinahe besinnungslose Mädchen ins Schlauchboot zu heben, wo es in sich zusammensackte.

»Ich wollte noch einmal nachschauen, weil du geglaubt hast, etwas gesehen zu haben, Dora. Aber er hat sie weggeschafft!« Das arme Mädchen war den Tränen nahe. Offenbar dachte Ariadne, dass sie die Göttin im Stich gelassen hatte.

Dora nahm das zitternde Mädchen in die Arme und massierte sanft den gequetschten Knöchel.

»Wir bringen sie zum Boot«, sagte Nikos. »Ich habe eine Decke in der Kajüte.«

Er warf den Motor an, und bald waren sie zurück an Bord, wo Ariadne in eine Decke mit rotem Schottenkaro gewickelt wurde.

»Es tut mir so leid …«, begann sie.

Als Dora sie wieder an sich drückte, beobachtete Penny fasziniert die Szene. Noch nie hatte sie Dora so gefühlvoll erlebt. »Du bist ein liebes, tapferes Mädchen. Tapferer als wir alle. Die Göttin wäre stolz auf dich.«

Ariadne blickte sie an. Ein flehender Ausdruck stand in ihren dunklen, mandelförmigen Augen. »Meinst du, sie weiß es?«

»Natürlich weiß sie es«, behauptete Dora kühn. »Deshalb hat es im Olivenhain ja nach ihr gerochen.«

Ariadnes Anspannung ließ sichtlich nach. »Dann habe ich nicht versagt?«

»Nein, das hast du nicht«, beteuerte Dora.

»Dein Vater hat sich große Sorgen gemacht«, fügte Penny hinzu. »Er wird sehr erleichtert sein, dass du zurück bist.«

»Ist er mir nicht böse?«

»Überhaupt nicht«, erwiderte Dora beruhigend.

Nach diesen Worten schlief Ariadne in Doras Armen ein.

Bei ihrer Ankunft im Hafen wurden sie von Takis und Kassandra erwartet. Die beiden trugen Ariadne vorsichtig ins Hotel und in ihr Zimmer.

»Danke, danke!«, wiederholte Takis ein ums andere Mal. »Manchmal wünsche ich mir, diese Statue wäre nie erwähnt worden.« Plötzlich erhellte sich seine traurige Miene. »Aber ich habe gute Nachrichten. Drei der Bootshäuser sind für den nächsten Monat reserviert! Jemand in England hat viele Fotos davon herumgezeigt und beschrieben, wie wundervoll friedlich es dort ist!«

»Das muss Nells Tochter Willow gewesen sein«, freute sich Penny. »Sie hat Nell versprochen, Unmengen von Bildern bei Instagram zu posten, um allen für ihre Hilfe zu danken, als das Baby krank geworden ist.«

Sie holte ihr Telefon heraus und klickte die App an.

Fahrt nicht nach Santorin, wo die Leute einander tottreten!, hatte Willow geschrieben. *Die griechische Insel Kyri ist ein echter Geheimtipp. Mit ihren traumhaften Stränden und den freundlichen Menschen wird sie euch einen unvergesslichen Empfang bereiten!*

»Na, Herr Bürgermeister, wie findest du das?«, fragte Penny lachend.

In Nikos' Augen stand ein so zärtliches Lächeln, dass Penny beinahe an Ort und Stelle dahingeschmolzen wäre. Aber Nell hatte recht: Sie musste ihm von Marigolds Gemeinheit berichten und ihre Beziehung mit ihm klären.

»Ihr habt viel für Kyri getan«, antwortete Nikos. »Die Bootshäuser zu lackieren und die Möbel herzurichten hat uns alle zusammengeschweißt. Nun planen viele, eine Pension zu eröffnen. Der Beitrag auf Instagram wird uns sehr weiterhelfen. Die meisten Menschen auf Kyri kennen sich kaum mit den Möglichkeiten der modernen Kommunikation aus.«

»Da haben wir ja etwas gemeinsam«, murmelte Dora.

»Ich bin und bleibe ein Freund des gedruckten Wortes«, fügte Karl mit einem charmanten Grinsen hinzu.

»Na klar. Darum bist du ja Professor in Cambridge.« Dora erwiderte sein Lächeln.

Als sie den Hügel hinunterkamen, war das Festmahl schon in vollem Gange. Die Touristen vom Ausflugsboot – die Männer in schauderhaft schrillen Badeshorts, die besser nach Saint-Tropez gepasst hätten, die Frauen in winzigen Bikinis – schlürften bonbonbunte Cocktails und häuften sich die Teller mit Salat und Fleisch voll.

»Ich muss zugeben, dass es verdammt lecker duftet«, stellte Karl fest.

»Ich finde, dass der Salat mit Feta und Wassermelone einfach toll aussieht«, meinte Penny. »Ich muss Moira nach dem Rezept fragen.«

»Die wird dir nicht viel dazu sagen können«, antwortete Dora. »Ich wette, dass Nell dahintersteckt. Hallo, Nell, wir sind nicht zum Schnorren hier. Wir wollten dir nur erzählen, dass Willow ganze Arbeit geleistet hat!«

Nell lächelte erfreut. »Wirklich? Wie denn genau?«

»Dank ihr haben wir jetzt drei weitere Reservierungen. Takis kriegt sich kaum noch ein.«

»Spitze! Außerdem heißt das sicher, dass mit Naomi alles in Ordnung ist. Willow ist eine sogenannte Influencerin. Das heißt, dass Firmen sie tatsächlich dafür bezahlen, für ihre Produkte zu werben. Sie hat Tausende von Followern.«

»Das hört sich ja fast an wie bei Jesus.« Karl schmunzelte. »Der wäre auf Instagram bestimmt erfolgreich gewesen. Viele Fotos von Wundern, zum Beispiel von der Speisung der Fünftausend und davon, wie er Wasser in Wein verwandelt.«

»Karl, so was gehört sich nicht«, rügte Dora grinsend. »Jedenfalls sind es gute Nachrichten.«

»Ihr könnt was mitessen, wenn ihr zehn Minuten wartet«, schlug Nell vor. »Die Leute brechen gleich auf. Ich hoffe nur, dass sie nicht ins tiefe blaue Meer fallen. Die haben so viele Cocktails intus, dass sie es wahrscheinlich gar nicht merken würden.«

Sie beobachteten die ausgelassenen Gäste, von denen jeder dreißig Euro für einen Tag gepflegter Völlerei bezahlt hatte.

»Erinnerst du dich an die Zeit, als wir auch so drauf waren?«, flüsterte Dora Nell zu. »Damals konnten wir den ganzen Tag und die ganze Nacht trinken und Party machen.«

Als Penny bemerkte, dass Nikos allein dastand, ging sie zu ihm hinüber.

»Nikos, könnte ich unter vier Augen mit dir sprechen?«

»Ich wüsste nicht, was mir lieber wäre.« Er warf ihr einen jener Blicke zu, die Marigold dazu veranlasst hatten, zum Telefon zu greifen. »Wir trinken etwas bei mir zu Hause, wo uns niemand stört.«

Sie machten sich auf den Weg, ohne sich von den anderen zu verabschieden. Als seine Hand Pennys streifte, durchfuhr es sie wie ein Stromschlag. Doch zu ihrer Erleichterung hielt er sie nicht fest.

Wenig später stiegen sie die Steinstufen zu seinem Haus hinauf. Er schloss die Tür auf und ging mit ihr auf den breiten Balkon, der über das Meer ragte. Sie beugte sich vor und betrachtete den Horizont. Er war so tiefblau wie Lapislazuli.

»Bist du je von hier aus ins Wasser gesprungen?«, fragte sie, als er mit zwei Weingläsern zurückkehrte.

»Aha.« Er schmunzelte. »Lebt die treue Penelope gern wild und gefährlich?«

»Es sieht so verlockend aus.«

»Die Antwort lautet Nein. Leider lauern unter den Wellen einige bedrohliche Felsen. Wie im richtigen Leben vielleicht.«

»Nikos«, begann sie, bevor sie Zeit hatte, es sich anders zu überlegen. »Marigold hat meinem Mann eine anonyme Nachricht geschickt und ihm geschrieben, dass zwischen uns beiden etwas läuft.«

»Und jetzt kommt er her, um mich zum Duell zu fordern?«, erkundigte er sich mit dem Hauch eines Lächelns.

»Ganz bestimmt nicht«, beteuerte Penny. »Colin hat einen Kontrollzwang. Er würde eher *mich* umbringen. Aber er ist spurlos verschwunden.«

Nikos stellte sein Glas beiseite und zog sie in seine Arme. Als sie sich an ihn schmiegte, waren ihr erbsenzählerischer Ehemann und die Alltagssorgen beinahe vergessen.

»Du bist ein guter Mensch, Penelope. Und du hast einen guten Mann verdient.«

Penny nahm ihren ganzen Mut zusammen. Was mochte er damit meinen?

»Ich liebe dich, Nikos. Ich möchte meinen Mann verlassen und hier mit dir zusammenleben. Willst du das auch?«

Sie sah ihn eindringlich an und konnte kaum fassen, dass sie es tatsächlich gewagt hatte, diese Worte auszusprechen.

»Ja, Penelope.« Er beugte sich hinunter, um sie zu küssen. »Das will ich.«

Gerade berührten sich ihre Lippen, als die Türglocke lautstark schepperte. Sie zuckten zusammen – als wäre Colin tatsächlich erschienen, um sie zurückzuholen, wie der Geist des Banco in *Macbeth*.

Nikos ließ Penny los und straffte die Muskeln wie ein Sportler, startklar und bereit, sich allen Herausforderungen zu stellen.

»Ja?« Mit einem barschen Knurren riss er die Tür auf.

Es war Marigold. Sie trug einen fließenden, durchscheinenden Kaftan und war mit kiloweise Silberschmuck behängt. Um ihre Lippen spielte ein verführerisches Lächeln. In der Hand hatte sie allen Ernstes einen blauen gusseisernen Topf von Le Creuset.

»Hallo, Nikos«, schnurrte sie. »Ich habe beobachtet, wie du heute in aller Früh aufgebrochen bist, und mir gedacht, dass du sicher zu müde bist, um dir etwas zu kochen. Das hier ist meine Spezialität, Hühnchen marokkanische Art mit Datteln und Auberginen. Auch wenn ich mich nicht selbst loben will, schmeckt es wirklich lecker.«

Vom Balkon her war unverkennbar gedämpftes Gelächter zu hören.

Als das Kichern lauter wurde, spähte Marigold argwöhnisch die Treppe hinauf. Penny fühlte sich, als stünde sie unter Strom, so groß waren ihre Befürchtungen in Sachen Colin gewesen und so übermächtig die Erleichterung, dass Nikos sie liebte. Ansonsten hätte sie es sicher nicht so komisch gefunden, dass Marigold mit einem Eintopf hier hereinschneite.

»Ich verstehe«, verkündete Marigold mit verkniffener Miene. »Offenbar hast du schon Besuch.« Mit diesen Worten machte sie auf dem Absatz kehrt, wobei zu sehen war, dass sie keine Unterwäsche trug. Noch immer umklammerte sie den Topf, als wäre er ein Talisman, der sie vor dieser entsetzlichen Blamage schützen könnte. Denn da Marigold eben Marigold war, war sie absolut unfähig, sich mit den Gegebenheiten abzufinden.

Das Telefon fest am Ohr saß Nell im stillen Garten neben dem Café. »Ach herrje«, sagte sie plötzlich zu niemandem im Besonderen. »Ich hoffe, das ist eine gute Idee.«

»Was ist eine gute Idee?«, erkundigte Moira sich neugierig.

»Willow hat einen ganzen Blog über Kyri verfasst.«

»Das ist doch prima, oder? Ihr haben wir immerhin die drei Reservierungen zu verdanken. Wir sollten uns freuen!«

»Nur, dass du noch keine Ahnung hast, worum es in dem Blog geht. Die Überschrift lautet: ›Eine griechische Insel auf der Jagd nach der neuen Venus von Milo‹. Hier steht es Schwarz auf Weiß: die Marmorhand im Olivenhain, der geheimnisvolle Duft nach Myrte, ja, sogar die Zeichnung von der Statue, die du in dem Buch entdeckt hast! Offenbar hat sie ein Foto davon gemacht, als sie hier war. Ich muss zugeben, dass sie einen wunderschönen Stil hat. Es klingt wie bei Miss Marple. Sie erwähnt sogar einen bedeutenden Professor aus Cambridge, der eigens angereist ist, um bei den Ermittlungen zu helfen.«

»Karl wird sich geschmeichelt fühlen. Wie viele Leute lesen denn diesen Blog?«

»Sie hat Tausende von Followern«, antwortete Nell stolz. »Ist das nicht das Tolle an der modernen Welt? Die Digitalisierung eröffnet ganz normalen Leuten neue Wege, ihren Lebensunterhalt zu verdienen.«

Moira, die Computer hasste wie die Pest, verzog zweifelnd das Gesicht.

»Natürlich schreibt sie normalerweise über Inneneinrichtung und Babys.«

»Dann wird es bestimmt niemand zur Kenntnis nehmen«, stellte Moira erleichtert fest.

»Da bin ich mir nicht so sicher ... Genau für so etwas interessieren sich die Zeitungen in der Saure-Gurken-Zeit«, erwiderte Nell. »Manchmal rufen die Redaktionen Willow wegen eines Themas an, über das sie geschrieben hat. Vielleicht sollten wir Dora und Karl warnen.«

»Ich glaube, ich fahre am besten noch einmal nach Santorin und finde heraus, was sich unter dieser Plane verbirgt«, sagte Moira seufzend. Offenkundig war ihr nicht ganz wohl bei dieser Vorstellung.

Sie fanden Dora und Karl am Strand, an dem die beiden entlangschlenderten. Dora sammelte Muscheln, die Karl in seinem Panamahut transportierte. Der Hut quoll beinahe über vor violetten Seeigelpanzern, die Dora mit nach Hause nehmen wollte. Außerdem hatte sie einige Spitzschnecken und dazu eine Muschel entdeckt, die ihrer Ansicht nach »Bohrmuschel« hieß.

»Ihr beide seht aus, als wäret ihr einer Geldanlagen-Broschüre für wohlhabende Rentner als Zielgruppe entsprungen«, frotzelte Nell. Im nächsten Moment bemerkte sie, dass Dora bei dem Wort »Rentner« ein ziemlich verstörtes Gesicht machte. Nell konnte nur vermuten, dass es sie an zu Hause und an die Arbeit erinnerte.

Wie sich herausstellte, hatte Nell das Interesse an Willows Blog richtig eingeschätzt. Einige Tage später erhielt sie einen Anruf von einer englischsprachigen Zeitung in Athen, die alles über die verschollene Statue in Erfahrung bringen wollte. Willow hatte den Journalisten Nells Nummer gegeben, in der Annahme, die Menschen auf Kyri würden sich über die Aufmerksamkeit freuen, die ihrer winzigen Insel zuteilwurde.

»Jetzt gibt es kein Zurück mehr«, meinte Dora, als Nell ihr beim Abendessen von dem Telefonat erzählte. »Das heißt, dass Xan Georgiades die Statue so schnell wie möglich loswerden muss, falls er sie hat verschwinden lassen, was ganz bestimmt zutrifft. Da die Katze nun aus dem Sack ist, wird er sie sicher nicht für annähernd den Preis verkaufen können, der ihm vorschwebt. Allerdings traue ich ihm alles zu. Ich finde, wir sollten ihn beschatten.«

»Ist das nicht ein wenig schwierig?«, wandte Karl ein. »Ganz zu schweigen von leicht übertrieben?«

»Warum? Wir sind zu fünft, und wir wohnen im selben Hotel. Also dürfte es kein Problem sein. Wir brauchen nur einen Einsatzplan.« Sie bedachte ihn mit einem durchdringenden Blick. »Ist dir die Statue nun wichtig oder nicht? Ariadne hat ihr Leben dafür aufs Spiel gesetzt. Also ist die Beschattung von Xan Georgiades das Mindeste, was du tun kannst.«

»Ich glaube, die Myrte ist ihr zu Kopf gestiegen«, raunte Moira Karl zu, als Dora sich kurz entfernte.

»Soll das heißen, dass sie die neue Priesterin der Göttin ist?« Er grinste.

»Hoffentlich nicht«, erwiderte Moira und bemühte sich um einen lüsternen Blick, der jedoch eher an eine Grimasse erinnerte. »Priesterinnen müssen sich nämlich der Keuschheit verschreiben.«

»Ach, Dr. O'Reilly«, meinte er und klimperte dabei mit den Wimpern. »Was könntest du wohl damit meinen?«

Am nächsten Morgen kam Moira zu dem Schluss, dass es besser war, wenn lediglich ein möglichst kleiner Kreis von ihrem geplanten Ausflug nach Santorin wusste. Deshalb betrachtete sie die Sandwiches im Supermarkt, bis sich eine kleine Menschenmenge am Kai versammelt hatte, und reihte sich dann unauffällig in die Warteschlange vor der Fähre ein.

Diesmal kannte sie den Weg, und da der berühmte Sonnenuntergang auf Santorin zum Glück noch fern war, rangelten keine Touristen um die besten Plätze. Also kam sie auf den Straßen einigermaßen zügig voran. Allerdings legte gerade ein Kreuzfahrtschiff an, und ein zweites folgte ihm auf den Fersen. Sie musste sich beeilen.

Wie sich herausstellte, hatte das Gartencenter um diese Uhrzeit noch nicht einmal geöffnet. Moira hielt Ausschau nach einer Stelle, wo sie den Zaun überwinden konnte. Nach einer Weile entdeckte sie eine niedrige und ziemlich wackelige Steinmauer und schaffte es, sie zu erklimmen. Auf der anderen Seite blieb sie mit angehaltenem Atem stehen, spitzte die Ohren und wartete ab, ob sie vielleicht eine Alarmsirene ausgelöst hatte. Doch außer dem Trillern eines einsamen Vogels über ihr in einem Baum war nichts zu hören.

Rasch huschte sie zu dem Holzstapel, unter dem sich die Plane verbarg. Zum Glück war alles noch da.

Leise räumte sie die Holzscheite beiseite, bis sie die Plane freigelegt hatte. Dann begann sie, den Knoten in dem Seil zu lösen, mit dem diese gesichert war. Es wäre zwar einfacher gewesen, das Seil durchzuschneiden, aber dann hätte jeder bemerkt, dass sich jemand daran zu schaffen gemacht hatte.

Als es ihr endlich gelang, hätte sie am liebsten laut losgelacht: Dr. Moira O'Reilly, Dozentin und seit Kurzem im Ruhestand, betätigte sich als Einbrecherin und Spionin. Wie sie allerdings zugeben musste, ging damit eine Aufregung einher, die ihrem bisherigen Dasein im Dunstkreis von Bibliotheken völlig gefehlt hatte.

Und da war er, der steinerne Diwan der Venus mit seinen beiden Stützsäulen, kunstvoll aus parischem Marmor gearbeitet und wirklich erstaunlich gut erhalten. Moira stockte vor Begeisterung beinahe der Atem. Es hatte geklappt!

Sie trat ein Stück zurück, fotografierte den Diwan mit ihrem Telefon aus unterschiedlichen Winkeln und schickte die Aufnahmen geistesgegenwärtig sofort an Dora. Danach breitete sie rasch die Plane darüber, verknotete das Seil und begann, die Holzscheite wieder darauf zu schichten. Dabei rechnete sie ständig damit, dass jemand aufkreuzen und sich erkundigen würde, was, zum Teufel, sie da trieb.

Nur einmal blickte sie sich um, denn sie meinte, ein Stück rechts von sich in der Nähe der Hütte ein Geräusch gehört zu haben. Aber anscheinend war niemand da.

Nachdem das letzte Scheit an seinem Platz lag, kehrte sie zu der Stelle zurück, wo sie über die Mauer gestiegen war. Als sie diese jetzt mit ihrem Gewicht belastete, fing sie an zu bröckeln, sodass sie kopfüber in das Gestrüpp auf der anderen Seite des Zaunes fiel. Zum Glück wurde ihr Sturz von einem Büschel hellblau blühendem Borretsch abgefangen. Während sie sich aufrappelte, dachte sie an die Vermutung des Plinius, bei Borretsch handle es sich um den berühmten, bei Homer erwähnten Göttertrank, der mit Wein vermischt zu völligem Vergessen führe. Sie pflückte ein Sträußchen, um das Kraut später zu probieren.

Noch immer war kein Mensch zu sehen.

So unauffällig wie möglich ging sie entgegen der allgemeinen Marschrichtung los. Dabei fühlte sie sich wie einer der lästigen Zeitgenossen, die sich in einem U-Bahnhof zur Stoßzeit im Weg geirrt haben. Zu ihrer Erleichterung erreichte sie schließlich den Hafen und suchte sich ein Café. Bis zum Ablegen der Fähre nach Kyri, die leider einen Umweg über zwei weitere Inseln nahm, musste sie noch zwei Stunden totschlagen.

Als sie Hunger bekam, bestellte sie einen griechischen Salat mit warmem Pita, Oliven, Hummus und einem großen Glas Demestica. Sehr mit sich zufrieden blickte sie sich um. Sie hatte ihre Mission erfüllt. Die Sonne schien, das Meer funkelte so blau wie immer, und die Leute um sie herum schienen nur aus einem einzigen Grund auf der Insel zu sein – um ein Selfie von sich selbst vor der berühmten Kirche mit der blauen Kuppel zu machen. Daher war es in den Cafés bemerkenswert ruhig.

Ihre Tasche stand zwar zu ihren Füßen, doch sie hatte den Träger vorsichtshalber um ihren Knöchel gewickelt. So weit Moira auch gereist sein mochte, tief in ihrem Innersten war sie die Tochter ihrer Mutter geblieben, die der felsenfesten Überzeugung gewesen war, dass alle Ausländer Diebe waren und arglose Besucher bestahlen.

Gemütlich nippte sie an ihrem Rotwein, als sie aus dem Augenwinkel ein Mofa bemerkte, das die Küstenstraße entlangtuckerte. Das war nicht weiter ungewöhnlich, denn Mofas waren bei den Touristen sehr beliebt – auch wenn diese häufig stürzten und dann auf Kosten ihrer Versicherung nach Hause geflogen werden mussten. Allerdings fuhr dieses Mofa ziemlich langsam. Gerade wurde der griechische Salat serviert, als das Mofa plötzlich beschleunigte und auf Moira zusteuerte.

Blitzschnell und pfeilgerade kam es näher. Der Fahrer war wegen seines geschlossenen Helms nicht zu erkennen, als er sich geschmeidig vorbeugte, nach Moiras Tasche griff und sie selbst dabei vom Stuhl riss.

Der Wirt eilte herbei, half ihr auf und erkundigte sich nach ihrem Befinden. »*Bastardos!*«, brüllte er und drohte dem davonrasenden Dieb mit der Faust. »Normalerweise müssen wir uns nur im Sommer mit diesem Abschaum herumärgern! Es tut mir schrecklich leid, *kyria*. Brauchen Sie einen Arzt?«

Moira rappelte sich vorsichtig auf und blickte dem Mofa hinterher, das sich durch das Gewühl am Hafen entfernte. Vielleicht war es ja nur Zufall. Wie der Wirt gesagt hatte, geschahen in der Hochsaison häufig solche Straftaten. Aber im nächsten Moment kam die Sonne, die sich kurz hinter einer Wolke versteckt hatte, wieder zum Vorschein. Ihre Strahlen fingen sich in einer unter dem schwarzen Helm hervorlugenden blonden Locke.

In sich hineinlächelnd nahm Moira wieder Platz. Pech für den Dieb, dass ihr Telefon auf dem Tisch lag. Außerdem hatte sie die Fotos bereits an Dora geschickt. Sie saß da, trank ihren Wein, hatte aber keinen Appetit mehr auf den lecker aussehenden Salat.

Ihr Telefon in der Hand stand Dora am Fenster mit Blick auf den Hafen und beobachtete das Leben, das sich unter ihr abspielte. Karl kam herein, um sich zu erkundigen, ob sie Lust auf einen Drink habe.

»Sie hat es, verdammt noch mal, geschafft, Karl!« Dora begrüßte ihn mit einem Lächeln, das ihr ganzes Gesicht zum Strahlen brachte. »Schau!« Sie hielt ihm das Telefon unter die Nase. »Das ist der Diwan, auf dem die Venus ruht.« Sie holte eine Kopie der unbeholfenen Skizze hervor, die sie stets bei sich hatte. »Siehst du? Venus liegt auf einem von zwei Marmorsäulen gestützten Diwan. Sie stützt sich auf einen Ellbogen, offenbar ohne ihre eigene, kunstvoll in Leinen gehüllte Nacktheit zu bemerken. In der Hand hält sie den Apfel. Unseren Apfel, der unten in Takis' Schublade versteckt ist. Paris hat ihn ihr geschenkt, und er hat damit den Trojanischen Krieg ausgelöst. Bist du nicht aufgeregt?«

»Nicht so sehr wie du.« Er lächelte voller Zuneigung.

»So etwas Spannendes habe ich seit Jahren nicht mehr erlebt!«, rief Dora aus. »Jetzt müssen wir die Statue einfach finden!«

Als das Telefon im Zimmer läutete, zuckten beide zusammen, denn im Zeitalter der Mobiltelefone kam das nur selten vor.

»Dora, ich bin's, Moira. Hast du die Fotos gekriegt?«

»Ja, habe ich. Einfach wundervoll. Gut gemacht, du bist eine Heldin!«

»Sehr schön. Interessanterweise ist mir gerade die Handtasche gestohlen worden.«

»Oh nein, Moira! Wie ärgerlich!« Plötzlich fiel ihr etwas ein. »Dein Telefon war doch hoffentlich nicht drin.«

»Ich habe den Verdacht, dass es den Dieben genau darum ging. Nur dass das Smartphone zusammen mit meinem Fährticket auf dem Tisch lag. Allerdings bin ich ziemlich sicher, dass ich die goldenen Locken unseres Adonis unter dem Helm habe hervorblitzen sehen.«

»Oh mein Gott. Das zeigt, wie richtig es ist, Xan Georgiades zu überwachen. Wenn die sich wegen des Diwans solche Mühe machen, haben sie bestimmt auch die Statue selbst. Und sie müssen die beiden Teile irgendwie zusammenfügen.«

»Außerdem brauchen sie die Hand aus Takis' Schublade«, ergänzte Moira.

»Moira, du bist nicht nur eine Heldin, sondern auch ein Genie. Wir sollten Takis bitten, die Hand an einem sichereren Ort aufzubewahren. Karl, ist das nicht aufregend? Fühlst du dich nicht ein bisschen wie Indiana Jones? Immerhin bist du Archäologe.«

Als Karl sie musterte, zeichnete sich Besorgnis in seinem Blick ab. »Sei auf der Hut, Dora. Ich liebe deine Begeisterungsfähigkeit, aber wie Takis sehr weise eingewandt hat, könnte es gefährlich werden. Außerdem findet die Arbeit eines Archäologen laut Indiana Jones hauptsächlich in der Bibliothek statt.«

»Ja.« Dora grinste. »Nur dass er sich zum Glück selbst nicht daran gehalten hat. Sonst wären die Filme nämlich ziemlich langweilig geworden.«

Penny war mit Nell zum Frühstück verabredet. Anschließend wollten sie zu den Bootshäusern radeln, um alles für die Neuankömmlinge vorzubereiten. Häufig sahen die Hauseigentümer ihnen dabei zu, weil sie lernen wollten, wie man die Zimmer nach dem Geschmack der urbanen Klientel von heute herrichtete.

Allerdings hatte Penny an diesem Morgen keinen Appetit, denn allmählich bereitete ihr Colin ernsthaft Kopfzerbrechen. Eigentlich hatte sie angenommen, dass er während ihrer Abwesenheit in seinem Club wohnen würde, wo weiß livrierte dienstbare Geister um ihn herumscharwenzelten. Normalerweise war das Pennys Aufgabe.

Sie beschloss, sich noch einmal bei Wendy zu melden.

»Hallo, du Rabenmutter und Rabenoma«, begrüßte Wendy sie mit einem Lachen in der Stimme.

Dass ihre Tochter sich so gelassen und energisch anhörte wie immer, sorgte dafür, dass Penny ein Stein vom Herzen fiel. Sie war heilfroh, dass sie eine derart lebenstüchtige Frau zur Welt gebracht hatte.

»Fahndest du noch immer nach Dad? Ich fahre hin und suche nach Indizien. Vielleicht hat er ja wirklich Flüge bei easyJet recherchiert. Soweit ich weiß, soll es auf den Golfplätzen an der Algarve um diese Jahreszeit sehr nett sein.«

»Ja.« Penny nickte. »Durchaus im Bereich des Möglichen.«

»Das würde genau zu ihm passen. Ich schaue mal nach dem Rechten.«

»Ich hab dich lieb, Wendy.«

»Und ich dich auch. Herrje, du sollst dich amüsieren! Immerhin bist du auf einer wunderschönen sonnigen Insel im Mittelmeer, während es hier immer noch regnet.«

Penny und Nell ließen sich ein Stück von Kassandras köstlichem Kuchen schmecken (eine Pflichtübung, wenn man sich keinen strafenden Blick von ihr einfangen wollte) und tranken dazu einen leckeren starken Kaffee. Dann machten sie sich auf den Weg zu den Bootshäusern.

»Wir müssen deiner Willow danken, dass sie uns zu den Reservierungen verholfen hat. Offenbar gibt es jede Menge weiterer Interessenten. Aber am meisten Furore hat ihr Blog über die Statue gemacht.«

»Hast du Doras Dienstplan schon gesehen?«, warf Nell ein. »Wir sollen Xan Georgiades rund um die Uhr beschatten, falls er das Hotel verlässt.«

»Was? Und sollen wir ihm dann etwa folgen?«, fragte Penny auf dem Weg in den Supermarkt, wo sie Seife und Toilettenpapier kaufen wollten.

»Wahrscheinlich«, meinte Nell. »Alle sind wegen der Reservierungen ganz aus dem Häuschen. Außerdem darf man Demetria nicht unterschätzen. Sie hat Leute auf der ganzen Insel dazu überredet, ihre leer stehenden Gebäude aufzumotzen. Willow braucht also nur noch die Gäste ranzuschaffen.«

Penny legte eine Großpackung Klorollen in ihren Einkaufswagen. »Du musst dich wirklich bei ihr bedanken, tust du das? Und ich hatte schon ein schlechtes Gewissen, weil wir den Einheimischen falsche Hoffnungen gemacht haben könnten. Aber jetzt geht unser Plan auf.«

»Ich erledige das, versprochen«, antwortete Nell. »Soll ich dir mal was verraten?«

»Was?«

»Wir haben alle gedacht, dass dieser Urlaub ein Reinfall wird und dass wir uns total auseinandergelebt hätten. Aber Kyri hat uns wieder zusammengebracht.«

Penny lächelte. »Stimmt. Und genau das hatte ich wirklich nötig. Ein Ziel. Ich war viel einsamer, als ich mir selbst eingestehen wollte.«

Sie hielt inne, als ihr plötzlich klar wurde, dass diese Einsamkeit trotz ihrer Ehe immer da gewesen war. Spontan fiel sie Nell um den Hals, ohne auf die Blicke der übrigen Kunden zu achten.

»Ich bin so froh, dass wir hier sind! Du auch?«

Nell grinste. »Und du bist es, die alles organisiert hat.«

»Hier haben wir keine Zeit zum Einsamsein.« Penny lächelte sie an. Die beiden steuerten auf ihre Räder zu.

Als sie den kopfsteingepflasterten Platz zwischen Supermarkt und Hafen überquerten, kam Xan Georgiades aus dem Hotel. Er blickte sich um und bog rasch um die Ecke. Kurz darauf trat Dora aus der Lobby. Sie trug ein schwarzes Polohemd, schwarze Leggings, schwarze Turnschuhe und eine ebenfalls schwarz gerandete Sonnenbrille.

Penny und Nell hatten Mühe, an sich zu halten, insbesondere, als Dora die falsche Richtung einschlug. »Wie ich sehe, hat Dora sich in ihre Rolle eingefühlt«, raunte Nell.

»Ach, du meine Güte.« Penny unterdrückte ein Kichern. »Sie sieht aus, als wäre sie zu einem Fotoshooting für *Vanity Fair* unterwegs.«

»Wir verkneifen uns besser das Lachen.« Nell schüttelte den Kopf. »Wir sind nämlich als Nächste dran.«

»Meinst du, wir sollten ihm folgen?«

»Und ihn mit einer Packung Klopapier niederschlagen? Allerdings könnten wir einen kleinen Spaziergang in seine Richtung machen.«

Zu ihrer großen Erleichterung war weder auf der

Straße hinter dem Hotel noch sonst wo etwas von Xan zu sehen.

»Und was ist mit der Tiefgarage?«, meinte Penny.

Sie waren noch dabei, diese Frage zu erörtern, als ein grauer Mercedes mit hoher Geschwindigkeit an ihnen vorbeisauste.

»Würde eine eins achtzig große Statue in dieses Auto passen?«, überlegte Nell laut.

»Nur, wenn man sie zerteilt«, antwortete Penny. Die beiden blickten dem davonbrausenden Mercedes nach.

Nell fühlte sich wie James Bond, als sie Dora anrief und ihr davon berichtete.

»Verdammter Mist, verdammter!«, war Doras lautstarke Reaktion darauf. »Aber gut gemacht, Mädels. Wir sehen uns später.«

Sie setzten ihren Weg zu den Bootshäusern fort und machten sich an die Arbeit. Penny fand, dass es etwas äußerst Entspannendes hatte, Seifenschalen mit Seife zu bestücken. War vielleicht ihre hausfrauliche Ader das Problem? Hatte sich Colin deshalb mit ihr gelangweilt? Und würde Nikos womöglich auch bald das Interesse verlieren?

»Woran denkst du gerade?«, riss Nell sie aus ihren Grübeleien. »Du hast plötzlich so traurig ausgesehen.«

»Ich habe mich gefragt, ob ich womöglich zu sehr Hausmütterchen bin und ob Colin mich deshalb links liegen lässt.«

Nell hielt inne und blickte ihr in die Augen. »Colin lässt dich links liegen, weil er ein Blödmann ist. Wir als deine Freundinnen hingegen wissen von deiner Genialität. Du bist traumhaft und liebenswert. Also schick Colin in die Wüste!«

»Aber wo mag er stecken, Nell?« Penny setzte sich auf ein frisch gemachtes Bett. »Ich habe keine Ahnung, wo er ist. Wendy hat zu Hause nachgeschaut. Er ist wie vom Erdboden verschluckt. Nicht einmal in seinem Club war er. Dort habe ich mich zuerst erkundigt. Nell …«

»Ja?« Nell hörte auf, weiter Handtücher zusammenzulegen und Seifenstücke anzuordnen, und richtete ihre ganze Aufmerksamkeit auf Penny.

»Du glaubst nicht, dass er etwa Selbstmord begangen haben könnte?«, platzte Penny heraus.

»Colin?« Nell schnaubte verächtlich. »Die meisten Selbstmörder denken, dass die Welt es ohne sie besser hätte. Dein Colin hingegen ist davon überzeugt, dass die Welt sich glücklich schätzen kann, weil er sie mit seiner Gegenwart beehrt. Das sind nur Machtspielchen, Penny. Er will verhindern, dass du hier ohne ihn Spaß hast, und deshalb versucht er, dir alles zu vermiesen.«

»Bist du sicher?« Durch Nells Worte fühlte sich Penny wie von einer zentnerschweren Last befreit. Sie wollte hinaus auf den Balkon, um dort in vollen Zügen den idyllischen Frieden rings um sie herum einzuatmen.

»Um was wollen wir wetten? Er wird warten, bis du mit Nikos wirklich glücklich bist, und dann irgendeinen dramatischen Auftritt hinlegen, um dich zurückzuholen. Ich kann mir bildlich vorstellen, wie der Hubschrauber …«

Penny konnte sich ein Schmunzeln nicht verkneifen, obwohl sie bei diesem Gedanken ein unangenehmes Herzklopfen bekam. »Da muss ich dich leider enttäuschen. Dazu ist Colin viel zu geizig! Er würde eher einen Roller nehmen. Ich hab dich lieb, Nell.« Sie drückte Nell noch einmal an sich, so dankbar, eine gute Freundin zu haben, der sie ihre Sorgen anvertrauen konnte.

»Los«, meinte Nell grinsend. »Wir köpfen die Weinflasche. Ich kann ja eine neue besorgen.«

Sie gingen mit ihren Gläsern auf den Balkon, der malerisch über das Meer hinausragte. Penny blickte die Reihe der etwa zwanzig Bootshäuser entlang, die sie zu streichen geholfen hatten.

»Irgendwie traurig, dass in jedem davon mal ein Fischerboot stand und dass sie nun leer sind.«

»Ja«, erwiderte Nell resolut. »Aber wir leben in der Welt von heute. Jetzt sind es Ferienunterkünfte, und wir sind die einfallsreichen Leute, die das wahrgemacht haben.«

»Stimmt.« Penny lächelte. »Ich schlage vor, dass wir anstoßen. Auf uns! Die verrückten alten Schachteln, die versuchen, für Kyri die Werbetrommel zu rühren.«

»Nicht doch«, verbesserte Nell sie. »Auf uns! Die wunderschönen, klugen und talentierten Frauen, die fest entschlossen sind, einer griechischen Insel auf die Beine zu helfen!«

Lächelnd stießen sie an.

Zwei Türen weiter saß Marigold auch auf dem Balkon und lächelte ebenfalls, allerdings ziemlich tückisch. Sie griff nach ihrem Telefon und schickte eine SMS an ein Smartphone in Großbritannien:

Lieber Mr. Anderson, es ist wirklich an der Zeit, dass Sie etwas wegen Ihrer Frau unternehmen.

Sechzehn

Alle hatten sich in dem kleinen Restaurant am Strand versammelt. Sie hatten auch Takis eingeladen, der jedoch sagte, er könne nicht lange bleiben.

»Also.« Ungefragt übernahm Dora das Kommando. »Was machen wir in Sachen Georgiades? Ich weiß, dass er die Statue irgendwo hat.« Sie wandte sich an Takis. »Wo ist die Hand mit dem Apfel?«

»Ich habe sie weggeschlossen. Ariadne holt sie gern hin und wieder heraus und spricht mit ihr. Das arme Mädchen. Ich bringe es nicht übers Herz, es ihr zu verbieten. Sie liebt ihre Göttin so sehr.«

»Hast du denn keinen Safe?«, erkundigte sich Dora entsetzt. »Was machst du mit den Einnahmen aus dem Hotel?«

»Auf Kyri ist es nicht gefährlich. Noch nie im Leben habe ich gehört, dass hier eingebrochen worden wäre. Die Leute schließen nicht einmal ihre Türen ab.«

»Paradiesisch.« Dora dachte an ihre dreifach verriegelte Tür zu Hause. »Vielleicht bin ich ja paranoid, aber könntest du sofort losgehen, nachschauen und dich vergewissern, dass Ariadne sie auch wirklich gut gesichert hat? Xan Georgiades benimmt sich momentan nämlich recht sonderbar.«

»Selbstverständlich, meine Damen. Ich erledige das jetzt gleich. Bestellt ihr nur etwas zu essen. Ich nehme *kleftiko*. Und rührt bloß den Wein nicht an. Der schmeckt wie Ziegenpisse. Ich empfehle euch, beim Bier zu bleiben.« Als er lächelte, wurde sein faltiges Gesicht richtig charmant.

»Ja, wird gemacht.«

Sie bestellten das Essen und außerdem fünf Flaschen Mythos-Bier. Gemütlich tranken sie und genossen die vielleicht schönste Tageszeit auf dieser idyllischen Insel. Die letzten Sonnenstrahlen tauchten die Wipfel der Tamarisken in einen goldenen Schein, und ein rosiges Leuchten ließ die Landschaft märchenhaft wirken. Das Meer war ruhig und schillerte wie das Innere einer Muschelschale. Zu ihrer Überraschung schwamm eine Entenfamilie vorbei, deren Gefieder zartrosafarben schimmerte.

Sie seufzten im Chor auf und fingen dann an zu lachen. »Seht uns nur an«, meinte Nell. »Wir sind schon so alt, dass uns die Aussicht mehr Freude macht als das Feiern. Wann genau ist das passiert?«

»Vor vielen Jahren«, erwiderte Penny. »Früher war ich gern lange unterwegs, doch inzwischen fände ich eine Disco um vier Uhr früh etwa so anziehend wie einen mittelalterlichen Folterkeller.«

»Was ist mit dir, Dora? In deiner Branche muss man bestimmt oft auf Partys gehen.«

»Zum Glück steigen die meisten direkt nach Büroschluss. Anschließend kann ich nach Hause gehen, Nudeln von Tesco in die Mikrowelle schieben und hemmungslos Videos glotzen.«

»Du besitzt doch nicht etwa eines dieser Tabletts, um vor dem Fernseher zu essen?« Der Gedanke, wie Dora, die Glamour-Queen, vor der Röhre Fertiggerichte verspeiste, sorgte für allgemeine Lachkrämpfe.

»Offen gestanden habe ich eines«, verkündete Dora in majestätischem Ton.

»Ich auch«, gestand Penny. »Es hat sogar ein Bohnensäckchen zum Ausbalancieren.«

»Und ich ebenfalls.« Nell kicherte. »Obwohl ich mich ziemlich lange dagegen gewehrt habe. Mir war die Vorstellung einfach zu peinlich.«

»Ich esse immer im College«, ließ sich Moira vernehmen. »Wenigstens war das so, bis sie entschieden haben, mich aufs Altenteil zu schicken.«

»Tja, ich gehe normalerweise in den Pub«, meinte Karl. »Die Stütze der britischen Kultur.«

»Das liegt daran, dass du ein Mann bist«, entgegnete Penny. »Wenn ein Mann niemanden zu Hause hat, der ihn bekocht, sucht er sich eben jemanden.«

»Aber Penny!«, rief Dora taktloserweise aus. »Du darfst nicht alle Männer mit deinem vergleichen!« Als sie die tieftraurige Miene bemerkte, die ihre Bemerkung ausgelöst hatte, hätte sie sich am liebsten geohrfeigt.

»Apropos Männer«, merkte Karl an. »Da ist unser Freund Takis. Und der rennt über den Strand wie von wilden Furien gehetzt.«

Als Takis ihren Tisch erreichte, war er so außer Atem, dass er kaum ein Wort herausbekam. »Sie ist weg!«, keuchte er. »Jemand hat die Hand der Göttin aus der Schublade gestohlen, wo ich sie eingeschlossen hatte!«

»Fehlt sonst noch etwas?«, erkundigte sich Karl.

»Nein, nichts. Der Dieb wusste genau, wonach er suchte!«

»Und wir alle wissen, wer dieser Dieb ist. Er will die Statue sicher verkaufen, sonst brauchte er die Hand nicht.«

»Dafür hast du keine Beweise«, wandte Nell ein.

»Er oder einer seiner Helfershelfer, Adonis vielleicht. Schließlich hat der mir ja auch die Handtasche gestohlen«, schimpfte Moira. »Zum Glück war nur wenig drin.«

»Ich halte es für unklug, ihn direkt darauf anzusprechen«, merkte Karl an.

»Warum?«, fragte Dora. »Was schlägst du vor?«

»Dass wir uns an den Mittelsmann halten. Wir tun so, als wären wir interessiert daran, die Statue zu kaufen.«

»Aber er würde uns erkennen. Dich vermutlich auch.«

Als Karl grinste, funkelten seine blauen Augen verschmitzt, ja, beinahe jungenhaft. »Also müssen wir jemanden vorschicken, den er nicht in Verdacht hat. Meinen Freund Stelios zum Beispiel.«

»Einen Strohmann«, jubelte Dora. »Wie in *Zwei Banditen!* Oder wie hieß noch mal dieser Film mit Paul Newman …«

»Meine Lieben«, unterbrach Takis sie besorgt. »Das hier ist kein Scherz. Der Mann könnte gefährlich sein.«

»Das wissen wir, Takis«, meinte Nell beruhigend.

Takis jedoch verstand die Welt nicht mehr. Er hatte die vier Freundinnen sehr gern, und er wollte nicht, dass sie wegen einer Statue ihr Leben riskierten.

»Und wozu brauchen wir diesen Stelios?«, erkundigte Dora sich argwöhnisch. »Ich dachte, das wäre der Gründer von easyJet.«

»Nicht dieser Stelios, natürlich. Stelios Stavropoulos. Er besitzt eine kleine Galerie in Saloniki. Antiquitäten sind sein Fachgebiet. Ihr werdet von ihm begeistert sein. Er riecht förmlich nach alter Levante.«

»Ist das ein Aftershave?« Nell konnte sich die Frage nicht verkneifen.

»Sei nicht so frech, Nell«, rügte Moira empört. »Levante war die Bezeichnung für den östlichen Mittelmeerraum, früher der wichtigste Handelsplatz der Welt.«

Das Essen wurde serviert.

»Und was soll dieser Stelios tun?«, fragte Dora.

»Die Sache läuft wie folgt«, erklärte Karl. »Wenn man eine griechische Statue – wie unsere Venus zum Beispiel – ausgräbt, kann man sich nicht einfach an einen Sammler wenden. So frei nach dem Motto ›Hören Sie mal her, alter Knabe, ich habe gerade diese Dame in meinem Olivenhain ausgebuddelt. Was halten Sie davon, mir zehn Millionen Euro dafür zu geben?‹. Dabei würden höchstens zehn Jahre Gefängnis rausspringen.«

»Wie geht man dann vor?«, hakte Penny nach.

»Man muss sie irgendwie legalisieren. Viele Kunstgegenstände werden auf der ganzen Welt herumgeschickt, ehe sie irgendwann zum Verkauf angeboten werden. Ein schlauer Mittelsmann weiß, in welchen Häfen man eine Exportgenehmigung kriegt – für einen kleinen Obolus natürlich. Und so wird die Statue von Hafen zu Hafen geschippert, bis sie eine ellenlange Spur von Ausfuhrgenehmigungen hinter sich herzieht. Dann verleiht man sie kostenlos an eine kleine Galerie in München oder sogar in Japan. Somit kann man behaupten, dass sie bereits ausgestellt wurde. Die Herkunft wird immer seriöser. Das nennt man ›Aufbereitung‹. Zu guter Letzt erfindet man eine Legende, zum Beispiel, sie sei von einem jungen Adeligen auf Kavaliersreise entdeckt worden. Inzwischen ist sie so frei von Fehl und Tadel wie die Queen Mum persönlich. Und, bingo, man bekommt seine zehn Millionen. Es ist ein Spiel mit dem Feuer, doch das griechische Antikenministerium hat nicht genügend Personal, um solchen Dingen nachzugehen. Und deshalb brauchen wir Stelios.«

»Woher weißt du das alles?«, erkundigte sich Dora. Sie musste zugeben, dass sie ziemlich beeindruckt war.

»Das hat mir der Mann vom hiesigen Museum erzählt. Die Behörden sind darüber bestens im Bilde. Allerdings gibt es sechstausend griechische Inseln und Unmengen von Venusfiguren. Was können sie also tun?«

»Unsere kriegt er jedenfalls nicht!«, verkündete Dora, die jetzt wie eine antike Feldherrin klang. »Wie schnell kann dieser Stelios hier sein?«

Karl verbeugte sich. »Er trifft morgen ein. Ich habe Nikos gebeten, ihn von Ximonos abzuholen, damit er nicht direkt vor Xan Georgiades' Nase aus der Fähre steigt.«

»Du bist wirklich ein Genie«, meinte Dora anerkennend.

»Auch Archäologen können sexy sein«, erwiderte Karl. »Ich könnte mich ja dir zuliebe als Indiana Jones verkleiden. Im Supermarkt kriege ich bestimmt einen Hut wie seinen.«

»Und was ist mit der Peitsche?«, frotzelte Dora.

»Da musst du deine Fantasie spielen lassen.«

Takis blickte zwischen den beiden hin und her und stellte fest, dass sie sich königlich amüsierten. »Deshalb sagt man also, dass die Engländer spinnen.«

Nikos fand, dass Stelios am besten am frühen Morgen ankommen sollte, wenn es noch ruhig auf Kyri war. Und so bestand das Empfangskomitee nur aus einem alten Mann, der den Boden nach Zigarettenstummeln absuchte, zwei recht abgemagerten Katzen und Andreas, dem Bäcker, der sich kurz vor der Bullenhitze seiner Öfen ins Freie geflüchtet hatte.

Allerdings lauerten eine ziemlich müde Nell, Dora, Penny und Moira gut versteckt hinter dem Vorhang am Fenster von Doras Zimmer auf der Vorderseite des Hotels, um einen ersten Blick auf den Retter zu erhaschen, den Karl dazu auserwählt hatte, ihre verschollene Göttin aufzuspüren.

Das Boot legte an, und ein beleibter Mann mit schwarzem Schlapphut und einem nicht sehr schmeichelhaft um die Mitte gegürteten Trenchcoat ging an Land. Er sah sich am Kai um und fing aus unerklärlichen Gründen schallend an zu lachen.

»Bei Jupiter!«, stieß Moira hervor. »Karl hat einen entsprungenen Irren angeheuert!«

»Und ganz sicher wird es ihm prima gelingen, sich unauffällig zu bewegen«, ergänzte Nell spöttisch.

Sie beobachteten Stelios' Weg über den Platz zu den kleinen Läden, die so früh am Morgen schon geöffnet hatten. Er betrat die Bäckerei und blieb so lange darin, dass es ihnen zu langweilig wurde und sie sich am liebsten wieder hingelegt hätten.

»Was, um alles in der Welt, treibt er dort?« Dora harrte länger als die anderen an ihrem Posten am Fenster aus. »Offenbar kauft er Brot für eine ganze Armee ein.«

»Vielleicht will er ja seinen Einstand feiern«, höhnte Nell.

»Hoffentlich nicht, denn er soll schließlich diskrete Erkundigungen einziehen.«

»Diskret?« Nell lachte. »Wahrscheinlich weiß er nicht mal, wie man das schreibt.«

»Sicher hat er angefangen zu ermitteln«, beteuerte Dora, die Karl nicht in den Rücken fallen wollte, obwohl sein Kandidat einen, gelinde gesagt, merkwürdigen Eindruck machte.

Da Stelios sich nicht mehr blicken ließ, kehrten sie alle zurück in ihre Betten.

Tatsächlich plauderte Stelios mit den kleinen Leuten, wie es nun einmal seine Art war. Dabei biss er in ein dickes Stück ofenfrisches Brot, das er gerade in der Bäckerei gekauft hatte.

»*Nostimo!* Köstlich, mein Freund.« Er atmete den warmen Duft des Gebäcks ein.

Andreas stand im hinteren Teil des Ladens und schob Laibe in seinen Ofen, wo die Flammen loderten. Der Schweiß rann ihm den Rücken hinunter in sein schmuddeliges Unterhemd. Offenbar war der Moment ungünstig für ein vertrauliches Gespräch. Stelios kaufte noch einen Laib und beschloss, später wiederzukommen.

Nebenan öffnete die Besitzerin des Andenkenladens gerade ihre Tür.

»*Kalimera, kyria.*« Er verbeugte sich theatralisch.

Die Ladenbesitzerin war zwar als sauertöpfisch verschrien, doch dieser charmante Bär von einem Mann hatte etwas an sich, dem sie sich nicht verschließen konnte.

»Suchen Sie etwas Bestimmtes?«, fragte sie. »Einen Sarong für eine Dame? Eine schöne Halskette?«

»Leider, *kyria*, gibt es in meinem Leben keine Dame. Ich bin so keusch wie ein orthodoxer Priester.«

»Dann ist es mit Ihrer Keuschheit aber nicht weit her. Unser Priester hat Kinder in der ganzen Gemeinde«, spottete sie. »Könnte ich Sie vielleicht dafür interessieren?« Sie wies auf einige kleine Marmorfiguren, die griechische Götter darstellten, und griff nach einer Statue des Kriegsgottes Ares. »Sie ist ungewöhnlich kunstvoll gearbeitet. Sehen Sie sich seinen Gesichtsausdruck an.«

»Aha.« Stelios lächelte einnehmend. »Eigentlich bin ich ein friedliebender Mensch. Was ist mit der zeitweisen Ehegattin des Ares, Aphrodite? Haben Sie auch eine Statue von ihr?«

»Sie sind wohl auf ein Abenteuer aus, was? Da werden Sie hier kein Glück haben. Die Mädchen sind alle Jungfrauen.« Sie überlegte einen Moment. »Vielleicht versuchen Sie es bei den Engländerinnen. Jeder weiß ja, dass die Engländer verrückt nach Sex sind. Fast so schlimm wie die Schweden. In ihrem Alter werden sie Ihnen sicher dankbar sein.«

Stelios beschloss, das Gespräch auf ein unverfänglicheres Thema zu lenken. »Und was ist mit der anderen Aphrodite? Der Statue, über die ich in Athen in der Zeitung gelesen habe?«

»Völliger Blödsinn, wenn Sie mich fragen«, entgegnete sie spitz. »Die existiert bestimmt gar nicht.«

»Wie erklären Sie sich dann die Hand mit dem Apfel?«

»Gewiss wurde der Rest von einem Traktor zerstört. Solche Statuen liegen überall herum.« Sie hielt im Abstauben ihrer Waren inne und dachte nach. »Alle glauben, dass dieser Georgiades die Finger im Spiel hat, aber dafür gibt es keine Beweise. Er ist ein guter Kunde von mir.«

Stelios' Antennen begannen zu vibrieren. Er konnte sich nicht vorstellen, was diesen Mann in einen Andenkenladen voller Billigkram, vermutlich *made in China*, bringen mochte.

»Ich hatte eine alte Karte der Insel aus der Zeit der Korsaren da. Sie war echt antik, sagte mein Mann. Aus dem siebzehnten Jahrhundert, als diese Insel wirklich wichtig war. Kyri soll damals die reichste Insel der Kykladen gewesen sein. Kaum zu fassen! Die Karte hat zweihundert Euro gekostet!«, fügte sie selbstzufrieden hinzu, wohl wissend, dass sie nur hundert dafür bezahlt hatte.

Sie verstummte ergriffen. Bestimmt hatte sie in den vergangenen Wochen nichts annähernd so Wertvolles verkauft. Stelios war überzeugt, dass eine solche Karte für jemanden, der eine Statue verstecken wollte, recht nützlich sein konnte. »Er kommt und geht ständig in seinem Mercedes. Doch das beweist gar nichts. Möglicherweise ist es ihm hier, verglichen mit Athen, einfach zu langweilig. Er ist ziemlich dick mit dem Bootsschnitzer im Laden um die Ecke befreundet, ein komischer Kerl. Ich würde es mal bei ihm versuchen.«

Stelios blickte sich um. Er fand, dass er etwas kaufen musste, denn schließlich hatte sie ihm ihre Zeit geopfert. Er konnte ja vorgeben, es sei für seine Mutter.

»Nehmen Sie das da.« Lächelnd zeigte sie auf eine Miniatur-Garnitur aus vier Stühlen mit Tisch, die in leuchtendem griechischem Blau lackiert waren. Die Stühle hatten geflochtene Sitzflächen, wie man sie in Tausenden griechischer Cafés antraf. »Das ist von besserer Qualität als der Rest meiner Sachen.«

Er musste zugeben, dass die Miniatur wirklich hübsch anzusehen war. Gewiss nahmen viele Touristen sie als Andenken an einen schönen Urlaub mit nach Hause. Viel besser als die übliche Ouzoflasche in Form der Akropolis, die nach den Ferien im Regal verstaubte. Ein Jammer, dass Stelios kein richtiges Zuhause hatte, um die Stühlchen aufzustellen. Er wohnte im Hinterzimmer seiner Galerie, eine häusliche Ader fehlte ihm gänzlich.

»Eine ausgezeichnete Idee.«

Liebevoll verpackte sie Stühlchen und Tisch erst in dünnes Seidenpapier und dann in handgeschöpftes

Einwickelpapier mit Goldprägung und band eine goldene Schleife darum, als handelte es sich um einen kostbaren Wertgegenstand.

»Danke.« Stelios verbeugte sich wieder. »Ich werde sie behalten und auf meinen Kaminsims stellen, um mich für immer an die Zeit auf Kyri zu erinnern.« Er verschwieg ihr, dass er erst seit einer knappen Stunde hier war.

Sein nächster Zwischenstopp war das Café, wo er sich zwei schwarze Kaffee und drei *koulouri* genehmigte, die Sesambrötchen, die er aus seiner in Saloniki verbrachten Kindheit kannte.

Der Laden des Bootsschnitzers befand sich in einer kleinen Seitenstraße gleich gegenüber. Inzwischen war Kyri zu Leben erwacht. Am Kai erschienen die ersten Ausflugsboote, um Touristen in die Höhlen und an die Strände zu entführen. Busse hielten vor dem Café, und bald würde die Fähre aus Santorin weitere Tagesbesucher bringen.

Stelios stülpte sich seinen heiß geliebten Hut auf den Kopf und machte sich auf den Weg.

Im ersten Stock des Hotels waren die Freundinnen mit Anziehen beschäftigt. Da Nell dabei jedoch aus dem Fenster blickte, konnte sie beobachten, wie Stelios quer über den Platz auf den Laden zusteuerte, in dem der Inhaber, so wie Nick, Boote aus Treibholz schnitzte. Am meisten beeindruckte Nell die körperliche Präsenz des Mannes, eine Kraft, die seine massige Gestalt beinahe zu sprengen schien. Ihr gefiel es, dass er immer wieder stehen blieb und, ein Lächeln auf den Lippen, mit jedem Passanten, sogar den Kindern, ein Wort wechselte. Mit seinem schwarzen Lockenschopf und der freundlichen Miene erinnerte er sie an einen großen Teddybären. Sie spürte eine Träne im Augenwinkel. Wie mochte es sein, solch einen Mann zu haben, mit dem man gemeinsam lachen konnte und der einen beschützte?

Unwirsch wischte sie die Träne weg. Nun lebte sie schon seit über zwanzig Jahren allein. Warum also fiel ihr dieser Mann auf? Nur weil er wirkte, als könnte er sie in seiner Umarmung zerquetschen?

Ein Lied von Joni Mitchell fiel ihr ein, in dem es hieß, man fühle sich von den Furchtlosen angezogen. Gütiger Himmel, war es schon so weit mit ihr gekommen, dass sie ihr Leben nach den Worten der großen Joni ausrichtete? Dass sie, wie in dem Song *Both Sides, Now* die Wolken von beiden Seiten betrachten wollte und bedauerte, nicht in Woodstock gewesen zu sein?

Nell sah, wie er der alten Frau, die vor der Bank bettelte, die Hand küsste. Die meisten Leute gingen einfach achtlos an ihr vorbei. Und jetzt jagte er mit einem etwa fünfjährigen Knirps einem Fußball nach und zog den Kleinen aus der Bahn eines blindwütigen Mofafahrers. Und dabei lachte er die ganze Zeit.

Sie beobachtete, wie er mit den Touristen in der Warteschlange an der Bushaltestelle sprach. Einige von ihnen, sicherlich Städter, starrten ihn an, als hätte er den Verstand verloren. Schließlich verschwand er im Laden des Bootsschnitzers.

»*Yassas!*«, begrüßte Stelios den Mann, der, ein Messer in der Hand, auf einem Hocker hinter der Theke saß.

»Sie sind aber früh dran«, brummelte dieser.

»Der frühe Vogel fängt den Wurm«, erwiderte Stelios überschwänglich. »Etwas dagegen, wenn ich mich umsehe?«

»Tun Sie sich keinen Zwang an. Das ist hier ein Laden.«

Langsam schlenderte Stelios durch die Regale und begutachtete gründlich jedes Boot. Von traditionellen Kaiks bis hin zu kleinen Jachten war alles vorhanden und bis ins letzte Detail ungewöhnlich liebevoll ausgearbeitet. Der Künstler hatte sogar den abgeblätterten Lack und die zerschlissenen Taue der Fischerboote nachgebildet, deren Besitzer es sich nicht leisten konnten, sie instand zu halten.

»Alles soll so realistisch wie möglich sein«, knurrte der Mann hinter der Theke. »Als Kind war ich jedes Jahr hier …«

»Aus Athen?«

Der Mann nickte. Stelios überlegte, wie er das Thema anschneiden sollte, das ihn wirklich interessierte.

»Haben Sie schon immer Boote geschnitzt?«

Der Mann lachte auf. »Ich war früher Banker.«

»Eine ziemliche Umstellung.« Stelios musterte weiter die Boote.

»Nach dem Crash hatte ich es satt, die kleinen Leute zu betrügen.«

Stelios blickte auf. »Ich bin hier noch einem Athener begegnet. Einem Herrn Georgiades.«

Der Mann beäugte ihn argwöhnisch. »Wo haben Sie den denn kennengelernt?«

»An der Bar dieses teuren Hotels. Den Namen habe ich vergessen.«

»Das White Hotel?«

»Genau dort.«

»Die Leute reden eine Menge Mist über ihn. Aber eins muss ich ihm lassen. Er hat ein Auge für Boote. Das, was

Sie gerade in der Hand haben, gefiel ihm am besten. Ich habe zwei davon geschnitzt, und er hat das andere gekauft.«

Stelios betrachtete das Boot in seiner Hand. Es war ein kleiner Kaik, der in natura zum Fischen in flacheren Gewässern diente. An Deck hatte er ein Ruderhaus und unten eine Kabine.

»Will er auch mit dem Schnitzen anfangen?«

Der Mann lachte. »Er sagte, er würde gern so ein Boot besitzen. Seine Eltern hätten jeden Sommer eines gemietet, und deshalb hängt er an der Erinnerung.«

»Interessant. Ich hätte ihn nicht als sentimental eingeschätzt.«

»Das ist er auch nicht. Er weiß noch, dass sie damals etwas sehr Schweres an Bord hatten. Irgendeinen riesigen Hai oder ein Waljunges oder so, und nun ist er sich nicht sicher, ob er das nur geträumt hat. Er hat mich gefragt, ob so etwas überhaupt möglich wäre.«

»Und wäre es das? Ein so großes Gewicht auf einem solchen Boot? Würde es nicht kentern? Oder meinen Sie, er hat es sich nur eingebildet?« Stelios grinste so breit er konnte. »Sie wissen schon, der Fisch, der einem entkommen ist, ist in der Erinnerung immer der Größte.«

»Es wäre machbar, wenn man das Gewicht richtig verteilt«, antwortete der Mann. »Als hier noch nicht alles leer gefischt war, haben die Fischer tonnenweise Tintenfische und Thunfische gefangen. Ich habe ihm jedenfalls gesagt, dass es klappen würde.«

Stelios bewunderte wieder das Boot in seiner Hand. »Mein Freund, das ist ein wirklich schönes Stück. Ich würde es gerne kaufen, falls Sie nichts dagegen haben.«

»Wie Sie wollen.« Der Mann hob den Kopf. »Wie ich schon sagte, ist das hier ein Laden.« Sorgfältig wickelte er das Boot ein und verstaute es in einer Tragetüte.

»*Yassas.* Und vielen Dank.«

Der Mann blickte Stelios nach, als dieser mit der Tüte zur Tür ging und sie öffnete. Nach einem fröhlichen Winken marschierte Stelios die Straße entlang.

Achselzuckend beugte der Mann sich wieder über seine Schnitzerei.

Penny hatte sich wie so oft in ihre Befürchtungen hineingesteigert und war nun in Sorge, dass alles über ihr zusammenbrechen könnte. Womöglich überlegte Nikos es sich ja anders und liebte sie doch nicht. Oder sie stellte fest, dass auf ihrem Konto kein Geld von der Erbschaft mehr übrig war. Sie hatte zwar gründlich nachgerechnet, aber keinen so langen Aufenthalt in Griechenland eingeplant.

In einer halben Stunde sollten sie Stelios, den Mann der großen Gesten, kennenlernen. Und zwar in Karls Zimmer, nicht in der Bar, da niemand etwas von ihrer Verbindung wissen durfte. Penny beschloss, zuerst zum Geldautomaten an der Ecke neben der Bushaltestelle zu gehen, um noch einmal ihren Kontostand zu überprüfen.

Im Städtchen herrschte so kurz vor dem Abendessen geschäftiges Treiben. Kleine Jungen traten am Kai nach einem Fußball und sprangen jubelnd auf und nieder, wenn sie dabei ein Mitglied der Entenfamilie aufscheuchten, die sich am Hafen häuslich niedergelassen hatte. Am Strand zwischen den Tamarisken turtelten Jugendliche, ihr Balzgehabe als lautstarkes Volleyballmatch getarnt. Ältere Paare bestellten ihr Abendessen von der Speisekarte für Frühentschlossene. Touristen riefen durcheinander, dass sie nur noch »ein Gläschen« trinken und dann an Bord ihrer Ausflugsboote zu den anderen Inseln gehen würden. Takis beschriftete eine Tafel mit den Gerichten, die Kassandra gerade in der Küche zubereitete. Penny bemerkte, dass Nell ihr von oben aus dem Fenster zuwinkte. Von einem beinahe überwältigenden Glücksgefühl ergriffen, setzte sie ihren Weg zum Geldautomaten fort. Ihr Verdacht, dass ihr Kontostand bedrohlich gesunken war, bestätigte sich. Aber zum Glück war ja genug auf ihrem Ehegattenkonto. Diskret steckte sie ihre rote Karte in den Schlitz. Und musste erfahren, dass sich kein Guthaben mehr auf dem Konto befand. Colin hatte das ganze Geld abgehoben!

Panik stieg in ihr hoch. Hatte er alles Geld auf sein eigenes Konto überwiesen? Oder hatte er eine hohe Summe für einen Flug und eine Hotelbuchung ausgegeben? Es hätte alles so viel einfacher gemacht, wenn er noch berufstätig gewesen wäre. Dann hätte sie einfach seine Geschäftspartner angerufen, um in Erfahrung zu bringen, wo er steckte. Aber inzwischen war er ein freier Mann und investierte sein Geld nach Lust und Laune in irgendwelche Anlagen. Kurz überlegte sie, ob sie die Bank kontaktieren sollte. Doch vermutlich würde man ihr dort keine Auskunft über seine Abhebungen geben. Ein Jammer, dass sie das Passwort seines persönlichen Kontos nicht kannte, denn dann hätte sie sich online vergewissern können. Doch er hatte es ihr nie verraten, und sie hatte deshalb kein Theater veranstalten wollen. In gewisser Hinsicht fasste das den Charakter ihrer Beziehung recht gut zusammen: Er hielt wie immer alle Fäden in der Hand.

Niedergeschlagen stieg sie die Hintertreppe hinauf zu Karls Zimmer. Am lautstarken Gelächter erkannte sie, welches das richtige war. So viel zum Thema absolute Geheimhaltung.

Die anderen waren bereits versammelt. Dora hatte natürlich eine Flasche Wein und sechs Gläser mitgebracht und außerdem an der Bar etwas zum Knabbern abgezweigt.

»Also, Stelios«, begann Karl leutselig. »Was hast du bis jetzt herausgefunden?«

»Der arme Mann ist doch erst heute Morgen angekommen«, wandte Nell ein.

»Stelios ist von der schnellen Truppe, richtig, alter Junge?«, meinte Karl.

Die Antwort bestand aus brüllendem Gelächter.

»Na, das war wirklich äußerst diskret«, merkte Dora an. »Vermutlich hat euer Lachen Georgiades aus seinem Nachmittagsschläfchen gerissen.«

Stelios blickte unbeirrt lächelnd in die Runde. »Meine Freundinnen und Freunde, ich habe heute zwei interessante Dinge erfahren.«

Karl war begeistert. »Habe ich es euch doch gesagt, dass er nicht lange fackelt.«

»Erstens hat euer Freund eine alte Karte der Insel gekauft, ein Original, auf dem sämtliche Höhlen der Korsaren verzeichnet sind.«

»Das hätten wir Ihnen auch erzählen können«, entgegnete Dora abfällig. »Ich bin überzeugt, dass er die Höhlen gut genug kennt, um die Statue dort zu verstecken und sie wieder wegzuschaffen, bevor wir ihm irgendetwas beweisen können. Dass er eine Karte gekauft hat, hilft uns da nicht weiter.«

»Sie könnten recht haben.« Stelios zuckte freundlich die Achseln. »Und dann hat er noch ein Boot erworben, das mit diesem hier ziemlich identisch ist.«

Er nahm das Boot aus der Tüte. Es war etwa dreißig Zentimeter lang mit einem blassblauen Rumpf und einem Steuerhaus. Mast und Klüver hatten dieselbe Farbe, die jedoch abblätterte, als hätte sie im Leben viel Salzwasser abgekriegt. Vorne hatte das Boot ein Ankertau und eine Fangleine.

»Es sieht aus, als könnte man gleich damit losfahren«, stellte Moira bewundernd fest.

»Ganz ähnlich wie die Schnitzereien von Nikos«, fügte Penny hinzu.

»Nur dass dieses Boot hier demjenigen gleicht, auf dem Georgiades als Kind gefahren ist«, erwiderte Stelios. »Es ist sogar sein Ebenbild, nur mit dem Unterschied, dass es sich um eine Miniatur handelt. Er hat sich beim Ladenbesitzer erkundigt, ob man damit auch schwere Lasten transportieren könnte. Angeblich erinnerte er sich daran, dass sie einen Hai oder ein Waljunges an Bord genommen hätten, und meinte, er sei sich nicht sicher, ob er sich nicht irre.«

»Oder eine Statue«, merkte Karl nachdenklich an.

»Genau mein Gedanke«, stimmte Stelios zu.

»Nur dass Georgiades kein Boot besitzt«, winkte Dora ab. »Sonst hätten wir ihn schon damit gesehen.«

»Nicht, wenn er es irgendwo versteckt«, gab Stelios grinsend zu bedenken.

»Aber hier gibt es gar keine Haie«, verkündete Moira zusammenhanglos, was ihr vernichtende Blicke von den anderen einbrachte.

»Jetzt müssen wir nur noch rauskriegen, wo dieses Boot

liegt«, sagte Karl. »Und wer wäre der bessere Mann dafür als Stelios?«

»Außerdem muss ich das Gerücht streuen, dass ich mich für die Statue interessiere und einen gut betuchten Käufer an der Hand habe. Offenbar lungert euer Freund gern an der Bar des White Hotels herum, der einzigen Luxusherberge auf Kyri.«

»Wo ist das denn?«, erkundigte sich Dora, erstaunt, dass es auf Kyri ein teures Etablissement gab, von dessen Existenz sie nichts ahnte.

»An der Spitze der Insel«, erklärte Stelios. »Gegenüber von Ximonos.«

»Und in der Nähe der Höhlen«, fiel es Dora wie Schuppen von den Augen.

»Dann wird es offenbar Zeit, dass du deine Liebe zu Martinis wiederentdeckst«, meinte Karl. »Allerdings nur, solange du dich an den Rat von Dorothy Parker hältst.«

»Ich fürchte, da komme ich nicht ganz mit«, sagte Stelios.

Dora klärte ihn auf, bevor Karl Gelegenheit dazu hatte: »Ich trinke gern noch einen Martini. Zwei, wenn es hochkommt. Nach dem dritten liege ich unter dem Tisch. Nach dem vierten unter meinem Gastgeber.«

»Das werde ich mir merken.« Stelios grinste. »Insbesondere deshalb, weil der Gastgeber ein ziemlich beleibter Deutscher ist. Ich denke …«

»Jetzt wird es gefährlich«, witzelte Karl.

»Eine elegante Dame, die als Assistentin des Käufers auftritt, könnte mir vielleicht dabei helfen, Informationen zu beschaffen. Mein Charme sucht zwar seinesgleichen, wirkt aber bei manchen Leuten nicht, so erstaunlich das auch sein mag. Insbesondere nicht bei dicken Deutschen.«

»Wer schwebt dir denn vor?«, erkundigte sich Karl. »Bei welcher der Damen ist die Wahrscheinlichkeit am geringsten, dass er sie wiedererkennt? Dora kommt natürlich nicht infrage. Unser Freund weiß genau, wer sie ist.«

»Moira?«

»Schon gut.« Moira verzog schmollend das Gesicht. »Mich würde niemand als elegant bezeichnen. Und Penny kann es auch nicht übernehmen, weil er sie ebenfalls kennt. Ich glaube, Nell ist ihm am seltensten über den Weg gelaufen.«

Alle sahen sie an. »Glaubst du, du würdest es schaffen, dich gut genug zu verkleiden, um ihn zu täuschen?«

Nell grinste spitzbübisch. »Ich sehe zu, was ich machen kann.«

Siebzehn

»Komm, wir gehen runter zum Meer und hängen die Füße ins Wasser«, schlug Penny vor. Obwohl es schon spät war, schien das rosige Leuchten nach dem Sonnenuntergang auf Kyri stundenlang anzuhalten. Penny dachte an zu Hause und daran, dass der Regen laut Wendy gefühlt seit Wochen nicht mehr aufgehört hatte. Allerdings löste der Gedanke nur Beklommenheit in ihr aus.

»Was ist los?«, fragte Moira, obwohl sie normalerweise nicht die Einfühlsamste war.

»Das Problem ist mein verdammter Mann. Er ist verschwunden, und ich befürchte ständig, dass er hier aufkreuzen könnte.«

»Vielleicht hat er ja die Odyssee gelesen. Odysseus war zehn Jahre fort, bevor er zu der treuen Penelope zurückgekehrt ist. Ob er dich zappeln lassen will?«

»Die Methode klappt offenbar.« Die Vorstellung, dass ausgerechnet Colin Homer las, brachte sie zum Lachen.

»Du solltest öfter lachen«, verkündete Moira. »Dann siehst du so hübsch aus.«

»Ich überlege, ob ich nicht besser nach Hause fliegen soll.«

»Aber was ist mit Nikos? Ich dachte, es wäre etwas Ernstes. Zumindest hatte ich den Eindruck. Möchtest du nicht hier bei ihm bleiben?«

Penny erinnerte sich an den Abend, an dem er ihr gesagt hatte, dass er sie liebte. Warum nur fiel es ihr schwer zu glauben, dass er es auch so meinte?

»Du solltest zur Abwechslung endlich selbstbewusster werden«, teilte Moira ihr ungewohnt streng mit. »Du hast so viel zu bieten. Und bis jetzt hast du anscheinend Perlen vor die Säue geworfen. Ohne dich wären wir alle nicht hier. Du solltest stolz darauf sein, dass du uns wieder zusammengebracht hast.«

Vor Rührung verschlug es Penny fast die Sprache. Allerdings brauchte sie ohnehin nicht zu antworten, denn im nächsten Moment kam Demetria aufgebracht auf sie zugestürmt. Heute ähnelte sie eher einer Furie als Melina Mercuri.

»Penelope!«, keuchte sie bebend vor Zorn. »Und du, Moira, hör auch zu! Schlechte Nachrichten! Jemand verbreitet Lügen über unsere wunderschönen Bootshäuser!«

Sie förderte ihr Telefon zutage und zeigte ihnen die Webseite von Kyri, die Nikos eingerichtet hatte. In einer ausführlichen Bewertung eines der Bootshäuser hieß es, es sei dort schmutzig, laut und gefährlich für Kinder. Die Behauptung wurde sogar mit Fotos untermauert. Demetria hatte recht. So etwas konnte fatale Folgen haben.

»Wir gehen sofort hin!«, verkündete Moira. »Sicher haben die aktuellen Feriengäste etwas angestellt.«

»Genau das ist ja das Sonderbare«, schimpfte Demetria. »Alles steht bis zur Ankunft der nächsten Urlauber leer.«

Sie hasteten über den Strand und blieben nur auf dem Pfad stehen, um sich die Füße abzutrocknen. Moira hatte es so eilig, dass sie mit sandigen Füßen in die Turnschuhe schlüpfte und Penny hinter sich herzerrte. »Beeil dich, es bleibt nicht mehr lange hell.« Sie liehen sich zwei der Gemeinschaftsräder – auch eine Idee von Nikos – und fuhren so schnell wie möglich zu den Bootshäusern. Demetria folgte wegen ihrer absurd hohen Absätze in ihrem kleinen Auto.

Den Verriss auf dem Display parat holten sie die Schlüssel und eilten los, um die Bootshäuser zu inspizieren, für die sie sich alle so abgemüht hatten. Dort angekommen überprüften sie jede Wohnküche und jedes Schlafzimmer. Alles war blitzblank: funkelnde Waschbecken und Duschen, ordentlich gefaltete Handtücher und fleckenlos saubere Küchen und Schlafzimmer, wie in einer Hochglanzbroschüre.

»Jetzt brauchten wir ein iPad, um die Fotos bei der Bewertung besser sehen zu können«, sagte Moira. »Aber wir haben keins.«

Ein strahlendes Lächeln im Gesicht kramte Demetria eines aus ihrer gewaltigen Handtasche. »Habe ich im Internet gekauft«, erklärte sie. »Billig, weil es einen Vorbesitzer hatte. Außerdem« – wieder ein ansteckendes Grinsen – »kann ich es als Betriebskosten absetzen, weil ich jetzt eine wichtige Geschäftsfrau bin!«

Sie betrachteten die Fotos auf dem größeren Bildschirm.

»Wo genau ist das?«, fragte Moria erbost. Obwohl Demetria das iPad mit ausgestrecktem Arm von sich hielt, war es schwierig festzustellen, um welches der Häuser es sich handelte.

»Da steht *laut*«, höhnte Moira. »Hört doch selbst. Es ist hier totenstill.«

»Und wie kann man behaupten, dass es gefährlich für Kinder ist?« Penny kochte vor Wut. »Wir haben die Lage der Häuser ganz genau beschrieben. Ja, sie liegen direkt am Wasser. Das geht aus unseren Fotos klar hervor. Es sind Bootshäuser, verdammt!«

Moira sah die beiden anderen an. »Aber welches Bootshaus ist es denn überhaupt?«

Plötzlich fiel es ihnen wie Schuppen von den Augen. Moira griff nach Pennys Hand.

»Das von Marigold!«, riefen sie im Chor. »Was, zum Teufel, unternehmen wir gegen diese Frau?«

Stelios hatte den ganzen Nachmittag an der Bar des White Hotels verbracht, wo er Martinis trank und mit seinem reichen Kunden prahlte, der interessiert daran sei, die Venusstatue zu kaufen, ohne Fragen zu stellen, so sie denn existierte. Nachdem er Neugier geweckt und, wie er hoffte, das Gerücht von einem potenziellen Käufer in die Welt gesetzt hatte, wollte er an diesem Abend wieder dorthin. Diesmal allerdings mit Nell als glamouröser Assistentin des geheimnisvollen Kunden.

»Aber wie können sich die Leute sicher sein, dass es den Käufer wirklich gibt?«, wandte Karl ein.

»Keine Sorge, mein Freund«, beruhigte ihn Stelios und schenkte ihm sein übliches ansteckendes Grinsen. »Ich bin den Umgang mit zwielichtigen reichen Leuten gewöhnt, die Antiquitäten kaufen wollen, weil ihnen irgendein Bauchgefühl sagt, dass sie sie um jeden Preis besitzen müssen. Sogar sich selbst machen sie vor, dass alles legal sei, obwohl sie in ihrem Innersten ahnen, dass es sich um Hehlerware handelt. Dieses Spiel kenne ich. Ich werde deinen Freund schon überzeugen.«

»Ausgezeichnet.« Karl klopfte ihm auf den Rücken. »Ich wusste doch gleich, dass wir mit dir an den Richtigen geraten sind.«

Aber Stelios hörte ihm gar nicht zu. Stattdessen starrte er über seine Schulter, und zwar mit dem Gesichtsausdruck eines Reihers, wenn er unter sich im Fluss einen Stichling bemerkt. Als Karl sich umwandte, wurde ihm der Grund dafür klar.

Nell war hereingekommen. Sie trug eine perlmuttfarbene Jacke aus Bouclé von Chanel mit der unverkennbaren schwarzen Paspel um den Kragen über einer hellen Seidenbluse und einem engen schwarzen Rock. Ihr dunkles Haar war zu einem makellosen französischen Knoten aufgesteckt. Schwarzer Lidstrich umrahmte ihre Augen mit einem verführerischen Schwung. Außerdem war sie mit einer riesigen Sonnenbrille von Chanel bewaffnet.

»Nell!«, rief Dora. »Wo hast du die Jacke her? So eine suche ich schon mein Leben lang.«

»Oxfam in der King's Road. Achtzig Pfund. Die Secondhandläden in den schicken Vierteln sind eine prima Bezugsquelle für Designerklamotten. Sehe ich okay aus?«

Alle stellten sich in einer Reihe auf, um sie zu bewundern.

»Du siehst spitze aus«, verkündete Penny.

»Absolut hinreißend!«, stimmte Dora zu. »Audrey Hepburn in *Frühstück bei Tiffany*, wie sie leibt und lebt.«

»Wer hätte gedacht, dass du Beine hast?«, merkte Moira an.

»Und noch dazu so wunderschöne Beine«, ergänzte Penny.

»Ich habe meine innere Leslie Caron heraufbeschworen. Findet ihr nicht, dass ich eher aussehe wie Cruella de Vil?«

»Nein!«, beteuerten ihre Freundinnen.

»Und jetzt passt mal auf.« Sie zog ein Schmollmünd-chen, ließ die Schultern ganz leicht hängen und setzte ei-nen hochmütigen Blick auf. »Monsieur Stelios, *êtes-vous prêt?*«, fragte sie in gelangweiltem und zugleich ungedul-digem Tonfall.

»Wow!«, rief Dora aus. »Ein französischer Akzent. Wo kommt der denn her?«

»Ich war in Paris auf einer Schule für höhere Töchter. Bis jetzt hat mich das nicht weitergebracht. Findest du es nicht ein bisschen *de trop?*«

»Ich finde es perfekt. Was meinst du, Stelios?«

Aber Stelios war schon aufgestanden und starrte Nell wie hypnotisiert an. Er bot ihr den Arm.

»*Enchanté, madame.*« Er verbeugte sich mit einem Fun-keln in den Augen. »*Allons-y!*«

Für den nächsten Morgen hatte Moira sich früh den We-cker gestellt. Heute hatte sie Dienst in Treasure Island, und es hatten sich dreißig durstige Touristen angesagt, die essen und sich noch mehr Drinks hinter die Binde kippen wollten, als sie bereits intus hatten. Zum Glück hatte Nell sich erboten, ihr zu helfen. Das hieß, falls es am Vorabend mit Stelios im White Hotel nicht ein paar Martinis zu viel geworden waren.

Sie duschte und schlüpfte in einige Kleidungsstücke, die das ungeschulte Auge leicht mit einem Pyjama hätte verwechseln können. Dann wollte sie an Nells Tür klop-fen. Doch am Türknauf hing das »Bitte nicht stören«-Schild.

Obwohl ihr klar war, dass sie sich albern verhielt, emp-fand sie das Schild als Zurückweisung. Etwas, das die streberhafte und linkische Moira als Kind allzu oft erlebt hatte. Andere Kinder hätten sich vielleicht darüber beklagt, dass sie im Sportunterricht nicht für die Mannschaft ausgewählt wurden. Doch Moira hatte sich damit abgefunden, dass sie grundsätzlich nicht in die engere Wahl kam. Keine Geburtstagsfeiern, keine Freundschaften, keine ausgedehnten Mädchengespräche auf dem Bett und auch keine Schulpartys. Hier auf Kyri sahen die Dinge zum ersten Mal rosiger aus. Die anderen hatten sie offenbar in ihren Kreis aufgenommen.

Also schalt sie sich für ihre mimosenhafte Reaktion auf das dämliche Schild, schnappte sich ihren Korb und diverse Einkaufsbeutel und machte sich eilig daran, diese in den Läden mit Fleisch, Pita, Salat, Ananas, Zitronen und Mangos zu füllen. Dabei hoffte sie inständig, dass Takis nicht vergessen hatte, den Alkohol zu besorgen. Gläser und Strohhalme warteten schon hinter der Theke.

Als sie auf dem Weg zum Strand wieder am Hotel vorbeikam, legte sie einen Zwischenstopp ein, um sich nach dem Stand der Dinge zu erkundigen. Ariadne hatte Dienst an der Rezeption. Sie sah sehr hübsch aus und wirkte ruhig.

»Ist Takis da?«, fragte Moira.

»Der ist mit deinen Flaschen zum Strand unterwegs«, erwiderte Ariadne zu ihrer Erleichterung und wandte sich dann wieder der Aufgabe zu, einem neuen Gast Bootsausflüge zu empfehlen. »Sie müssen sich unbedingt die Piratenhöhlen ansehen«, meinte sie mit einem wissenden Zwinkern in Moiras Richtung. »Sie sind die berühmteste Sehenswürdigkeit auf der Insel.«

Als Moira den Andenkenladen passierte, winkte die Besitzerin ihr zu. Die junge Frau vom Supermarkt, die gerade die Auslage für die mit der Fähre eintreffenden Touristen bestückte, begrüßte sie mit »*Kalimera, kyria* Moira«. Moira lächelte in sich hinein. Auf Kyri fühlte sie sich, als würde sie dazugehören. Beim Anblick der üblichen alten Männer, die wie immer auf dem betonierten Rand des Blumenbeets saßen, hatte sie einen Geistesblitz: Sie würde sie zu einem Kaffee einladen.

Also kehrte sie zurück zum Hotel und sprach Kassandra darauf an, worauf diese beim Gedanken an noch mehr Arbeit die Augen himmelwärts verdrehte. Dennoch spürte Moira, dass ihr der Vorschlag eigentlich gefiel. »Solange es nicht zur Gewohnheit wird. Ich will nicht, dass diese alten Taugenichtse sich die ganze Zeit hier herumdrücken wie die streunenden Katzen.«

»Ich richte es ihnen aus.« Moira grinste. Sie stellte ihren Korb ab und brachte ein Tablett mit Kaffeekännchen, Milch und Pappbechern hinaus auf den Platz.

»*Kalimera sas*«, meinte sie. »Guten Morgen!«

»*Kyria*«, rief ein weißhaariger Mann, der eine Baskenmütze trug, mit einem verschmitzten Funkeln in den Augen. »Wenn Sie Ihre Aphrodite finden wollen, müssen Sie nur uns fragen!«

Moiras Stimmung besserte sich schlagartig. Ihre Großzügigkeit wurde belohnt. Doch als sie weiter nachhakte, lachte der Mann nur, legte den Finger an die Lippen und wiegte sich wie ein Wilder hin und her. Wollte er sie nur veräppeln?

»*Kalos!*«, verkündeten die anderen alten Männer im Chor und tranken ihren Kaffee. »*Poli kalos!*«

»Das heißt ›Sehr freundlich von Ihnen‹«, übersetzte ein älterer Herr mit langem Rauschebart.

»Sagen Sie ihnen, dass sie das Tablett im Hotel abgeben müssen. Sonst bringt Kassandra mich um«, teilte sie dem Mann mit.

Sie griff wieder nach ihrem Korb und marschierte den Pfad zum Olivenhain hinauf. Seit ihrer Ankunft war so viel geschehen. Unvermittelt wurde Moira klar, dass sie zum ersten Mal, seit sie denken konnte, wirklich glücklich war. Auf dem Weg durch den Olivenhain blieb sie einen Moment stehen. War das etwa Myrte? Verdammt, sie war ja schon so schlimm wie Ariadne. Was war aus der wissenschaftlichen Abgeklärtheit geworden? Sicher handelte es sich um irgendeine hysterische Reaktion, für die es bei Freud ganz gewiss einen Ausdruck gab.

Moira lachte laut auf. Die wissenschaftliche Abgeklärtheit konnte sie mal im Mondschein besuchen.

Zu ihrer Erleichterung stand unten in der Bar eine Reihe von Flaschen auf der Theke bereit. Moira fing an, Obst klein zu schnippeln, und es gelang ihr sogar, der Stereoanlage Musik zu entlocken. Auch wenn Status Quo nicht unbedingt die Band ihrer Wahl war, verbreitete der Song wenigstens gute Laune.

Nach einer halben Stunde erschien Nell. Anders als sonst sah sie ein bisschen zerrauft aus.

»Hallo«, begrüßte sie Moira. »Wie war es gestern?«

Nell schmunzelte. »Das erzähle ich dir später. Dora verlangt, dass wir die Szene heute Abend nachstellen. In ihrem Zimmer, für den Fall, dass du weißt schon, wer Lunte riecht.«

»Ich bin wirklich bescheuert.« Nach diesem angenehmen Vormittag fühlte sich Moira stark genug für eine Beichte. »Ich dachte, das ›Bitte nicht stören‹- Schild sei nur für mich gedacht, und war wirklich gekränkt.«

»Messer weg«, befahl Nell. »Komm her.« Sie breitete die Arme aus und drückte Moira fest an sich. »Du bist meine Freundin!« Und Moira, die nicht einmal auf Beerdigungen oder bei der letzten Szene von *Love Story* weinte, stellte fest, dass sie eine Träne im Augenwinkel hatte. Sie wischte sie in den nächstbesten Tequila Sunrise.

»Ich war nur etwas verkatert, sonst nichts. Mister Luxusgartencenter hat mir einen Martini nach dem anderen ausgegeben. Aber keine Sorge. Ich habe dabei immer an Dorothy Parker gedacht. Zum Glück bin ich ein ziemlich harter Brocken, weshalb er nichts aus mir rausgekriegt hat. Auch wenn er es versucht hat, das kannst du mir glauben.«

»Ich platze vor Neugier. Übrigens« – Moira schüttelte den Kopf, so empörend war das, was sie Nell mitzuteilen hatte – »müssen wir über Marigold reden.«

In diesem Moment kam am Horizont das Ausflugsboot in Sicht. Beladen mit Partyvolk steuerte es unausweichlich auf sie zu, weshalb die Zeit nicht mehr für ein Gespräch reichte.

Obwohl sie sich am Abend nur zu siebt trafen, ließ sich Dora nicht lumpen und hatte unten an der Bar gekühlten Weißwein, Oliven mit Feta, Mini-*spanakopita* und frischen Hummus auf Pitabrot besorgt. Sie erwartete ihre Gäste an der Tür, als veranstaltete sie eine Cocktailparty am Sloane Square.

»Hallo, meine Herzallerliebsten.« Dora umarmte Nell und Stelios. »Wie war es gestern Abend? Ich konnte gar nicht schlafen, weil ich die ganze Nacht an euch gedacht habe!«

Moira, die im Zimmer nebenan wohnte und Doras Schnarchen gehört hatte, hätte dem widersprechen können. Aber sie schmunzelte nur.

»Ein Minenfeld!«, erwiderten Nell und Stelios im Chor.

»So etwas möchte ich nie wieder erleben!«, fügte Nell mit Nachdruck hinzu. »Der Typ vom Gartencenter ist gerissener, als man glaubt. Stelios war eine Wucht. Er hat geklungen wie ein richtiger Fachmann für den Ankauf von Antiquitäten.«

»Ich *bin* ein richtiger Fachmann!«, empörte sich Stelios.

»Nicht, wenn es um zehn Millionen Euro geht.«

»Wir haben ihn auf acht runtergehandelt«, merkte Nell an.

»Oh, dann ist ja alles in Butter«, scherzte Penny. Trotzdem verzog sie besorgt das Gesicht. »Ich hoffe nur, dass wir uns nicht in Gefahr begeben.«

»Meiner Ansicht nach sind diese Leute eher dumm als gefährlich«, versuchte Nikos, sie zu beruhigen.

»Aber Xan Georgiades ist reich. Er hat viel zu verlieren. Könnte er dadurch nicht zur Gefahr werden? Takis befürchtet das jedenfalls. Er hatte eine Heidenangst davor, dass Ariadne sich einmischen könnte. Was meinst du, Karl?«

Karl hatte schweigend zugehört. »Meiner Ansicht nach hat Pennys Einwand etwas für sich. Außerdem könnt ihr dieses Spiel nicht ewig treiben.«

»Ganz richtig«, stimmte Nell ihm zu. »Die wollen nämlich das Geld sehen. Erst dann rücken sie mit einem Beweis für die Echtheit der Statue raus.«

»Die Hand!«, entfuhr es Moira. »Bestimmt zeigen sie euch die Hand!«

»Wir müssen die Statue finden«, beharrte Penny. »Das ist die einzige Lösung.«

Plötzlich fiel Moira ihr Erlebnis von diesem Morgen ein. »Einer der alten Männer, die immer auf dem Platz direkt am Hafen sitzen, der mit der Baskenmütze, hat gesagt, wir sollen ihn und seine Freunde fragen, wenn wir die Aphrodite aufspüren wollen.«

»Die alten Männer«, wiederholte Stelios und schien sich über sich selbst zu ärgern. »Warum habe ich nicht selbst daran gedacht? Die sitzen den ganzen Tag dort herum und beobachten alles, was vor sich geht, ohne dass jemand sie zur Kenntnis nimmt. Sie sind praktisch unsichtbar, gehören zum Inventar. Ich werde sofort mit ihnen reden.«

»Nein«, protestierte Nikos. »Jetzt wimmelt es dort von Leuten. Wir sollten warten, bis Georgiades morgen das Hotel verlässt. Und dann sprechen wir sie an.«

»Nikos hat recht«, sagte Karl. »Schließlich willst du nicht, dass er dich aus seinem Zimmerfenster beobachtet.«

»Dann also morgen«, verkündete Stelios. »In diesem Fall, Dora, hätte ich gerne noch ein Glas Wein.«

Penny hatte die erste Wache. Es fiel ihr schwer, die Augen aufzuhalten. Das lag zum Teil daran, dass sie am Abend, der immer ausgelassener geworden war, etwas zu viel getrunken hatte. Der andere Grund war, dass sie nicht die Vorderseite des Hotels beobachtete, wo ein reges Kommen und Gehen herrschte, sondern am Hintereingang Dienst schob. Sie hatte ihr Smartphone auf Radio 4 eingestellt, das man interessanterweise hier empfangen konnte. Gerade lauschte sie mit nostalgischen Gefühlen, wie der Moderator John Humphrys irgendeinen Politiker zur Schnecke machte, als sich unten plötzlich etwas bewegte. Sie würgte Humphrys mit demselben Feingefühl ab, das er seinen Opfern angedeihen ließ, und stand auf. Ja, ein grauer Mercedes mit Georgiades am Steuer rollte aus der Garage und brauste den Hügel hinauf.

Es war acht Uhr morgens. Zu früh, um Stelios zu wecken? Sie fand, dass der Anlass wichtig genug war.

Also klopfte sie an seine Tür.

»Ja?«, ertönte von drinnen eine gedämpfte Stimme.

»Die Luft ist rein!«

»Gut. Ja, okay.« Dann herrschte Totenstille, so als wäre er sofort wieder eingeschlafen.

Penny beschloss, nach unten zu gehen und zu frühstücken. Selbst die schlimmsten Klatschbasen unter den alten Männern trieben sich um diese Uhrzeit bestimmt noch nicht am Hafen herum.

Das Büfett bog sich unter den üblichen Köstlichkeiten. Frischer Obstsalat, Joghurt von Kassandras berühmten Ziegen, mit oder ohne den leckeren griechischen Honig, Rührei und verschiedene Sorten Aufschnitt und Käse, wie die Deutschen und Holländer es mochten. Allerdings waren beklagenswert wenige Gäste da.

»Morgen, Penny.«

Als sie sich umdrehte, stand hinter ihr Moira in einem ihrer alten Ensembles, das sogar als Kleiderspende aussortiert worden wäre.

Zufrieden fing Moira an, die halbe Tagesproduktion einer Ziege in Form von Joghurt auf ihr Müsli zu schaufeln. Plötzlich jedoch hielt sie mit besorgter Miene inne.

Penny legte den Löffel weg. »Was ist, Moira?«

»Wie lange bleibst du voraussichtlich noch?«

»Vielleicht, bis das Geheimnis der Statue gelüftet ist.« Oder bis Colin am Horizont erschien, eine Befürchtung, mit der sie ihre Freundinnen allerdings nicht weiter belasten wollte.

Da von den anderen jede Spur fehlte, beschloss Penny, einen Spaziergang zu machen und nachzudenken.

Sie trat hinaus auf den hell von der Sonne beschienenen Platz. Sie mochte diese Tageszeit, wenn alle ihre Läden öffneten, gut gelaunt und voller Hoffnung, dass ein Kreuzfahrtschiff im Hafen auftauchen oder eine Horde Touristen von der Fähre über sie hereinbrechen würde, anstatt zur nächsten Insel weiterzufahren.

Diesmal ging sie nicht zum Strand und den Bootshäusern, sondern eine schmale Straße entlang, die ins Landesinnere führte. Bis jetzt war sie nur selten hier gewesen, und als sie um die Ecke bog, stieß sie frontal mit einem Esel zusammen, den die Begegnung ebenso zu überraschen schien wie sie.

»Hallo, mein Alter.« Sie tätschelte sein Maul, bis der Besitzer mit einer Trage voller Ziegelsteine aus dem Haus kam. Einen Moment überlegte sie, ob sie ihn zur Rede stellen sollte, doch der Esel machte keinen mageren oder vernachlässigten Eindruck und schien mit seinem Schicksal im Reinen zu sein. Offenbar gewöhnte Penny sich an die griechischen Sitten.

»*Kalimera.*« Sie nickte dem Mann zu und drückte sich an die Mauer, damit der Esel vorbeikonnte.

Ein paar Straßen weiter entdeckte sie den Eingang einer orthodoxen Kirche, wie es sie in jedem noch so winzigen Dorf in Griechenland gab. Einige von ihnen waren so klein, dass kaum Leute hineinpassten.

Da gerade kein Gottesdienst stattfand, war es drinnen

dunkel. Ein übermächtiger Geruch nach Weihrauch und brennenden Kerzen verschlug ihr beinahe den Atem. Doch das war noch nicht alles. Penny konnte den harten Überlebenskampf der Menschen hier so deutlich spüren, dass sie erstarrte. Im Dämmerlicht erkannte sie unter einer Ikone mit dem Bildnis der Jungfrau Maria einige *tamata*, Votivschildchen aus Metall, geformt wie Herzen oder Gliedmaßen. Jedes verkörperte die Hoffnung auf ein Wunder, und jede Kerze stand für einen nicht gelebten Traum.

»Kann ich Ihnen helfen, *kyria*?« Ein gastfreundliches Lächeln auf den Lippen erschien die Küsterin aus der Finsternis und hielt Penny einen Schal hin. Beinahe schien sie enttäuscht zu sein, dass die Besucherin weder Shorts trug noch nackte Arme hatte, denn die hätten bedeckt werden müssen.

»Nein, danke«, erwiderte Penny. Sie ging weiter, ohne zu wissen, wonach sie eigentlich suchte. Ihre nächste Station war das hiesige Museum. Es befand sich zwar auch in einer Seitenstraße, war jedoch in einer ziemlich beeindruckenden Villa untergebracht, die in Kyris ruhmreicher Zeit als Stützpunkt im östlichen Mittelmeer einem Korsarenkapitän gehört hatte.

Konzentriert studierte Penny die Erläuterungen, in denen die Unterschiede zwischen Korsaren und Piraten aufgelistet waren. Erstere waren Freibeuter gewesen, die vom König die Genehmigung erhalten hatten, die Feinde Frankreichs – England eingeschlossen – zu überfallen. Natürlich ein himmelweiter Unterschied zu Captain Sparrows wackeren Piraten der alten Schule, die »Jo-ho-ho und 'ne Buddel voll Rum« grölten und ihre bedauernswerten Opfer kielholten. Penny fragte sich, ob es sich wohl um denselben hinterhältigen Franzosenkönig handelte, der dem Korsaren im Austausch für die Statue die Freiheit versprochen und ihn dann zu betrügen versucht hatte, sodass dessen einzige Möglichkeit gewesen war, das gute Stück aus Rache zu vergraben.

Während sie die Exponate eingehend betrachtete, bedauerte sie, dass das einst so wohlhabende und bedeutende Kyri inzwischen verarmt war. Die Kinder der Einheimischen mussten die Insel verlassen, um anderswo Arbeit zu suchen. Und die kleinen Fortschritte, die sie mit den Bootshäusern und Willows Blog bewirkt hatten, erschienen Penny auf einmal wie ein Tropfen auf den heißen Stein. Sie wünschte, sie und ihre Freundinnen würden vor ihrer Abreise einen Weg finden, um wirklich etwas zu verbessern.

Im ersten Stock waren einige Gemälde ausgestellt. Die üblichen Ikonen, ein Porträt des Schutzheiligen des Ortes mit dem unaussprechlichen Namen und ein paar Bibelszenen. Beim Anblick des Bildes an der Stirnseite des Raumes fing Penny laut an zu lachen.

Es war die treue Penelope, allerdings ganz anders, als sie – insbesondere von Nostalgikern wie den Präraphaeliten – für gewöhnlich dargestellt wurde: mit großen, traurigen Augen, wallendem Haar und sehnsüchtigem, auf den Horizont gerichtetem Blick, während sie auf ihren irrlichternden Gatten wartete.

Dieses Gemälde unterschied sich drastisch von einer solchen Interpretation. Es stammte aus dem Mittelalter und zeigte Penelope auf einer Barke, wie sie ihre beharrlichen Freier, vergnügt und ein zufriedenes Lächeln auf den Lippen, mithilfe einer Stocherstange über Bord stieß.

»Eine starke Frau war sie, Penelope.«

Penny schrak zusammen. Sie hatten den Kurator gar nicht kommen gehört.

»Meinen Sie? Manche halten sie für eine ziemlich klägliche Gestalt.«

Er brach in lautes Gelächter aus. »Aber das stimmt nicht. Sie war stark. Und klug. Dieses Bild ist in unserem Katalog abgedruckt, falls Sie den kaufen möchten.«

»Sehr gerne sogar. Was für ein spannendes Museum.«

»Danke. Allerdings fürchte ich, dass Sie für heute unsere einzige Besucherin bleiben.«

»Ein Grund mehr, den Katalog zu kaufen.«

Das Buch in der Hand machte sie sich auf den Rückweg. Wenn sie wieder zu Hause wäre, würde sie das Bild heraustrennen und es aufhängen, um immer an die starke Penelope zu denken.

Moira bestand darauf, Stelios zu begleiten, als dieser sich auf die Suche nach den alten Männern machte. Eigentlich war ihm das nicht unbedingt recht, aber ihm war klar, dass ihm die Entschlossenheit fehlte, die nötig war, um Moira daran zu hindern. Vermutlich hätte sogar ein Panzer nicht ausgereicht. Und so schlenderten sie zusammen auf das Grüppchen alter Männer zu, das am Ende der niedrigen Hafenmauer saß. Sie waren zu sechst. Einige trugen Shorts und Baseballkappen. Einer hatte ein keck gestreiftes T-Shirt an, und ein anderer, der uralt zu sein schien, war förmlich in Marineblau gewandet. Auch der geschwätzige Zeitgenosse mit der Baskenmütze war dabei. Die Männer verbrachten ihre Tage hier im Schatten der Tamarisken, wo sie aufmerksam alles kommentierten, was sich vor ihren Augen abspielte: die Dummheit der Touristen, die Knausrigkeit der Wirte, die ihnen kein Getränk ausgaben, und nicht zuletzt – wie Moira stark vermutete – die körperlichen Reize sämtlicher vorbeispazierender Frauen.

Auch wenn es mit ihrem Gedächtnis vielleicht nicht mehr weit her war, hatten sie nicht vergessen, dass Moira sie zu einem Kaffee eingeladen hatte. Deshalb fiel die Begrüßung geradezu überschwänglich aus.

»*Kalimera, sas!*«, erwiderte sie nicht minder erfreut. »Und das hier ist mein Freund Stelios Stavropoulos.«

Die Männer unterzogen ihn einer kritischen Musterung. »Zu alt für Sie, *kyria*«, verkündete einer von ihnen.

Stelios spielte eindrucksvoll den Gekränkten. »Also, meine Herren«, begann er dann auf Griechisch. »Ihnen entgeht sicher kaum etwas, das auf der Insel geschieht. Meine Freundin meint, wir sollten uns an Sie wenden, um zu erfahren, wo die verschollene Statue der Aphrodite versteckt ist.«

Die Männer lachten brüllend.

Moira betrachtete sie mit strenger Miene. Sie hoffte, dass sie hier keinem Phantom nachjagten.

»Vielleicht würde es unserem Gedächtnis auf die Sprünge helfen, wenn Ihr Freund uns einen Ouzo spendiert.«

»Ouzo?«, entsetzte sich Moira. »Es ist elf Uhr morgens!«

Stelios verpasste ihr einen nicht sehr diskreten Rippenstoß. »Aber natürlich!« Er lächelte breit. »Und wo bekommt man den besten Ouzo, um das Gedächtnis anzuregen?«

»In der Weinhandlung um die Ecke«, antwortete der Mann mit der Baskenmütze wie aus der Pistole geschossen. »Bloß nicht diese Plörre aus dem Supermarkt, die sie

Ouzo nennen. Die schmeckt wie in Flaschen abgefüllte Eselspisse!«

»Selbstverständlich.« Stelios verbeugte sich diensteifrig. »Ich werde auf der Stelle welchen kaufen.«

Er hakte Moira unter. »Je mehr Ouzo, desto besser, denke ich«, raunte er.

»Aber dann reden die doch nur Unsinn.«

»Du unterschätzt die Trinkfestigkeit meiner Landsleute! Außerdem werde ich den Mann in der Weinhandlung bitten, den Ouzo ein bisschen zu verdünnen. Das merken die sowieso nicht. Besorg du etwas zum Knabbern im Feinkostladen, wenn wir schon mal da sind. Allerdings nichts, was ihnen in den dritten Zähnen stecken bleibt.«

Ein wenig ratlos öffnete Moira die Tür des Feinkostladens. Sie hatte keine Ahnung, welche Speisen nicht mit einem künstlichen Gebiss in Konflikt gerieten. Deshalb entschied sie sich für entkernte Oliven, Feta und eine Tüte Dorito-Chips mit Chiligeschmack. Wahrscheinlich keine sehr bekömmliche Wahl, aber mehr konnte sie sich von dem wenigen Geld, das sie eingesteckt hatte, nicht leisten.

Stelios kam ihr mit einer Flasche Ouzo und einigen ausgeborgten Schnapsgläsern entgegen.

Der Ouzo wurde eingeschenkt, und sie stießen auf die allgemeine Gesundheit an, ein Thema, das den Männern, wie Moira annahm, in ihrem Alter besonders am Herzen lag. Gerade hatte Stelios noch einmal das Thema Aphrodite angesprochen, als ihr Freund mit der Baskenmütze sich an den Chips verschluckte und einen Erstickungsanfall bekam.

»Ach herrje«, entschuldigte sich Moira. »Ich habe doch gleich geahnt, dass die Doritos ein Fehler waren.«

Stelios klopfte dem Mann kräftig auf den Rücken.

»Pass auf, dass du ihn nicht umbringst«, riet Moira in sachlichem Ton. »Zumindest nicht, bevor er uns nicht verraten hat, was er sagen wollte.«

»Dann gib ihm Wasser«, wies Stelios sie an. »In dem Krug da ist welches!«

Moira goss Wasser in ein Glas, beugte den Kopf des Mannes in den Nacken und kippte es ihm in den Mund.

»Nicht so!« Stelios entriss ihr das Glas. »In kleinen Schlucken.«

Nach fünf oder sechs Versuchen hörte der Mann endlich auf zu husten und schien sich erholt zu haben.

»Ouzo!«, rief er fordernd aus, als handelte es sich um Muttermilch.

Stelios goss ein wenig Ouzo in das Wasserglas und reichte es ihm. Allmählich kehrte seine gesunde Gesichtsfarbe zurück.

»Georgiades«, stieß er schließlich hervor. »Der reiche Athener Dreckskerl.« Er wartete, bis alle an seinen Lippen hingen, und verkündete dann: »Er hat ein Bootshaus gemietet. Fahrt zum Ende der Bucht und an der Landzunge vorbei. Es ist eine kleine Meerenge, die man vom Wasser aus nicht sieht. Dort steht es.«

Stelios schüttelte ihm heftig die Hand. »Danke!«

»Aber seid vorsichtig«, fügte der Mann mit der Baskenmütze hinzu. »Er ist ein böser Mensch.«

Gut gelaunt kehrten Moira und Stelios zum Hotel zurück. »Glückwunsch, Moira. Das haben wir nur dir zu verdanken. Jetzt machen wir endlich Fortschritte.«

Als sie das Hotel erreichten, saßen Dora, Karl und Nell mit Leichenbittermiene an einem Tisch.

»Möchte jemand einen Witz erzählen?«, meinte Stelios. »Wir haben Neuigkeiten!«

»Was ist passiert?« Selbst die nicht sehr einfühlsame Moira bemerkte, dass etwas im Argen lag.

»Habt ihr Penny gesehen?«

»Nein. Warum? Sie wollte einen Spaziergang machen.«

»Takis sagt, dass oben jemand sie erwartet. In ihrem Zimmer.«

Moira überlegte kurz. Dann fiel es ihr wie Schuppen von den Augen.

»Oh mein Gott! Das muss Colin sein. Ihr Gatte des Grauens!«

Achtzehn

»Wahrscheinlich ist es das Beste, wenn jemand von uns sie suchen geht«, schlug Nell vor. »Nicht auszudenken, dass sie ahnungslos hier hereinspazieren könnte.«

»Ich übernehme das«, erbot sich Moira.

Die anderen starrten sie erstaunt an.

»Schließlich hat Penny mich zu diesem Urlaub eingeladen, obwohl ich damals nicht mal eng mit euch befreundet war. Ich war nur die lästige Nachbarin, die auf derselben Etage wohnte.«

»Vielleicht sollten wir Übrigen sie hinauf in ihr Zimmer begleiten«, meinte Nell. »Um diesem Mistkerl zu zeigen, was eine Harke ist.«

»Gute Idee. Oder wir lassen sie selbst entscheiden, ob sie herkommen will oder nicht«, sagte Dora. »Wenn nicht, kümmern wir uns um ihn.«

Moira griff nach ihrem Schlüssel und wollte sich auf den Weg machen.

»Moira …«, begann Dora. Sie wirkte ungewöhnlich zögerlich. »Du weißt schon, dass du jetzt unsere Freundin bist, nicht wahr?«

Übers ganze Gesicht lächelnd zog Moira los, um Penny zu suchen.

»Und wenn du sie findest, richte ihr aus, dass wir alle auf ihrer Seite stehen!«, rief Nell ihr nach.

Zehn Minuten später begegnet Moira Penny, als diese,

einen Museumskatalog in der Hand, aus einer Seitenstraße kam. Sie machte einen ziemlich glücklichen Eindruck.

Penny schwenkte ihr Buch. »Ich war im Museum. Karl wäre stolz auf mich.« Sie grinste. »Was hast du denn? Du siehst so aus, als hätte dir jemand in die Suppe gespuckt.«

»Ich soll dich suchen. In deinem Zimmer wartet nämlich Besuch.«

Colin.

Penny wurde vor Angst ganz flau. Gleichzeitig jedoch war sie fast erleichtert, weil die Entscheidung endlich gefallen war. Was, um alles in der Welt, sollte sie ihm sagen?

»Brauchst du moralische Unterstützung? Ich komme gerne mit rauf«, verkündete Moira. »Das gilt für uns alle. Dora hat sogar angeboten, sich ihn an deiner Stelle vorzuknöpfen, falls dir das lieber ist.«

Pennys Befürchtungen ließen ein wenig nach. Sie war nicht allein.

Als sie wieder am Hafen waren, warteten Dora, Karl, Nell und Stelios noch immer auf sie.

Stelios sprang auf. »Stelios Stavropoulos, zu deinen Diensten«, rief er aus und verbeugte sich. »Ich höre immer wieder, dass ich ein ausgezeichneter Leibwächter bin.« Als Penny seine bärenhafte Gestalt betrachtete, konnte sie den Grund dafür gut nachvollziehen. Allerdings machte das schalkhafte Funkeln in seinen Augen jegliche Bedrohlichkeit zunichte. »Ich könnte auch auf dem Flur warten, falls dir das lieber ist.«

»Danke, aber dazu besteht sicher kein Grund«, erwiderte Penny beruhigend. »Allein das Wissen, dass ihr alle hier seid, genügt schon.«

»Mach das Fenster auf, sobald du oben bist«, empfahl Dora. »Dann kannst du um Hilfe rufen. Und vergiss nicht: Du bist eine tolle Frau, und er ist ein elender Wicht!«

Penny beschloss, die Treppe und nicht den Aufzug zu nehmen. Vor der Tür blieb sie stehen, holte ihren Schlüssel heraus, atmete tief durch, steckte ihn ins Schloss und drehte ihn um.

Die Gestalt auf dem Bett wälzte sich herum und lächelte sie an.

»Wendy!«, schrie Penny auf und wäre vor Erleichterung beinahe in Ohnmacht gefallen. »Liebes! Warum hast du mir nicht gesagt, dass du kommst?«

Wendy rappelte sich auf und drückte ihre Mutter fest an sich. Sie war hochgewachsen und hatte einen hübschen rotbraunen Pagenkopf, freundliche braune Augen, Sommersprossen und einen breiten, lächelnden Mund.

»Es war eine Spontanidee. Martin hat ein paar Tage frei, und ich fand, dass ich diese Gelegenheit am besten dazu nutzen sollte, meine herumzigeunernde Mutter auf einer sonnenbeschienenen griechischen Insel zu besuchen.«

»Ich freue mich so, dass du hier bist, Liebes!« Penny stellte fest, dass sie Tränen in den Augen hatte.

»Das ist doch kein Grund zu weinen. Erzähl mir alles, was du in letzter Zeit getrieben hast. Wir fanden es spitze, dass du endlich mal eigenes Geld hast und tun kannst, was du willst.«

Sofort musste Penny an Colin denken.

»Hast du etwas von Dad gehört?«

Wendy zuckte die Achseln. »Wir vermuten, dass er in Portugal ist. Vergiss ihn. Wahrscheinlich will er dir nur deinen Aufenthalt hier vermiesen, weil er es nicht aushält, dass du nicht von ihm abhängig bist.«

»Denkt Martin das auch?«

»Bei Martin darfst du mit diesem Thema gar nicht anfangen. Er findet, dass du Dad schon vor Jahren hättest verlassen sollen.«

Penny umarmte sie wieder. »Es ist so schön, dich hier zu haben!«

»Ich freue mich auch. Können wir uns was zu essen besorgen? Der Flieger ging ziemlich früh, und der gute, alte Billigflieger hatte es nicht so mit kostenlosem Frühstück. Meine letzte Mahlzeit bestand aus einem Croissant um sechs.«

Penny hakte Wendy unter und ging mit ihr den Flur entlang zum Aufzug.

»Es scheint ein nettes kleines Hotel zu sein. Ob ich mir das Bett mit dir teilen könnte?« Sie sah ihre Mutter fragend an. »Außer es gibt schon einen anderen Kandidaten.«

»Natürlich nicht!«, entgegnete Penny. Sie dachte an Nikos und überlegte, wie sie ihrer Tochter ihre Beziehung mit ihm erklären sollte.

Offenbar hatten die anderen inzwischen von Kassandra oder Takis gehört, dass es sich bei dem Besuch nicht um Colin handelte. Denn sie hatten sich diskret verdrückt, um ihr Zeit mit ihrer Tochter zu geben.

»Das ist ja eine Toplage.« Wendy blickte sich um. »Direkt am Hafen, damit ihr die Boote beobachten könnt, aber trotzdem so zurückversetzt, dass ihr eure Ruhe habt.«

»Wir fühlen uns superwohl hier«, bestätigte Penny. »Die Inhaber, Takis, seine Mutter Kassandra und seine Tochter Ariadne, sind sehr sympathisch.«

»Ariadne! Was für ein wunderschöner Name.« Wendy lächelte. »Hat sie denn immer ein Garnknäuel dabei? Das arme Mädchen. Wahrscheinlich hört sie diese Frage dauernd von irgendwelchen Schlaumeiern, die mit ihrem Wissen über griechische Mythologie angeben wollen.«

»Hier ist es ein ganz normaler Name.« Penny ging voran zu einem abseits im Schatten stehenden Ecktisch. »Hier heißt jeder zweite Adonis oder Achilles.«

»Klingt nett.«

In diesem Moment erschien Takis mit einem Tablett. Penny rief ihn zu sich. »Takis, komm, ich möchte dir meine wundervolle Tochter Wendy vorstellen.«

Takis lächelte breit. »Ich freue mich sehr, Sie kennenzulernen!« Er grinste. »Ihre Mutter und ihre Freundinnen haben so viel für unsere Insel getan. Penelope, du musst deiner Tochter die Bootshäuser zeigen. Aber zuerst müssen die Damen etwas trinken.«

»Danke, aber eigentlich ist mir eher nach etwas Essbarem«, erwiderte Wendy. »Mein Flieger ging in aller Früh, und ich bin am Verhungern!«

»Ich hole sofort die Speisekarte«, antwortete Takis und verschwand im Gebäude.

»Ich mag ihn. Er hat ein lustiges Gesicht.«

»Er ist der netteste Mensch der Welt.« Penny sah sich um, doch von den anderen fehlte noch immer jede Spur. Sobald Takis mit der Speisekarte zurückkehrte, bestellten sie Mezze, griechischen Salat, Wein und warmes Pita.

»Meine Mutter wird begeistert sein, wenn sie erfährt, dass Penelopes Tochter auch bei uns wohnt!«, verkündete Takis überschwänglich und eilte wieder in die Küche.

»Toll, dass sie dich so gernhaben«, stellte Wendy fest.

»Ich weiß. Es ist schön, wenn einen jemand mag.«

»Insbesondere, wenn man Dad kennt.« Die beiden kicherten.

»Ach, ich freue mich so, dass du hier bist.«

Takis brachte die Salate. Als er bemerkte, wie glücklich die beiden aussahen, lächelte er noch breiter als sonst.

»Du musst deiner Tochter die Insel zeigen. Bestimmt nimmt Nikos euch mit dem Boot mit.«

Penny musterte sein Pokerface.

»Wer ist Nikos?«, erkundigte sich Wendy.

»Ein Freund von uns«, entgegnete Penny ausweichend.

»Aha. Als du mich angerufen hast, habe ich gleich an deinem Ton gemerkt, dass es da jemanden gibt. Ist er groß, dunkelhaarig und attraktiv? Da er Grieche ist, trifft das mit dem dunkelhaarig wahrscheinlich zu.«

Ehe Penny etwas sagen konnte, kam Moira auf sie zugelaufen. Ihr Gesichtsausdruck erinnerte an den eines aufgeschreckten Schäferhunds.

»Wendy, das ist Moira, eine alte Freundin aus dem College«, machte Penny die beiden miteinander bekannt. »Und das ist meine Tochter Wendy.«

»Also doch nicht dein grässlicher Mann«, platzte Moira, taktlos wie immer, heraus. »Aber das hat Takis uns schon erzählt.«

»Wendy stattet uns einen Überraschungsbesuch ab«, fiel Penny ihr ins Wort und schnitt ein Gesicht, um ihr mitzuteilen, dass sie das Thema wechseln sollte.

»Das ist ihr eindeutig gelungen.«

Wendy sah sie fragend an.

»Wir wollen uns die Insel anschauen«, versuchte Penny, das Gespräch in unverfänglichere Bahnen zu lenken. »Was soll ich ihr zuerst zeigen?«

»Na, die Korsarenhöhlen natürlich«, rief Moira aus. »Die sind die wichtigste Sehenswürdigkeit auf Kyri. Du kannst ihr erklären, dass die Insel nur wegen dieser Höhlen im siebzehnten Jahrhundert eine so große Bedeutung genoss.«

»War diese Insel denn jemals bedeutend?« Wieder blickte Wendy sich um. »Jetzt macht es gar nicht mehr den Eindruck.«

»Ich weiß, man kann es sich nur schwer vorstellen, aber Kyri war das Zentrum des ganzen östlichen Mittelmeers«, verkündete Moira mit einer großspurigen Geste.

»Ihr scheint sehr stolz darauf zu sein.« Wendy lächelte.

»Das sind wir, richtig, Pen?« Moira legte den Arm um Penny. »Wir haben sie gewissermaßen adoptiert.«

»Wie lange wollt ihr noch bleiben?«, erkundigte sich Wendy.

Die beiden zuckten schuldbewusst zusammen, eine Reaktion, die Wendy aufmerken ließ. Offenbar fühlten sie sich verpflichtet, nach Hause zurückzukehren, hatten jedoch keine Lust dazu.

Takis brachte den Wein. »Ich rufe Nikos an«, schlug er diskret vor, »und frage ihn, ob er mit euch einen Ausflug unternehmen möchte.«

»Warum ruft Penny ihn nicht selbst an?«, meinte Moira, ohne auf Takis' warnenden Blick zu achten. »Wenn *sie* ihn darum bittet, wirkt es bestimmt besser als bei dir!«, schwatzte sie ungerührt weiter.

Wendy war nicht auf den Kopf gefallen. Nachdem sie diese Information abgespeichert hatte, machte sie sich über ihren Salat her.

Sie hatten schon beinahe aufgegessen, als Dora und Karl erschienen. Als sie Moira bemerkten, gesellten sie sich auch zu ihnen.

»Das ist meine wundervolle Tochter Wendy!«, teilte Penny ihnen mit vielsagender Betonung mit. »Sie hat in meinem Zimmer gewartet, um mich zu überraschen.«

»Aha«, stellte Karl mit einem weisen Nicken fest.

»Dann hatte Takis also recht …«, begann Dora.

»Ja, Dora«, unterbrach Karl sie rasch.

»Er hat gerade Nikos angerufen, um nachzufragen, ob er mit uns eine Rundfahrt um die Insel machen kann.«

»Aber zuerst solltest du die Bootshäuser besichtigen«, schlug Dora vor. »Deine Mutter hat dort wahre Wunder gewirkt«, fuhr sie begeistert fort. »Sie hat ein echtes Händchen für Design.«

»Ich weiß«, stimmte Wendy zu. »Sie sollte mehr an sich glauben.«

»Sie hat das toll gemacht. Sie und Nell. Wo steckt denn übrigens Nell?«

»Ich habe den Verdacht, dass sie sich nach gestern Nacht nicht mit uns sehen lassen möchte.«

»Aha«, stellte Wendy fest. »Wie spannend. Was war denn gestern Nacht?«

Sie merkte den Gesichtern der anderen an, dass sie darauf keine richtige Antwort wussten. »Oh, ein Geheimnis. Noch besser. Ihr braucht es mir nicht zu sagen. Ich bin gerade dem tristen Alltag und meinen anspruchsvollen Kindern entronnen, um mir etwas Sonne zu gönnen. Also bin ich damit zufrieden, wie ein Seehund am Strand zu liegen und mir dabei Kopfhörer in die Ohren zu stecken. Ich verrate euch schon nicht.«

Takis nahte mit einem breiten Grinsen. »Er bittet euch, um drei am Steg bei den Bootshäusern zu sein. Dann unternimmt er gern einen Ausflug mit euch.«

»Oh, sehr gut.« Penny lächelte. »Dann haben wir ja noch genug Zeit, dich ein bisschen herumzuführen.«

»Aber versucht, Marigold aus dem Weg zu gehen«, riet Moira. »Falls ihr das schafft.«

»Wer ist Marigold?«, erkundigte sich Wendy.

»Die abgrundtief schauderhafteste Zicke, die du dir nur vorstellen kannst«, erklärte Moira.

»Aber, Moira …«, setzte Penny an.

»Das stimmt, und du weißt es ganz genau. Du bist einfach zu gut für diese Welt, Penny. Auch wenn das, bei genauerer Überlegung, der einzige Grund ist, warum ich heute hier bin.« Sie wandte sich an Wendy. »Eigentlich habe ich nicht zum Kreis der Auserwählten gehört. Das waren nur Nell, Dora und deine Mum. Trotzdem hat sie mich eingeladen. Und überleg mal, Karl: Ansonsten wärst du Dora nie begegnet.« Dora und Karl blickten einander voller Zuneigung an. »Jetzt übertreibt es mal nicht«, witzelte Moira. »Karl ist mein ehemaliger Kollege aus Cambridge, wo ich seit Urzeiten Altphilologie gelehrt habe.«

»Gott bewahre, dass wir das vergessen könnten!«, frotzelte Dora. »Keine Gelegenheit für eine Anspielung auf die Klassik verstreicht ungenutzt. Moira sorgt dafür, dass wir Nymphen niemals mit Dryaden verwechseln. Richtig, meine Liebe?«

»Wir sollten uns Räder ausleihen, um zu den Bootshäusern zu fahren«, warf Penny ein. »Hier gibt es Gemeinschaftsräder, die jeder kostenlos nutzen kann. Das war Nikos' Idee. Er ist der Bürgermeister hier.«

»Er scheint ja ein höchst interessanter Mensch zu sein.«

»Stimmt.« Penny erhob sich rasch. »Wir treffen uns später. Wo steckt übrigens Stelios?«

»Wer ist Stelios?«

»Ein Freund von mir«, erwiderte Karl nach einer kurzen Pause. »Er besitzt eine Galerie in Saloniki.«

»Karl ist Leiter der Abteilung für klassische Antike in einem Museum in Cambridge«, erklärte Moira.

»Ach, herrje, lauter Intellektuelle! Da muss ich aber die Ohren aufsperren und etwas lernen.« Wendy grinste.

»Davon würde ich abraten«, meinte Karl. »Ein Sonnenbad mit Kopfhörern klingt um einiges lehrreicher.«

Nachdem sie sich für später verabredet hatten, gingen Penny und Wendy zu den Fahrrädern.

»Hmmm.« Wendy trat in die Pedale und atmete dabei die frische Luft ein. »Fantastisch! Man spürt die Sonne auf den Schultern, während es zu Hause wahrscheinlich noch immer regnet ...«

Als sie an den ersten beiden Bootshäusern vorbeikamen, stand Marigold auf der Vortreppe und wienerte an ihrem Türklopfer herum.

»*Ciao*, Penny!«, rief sie. »Wer ist das denn?«

»Meine Tochter Wendy.« Penny würde ihr nur das Allernötigste verraten.

»Willst du wieder zu Nikos? Bestimmt erwartet er dich schon.« Bei Marigold klang es, als hätte Nikos sich, in einen Lendenschurz gewandet, zu Pennys persönlicher Erbauung an den Mast gekettet.

»Die ist ganz schön schräg drauf«, stellte Wendy fest. »Sie kommt mir so vor wie eine der Frauen, die sich als beste Freundin ihrer Tochter bezeichnen und alles gemeinsam mit ihr unternehmen wollen, weil sie sich nicht damit abfinden können, dass sie nicht mehr einundzwanzig sind.«

»Stimmt. Nur dass sie die ›beste Freundin‹ der Tochter meiner Freundin Nell ist, was diese in den Wahnsinn treibt. Wir hatten wirklich eine wundervolle Bewertung der Bootshäuser auf der Webseite der Insel. Und dann hat Marigold einen miesen Verriss gepostet, in dem sie behauptet, sie seien schmutzig und gefährlich. Mit Fotos. Als wir nachgesehen haben, ist uns klar geworden, dass der Post nur von ihr sein kann.«

»So eine blöde Kuh! Warum tut sie so etwas?«

»Aus irgendeinem Grund ist sie eifersüchtig auf Nell und will uns alles kaputt machen. Früher war sie, glaube ich, so eine Art Partygirl.«

»Und das versucht sie wohl immer noch zu sein«, merkte Wendy an.

»Jedenfalls flippt sie aus, wenn sie nicht im Mittelpunkt steht.«

»Eine fiese alte Hexe.«

Inzwischen waren sie an dem kleinen Steg angekommen, wo sie mit Nikos verabredet waren. Er erwartete sie schon an Bord und winkte ihnen zu. Wendy unterzog ihn einer gründlichen Musterung, und ihr gefiel, was sie sah. Er trug Jeans und ein schlichtes dunkelblaues T-Shirt ohne Fußball-Logo oder andere Aufdrucke. Sie schätzte ihn auf etwa so alt wie ihre Mutter. Sein grau meliertes Haar war kurz geschnitten, und sein Dreitagebart tendierte leicht in Richtung Urlaubsbärtchen. Außerdem hatte er, ungewöhnlich bei einem Griechen, strahlend blaue Augen. Im Moment zeigte sich ein liebevolles Begrüßungslächeln in seinem Blick. Er hatte überhaupt nichts Gekünsteltes an sich.

»Hallo«, sagte er schmunzelnd. »Du musst Pennys Tochter sein.« Er schüttelte ihr die Hand. Sein Händedruck war kräftig und warm, noch ein Pluspunkt. Wendy verabscheute Männer mit feuchtkaltem, schlaffem Händedruck. »Willkommen an Bord.«

Bewundernd betrachtete Wendy das Boot, von der traumhaft schönen Galionsfigur bis hin zu dem dunklen, schimmernden Rumpf und den roten Segeln. »Ein fantastisches Boot!«

»Danke. Du musst vorne sitzen, damit du Sonne abkriegst. Deshalb kommen die Engländer ja her.« Als er Penny die Hand hinhielt, bemerkte Wendy, dass die beiden rasch einen liebevollen Blick wechselten. Doch am verräterischsten war, dass sie danach tunlichst den Augenkontakt vermieden, beinahe, als wären sie zu schüchtern.

Die Rundfahrt um die Insel war wunderschön, und Wendy verstand, warum ihre Mutter ihr Herz an diesen Ort verloren hatte. Und wahrscheinlich auch an diesen Mann.

Sie betrachtete sein Gesicht, als er das Boot konzentriert um eine gefährliche Landzunge herummanövrierte. Denn am meisten beschäftigte sie die Frage, was er wirklich für ihre Mutter empfand.

Während Wendy sich von der Sonne die lichtentwöhnte Haut wärmen ließ, dachte sie darüber nach, welche Folgen sich wohl aus dieser Situation ergeben würden. Was würde ihr Vater dazu sagen? In letzter Zeit hatte er sich ausgesprochen sonderbar verhalten. Würde ihre Mutter je die Kraft aufbringen, sich nicht mehr von ihm herumkommandieren zu lassen und endlich ein Leben zu führen, das sie wirklich glücklich machte?

Natürlich würde die Familie sie vermissen. Schließlich

spielte sie im Leben der Kinder eine wichtige Rolle. Allerdings waren die inzwischen erwachsen genug, um nicht mehr ständig die Zuwendung ihrer Großmutter zu brauchen. Außerdem fand Wendy, pragmatisch wie sie nun mal war, die Aussicht auf künftige Familientreffen in Griechenland gar nicht so schlecht. Außer, natürlich, es gab irgendwo eine Mrs. Nikos. Wendy hatte nämlich einen starken Beschützerinstinkt, was ihre Mutter betraf. Deshalb beschloss sie, einige diskrete Fragen zu stellen, um mehr zu erfahren.

Als sie die Augen aufschlug, stand Penny mit einem Glas Weißwein neben ihr.

»Nikos dachte, der könnte dir schmecken. Seiner Erfahrung nach haben Briten eine Schwäche für Sonne, Sand und Sauvignon.«

Wendy lachte. »Wie recht er hat.« Ihr schoss der Gedanke durch den Kopf, dass ihr Vater eine nette Geste wie diese niemals zu schätzen wüsste. Eher hätte er mit heruntergezogener Hose Kopfstand gemacht.

»Er möchte auch wissen, ob du Lust hast zu schwimmen. Wir könnten in einer dieser kleinen Buchten ankern. Dann hättest du das Meer ganz für dich. Du musst auch keinen Kopfsprung machen. Hinten gibt es eine kleine Leiter, die du runterklettern kannst.« Penny wusste, dass Wendy zur Eitelkeit neigte, wenn es um ihr Haar ging. Sicher wollte sie nicht, dass es nass wurde.

»Spitze. Sicher wundert es dich nicht, dass ich unter meinen Sachen einen Bikini anhabe.«

»Du bist eben meine Tochter.«

Penny kehrte zum Steuerhaus zurück, während Wendy aus den Kleidern schlüpfte. »Ich nehme die Leiter«, meinte sie zu ihrer Mutter. »Kommst du mit?«

»Warum nicht?« Penny zog ihr Kleid aus und folgte ihrer Tochter vorsichtig.

Gemeinsam schwammen sie im traumhaft glasklaren Wasser, das zwar blau leuchtete, aber dennoch so durchsichtig schimmerte, dass man deutlich die Muscheln auf dem Meeresgrund erkennen konnte.

»Weißt du noch, wie ich als Kind Muscheln gesammelt habe?«, fragte Wendy. »Allerdings waren die nicht so exotisch wie hier. Kyri ist wirklich etwas Besonderes. Ich kann verstehen, warum du vielleicht nicht nach Hause kommen möchtest.«

»Es ist nicht nur die Landschaft«, antwortete Penny, während sie auf den Strand zusteuerten. »Ich fühle mich gebraucht, weil ich etwas dazu beitrage, Kyri bekannt zu machen. Die anderen Inseln sind alle beliebt, Santorin sogar zu sehr. Sifnos ist berühmt für seine Küche, Ios für die Partyszene … und Kyri ist irgendwie außen vor geblieben. Dabei sind die Leute hier so nett und bemühen sich sehr. Wir fühlen uns hier wirklich zu Hause.«

»Also bleibst du?«

Plötzlich machte Penny ein ratloses und trauriges Gesicht.

»Hat Nikos dich darum gebeten?«

»Ja, hat er. Doch ich bin nicht sicher, ob er es ernst meint. Für ihn bin ich eine Erinnerung, ein Symbol dessen, wie sehr er sich verändert hat. Ich weiß nicht, ob er mich wirklich liebt. Die langweilige alte Penny, die es immer allen recht machen will. Ich war nie hübsch oder interessant.«

»Das findest du nur, weil Dad dein Selbstbewusstsein untergraben hat. Wenn du dich nicht entscheidest, wirst du es nie erfahren. Ich denke, Nikos ist in Ordnung. Und ich glaube, dass er dich liebt. Und was diesen Mist betrifft, dass du angeblich nicht hübsch bist – du hast noch nie hübscher ausgesehen. Ich muss zugeben, dass ich echt neidisch bin!«

Penny lachte laut auf. Sie dachte daran, wie sehr sie ihre Tochter liebte und bewunderte. *Dass sie ein so mutiger und toller Mensch ist, liegt unter anderem auch an mir*, sagte sie sich. Selbst wenn der Grund womöglich war, dass Wendy sie als abschreckendes Beispiel genommen hatte.

»Außerdem warst du nie glücklicher«, fügte Wendy hinzu, als sie zurück zum Piratenschiff schwammen. »Du hast mich zwar nicht um Rat gefragt, aber ich würde sagen, greif zu, Mum.«

Nikos half ihnen an Bord. »Und jetzt zu den berühmten Höhlen«, verkündete er und lenkte das Boot zur nächsten Landzunge.

Als Penny nach unten ging, um ihren nassen Badeanzug auszuziehen, nutzte Wendy die Gelegenheit. »Warst du je verheiratet, Nikos?«, fragte sie, während sie ein T-Shirt über ihren Bikini streifte.

»Nein, nie.« Er grinste, denn ihm war sofort klar, worauf sie hinauswollte. »Was in Griechenland ziemlich aus dem Rahmen fällt. Ich hatte lange Beziehungen, und einmal hätte ich beinahe Nägel mit Köpfen gemacht, doch es ist nie passiert. Bin ich deshalb eine schlechte Partie?«

»Eine bessere, als wenn du vergessen hättest, deine Ehefrau zu erwähnen«, erwiderte Wendy, die stets die Karten offen auf den Tisch legte.

»Keine Sorge«, antwortete er. »Ich schleppe keine Altlasten mit mir herum, wie es so schön heißt. Und jetzt habe ich eine Frage an dich. Wie sieht die Situation mit Pennys Mann aus?«

»Mit meinem Vater, meinst du?« Sie mochte seine direkte Art, denn sie entsprach genau ihrer eigenen. Außerdem hätte er sich bestimmt nicht erkundigt, wenn er keine ernsten Absichten verfolgt hätte.

Er nickte.

»Er hat nie gewusst, was er an ihr hatte. Und jetzt, da sie geht, wird er vermutlich viel zu spät merken, was er verliert. Und selbst dann wird er einen Weg finden, ihr die Schuld zu geben.«

»Denkst du, sie kann froh sein, ihn los zu sein?«

»Ja.« Wendy blickte ihm in die Augen. »Ja, das denke ich.«

»Gut.« Nikos lächelte, als hätte sie ihm eine Frage beantwortet, die ihm ernsthaft zu schaffen gemacht hatte. »Du kannst dir gar nicht vorstellen, wie sehr mich das erleichtert.«

Wendy kehrte an ihren Platz am Bug des Bootes zurück. Sie war überzeugt, dass Nikos ein Glücksgriff war.

»Wo ist Stelios?«, erkundigte sich Karl, als sie sich wie immer am frühen Abend auf einen Drink trafen.

»Und wenn wir schon dabei sind: Wo ist Nell?«, fügte Dora hinzu.

»Ob er Mitleid mit ihr hat, weil sie in ihrem Zimmer ausharrt, um nicht enttarnt zu werden?«, mutmaßte Moira.

»Sie kann sich nicht ewig dort verkriechen.« Dora zuckte die Achseln und versuchte, Blickkontakt mit Takis aufzunehmen. »Takis, mein Schatz.« Sie lächelte verführerisch. »Was hältst du davon, eine Flasche Prosecco zu köpfen?«

»Reiß dich zusammen, Dora«, tadelte Karl. »Den Rest wird er niemals los, und dann macht er Verlust.«

»Ich trinke das Zeug schon, keine Sorge«, erwiderte Dora. »Außerdem wollte ich Nell, unserer armen Gefangenen, ein Glas bringen.«

»Bist du sicher, dass die arme Gefangene nicht die Gesellschaft des charmanten Stelios genießt und sich über eine Störung nicht sonderlich freuen würde?«, wandte er ein.

»Jeder lässt sich gern von Prosecco stören«, entgegnete Dora wegwerfend.

»Ich nicht«, antwortete Karl.

»Danke für den Tipp. Takis, noch zwei Gläser bitte. Und etwas von Kassandras leckerem Hummus mit Pfeffer. Oh, und ein bisschen Pita. Und Oliven, vielleicht.«

»Sag ihnen, wir treffen uns im Strandcafé«, meinte Moira. »Das dürfte ungefährlich sein. Wir sind dort normalerweise unter uns.«

»Einverstanden. In einer Stunde?«

»Damit du genug Zeit hast, den Prosecco runterzukippen und dich an Hummus und Oliven zu laben?«, zog Karl sie auf.

»Genau«, verkündete Dora so majestätisch wie möglich. Während sie das Tablett mit dem Prosecco wie eine Opfergabe an die Götter balancierte, steuerte sie auf den Lift zu.

Moira und Karl grinsten einander an. »Sie würde sich prima als Göttin eignen.« Karl zwinkerte. »Was hältst du von einem Bier?«

Takis brachte zwei grüne Flaschen Mythos. Moira schüttelte den Kopf. »Vor Mythen gibt es in diesem Land kein Entrinnen. Sie stecken sogar in Bierflaschen.«

»Nun, das antike Griechenland hatte ziemlich viel Einfluss«, hielt Karl ihr vor Augen.

»Die Wiege der westlichen Demokratie.«

»Außerdem haben die alten Griechen den Zynismus erfunden.«

»Und den Stoizismus.«

»Was für ein Land!« Sie zollen der Heimat ihrer Gastgeber Tribut, indem sie die Flaschen in Rekordzeit leerten und zwei neue bestellten.

Dora klopfte laut an Nells Tür und wartete dreißig Sekunden, nur für den Fall, dass sich im Schlafzimmer nicht jugendfreie Dinge taten. Doch als sie eintrat, saß Nell züchtig auf einem Stuhl am Fenster, während Stelios sich, die Hände hinter dem Kopf, auf dem Bett ausgestreckt hatte und sie mit Schilderungen der exzentrischen Anwandlungen eines seiner Kunden unterhielt.

»Eines Nachmittags schneite ein älterer Herr bei mir herein. Er sah nicht einmal sonderlich reich aus. Er spazierte in meinen Laden und teilte mir mit, er wolle alles darin kaufen. Bis auf die kleinste Kleinigkeit. So, als wäre er bei Harrods.«

»Bestimmt ein entsprungener Irrer«, meinte Nell.

»Nein, er war völlig klar im Kopf. Ein russischer Millionär.«

»Ooooh, Prosecco!«, rief Nell begeistert aus. »Spitzenklasse!«

»Ich finde, dass es übervorsichtig ist, wenn Nell sich hier oben versteckt«, verkündete Stelios.

»Wir dachten, ihr könntet doch ins Strandcafé kommen, sobald es dunkel ist«, schlug Dora vor. »Wie machen wir jetzt weiter, Stelios? Nell kann nicht ewig in ihrem Zimmer bleiben. Was hast du rausgekriegt?«

»Dass Xan Georgiades·ein Bootshaus hinter der letzten Landzunge besitzt. Dort hat er ein Boot liegen, das er nie erwähnt.«

»Mein Gott! Das ist also die Lösung! Und wie verfahren wir jetzt?«

»Keine Ahnung«, gestand Stelios. »Ich habe zwar den Körper eines Löwen, aber den Mut einer Maus. Deshalb liege ich ja auf dem Bett und denke nach.«

Nell stand am Fenster und nippte an ihrem Prosecco. Plötzlich erstarrte sie.

»Was hast du?«, fragte Dora.

»Er ist da unten! Gerade ist er aus der Tiefgarage gekommen und hat mir direkt ins Gesicht geblickt.«

»Bist du sicher, dass er dich gesehen hat?«, hakte Stelios nach.

»Hundertprozentig.«

»Damit steht die Entscheidung fest.« Er leerte seinen Prosecco in einem Schluck. »Ganz gleich, was wir auch unternehmen, es muss heute Nacht passieren.« Erstaunlich behände für einen Mann seines Leibesumfangs sprang er vom Bett. »Am besten lassen wir Nell allein, damit sie sich in Ruhe anziehen kann.«

»Wo treffen wir uns?«, erkundigte sie sich ängstlich. Stelios' Gegenwart hatte etwas ausgesprochen Beruhigendes an sich.

»Wir warten draußen, keine Sorge.« Er lächelte.

Sein liebevoller und einfühlsamer Unterton ließ Dora aufmerken. Sie hatte gar nicht geahnt, dass die Dinge zwischen den beiden schon so weit gediehen waren.

»Dora«, begann er, plötzlich energisch und mit Nachdruck, sobald sie vor Nells Zimmer auf dem Flur standen. »Ich finde, Nell sollte heute Nacht nicht dabei sein. Es ist zu riskant. Der Mann ist völlig skrupellos, und jetzt hat er sie gesehen.«

Dora erinnerte sich an ihren kürzlichen Anflug von Furcht, als Georgiades sie mit seinem kalten, herablassenden Blick fixiert hatte.

»Das Problem ist nur«, fuhr Stelios fort, »dass sie vermutlich nicht auf uns hören wird. Bitte versuch, sie zu überzeugen. Sie hat mit ihrer Enkelin schon eine Menge durchgemacht. Und jetzt hat sie endlich die Chance, glücklich zu werden.«

Dora lag die Bemerkung auf der Zunge, es könne eine Frau ebenso glücklich machen, wenn sie jemandem so viel bedeutete, wie es bei Stelios offenbar der Fall war. Insbesondere, wenn diese Frau so lange allein gewesen war wie Nell. Sie fragte sich, ob Nell überhaupt etwas von seinen Gefühlen ahnte. Und wie sie reagieren würde, wenn sie davon erfuhr.

Wirklich aufregend. Dieser Urlaub steckte voller Überraschungen!

Neunzehn

»Also«, meinte Dora im Tonfall einer Feldherrin. »Was machen wir jetzt? Meiner Ansicht nach sollte Stelios einen Blick auf dieses Bootshaus werfen, denn er weiß offenbar, wo es ist. Und Karl begleitet ihn am besten, um sich zu vergewissern, dass es sich tatsächlich um die verdammte Statue handelt, falls sie dort versteckt ist.«

»Stelios sagt, ihm sei die Sache nicht geheuer«, wandte Moira ein.

»Mir auch nicht«, bestätigte Karl. »Ich bin zwar nicht mehr der Jüngste, aber ich hänge noch an meinem Leben.«

»Tja, dann musst du eben über deinen eigenen Schatten springen«, entgegnete Dora gnadenlos. »Schließlich habe ich mich auch trotz meiner Höhenangst dazu gezwungen, auf den Eiffelturm zu steigen.« Ehe Karl Gelegenheit hatte zu widersprechen, dass das wohl kaum zu vergleichen sei, fuhr sie fort: »Und falls es die Statue ist – wie wollen wir sie transportieren?«

Schweigen entstand.

»Ich weiß, wie!«, rief Nell aufgeregt aus. »Demetria. Sie kann die alten Fischer um Hilfe bitten.«

Karl schüttelte den Kopf. »Angesichts unseres eigenen Alters komme ich mir allmählich vor wie ein Mitglied der Rentnergang beim Juwelenraub von Hatton Garden.«

»Sind die nicht erwischt worden?«, lautete Moiras nicht sehr ermutigende Frage.

Nell achtete nicht weiter auf sie. »Wenn die Fischer mit dem Laster bereitstehen, mit dem wir die Möbel abgeholt haben, könnten sie die Venus zu mehreren tragen. Dann tarnen wir sie mit Decken. Kyri hat im griechischen Widerstand eine wichtige Rolle gespielt. Beinahe so wichtig wie Kreta, sagt Kassandra. Sicher machen sie mit. Es geht um die Ehre der Insel.«

»Und was fangen wir mit der Statue an, wenn wir sie haben?«, erkundigte Karl sich gelassen.

»Wir bringen sie zum Hauptplatz«, verkündete Dora. »Dort stellen wir sie neben dem Hotel auf, wo am meisten los ist. Dann kann Georgiades sie sich nicht zurückholen. Zu viele Zeugen. Und dann hätte Kyri seine Venus wieder.«

»Du hast ja alles genau geplant«, merkte Karl an. »Vor allem, wenn man bedenkt, dass du gar nicht dabei sein wirst.«

»Macht schon, ihr zwei«, drängte sie. »Spannt eure Sehnen und so weiter.«

»Und wie kommen wir hin?«, fragte Stelios. »Der Fußmarsch ist ziemlich weit. Gibt es überhaupt eine Straße?«

»Keine Ahnung. Wir brauchen Takis. Moira, geh und hol ihn rasch her«, wies Dora sie an.

»Seit wann führst du hier das Kommando?«, maulte Moira. »Du könntest Aphrodite doch nicht von einem Loch im Boden unterscheiden.«

»Und genau dort war sie die ganze Zeit«, zischte Dora. »Jemand muss die Ärmel hochkrempeln. Sonst schafft er das Ding wieder weg.«

Grummelnd trollte sich Moira in die von Sternen erhellte Dunkelheit. Eine Viertelstunde später kehrte sie mit Takis zurück.

»Moira hat mir euren gefährlichen Plan erklärt«, sagte er ernst und sah dabei aus wie Mr. Bean, der in den Krieg zog. »Ich stehe voll und ganz hinter euch. Es gibt dort eine kleine Straße, die etwa einen Dreiviertelkilometer hinter Nikos' Haus mit der Küstenstraße zusammentrifft.«

»Ich mache mich besser auf die Suche nach Demetria.« Nell sprang auf. »Ich rufe euch an, wenn ich alles mit den Fischern und dem Laster geregelt habe.«

»Nell, du musst dich raushalten«, protestierte Stelios. »Es ist zu riskant!«

»Stelios!«, entgegnete Nell zornig. »Ich bin kein kleines Mimöschen, das beschützt werden muss.«

Stelios und Karl verdrehten in männlicher Kameradschaft die Augen. Die Ritterlichkeit war ihrer Ansicht nach nur deshalb vom Aussterben bedroht, weil Frauen sie als Machogehabe verunglimpften.

»Woher wissen wir bei unserer Ankunft, dass Demetria mit dem Laster parat steht?«

»Ich lasse mein Telefon dreimal aufleuchten«, erwiderte Nell. Für sie fühlte sich das Ganze so an wie in *Fünf Freunde und das Geheimnis der Statue*. Interessanterweise hatte sie überhaupt keine Angst.

Demetria übertraf wieder einmal sich selbst. »Ich schicke den Fischern eine Nachricht, dass wir sie in einer halben Stunde mit dem Laster abholen. Zum Glück haben wir Neumond. Komm, wir organisieren den Wagen.« Als sie einen Wortschwall auf Griechisch an ihren Mann richtete, zuckte dieser nur die Achseln. Offenbar war er daran gewöhnt zu tun, was ihm gesagt wurde.

Sobald sie den Laster hatten, rief Nell Stelios an und brachte ihn auf den neuesten Stand. Laut Demetria hatten sich bereits zwölf Fischer freiwillig gemeldet. Sie brauchten sie nur noch am Treffpunkt aufzusammeln.

»Das ganze verdammte Dorf mischt mit.« Karl schüttelte den Kopf.

»Je mehr, desto besser«, verkündete Dora. »Einig sind wir stark.«

»Und du hältst ihn wirklich für gefährlich?«, höhnte Moira.

»Die Reichen sind immer gefährlich, wenn man ihnen ans Geld will«, verkündete Stelios.

Zehn Minuten später rief Nell erneut an und meldete, sie seien jetzt unterwegs. An der Straße hinter dem Bootshaus würden sie den Laster irgendwo verstecken und mit Nells Smartphone drei Lichtzeichen geben.

»Ach herrje«, platzte Nell plötzlich heraus. »Hoffentlich hat die dämliche Batterie noch genug Saft.«

»Karl, du und Stelios brecht jetzt am besten auf«, befahl Dora. »Takis, fahr sie so nah wie möglich an die Stelle. Sonst ist der Laster vor ihnen da.«

»Mein Auto steht in der Garage unter dem Hotel. Ich hole es.« Er hastete los. Kurz darauf war er zurück.

»Also.« Stelios atmete tief durch. »Jetzt geht es los.«

»Pass auf dich auf, alter Mann.« Dora beugte sich vor, um Karl zu küssen. »Und vergiss nicht, dass es nur eine Statue ist. Sie ist es nicht wert, sich dafür umbringen zu lassen.«

»Das erzählt sie mir jetzt«, seufzte er grinsend.

»Ihr rührt euch erst, wenn Nell euch das Zeichen gibt, dass der Laster und die Fischer bereit sind«, schärfte Dora den beiden noch einmal ein.

»Hältst du uns für völlig beschränkt?«, entgegnete Karl eingeschnappt. Sie stiegen in Takis' Auto, und dieser brauste über die schmale Küstenstraße davon.

»Jetzt können wir nur noch hoffen, dass Karl und Stelios wissen, was sie tun«, meinte Moira.

Demetria hielt Wort. Sie fuhren einen guten halben Kilometer bis zu der kleinen Kapelle mit der Kuppel, die von Schreinen umgeben war. Einige bärtige Fischer, von denen keiner eine Silbe Englisch sprach, standen vor dem Kirchlein und redeten aufgeregt durcheinander. Sie schüttelten Nell die Hand wie Kinder, die zu einem Schulausflug aufbrachen.

Oh Gott, dachte Nell. Hoffentlich ging alles gut. Sie wurde von Furcht ergriffen, als ihr klar wurde, wie viele Menschen sie mit hineingezogen hatte, ohne für ihre Sicherheit garantieren zu können.

Ein graubärtiger Mann namens Apostolis mit Kappe und Seemannspulli schien der Sprecher der Gruppe zu sein. Als er eine Anweisung blaffte, verstummten die Männer schlagartig und kletterten in den Laster.

»Sein Vater war ein Held im Widerstand«, raunte Demetria Nell zwinkernd zu. »Offenbar hat er beschlossen, in seine ruhmreichen Fußstapfen zu treten.«

Nachdem sie zwanzig Minuten lang eine mit Schlaglöchern durchsetzte schmale Straße entlanggerumpelt waren, erreichten sie eine Stelle nördlich des Bootshauses und parkten in einem kleinen Tamariskenhain.

Nell tastete nach ihrem Telefon. Lautlos stieg sie aus

und pirschte weiter, bis sie das Bootshaus gut im Blick hatte. Dann suchte sie nach der Taschenlampenfunktion des Geräts. Wie immer konnte sie diese nicht finden und schimpfte leise in sich hinein, wie sehr sie diesen Digitalmist hasste. Wie durch Zauberhand leuchtete das Licht plötzlich auf.

Sie blinkte dreimal und hielt den Atem an.

Zwanzig

»Stelios!« Auf dem Weg zu dem einsam gelegenen Bootshaus packte Karl seinen Freund am Arm. »Hast du daran gedacht, dass die Tür abgeschlossen sein könnte?« Der
sonst so muntere Karl war weiß wie ein Leintuch,
was dazu führte, dass Stelios sich gleich viel mutiger vorkam.

»Natürlich.« Grinsend förderte er ein kleines Werk-
zeugetui zutage. »Damit habe ich gerechnet. Immerhin
bin ich Antiquitätenhändler, also in den Augen der meisten Leute ohnehin nicht viel besser als ein Verbrecher.«

Unter gewöhnlichen Umständen hätte Karl sicher eine
Debatte darüber vom Zaun gebrochen, dass auch er zu
besagten Leuten gehörte. Seiner Ansicht nach gehörten
Antiquitäten in ihr Herkunftsland und durften nicht an
reiche Ausländer verkauft werden, damit diese ihre Pri-
vatsammlungen bestückten. Stelios hätte selbstverständlich widersprochen, dass das Museum, in dem Karl sein
Leben lang gearbeitet hatte, von aus Griechenland und
anderen historischen Fundstätten gestohlenen Stücken
nur so überquelle. Doch im Moment hatte Karl viel zu
große Angst, um zu diskutieren.

Stelios drehte am Türknauf. »Na klar, abgeschlossen.«
Er wählte ein Instrument aus, das einer kleinen Ahle ähnelte, und hantierte am Schloss herum, bis ein deutlich
wahrnehmbares Klicken ertönte.

»Du kannst die Augen wieder aufmachen, Karl«, witzelte Stelios. »Wir sind drin!«

Lautlos wie eine Katze, die sich an einen Vogel anschleicht, schob Stelios die Tür zu dem großen Raum im Erdgeschoss auf. Bei den Fischern diente er dazu, ein Boot vor den Winterstürmen zu schützen. Er leuchtete mit der Taschenlampe die ganze etwa sechzig Quadratmeter große Fläche ab. Bis auf einige Tauenden, ein paar Bojen und ein mit Seetang verfilztes blaues Nylonnetz war nichts zu sehen.

»Sie ist nicht hier!«, zischte er. »Karl, schau weiter hinten nach und vergewissere dich.«

Im nächsten Moment wurde es taghell im Bootshaus.

»Schön, dass Sie das … äh … verdammt Offensichtliche feststellen, wie Ihr Landsmann Michael Caine sagen würde«, verkündete eine Stimme in ärgerlich ruhigem, herablassendem Englisch. Der Hauch eines ausländischen Akzents war kaum auszumachen. »Ich fürchte, Sie kommen zu spät. Die Statue befindet sich an Bord des Schnellboots, das draußen vor Anker liegt. Wir beabsichtigen, sie einem feuchten Grab zuzuführen, wo sie friedlich bei den Nereiden ruhen möge. Ich habe genug von diesem Affentanz.«

»Georgiades!«, flehte Karl. »Das dürfen Sie nicht tun! Womöglich handelt es sich um die wichtigste Entdeckung, die je auf dieser Insel gemacht wurden. Sie könnte Unmengen von Touristen anlocken. Womöglich überstrahlt sie sogar die Venus von Milo!«

»Warum sollte mich das interessieren? Wegen dieser albernen Statue hindern die Leute auf dieser Insel mich daran, mein Haus zu bauen.«

»Es könnte auch sein, dass sie einfach an ihrem Olivenhain hängen«, wandte Stelios ein.

»*Vlakos!* Bauern! Mein Haus wäre das schönste auf der Insel geworden.«

»Finanziert mit den acht Millionen Euro, die Sie für die Statue bekommen hätten«, merkte Karl an.

Georgiades achtete nicht weiter auf ihn. »Dafür wird es keine Beweise geben. Es war ohnehin eine dumme Idee. Schließlich bin ich Geschäftsmann und kein Einbrecher. Also verabschieden Sie sich von ihr, Sie engstirniger, lächerlicher Mensch.«

Karl hoffte, dass Nell und die Fischer den Strahl von Georgiades' Lampe bemerkt und daraus geschlossen hatten, dass etwas im Argen lag. Vielleicht fiel ihnen ja eine Lösung ein. Aber dazu musste er Georgiades lange genug im Bootshaus festhalten.

»Moment!«, rief er aus, während er sich verzweifelt das Hirn nach einem Weg zermarterte, die Dinge hinauszuzögern.

»Zu spät, um Ihr Angebot zu erhöhen«, höhnte Georgiades. »Außerdem« – er wandte sich an Stelios – »habe ich Sie auf den ersten Blick als Hochstapler durchschaut. Sie und Ihre englische Komplizin, die sich als Franzosen ausgaben. Nur dieser Idiot aus Santorin, der wie immer mit dem Schwanz denkt, hat mich dazu überredet, mich überhaupt mit Ihnen abzugeben. Und jetzt muss ich wirklich los.«

Er vollführte eine großspurige Geste und hastete über den Strand auf sein Boot zu. Doch noch ehe er es erreichte, tauchten drei bärtige Fischer aus der Dunkelheit auf. Sie stellten ihm ein Bein und hielten ihn am Boden fest.

»Schaff die Statue weg!«, schrie Georgiades, auf dem Bauch liegend. »Tu, was ich dir gesagt habe!«

Aber wieder waren ihm seine Gegner zuvorgekommen. Die Fischer waren nicht auf den Kopf gefallen. Zwei von ihnen waren hinaus zum Boot geschwommen und hatten geschickt den Außenbordmotor schachmatt gesetzt. Er stotterte ein paarmal und gab dann den Geist auf.

Der Fahrer, den Stelios als den Besitzer des Gartencenters auf Santorin erkannte, sprang über Bord und schwamm eilig davon. Die Fischer blickten ihm grinsend nach.

»Nächster Halt Heraklion!«, rief einer.

»In einer Stunde können wir ihn auf der anderen Seite der Bucht aufsammeln. Fix und fertig oder tot.« Sein Begleiter zuckte die Achseln.

»Woher wusstet ihr, dass ihr zum Strand kommen müsst?«, fragte Karl verdattert, als Nell und die anderen Fischer vom Bootshaus herbeiliefen.

»Du hast uns mit deinem Telefon einen Mitschnitt geschickt«, erwiderte Nell. »Du bist der Held der Stunde, Karl!«

»Wirklich?« Karl verstand die Welt nicht mehr.

»Hat jemand die Polizei gerufen?«, erkundigte Stelios sich mürrisch, denn er fand, dass Karl zu viel von den Lorbeeren abbekam.

»Jede Sekunde müsste Nikos mit den Beamten eintreffen.« Sie beobachteten, wie ein einsames Auto mit Blaulicht auf dem Dach die unebene Straße entlangholperte.

»*Ho makarios Theos!* So etwas erlebt man auf Kyri nicht oft«, staunte einer der Retter, offenbar begeistert, ein Akteur in Kyris wichtigstem Drama des Jahrzehnts zu sein.

Plötzlich war von dem Mann draußen im Wasser ein schwaches Rufen zu hören. Anscheinend steckte er bereits in Schwierigkeiten.

»Sollen wir mit dem Boot hinfahren und ihn rausholen?«, wandten sich die Fischer respektvoll an Stelios.

Stelios blickte eine Weile aufs Meer hinaus. »Wahrscheinlich ist es das Beste. Ich würde ihn zwar am liebsten absaufen lassen, und die Göttin wäre ganz sicher einverstanden, aber es wäre ein Verstoß gegen die Menschenrechte. Also los!«

Georgiades, der dicht hinter ihnen kauerte, nutzte das kurze Durcheinander, um die Flucht zu ergreifen, und zwar nur Sekunden, bevor die Polizei eintraf. Mit beeindruckender Geschwindigkeit hastete er auf den Tamariskenhain zu und zerrte ein PS-starkes Motorrad zwischen dem grünen Gestrüpp hervor. Ein ohrenbetäubendes Dröhnen ertönte, als er davonraste und dabei die Finger zu einem trotzigen Siegeszeichen reckte.

Stelios fluchte. »Das Schwein hat sich verdrückt!«

»Der kann nirgendwohin.« Nikos zuckte die Achseln. »Keine Sorge, den erwischen wir schon. Schade, dass wir hier nur einen Polizisten haben. Doch normalerweise gibt es auf Kyri keine Verbrechen.«

Inzwischen war der Polizist damit beschäftigt, den tropfnassen und schwer atmenden Mann aus dem Boot festzunehmen. Gleichzeitig forderte er lautstark per Telefon Verstärkung an. Nachdem er den Gefangenen, unterstützt von den kräftigen, schweigsamen Fischern, in den Streifenwagen verfrachtet hatte, fuhr er los.

Stelios und Karl sahen erst einander und dann Nikos an. »Was machen wir jetzt mit der Statue?«

Nikos überlegte. »Eine gute Frage. Wenn die Polizei sie kriegt, übergibt die sie den Behörden.«

Stelios grinste. »Wir haben einen Laster und genug Leute. Wir bringen sie dorthin, wo sie hingehört.«

»Und wo wäre das?«

»Wo die Menschen von Kyri sie ansehen können. Auf den Platz vor dem Hotel, wie Dora vorgeschlagen hat. Sie könnte die Neuankömmlinge hier begrüßen wie die amerikanische Freiheitsstatue.«

»Nur dass sie mit einem verführerischen Lächeln daliegt, anstatt gastfreundlich den Arm auszustrecken«, wandte Karl ein.

»Nun, sie ist die Göttin der Liebe. Vielleicht wird Kyri ja berühmt für erotische Abenteuer und nicht wegen seiner Küche und der Sonnenuntergänge.«

»Ob das eine so gute Idee ist?«, erwiderte Nikos zweifelnd. »Jedenfalls sollten wir sie wegschaffen, bevor der Polizist zurückkehrt.« Er drehte sich zu den versammelten Fischern um. »Also, meine Freunde, wir holen jetzt die Statue vom Boot. Kann einer von euch das Schnellboot bis an den Strand fahren? So nah wie möglich, ohne es zu beschädigen? Ach, was soll's. Das Boot gehört ja Georgiades. Ihr könnt es beschädigen, so viel ihr wollt.«

Widerspruchslos sprangen zwei der alten Männer ins Meer und schwammen in Richtung Boot.

»Typisch Andreas«, merkte einer der anderen an. »Dreiundachtzig ist er und schwimmt jeden Tag, jahrein, jahraus. Sogar an Weihnachten. Der ist besser in Form als viele Männer, die halb so alt sind wie er.«

»Eindeutig besser als ich«, gab Karl bedauernd zu.

»Ich dachte, ihr Männer in Cambridge reißt euch ständig die Kleider vom Leib, um den Damen am Flussufer zu zeigen, was ihr zu bieten habt.«

»Meinst du, so wie in Roald Dahls *Des Pfarrers Freude?* Solche Eskapaden sind schon seit Jahren verboten. Zum Glück.«

Alle sahen zu, wie der heldenhafte Andreas und sein Begleiter geschmeidig an Bord kletterten, sich am Motor zu schaffen machten, das Boot wendeten und es zum Ufer lenkten.

»Bravo, Andreas!«, rief Stelios, der einen Riesenspaß hatte.

In diesem Moment kehrte Nell, die sich in den Laster geflüchtet hatte, um einer möglichen Verhaftung nicht im Weg zu stehen, zum Strand zurück. Und geriet dabei genau in die Bahn des Schnellboots. Ohne zu zögern, warf Stelios sich auf sie und landete mit ihr im Sand.

»Ist dir etwas passiert?«, erkundigte er sich besorgt, was Karls Verdacht bestätigte: Stelios war in Nell verliebt.

»Alles bestens«, antwortete Nell. »Ich hoffe, du hast auch nichts abbekommen.«

»Nur mein Stolz hat jetzt ein paar Kratzer.« Stelios lächelte.

»Ach herrje. Du hättest früher da sein sollen, Nell. Stelios war ein richtiger Held«, räumte Karl ein. »Nikos ist damit einverstanden, die Statue auf dem Platz am Hafen aufzustellen.«

»Wird sie dort nicht gestohlen werden?«

»Nein«, beteuerte Stelios. »Die Menschen auf Kyri werden sie respektieren.«

»Und ich werde dafür sorgen, dass sie nachts ins archäologische Museum gebracht wird«, fügte Nikos hinzu.

Andreas und seine Mitstreiter trugen die Statue vorsichtig vom Schnellboot zum Laster, wo Nell ein Nest aus Decken vorbereitete, damit sie nicht gegen die Wände geschleudert wurde. Sachte schoben sie die Venus und auch den steinernen Diwan hinein, der sich mit an Bord befunden hatte.

Als einer der Fischer Stelios etwas zuraunte, lachte dieser laut auf.

»Was hat er gesagt?«, erkundigte sich Nell.

»Grob übersetzt ist er sehr froh, dass sie in zwei Teile zerlegt ist. Allerdings hat er das ein bisschen anders betont.«

»Das kann ich mir denken. Ich muss zugeben, dass sie sich wirklich wohlzufühlen scheint«, meinte Nell grinsend.

»Wenn du vierhundert Jahre lang begraben gewesen wärst, nur um dann in der Ägäis versenkt zu werden, würdest du dich auch über eine kuschelig warme Decke freuen.«

»Die Arme. Mir ist gerade etwas eingefallen«, verkündete Nell. »Ariadne wird ganz aus dem Häuschen sein. Schließlich war ihr am meisten daran gelegen, die Statue zurückzubekommen.«

»Dann gehen wir gleich zu ihr«, erwiderte Stelios. »Komm, Karl. Du kannst vorne bei Andreas einsteigen.« Er blickte Nell an. »Jetzt stehst du ihm beim Fahren ja nicht im Weg.« Er legte den Arm um sie, obwohl das gar nicht nötig war.

»Du solltest nicht mich umarmen, sondern die Venus«, scherzte Nell. Doch Stelios schien unter vorübergehendem Hörverlust zu leiden.

Eine Viertelstunde später erreichten sie den Platz und machten sich daran, den Marmordiwan aus dem Laster zu hieven.

Während Stelios, Nikos und Karl den Platz abschritten, um den besten Standort zu finden, lief Nell los und holte ihre Freundinnen, denn die würden sich das niemals entgehen lassen wollen.

Schließlich entschieden sie sich für eine Stelle gleich vor dem Hotel neben der Steinumrandung eines Blumenbeets. Hier hatte die Göttin freie Sicht auf den Hafen, und außerdem reichte der Platz – so wie jetzt – aus, damit einige Menschen sich darum versammeln konnten.

Die Fischer wuchteten die Statue auf den Diwan, auf dem sie jahrhundertelang gelegen hatte – mit einem unbeschreiblich sinnlichen Lächeln und dem Apfel in der Hand, der zu guter Letzt den Trojanischen Krieg ausgelöst hatte. Georgiades und sein Helfershelfer aus Santorin, die sie an den Meistbietenden hatten verschachern wollen, hatten diese Hand offenbar wieder fachmännisch befestigt.

Inzwischen kam Nell mit Moira, Penny und Dora im Schlepptau angehastet. Schweigend bewunderten die vier zusammen mit Stelios, Karl und Nikos die Venus.

All der unsanfte Umgang hatte dem Schimmern ihrer strahlend weißen Haut, die aus dem besten parischen Marmor bestand, nichts anhaben können. Die wenigen kleinen Kerben in ihren glatten Schultern verliehen ihr etwas Verletzliches, das sie beinahe menschlich wirken ließ. Doch ihre majestätische Körperhaltung, bei deren Anblick gewöhnliche Sterbliche in Ehrfurcht und Verzückung verharrten, war die einer Göttin, wie sie leibte und lebte.

Ihr anderer Arm lag auf der Rückenlehne des Diwans und stützte einen schlanken Hals, der in ein makelloses ovales Gesicht mit gerader Nase überging. Ihr Blick galt nicht dem Betrachter, sondern war ein wenig zur Seite gerichtet. Das Lächeln, das ihre Miene schon seit Jahrhunderten erhellte, war selbstbewusst und verführerisch.

Der Schwanenhals und die wohl gerundeten Schultern lenkten das Auge hinunter zu den prachtvollen nackten Brüsten und der erotischen Andeutung eines Bäuchleins. Ein kunstvoll gefälteltes Tuch, das beinahe durchsichtig erschien, obwohl es aus Stein gemeißelt war, bedeckte ihre Scham.

Es war die Göttin Aphrodite, beinahe zum Leben erweckt. Eine Aphrodite, deren Lächeln unzählige Generationen von Verehrern bezirzt hatte.

»Ist sie nicht traumhaft?«, flüsterte Nell so ehrfürchtig, als wäre sie in einer Kirche.

»Dazu ist sie ja eine Göttin«, merkte Moira an. »Wäre es nicht toll, nach Lust und Laune Männer verführen und Kriege anzetteln zu können?«

Alle starrten sie an. »Moira, ich wusste ja gar nicht, dass an dir ein heimlicher männermordender Vamp verloren gegangen ist«, scherzte Dora.

»Jetzt mach mal 'nen Punkt. Das ist doch normalerweise genau deine Methode!«, protestierte Moira. »Warum sonst läufst du in knallengen Klamotten rum, die eigentlich für achtzehnjährige Disco-Queens auf Aufrisstour gedacht sind?«

»Erstens«, entgegnete Dora von oben herab, »sind meine Kleider von Azzedine Alaïa. Und zweitens handelt es sich um Mode für erwachsene Frauen.«

»Weil nur erwachsene Frauen sich die Sachen leisten können.« Penny grinste.

»Stimmt, sie sind nicht billig«, gab Dora zu. »Aber in so einem Fummel kriegst du jeden Mann auf diesem Planeten rum.«

»Sogar einen älteren Herrn, der zu schwach ist, um sich zu wehren«, hänselte Moira.

»Wenn du Karl meinst« – Dora blickte über den Platz und stellte fest, dass er nicht die Statue, sondern sie ansah –, »kann ich dir versichern, dass noch viel Leben in ihm steckt.«

Ehe Moira antworten konnte, stürmte eine Gestalt aus dem Hotel und warf sich Dora in die Arme.

»Danke, danke, danke. Du hast die Göttin zurückgeholt!« Sie umklammerte Doras Hand und küsste sie ehrfürchtig. »Dafür wird sie dich bis in alle Ewigkeit segnen!«

»Was ist mit den Leuten, die sie wirklich gefunden haben? Stelios, Karl und Nikos?«, wandte Moira ein.

»Und ich«, fügte Nell mit Nachdruck hinzu. »Und ein dreiundachtzigjähriger Fischer namens Andreas. Und Andreas' Kollegen, Namen unbekannt.«

Aber Ariadne himmelte weiter Dora an. »Ich habe eine Frage.« Sie verstummte errötend, denn es hatte ihr plötzlich die Sprache verschlagen.

»Was ist?«, hakte Dora freundlich nach.

»Hast du schon mal das Wort *koumbara* gehört?« Ein eindringlicher Ausdruck war in Ariadnes Augen auszumachen.

»*Koumbara?*« Dora ließ sich die Silben langsam auf der Zunge zergehen. »Nein, ich glaube, nicht. Singt man das nicht mit Gitarrenbegleitung?«

»Das ist *kumbaya*, du Blödfrau«, verbesserte Moira.

»Es bedeutet Pate«, erklärte Ariadne schüchtern. »Jemand, der einen unterstützt und berät und dafür sorgt, dass man nicht vom richtigen Weg abweicht.«

»Dann ist mir klar, warum mir noch nie jemand diesen Job angeboten hat.« Dora lachte.

»Aber ich bitte dich jetzt darum. Dora, möchtest du

meine *koumbara* sein? Kann ich mit dir nach London kommen und eine Weile bei dir wohnen? Bitte.«

In Ariadnes Tonfall schwang etwas Verzweifeltes mit. So, als müsste sie Abstand zu ihrer Familie gewinnen, um aufzublühen, so gut diese es auch mit ihr meinte. Sie musste weg aus einem Alltag, in dem Arbeit und Freizeit nahtlos ineinander übergingen und in dem sie sich erstickt und gefangen fühlte wie in einem Spinnennetz.

Dora warf einen Blick auf Karl, der gelauscht hatte, und zog fast unmerklich die Augenbraue hoch. Karl sah sie liebevoll an und antwortete mit einem sachten Nicken.

Also ist es zwischen den beiden schon so weit gediehen, dachte Moira, die um einiges mehr wahrnahm, als man ihr zutraute.

»Natürlich werde ich deine *koumbara* sein«, verkündete Dora und drückte Ariadne fest an sich. Der warme, magere Mädchenkörper löste einen ungeahnten Beschützerinstinkt in ihr aus. Dieses Menschenwesen vertraute Dora seine gesamte Zukunft an. Und sie würde ihr Bestes tun, um Ariadne nicht zu enttäuschen.

Penny, die die beiden von der Terrasse des Cafés aus beobachtete, hätte am liebsten laut gejubelt. Dora hatte nie die Art von Liebe erlebt, die ebenso mit Schmerz und Opfern einherging wie mit Freude und Erfüllung. Doch das hatte sich nun geändert. Nell, die sich eben erst mit ihrer eigenen Tochter versöhnt hatte, lief auf die zwei zu, um zu gratulieren.

Und Moira, die ihr ganzes Leben als kauzige Einzelgängerin in der künstlichen Welt eines Colleges in Cambridge verbracht hatte, ertappte sich dabei, dass sie Dora beneidete. Sie hätte nichts dagegen gehabt, auch eine *koumbara* zu werden. Nicht, dass jemand sie je darum bitten würde.

»Soll ich mitkommen und mit Takis und Kassandra reden?«, erbot sich Dora, denn ihr war klar, wie schwierig das für Ariadne werden würde. Das Mädchen lächelte dankbar.

»Aber vorher«, unterbrach Nell, »muss Ariadne ein Foto von uns und der Statue machen, damit ich es Willow schicken kann.« Nachdem sie Ariadne ihr Smartphone gereicht hatte, gruppierten sie sich lächelnd um die Statue.

»Zeig her«, verlangte Moira sofort, sobald das Foto fertig war. Sie griff nach dem Telefon und betrachtete die Aufnahme. »Gar nicht so schlecht für uns alte Schachteln!« Sie gab das Gerät weiter.

»Herrje, meine Haare«, entsetzte sich Dora. »Sie sehen aus wie eine Perücke von Joan Collins!«

»Du siehst spitze aus«, beruhigte sie Nell. »Und Penny, du bist wirklich hinreißend. Ganz braun gebrannt und sommersprossig.«

»Ich?« Penny war verwundert. »Echt?«

»Ja«, wiederholte Nell mit Nachdruck. »Echt.«

Penny nahm das Telefon und musterte das Foto. »Ich sehe tatsächlich okay aus?«

»Mehr als okay«, erwiderte Nell. »Umwerfend.«

»Was ist mit Aphrodite?« Dora fand, dass sie jetzt genug über Penny geredet hatten. »Wie macht sie sich?«

Sie betrachteten die Statue.

»Mit diesen Titten schafft sie es nie auf Seite drei«, verkündete Moira.

»Moira!«, rief Nell empört aus. »Wir leben im Zeitalter von MeToo und Time's Up. Du darfst nicht so daherreden.«

»Aphrodite hätte sich über solchen Mist kaputtgelacht. Bei ihr hatte die Verführung Methode. Nehmt nur Ares, den Kriegsgott.« Moira grinste. »Und der war sogar ihr Halbbruder.«

Gerade wollten sie ins Hotel zurückkehren, als ein orthodoxer Priester auftauchte. Er knisterte derart vor Zorn, dass sich sogar sein Bart zu kräuseln schien.

»Wer hat dieses Schandmal hierhergebracht?«, schimpfte er und drohte mit dem Finger. »Haben Sie die Zehn Gebote vergessen? ›Du sollst keine anderen Götter haben neben mir‹? Und jetzt wird hier eine heidnische Statue ausgestellt, als handelte es sich um eine Heilige. Ich werde mich sofort beim Bürgermeister beschweren!«

»Soll ich ihm verraten, dass der Bürgermeister seine Finger mit im Spiel hatte?«, witzelte Nell und zwinkerte Penny zu.

»Vielleicht kann der Gute uns auch erklären, warum es in ihrer Nähe so oft nach Myrte duftet.« Dora kicherte. »Wenn ich ihn das frage, trifft ihn bestimmt der Schlag.«

»Ich bin noch immer nicht sicher, was ich davon halten soll.« Nell biss sich auf die Lippe. »Aber irgendetwas war da. Keine Ahnung, was. Etwas Magisches?«

»Ganz deiner Ansicht«, stimmte Penny zu.

»Ja, doch was es ist, weiß nur der liebe Gott«, ergänzte Dora. »Hoppla, die Redewendung passt angesichts der Umstände vielleicht nicht ganz.« Sie fingen zu lachen an.

»Nun, das ist alles nur Einbildung«, beharrte Moira und weigerte sich standhaft mitzulachen. »Gruppenhysterie. Ein gut bekanntes Phänomen.«

»Werde doch mal locker, Moira!«, zog Nell sie auf. »Was ist aus der coolen Barfrau aus Treasure Island geworden?«

»Die Wirklichkeit hat sie eingeholt«, antwortete Moira ernst. »Jetzt haben wir die Statue gefunden. Was also wollen wir noch hier?«

Die Frage wirkte, als hätte sie jemand an einem strahlenden Sommertag in einen eiskalten Swimmingpool gestoßen. Sie blickten einander hilflos an.

Dora hatte sich als Erste wieder gefangen. »Nun, ich werde Takis und Kassandra beibringen, dass meine neue Patentochter mich nach London begleitet. Moira hat recht. Ich muss anfangen, meine Heimreise vorzubereiten.«

Einundzwanzig

Allein in ihrem Zimmer musterte Nell die Fotos, die Ariadne von ihnen und der Venus von Kyri gemacht hatte. Es waren ausgezeichnete Aufnahmen, auf denen sie alle stolz und zufrieden wirkten. Sie würde die Bilder sofort an Willow und auch an die englischsprachige Zeitung in Athen schicken. Vielleicht würde die sie ja drucken. Die Entdeckung der Aphrodite war sicher auch außerhalb der Saure-Gurken-Zeit eine wichtige Nachricht.

Noch einmal scrollte sie die Fotos durch. Sie waren so gute Freundinnen geworden und hatten viel füreinander und auch für die Insel getan. Der Aufenthalt hier war spannend gewesen. Er hatte ihrem Leben einen Sinn gegeben und ihnen geholfen, Schwierigkeiten zu überwinden. Nun wussten sie, dass es auch noch ein völlig anderes Leben gab als zu Hause.

Doch Moira hatte recht. So traurig es auch war, Kyri den Rücken zu kehren, hatte sie sich mit Willow versöhnt und konnte sich auf Großmutterfreuden freuen. Sie musste nach Hause.

Stelios fiel ihr ein. Er hatte Humor und brachte sie zum Lachen – etwas, das ihr bei einem Mann schon sehr lange nicht mehr passiert war. Allerdings glaubte sie nicht, dass mehr dahintersteckte.

Und da waren auch noch Penny und Nikos. Ja, zwischen den beiden schien es etwas Ernstes zu sein. Allerdings blieb die Frage, was aus Pennys verschollenem Ehemann geworden sein mochte. Nell war nun schon so lange geschieden, dass sie die derzeitige Rechtslage gar nicht kannte. Konnte ein Mann die Scheidung verweigern? Undeutlich erinnerte sie sich an einen Zeitungsartikel über einen Mann, der genau das getan hatte. Oh, Gott, die arme Penny! Aber wenigstens war ihre sympathische Tochter Wendy noch hier, auch wenn sie zurzeit in der Wellness-Oase des White Hotels ausspannte.

Unterdessen saß Penny ebenfalls in ihrem Zimmer und grübelte über dasselbe Thema nach. Sie hatte Angst. Nikos liebte sie offenbar, hatte jedoch seine Einladung, dass sie bei ihm bleiben solle, nicht wiederholt. Ihr Bauchgefühl sagte ihr, dass sie ihm vertrauen konnte. Aber was, wenn sie sich das alles nur einbildete? Er hatte etwas von einem Romantiker, ja, von einem Ritter in schimmernder Rüstung an sich. Und wenn er nur versucht hatte, an eine alte Liebesgeschichte anzuknüpfen, und jetzt erkannte, dass man die Vergangenheit besser ruhen lassen sollte?

Plötzlich fror sie. Sie war verunsichert, und ihr neu gewonnenes Selbstbewusstsein geriet ins Wanken. Ein Jammer, dass Wendy noch nicht von ihrem Wellness-Aufenthalt zurück war. Sie war so wundervoll geerdet und gut darin, ihre Mutter zu beruhigen. »Frag ihn einfach«, würde sie ihr vermutlich raten. Als ob das so einfach wäre.

Und wo, zum Teufel, steckte Colin?

Dann war da noch die Frage, ob sie Kyri verlassen sollte. Den Ort, der ihr inzwischen wirklicher erschien als ihr Zuhause. Die Menschen hier – Takis, Kassandra,

Demetria, ja, sogar Andreas, der Fischer – waren ihr mittlerweile näher als ihre Nachbarn.

Das alles hier aufzugeben würde ihr das Herz brechen.

Auch Moira betrieb Seelenforschung, was bei ihr selten vorkam. Ihr wurde klar, dass ihr bisheriges Leben zwar behütet gewesen war, sie jedoch auch eingeschränkt hatte. Ja, ihr Verstand hatte reichlich Nahrung bekommen, und sie bereute keinen einzigen Moment, in dem sie etwas über die klassische Antike gelernt und ihr Wissen weitergegeben hatte. Allerdings hatte sie dieses Privileg mit einem engen Horizont bezahlt. Hier auf Kyri hatte sie endlich den Duft der Freiheit geschnuppert. Hätte jemand in ihrem College gehört, dass Dr. Moira O'Reilly eine Strandbar führte, deren Zielgruppe sich hauptsächlich aus partywütigen Kreuzfahrtpassagieren zusammensetzte, dann hätte er oder sie sich wahrscheinlich halb totgelacht. Doch genau das tat sie nun. Innerhalb kürzester Zeit hatte sie sich von einer langweiligen Abstinenzlerin und Spaßbremse in eine Frau verwandelt, die ausgelassen feiern konnte.

Und das hatte sie nur Pennys Einladung zu verdanken. Moira wusste, dass sie im Grunde so sentimental war wie eine Backsteinmauer. Aber trotzdem waren ihr Kyri und seine Bewohner ans Herz gewachsen. Und was noch erstaunlicher war: Die Leute hatten sie wirklich gern. Zu Hause waren alle damit beschäftigt, auf ihre Telefone zu starren und irgendwelchen Terminen nachzujagen. Hetz, hetz, hetz, ohne die Bereitschaft, sich wirklich auf jemanden oder etwas einzulassen. Erst mit ein wenig Abstand bemerkte man, dass das Leben auch anders sein konnte. Auf Kyri ging es zwar gemächlicher zu, doch langweilig wurde es nie.

Plötzlich wurde sie von Stolz ergriffen. Wie oft im Leben konnte man zur Rettung einer Statue beitragen, die wohl zweihundert Jahre vor Christi Geburt erschaffen worden war?

Später am Abend schlüpfte Nell ohne besonderen Anlass in ihr hübschestes Kleid und legte baumelnde Ohrringe an. Das Klima bekam ihr ausgezeichnet. Ihre Haut wies inzwischen einen hübschen Braunton auf, der ihr, in Kombination mit ihren braunen Augen, ein südländisches Aussehen verlieh. Ihre kleinbürgerlichen britischen Eltern wären außer sich gewesen.

Ihr Telefon piepste. Es war Willow. Ihre wundervolle Tochter hatte bereits ihren Blog aktualisiert. BRITISCHE HELDINNEN ENTDECKEN VENUS VON KYRI, lautete die Schlagzeile. Der Artikel wurde von einem Foto von ihnen und der Statue illustriert.

Gerade wollte sie eine Antwort simsen, als das Telefon tatsächlich läutete, ein so seltenes Ereignis, dass sie zusammenschreckte. Atemlos drückte sie auf »Anruf annehmen«.

»Mum, Mum!«, rief Willow. »Ich hatte gerade die *Daily Post* am Apparat. Du weißt ja, wie gern die Geschichten über Damen jenseits der Blüte der Jugend bringen.«

»Meinst du, alte Schachteln wie uns?«

»Genau! Jedenfalls folgt eine Journalistin bei dieser Zeitung meinem Blog. Wie immer reißen sie sich darum, die Ersten zu sein, die eine Story drucken. Die Frau hat den Artikel über dich und die Venus gelesen. Also rechne mit einem Anruf. Sie heißt Delilah.«

»Das passt.« Nell lachte.

»Ich habe das Gefühl, dass sie etwas Großes planen.« Willow platzte fast vor Aufregung. »Ach, es ist ja so schade, dass ich nicht mehr dort bin! Viel Glück und halt mich auf dem Laufenden.«

»Hast du ihr auch die Nummern der anderen gegeben?«, erkundigte sich Nell. Ihr stand die Schreckensversion vor Augen, Delilah könne an Moira geraten, wenn diese gerade politisch besonders unkorrekt war.

»Nur die von Dora. Die anderen hatte ich nicht.«

»Okay. Ich warne sie. Wie geht es Naomi?«

»Sie ist wieder ganz in Ordnung und vermisst ihre Oma«, erwiderte Willow.

Nell floss das Herz über. Natürlich stimmte das nicht, aber vielleicht würde es sich ja ändern, wenn sie und Naomi sich öfter sahen.

»Möchtest du denn nach Hause?«, erkundigte sich Dora bei Karl.

»Ich glaube, schon«, antwortete er und musterte sie. »Ich freue mich sogar darauf. Das Problem ist nur, dass wir nicht in derselben Stadt wohnen.«

»Von King's Cross aus dauert die Fahrt nur eine Stunde«, hielt Dora ihm vor Augen. »Das sind ja wohl kaum verschiedene Kontinente.«

»Ich weiß, dass es äußerst unwahrscheinlich ist, aber könntest du dir vorstellen, nach Cambridge zu ziehen?«, fragte Karl, plötzlich ernst geworden.

»Oder du nach London?«

»Ich passe nicht so recht nach London.«

»Du weißt, dass wir dort auch Museen haben«, scherzte Dora. »Es gibt sogar ein ganz großes, das von in Griechenland gestohlenen klassischen Antiquitäten nur so strotzt.«

»Du machst mir nicht den Eindruck eines Menschen, der regelmäßig ins British Museum geht.«

»Ich war einmal bei einem Schulausflug dort. Das hat mir gereicht.«

»Mein Leben findet in Cambridge statt.«

»Und meines in London. Insbesondere jetzt, nachdem ich Ariadne versprochen habe, dass sie bei mir wohnen kann.«

»In Cambridge kann man auch Englisch lernen. Soweit ich informiert bin, haben die dort sogar eine recht gute Universität.«

»Ach herrje.« Dora lachte ein wenig bitter auf. »Wir klingen wie in dem Lied von George Gershwin. Du weißt schon, ›Let's Call the Whole Thing Off‹.«

»Nicht, Dora«, sagte er und griff nach ihrer Hand. »Vergiss nicht, wie das Lied endet.«

»Sie beschließen, die Sache abzublasen.«

»Falsch.« Seine Miene erhellte sich, als ihm der Text wieder einfiel. »Sie beschließen, stattdessen das Abblasen abzublasen und einen Kompromiss zu schließen, weil sie einander lieben.« Mit diesen Worten nahm er sie fest in die Arme. »Und genau das sollten wir auch tun.«

»Kompromisse sind nicht meine Stärke.«

»Ich bringe es dir bei. Lektion eins: Augen zu, wenn ich dich küsse. Ich will diesen zweifelnden Blick nicht sehen.«

Dora gehorchte. Es war ein sehr angenehmer Kuss.

»Bin ich egoistisch?«, fragte er, als sie die Augen wieder aufschlug. »Vergiss kurz, wo wir wohnen. Bin ich zu alt?«

»Junge Männer sind langweilig.« Dora lachte auf »Die reden nur über sich. Außerdem wollen sie ständig Sex. Wie meine Oma immer sagte: ›Besser der Schatz eines alten Mannes als die Närrin eines jungen.‹«

Karl lachte lauthals auf. »Ich bin nicht sicher, ob ich das als Kompliment verstehen soll.«

»Jedenfalls kannst du aufhören, den Selbstlosen zu mimen. Es ist mir egal, ob ich zu jung für dich bin. Du bringst mich zum Lachen, und ich glaube, ich bin noch nie einem Mann begegnet, der das geschafft hätte. Also beklage ich mich nicht. Und obwohl meine Freundinnen es mir nicht zutrauen, wäre ich eine wunderbare Pflegerin.« Sie lächelte ihn reizend an. »Ich würde einfach jemanden dafür anstellen.«

»Das würdest du tun?«

»Aber ich würde dafür sorgen, dass sie nett ist. Viel netter als ich.«

»Hübsch?«

»Ich weiß nicht, ob du solche Fragen jetzt schon stellen darfst.«

»Gut. Nett genügt mir.«

Auf Doras Smartphone gingen piepsend zwei neue Nachrichten ein. Die erste stammte von Nell, die sie vor Delilah von der *Daily Post* warnte. Die zweite von Stelios, der sie alle zum Feiern einlud.

»Das wird bestimmt ein Spaß.« Dora lächelte. »Ich rufe nur rasch diese Frau an, damit sie uns später nicht stört.« Sie förderte ein dickes violettes Ringbuch zutage. »Schon gut, schon gut.« Sie lachte. »Ein Filofax, Symbol der coolen Achtziger. Ich benutze es lieber als mein Telefon. Vermutlich der Grund, warum Venus Green mich in die Wüste geschickt hat.« Geschickt blätterte sie ihr Adressregister durch und wählte die Nummer. »Delilah, meine Liebe. Pandora Perkins hier!«, verkündete sie in exaltiertem Londoner Tonfall.

»Pandora!«, kreischte die Frau auf. »Wo sind Sie denn

abgeblieben? Alle reden darüber, dass Sie sich so plötzlich in Luft aufgelöst haben. Sie sind doch nicht etwa in einer Entzugsklinik?«

»Nein, ich bin auf einer griechischen Insel. Deshalb wollten Sie ja mit mir sprechen. Ich bin eine der Heldinnen, die die Venus entdeckt haben.«

»Oh mein Gott, Sie sind die Dora, von der sie geredet hat? Das ist ja wundervoll, denn …« Im nächsten Moment war die Leitung so tot wie eine fünf Tage alte Nachricht.

Dora wählte erneut, doch sie bekam, sehr sonderbar für Kyri, keine Verbindung. »Nun. Wollen wir hoffen, dass sie sich nicht mehr meldet. Am besten schalte ich mein Telefon ab und schütze eine Störung in der Leitung vor.«

»Ist das eine gute Idee, wenn man PR machen will?«, fragte Karl.

»Nein, aber es heißt, dass wir einen schönen Abend verbringen werden. Die Story ist auch morgen noch aktuell. Komm, wir gehen zu Stelios.«

Stelios saß mit Nikos an einem großen Tisch auf der Terrasse, gleich neben der Venus. Er war offenbar in ausgelassener Stimmung. Voller Bewunderung betrachteten die beiden Männer die schimmernd weißen Gliedmaßen der Statue. Im Kerzenschein wirkte sie noch lebensechter als bei Tag.

»Aus welcher Periode stammt sie deiner Schätzung nach?«, erkundigte sich Nikos.

»Der hellenistischen«, erwiderte Stelios. »Ich würde auf etwa zweihundert vor Christus tippen. Römisch ist sie vermutlich nicht, obwohl der Diwan Elemente davon aufweist.«

»Wie viel ist sie wert?«

»Unschätzbar.«

Die beiden fingen an, leidenschaftlich auf Griechisch zu debattieren.

Penny, die als Erste aus dem Hotel kam, befürchtete schon, zu stören, aber Stelios bemerkte sie und stieß einen seiner üblichen Freudenschreie aus. »Penelope! Treue Gattin des Odysseus! Achte nicht auf uns dumme Männer. Wir streiten nur wegen der Venus. Ich finde, dass sie hier auf Kyri bleiben muss, während Nikos darauf beharrt, dass das der Minister entscheiden soll. Schau, was aus der Venus von Milo geworden ist, mein Freund. Sie ist in Paris, im Louvre, gelandet.«

»Das war vor dreihundert Jahren. Außerdem steht es so im Gesetz.« Nikos lächelte Penny voll Zuneigung an.

»Komm schon, wir sind Griechen. Wir glauben nicht an Gesetze«, verkündete Stelios.

»Ich dachte, wir hätten die Demokratie erfunden«, entgegnete Nikos.

»Der Minister erfährt es sicher sowieso«, wandte Nell ein, die sich gerade zu Penny gesellt hatte. »Diese Zeitung, die *Athens Times*, wird morgen ein Foto von uns mit der Venus auf der Titelseite bringen. Ich hatte gerade einen Anruf von ihnen.«

»Das ging aber schnell«, wunderte sich Stelios.

»Die Macht der sozialen Netzwerke.« Nell zuckte die Achseln. »Heutzutage holen sich Zeitungen die Hälfte ihrer Meldungen aus dem Internet. Außerdem habe ich ihnen natürlich das Foto geschickt.«

»Hast du das gehört, Takis?«, rief Stelios aus. »Diese wunderbaren Engländerinnen werden Kyri berühmt machen.«

Takis, der gerade hinter dem Tresen hantierte, ließ alles stehen und liegen und kam aufgeregt angelaufen. Er drückte Penny und Nell so fest die Hände, dass sie sie anschließend ausschütteln mussten. »Das sind ja wunderbare Nachrichten! Endlich wird man Kyri wahrnehmen! Vergesst die Küche von Sifnos und Santorin mit seinen Kreuzfahrtschiffen! Die Touristen werden nur noch nach Kyri kommen wollen. Nikos, wir müssen einen Tempel für die Venus bauen, wo sie in Sicherheit und glücklich ist. Nicht dass irgendwelche betrunkenen Taugenichtse sie bedrängen und tun, als würden sie sie auf den Mund küssen.«

»Machen die Leute so etwas wirklich?«, fragte Penny.

»Ja, ich habe es mit eigenen Augen gesehen«, beteuerte Takis empört.

»Hallo, Mum.« Penny wirbelte herum, als sie Wendys Stimme hinter sich hörte.

»Hallo, Liebes. Wie war dein Wellness-Aufenthalt?«

»Der war spitze. Ich glaube, dass ich die Nägel an Fingern und Zehen noch nie in derselben Farbe lackiert hatte. Aber das Hotel war grauenhaft. Alles war so weiß, dass ich mich dauernd irgendwo angestoßen habe. Man konnte nicht sehen, wo die Möbel aufhörten und die Wände anfingen. Es war wie in einem überhitzten Iglu voller arroganter Snobs. Igitt!«

»Du hast das ganze Abenteuer verpasst.« Als Penny Platz machte, hatte Wendy einen freien Blick auf die Venus.

»Oh mein Gott! Ihr habt sie gefunden!« Sie fiel Penny und Nell um den Hals. »Ihr seid Heldinnen! Und was ist aus dem halbseidenen Athener geworden?«

»Der hat sich der Gefangennahme durch Flucht entzogen«, antwortete Nell.

»Wir haben einen Suchtrupp losgeschickt«, ergänzte Nikos. »Aber vermutlich hat er es geschafft, die Insel zu verlassen.«

»Hier gibt es nur einen einzigen Polizisten«, fügte Stelios, um eine ernste Miene bemüht, hinzu.

»Willow hat bereits in ihrem Blog darüber geschrieben. Sogar eine Journalistin von der *Daily Post* interessiert sich für die Story.«

»Guten Abend, ihr Lieben«, begrüßte Karl die Anwesenden, als Dora und er aus dem Hotel traten.

»Karl, soll das ein Scherz sein? Sind die Zustände in Kyris Ein-Mann-Polizeiwache etwa schlimmer als in der Krimiserie *Dixon of Dock Green*?«, erkundigte sich Nell.

»Der Polizist hat es doch prima hingekriegt, oder?«, erwiderte Karl.

»Er hat Georgiades verloren«, erklärte Penny.

»Wenn du mich fragst, ist es gut, dass wir den Burschen los sind. Ob er sich im Sinne des Gesetzes strafbar gemacht hat?«, überlegte Karl laut. »In der Welt der Antiquitäten sind die Grenzen fließend.«

»Einige Länder zählen selbst zu den Verbrechern«, meinte Dora. »Unser eigenes zum Beispiel. Denkt nur an die Elgin Marbles, die Lord Elgin damals ans British Museum verhökert hat.«

»Jetzt fang nicht mit diesen alten Kamellen an.« Karl schüttelte den Kopf.

»Wir Griechen halten das nicht für alte Kamellen, wie du es so schön ausdrückst.« Nikos grinste. »Wir hätten die Dinger bis heute gern zurück.«

»Und zwar zu Recht«, stimmte Moira zu, die gerade aus dem Hotel gekommen war.

»Moira!«, tadelte Karl. »Wie unpatriotisch von dir!«

»Ist es patriotisch, anderen Leuten ihre Kulturschätze zu stehlen?«

»Das konnten die Briten schon immer am besten«, entgegnete Karl schmunzelnd.

Ein lautes Dröhnen am Himmel beendete die Debatte, die Moira und Karl offenbar schon öfter geführt hatten.

»Ein Hubschrauber!«, rief Dora aus, als alle die Köpfe hoben. »Die Kunde von Kyris Ruhm verbreitet sich anscheinend rasch. Glaubt ihr, da ist ein Millionär an Bord, der die Insel kaufen will?«

Nur Nikos bemerkte, dass Penny, die neben ihm stand, erbleicht war und aussah, als würde sie gleich in Ohnmacht fallen. Sie hatten zwar gewitzelt, Colin könnte einen dramatischen Auftritt mit einem Helikopter hinlegen, doch das war wirklich nur ein Scherz gewesen. Penny aber fragte sich unwillkürlich, ob er es tatsächlich sein könnte und, wie immer genau mit dem richtigen Timing, bei ihnen hereinplatzte, um ihnen den Triumph zu vermiesen.

Moira, die sich zu ihnen gesellt hatte, interessierte sich nicht sonderlich für den Helikopter. Stattdessen beobachtete sie die Neuankömmlinge, die mit der Abendfähre eingetroffen waren. Fasziniert betrachtete sie eine riesenhafte Frau, begleitet von einem zierlichen Ehemann, der unter der Last unzähliger Gepäckstücke kurz vor dem Zusammenbruch zu stehen schien. Der unpassend gekleidete Geschäftsmann, der dem Paar folgte, fiel ihr zunächst gar nicht auf. Allerdings wurde ihr die dicke Frau bald zu langweilig, weshalb sie ihre Aufmerksamkeit dem Geschäftsmann zuwandte. Er trug einen grauen Anzug mit einer grau getupften Krawatte. Sein ordentlich gestutztes Haar war ebenfalls grau, und er trug sogar eine graue Brille. Etwas an ihm erinnerte Moira an einen Regenwurm, und sie fragte sich, ob er sich wohl auch verdoppeln würde, wenn man ihn in der Mitte durchschnitt. Keine sehr erfreuliche Vorstellung, wie sie fand.

Außerdem verbreitete der Mann eine Stimmung, als stünde er kurz vor der Explosion. Vermutlich würde die kleinste Widrigkeit dafür sorgen, dass er in die Luft ging. Moira betete, dass er nicht in ihrem Hotel wohnte.

Der Helikopter lenkte sie ab. Wie sie annahm, wollten seine Passagiere ins White Hotel, die einzige Luxusherberge auf der Insel. Hoffentlich hatte sich der wütende Wurm auch dort eingemietet, wenngleich er nicht nach Jetset aussah.

Zu ihrer Überraschung schien der Helikopter irgendwo im hinteren Teil des Ortes landen zu wollen.

»Bestimmt im Amphitheater«, merkte Karl an. »Dort ist genug Platz, um aufzusetzen.«

»Seit wann kennst du dich damit aus, wie viel Platz Helikopter brauchen?«, zog Dora ihn auf.

»Karl hat recht«, sprang Nikos für ihn in die Bresche. »Das Amphitheater ist ziemlich groß.«

»Am besten besorge ich etwas zu trinken.« Stelios grinste. »Bestimmt kriegen wir gleich ein Spektakel geboten, und es sieht ganz danach aus, als säßen wir in der ersten Reihe.«

Er verschwand in der Hotellobby und kehrte kurz darauf mit einer Flasche Weißwein zurück.

»Das ging aber schnell«, meinte Dora bewundernd.

Stelios zwinkerte. »Ich weiß, wo Takis seine Notvorräte aufbewahrt.«

Sie nippten an ihrem Wein und beobachteten, wie ein bärtiger Mann mit einem riesigen Kameraobjektiv auf sie zukam. Ihm folgte eine abgehetzte Frau, die weiße Jeans und Stilettos trug. Und zu guter Letzt erschien – offenbar der VIP – eine Blondine mit Sonnenbrille in einem hauteng engen langen Kleid, das der Fantasie nur wenig Raum ließ.

»Oh mein Gott!« Dora packte die neben ihr stehende Nell am Arm. »Das ist keine andere als Venus Green, die blöde Schnepfe. Ich muss hier weg!«

Als sie die Flucht ergreifen wollte, wurde sie von erstaunlich kräftigen Händen zurückgehalten. »Sei nicht feige«, sagte Karl leise. »Schließlich habe ich mich in eine starke Frau verliebt. Du schaffst das.«

Inzwischen hatte Venus sie bemerkt.

»Pandora!«, kreischte sie. »Was, zum Teufel, machst du denn hier?«

»Das Gleiche könnte ich dich fragen.« Dora zwang sich zur Ruhe. »Das war aber ein Auftritt. Wir dachten schon, es wäre Donald Trump oder der Papst.«

»Die *Daily Post* schickt mich. Sie bringen einen Bericht über die Statue. Venus trifft Venus oder so ähnlich. Wo ist sie übrigens?«

»Da drüben. Sie wird gleich ins Museum transportiert. Dort übernachtet sie nämlich, um sie vor Vandalismus zu schützen.«

Venus Green nahm die Sonnenbrille ab und musterte das über zweitausend Jahre alte Meisterwerk hellenischer Bildhauerkunst.

»Niemand hat mir gesagt, dass sie liegt«, schmollte sie. »Ich dachte, sie steht, wie die Statue ohne Arme auf dem Cover von *Critical Mass*.«

»Meinst du die Venus von Milo?«

»Hat die Arme?«

»Nein, hat sie nicht.« Dora hatte Mühe, nicht laut loszulachen. Schließlich hatte ihre frühere Klientin nie für sich in Anspruch genommen, gebildet zu sein.

»Dann ist sie es. Ich dachte, ich könnte mich für mein neues Albumcover neben die Venus stellen und es *Goddess meets Goddess* nennen. Und die *Daily Post* würde alles bezahlen. Aber das klappt ja nicht, weil sie liegt.«

Sie richtete ihre volle – wie Dora aus Erfahrung wusste, zeitlich begrenzte – Aufmerksamkeit auf ihre ehemalige PR-Beraterin. »Wo hast du eigentlich gesteckt? Ich habe dir ellenlange Nachrichten geschickt, aber niemand wusste, wo du bist. Hattest du einen Nervenzusammenbruch oder so?«

Dora schmunzelte. »Eigentlich sollte es nur ein Wiedersehen von vier alten College-Freundinnen werden. Doch dann haben wir uns in diese Insel verliebt und sind noch eine Weile geblieben.«

»Für mich fühlt es sich an wie eine Ewigkeit. Das weiß ich, weil ich Barbara Ryan am Tag deines Verschwindens gefeuert habe. Dora, die Frau war ein Albtraum! Seitdem suche ich dich, um dich zu bitten, wieder meine PR zu übernehmen.«

»Hallo, Pandora«, meldete sich der bärtige Fotograf zu Wort. »Keiner kann Redakteure durch den Reifen springen lassen wie du!«

»Danke, Bill.« Dora lächelte. Sie kannte Bill von früheren Fototerminen. Kurz dachte sie an ihre Vergangenheit, bestimmt von ewigen Verhandlungen und mörderisch knappen Deadlines. Doch dieses Leben unter Volldampf erschien ihr inzwischen so weit weg, als gehörte es einer anderen. Ihr wurde klar, dass sie nicht die geringste Lust hatte, wieder daran anzuknüpfen.

»Tut mir leid, Venus.« Sie fing Karls Blick auf. »Aber ich ziehe nach Cambridge.«

»Cambridge?«, wiederholte Venus so entgeistert, als hätte Dora vom Nordpol gesprochen. »Warum denn das?«

»Ich setze mich zur Ruhe. Vielleicht übernehme ich noch ein paar kleinere Aufträge für Museen und so weiter.«

»Und du bist sicher, dass du keinen Nervenzusammenbruch hattest?« Venus' zuckersüßer Tonfall troff förmlich vor Mitgefühl.

»Nein, solange sich das nicht dadurch äußert, dass man morgens glücklich aufwacht und sich auf die Dinge freut, die der Tag bringen wird«, erwiderte Dora lässig.

»Eine verdammte Verschwendung«, meinte Bill, der bärtige Fotograf. »Komm, Venus, mein Schatz. Am besten machen wir die Fotos, bevor das Licht weg ist. Wahrscheinlich brauche ich jetzt schon ein paar Filter.«

Widerstrebend warf Venus sich in Positur, also geschürzte Lippen und eingezogener Bauch. Sie stellte sich hinter die Statue und beugte sich über deren marmorweiße Schulter. Dabei setzte sie ihre, wie Dora schon immer gedacht hatte, wirkungsvollste Waffe ein, nämlich in die Kamera zu schauen, als wollte sie mit ihr ins Bett.

»War das dein Ernst?« Karl griff nach Doras Hand, während die anderen zusahen, wie vor ihren Augen die morgige Schlagzeile entstand.

»Ach was.« Dora grinste. »Das habe ich nur gesagt, um sie abzuwimmeln.« Als sie seinen gekränkten Blick bemerkte, legte sie die Arme um ihn. »Ja, es war mein Ernst. Als sie mir vorgeschlagen hat, wieder in meinen alten Job einzusteigen, wusste ich, dass ich das auf gar keinen Fall mehr will.«

»Meinst du, es ist bald Zeit, nach Hause zu fliegen?«, fragte er und strahlte vor Glück übers ganze Gesicht.

»Ja, bald«, antwortete sie. »Aber noch nicht jetzt gleich.« Aus dem Augenwinkel bemerkte sie, dass ein zorniger, heftig schwitzender Mann im grauen Anzug Pennys Tochter Wendy angesprochen hatte.

»Was hast du hier zu suchen, verdammt?«, herrschte er sie an. »Warum bist du nicht zu Hause bei deinen Kindern?«

Wendy erstarrte. »Weil mein Mann so freundlich ist, sich um sie zu kümmern, damit ich Urlaub machen kann«, entgegnete sie spitz. »Solche Männer soll es tatsächlich geben.«

»Keine Ahnung, was mit euch Frauen los ist«, zeterte der Mann weiter. »Zuerst vergisst deine Mutter all ihre Pflichten und verschwindet unter einem an den Haaren herbeigezogenen Vorwand. Und dann bleibt sie ohne Begründung wochenlang weg.«

»Das sagt genau der Richtige«, zischte Wendy. »Wo, zum Teufel, hast du denn gesteckt?«

Ohne auf sie zu achten, blickte er sich streitlustig um. Unterdessen hatten Moira und Nell den Ernst der Lage erkannt und machten sich auf die Suche nach Penny, um sie nötigenfalls zu beschützen.

Schließlich entdeckte Colin seine bessere Hälfte, die am Rand der Menschenmenge stand und sich mit einem Griechen unterhielt.

»Jetzt reicht es«, verkündete er und drängelte sich zu ihr durch, wobei er die Leute rüde beiseiteschob. »Los, pack deine Sachen, Penny. Morgen früh geht eine Fähre nach Santorin, und von dort aus können wir direkt nach Athen fliegen. Ich habe für 23:45 Uhr Flüge für uns gebucht. Solange du also nicht herumtrödelst, müsste alles klappen.«

Penny stellte fest, dass sich ihre drei Freundinnen kampfbereit in einer Reihe aufgebaut hatten. Auch Nikos versuchte, Blickkontakt zu ihr aufzunehmen. Sie schüttelte den Kopf, um allen mitzuteilen, dass sie ihre Hilfe zu schätzen wusste, sich jedoch allein behaupten würde.

»Hallo, Colin«, begrüßte sie ihren Mann. Sie zwang sich, ruhig zu sprechen und sich gerade zu halten. Vor ihr stand ein kleiner, durchgeschwitzter Mann, der vor Wut kochte und für seinen Zorn einen Sündenbock suchte. Bis jetzt war diese Rolle stets ihr zugefallen.

Sie dachte an all die Jahre, in denen er sie niedergemacht hatte. Ganz gleich, was sie auch sagte, er hatte es belächelt und als belanglos abgetan. Dazu kam sein ständiges Herumgenörgel an allem, angefangen bei ihren Fahrkünsten bis hin zu ihren Fähigkeiten als Mutter. Warum hatte sie sich das so viele Jahre lang gefallen lassen? Erst mit ein wenig Abstand war ihr klar geworden, wie beharrlich er ihr Selbstbewusstsein untergraben hatte, bis sie sich vorgekommen war wie ein Nichts.

Sie verschränkte die Arme und hielt sich vor Augen, dass sie den Armreif mit der silbernen Schlange trug, den Dora ihr auf Zanthos geschenkt hatte. Genau so einen hatte sie getragen, als sie noch jung und sorglos gewesen war. Vor jenen Entscheidungen, die ihren Lebensplänen den Garaus gemacht hatten. Der blaue Edelstein im Auge der Schlange blinzelte ihr zu und ermutigte sie, sich den Schneid nicht abkaufen zu lassen. Zu erkennen, dass es noch nicht zu spät war.

Im nächsten Moment fing sie an zu lachen.

»Bist du jetzt völlig verrückt geworden?« Colin starrte Penny an, als hätte sie den Verstand verloren. »Was gibt es da zu lachen, du dumme Kuh?«

»Ich finde dich einfach so lächerlich, Colin. Du bist ein Langweiler und herrschsüchtig, und ich gehe nur über meine Leiche mit dir zurück nach England.«

Moira und Nell wechselten einen stolzen Blick. Penny schlug sich wirklich wacker. Am liebsten hätten sie laut gejubelt.

»Und was wirst du hier tun, wenn ich fragen darf?«, erkundigte er sich gehässig.

Sie streckte die Hand nach einem Mann aus, der sie aus dunklen Augen betrachtete. »Ich werde mit Nikos zusammenleben.«

Endlich hatte Penny den Mumm, sich zu behaupten.

»Meinst du etwa diesen Alexis Zorbas?«, höhnte Colin abfällig.

Nikos lachte ihm nur ins Gesicht und legte den Arm fest um Penelope.

»Das ist ja der Gipfel der Peinlichkeit! Offenbar begreifst du nicht, wie abgedroschen das ist!«, schleuderte Colin Penny entgegen. »Der wird dich wegen einer skandinavischen Blondine sitzen lassen, die halb so alt ist wie du, denk an meine Worte. Und komm dann bloß nicht angekrochen.«

»Tschüss, Colin.« Beinahe hätte Penny wieder losgelacht, diesmal hysterisch. Nur dank Nikos' festem Griff um ihre Hand gelang es ihr, sich zu beherrschen. »Viel Glück wünsche ich dir lieber nicht.«

Colin wusste, dass er sich geschlagen geben musste. »Ich besorge mir etwas zu essen. Immerhin bin ich seit fünf auf den Beinen, und zwar nur mit einem Sandwich von Ryanair im Magen, das ich zu allem Überfluss bezahlen musste.« Er marschierte in Richtung Hotelcafé.

»Hoffentlich übernachtet er nicht hier«, stieß Penny hervor.

»Das braucht dich nicht zu interessieren.« Nikos strahlte übers ganze Gesicht. »Denn du bleibst ja bei mir im Bootshaus.«

»Gut gemacht, Penny«, gratulierte Moira. »Du warst spitzenklasse!«

»Ja, Mum.« Wendy umarmte sie. »Ich bin so froh, dass du dich endlich gewehrt hast und tust, was du willst.«

»Wirklich?« Schon meldete sich Pennys schlechtes Gewissen, weil sie ihre Familie zerstörte.

»Wirklich!«, beteuerte Wendy. »Tom und ich sind alt genug, um das zu verkraften. Werde glücklich mit Nikos.«

Unterdessen beobachtete Nell, wie Colin mit durchdringender Stimme auf Takis einredete, um ein Zimmer zu ergattern. Dieser jedoch zierte sich und behauptete, das Hotel sei ausgebucht – obwohl hinter ihm in den Fächern zahlreiche Schlüssel lagen.

»Prima!« Schmunzelnd ließ Nell die Szene auf sich wirken. »Besser hätten wir es nicht planen können. Oh, schaut mal, wer beschlossen hat, Colin unter ihre Fittiche zu nehmen!«

Zweiundzwanzig

Eine in einen grell gemusterten seidenen Kaftan gewandete Gestalt stürzte sich auf den verdatterten Colin und geleitete ihn wie ein Schutzengel zu einem der abgelegeneren Tische am anderen Ende der Hotelhalle.

Nell, die sich keine Sekunde dieser monumentalen Begegnung entgehen lassen wollte, schlüpfte in die Nische neben dem Aufzugschacht, um zu lauschen. Willow würde sie umbringen, wenn sie ihr nicht alles haarklein berichtete.

»Mr. Anderson«, begann die Erscheinung. »Oder darf ich Sie Colin nennen? Mein Name ist Marigold, und ich freue mich wirklich von Herzen, Sie hier zu sehen.« Dramatisch hielt sie inne. »Und Sie kommen genau zum richtigen Zeitpunkt. Ich war es nämlich, die Ihnen die anonymen Nachrichten geschickt hat.« Sie lächelte verschämt, denn selbstverständlich hatte sie nur das tief empfundene Mitleid mit einem betrogenen Ehemann zu diesem äußersten Schritt gezwungen. »Ihre Frau hat sich empörend aufgeführt.«

»Sie waren das also?« Colin klang ganz und gar nicht dankbar.

»Sie sind ja völlig erschöpft. Soll ich Ihnen ein Bier holen?«

Er nahm widerwillig an. Marigold besorgte ihm eines an der Selbstbedienungstheke und außerdem noch ein

Glas Wein für sich selbst. Allerdings vergaß sie, Geld ins Körbchen zu legen.

»Was ich wirklich brauche« – Colins bleiches Gesicht wurde noch fahler, denn er war ziemlich erledigt und hatte es noch nicht verkraftet, dass Penny es tatsächlich gewagt hatte, ihn abzuweisen –, »ist ein verdammtes Hotelzimmer. Aber der Schwachkopf an der Rezeption behauptet, es sei nichts frei.«

»Keine Sorge. Sie können bei mir übernachten. Ich habe jede Menge Platz.«

Nell in ihrem Versteck hatte Mühe, ein Kichern zu unterdrücken, als sie sich ausmalte, wie Marigold sich mitten in der Nacht in Colins Zimmer schlich, so wie sie es bei Nikos versucht hatte. Allerdings würde er das, wenn Pennys Schilderungen zutrafen, vermutlich gar nicht bemerken.

»Sehr freundlich von Ihnen.« Offenbar war ihm wieder eingefallen, was sich gehörte. »Colin Anderson. Nett, Sie kennenzulernen. Meine Frau, die dumme Kuh, weigert sich, nach Hause zu kommen. Sie will hier bei diesem Griechen bleiben.«

»Nikos. Angeblich ist er der hiesige Bürgermeister. Also sollte er sich was schämen, anderen Männern die Frau auszuspannen.«

»Nicht, dass mich das groß belasten würde.« Anscheinend hatte Colin ihr gar nicht zugehört. »Sie war als Ehefrau sowieso eine Niete.«

Nell musste sich beherrschen, um nicht aus ihrer Nische zu stürmen und ihm eins mit der Bierflasche überzuziehen.

»Wie lange bleiben Sie denn?« Marigold öffnete einen weiteren Knopf ihres Kaftans.

»Morgen fliege ich nach Hause.« Kurz musterte er sie abschätzend, wohl um herauszufinden, ob sie irgendwelche Gemeinsamkeiten mit Penny aufwies. »Warum kommen Sie nicht mit?«, schlug er mit leicht lüsternem Blick vor. »Ich habe ein Ticket zu viel, falls Sie Interesse haben. Das Umbuchen sollte nicht allzu schwierig sein. Morgen Abend 23:45 ab Athen.«

Marigold überlegte rasch. Es war Zeit, nach Hause zurückzukehren, und außerdem gefiel ihr das Wilde und Spontane an dieser Aktion. Was Colin betraf, hatte sie zwar ihre Zweifel, doch von Ted hatte sie die Nase gestrichen voll, und es wäre doch hübsch, sich mit Pennys Mann aus dem Staub zu machen. Nikos war viel zu attraktiv für die unscheinbare Penny Anderson. Er würde schon bald bemerken, dass es im Meer hübschere Fische gab als sie.

Außerdem konnte sie diesen Colin ja noch immer am Flughafen Gatwick stehen lassen. Jedenfalls schien er ihr einen Gratisplatz im Flieger anzubieten.

Sie bedachte ihn mit einem verführerisch gemeinten Zähnefletschen. Aber Colin, der gerade nachrechnete, wie viel Geld er sparen würde, wenn er bei ihr übernachtete, nahm es nicht zur Kenntnis.

Marigold erhob sich. »Gehen wir. Ich rufe uns ein Taxi.«

Sobald sie weg waren, hastete Nell zu den anderen. »Ich kann es kaum erwarten, Willow davon zu erzählen.« Sie kicherte. »Penny, ich habe tolle Nachrichten. Die grausige Marigold hat sich gerade Colin, den Langweiler, gekrallt und nimmt ihn mit zu sich!«

»Oh mein Gott! Die beiden sind wie füreinander geschaffen.« Penny bekam einen Lachanfall. »Ich wünsche ihnen alles Glück dieser Erde.« Im nächsten Moment fiel ihr etwas ein. »Ach herrje. Die arme Wendy, der arme Tom.«

»Zerbrich dir nicht den Kopf über die beiden. Wendy wird sie entweder vergraulen oder ihr das Leben zur Hölle machen. Außerdem sind die beiden sicher heillos zerstritten, bevor sie in Athen am Flughafen stehen. Wo ist Wendy übrigens?«

»Sie packt. Im Moment sucht sie sich einen Flug heraus.«

Nell grinste. »Hoffentlich nimmt sie nicht den um 23:45 ab Athen. Sonst begegnet sie womöglich Romeo und seiner neuen Julia!«

Die Vorstellung, wie der verbiesterte Colin den Romeo gab, sorgte dafür, dass Penny und Nell sich vor Lachen krümmten.

»Habe ich dir schon gesagt, wie schön du bist, wenn du lachst?«, teilte Stelios Nell mit und legte elegant den Arm um sie. »Noch schöner als deine Namenspatronin Helena von Troja! Komm mit mir nach Saloniki«, flehte er. »Es ist die zweitgrößte Stadt Griechenlands, und trotzdem hat noch niemand in Großbritannien davon gehört.«

»Ich muss nach Hause, Stelios. Zu meiner Tochter und zu meiner Enkelin.«

»Dann komm zurück, nachdem du sie gesehen hast. Nur auf einen Urlaub.«

Sie musterte ihn kurz. »Vielleicht.«

»Das Wort mag ich nicht. Es existiert nicht im Griechischen.«

»Stimmt das, Nikos?«, erkundigte sich Nell.

Nikos lachte nur. »Offenbar nicht in Stelios' Wortschatz.«

Plötzlich wurde Nell klar, wie trist ihr Leben ohne einen Mann sein würde, in dessen Wortschatz es kein »Vielleicht« gab. Er war ein Mensch, der den Stier bei den Hörnern packte und ihn, wie in den Büchern von Mary Renault über Theseus, die sie so gern gelesen hatte, dazu zwang, nach seiner Melodie zu tanzen.

»Stelios!«, verkündete sie. »Ich verabscheue das Wort ›vielleicht‹ ebenso wie du. Also gebrauche ich ein anderes. Ja! Ich würde gern die zweitgrößte Stadt Griechenlands besuchen, von der noch nie jemand gehört hat. Allerdings habe ich, wie ich fürchte, ihren Namen vergessen.«

»Saloniki!« Stelios hüpfte auf und nieder wie ein aus der Gefangenschaft befreiter Tanzbär. »Liebreizende Helena, ich weiß, dass du wichtige Verpflichtungen in …« Er grinste hinterhältig. »Jetzt fällt mir der Name nicht mehr ein!«

»Sevenoaks«, erwiderte Nell und lächelte dabei so breit wie er. Stelios zog sie fest in seine Arme und küsste sie, dass es eine Freude war.

Das Eintreffen einer Menschenmenge verhinderte weitere Liebesgeständnisse. Es waren Venus Green, der bärtige Fotograf, Delilah von der *Daily Post* und einige Fans, die sie im Hotel aufgegabelt hatten und die nun so viele Selfies wie möglich mit dieser zweitklassigen Prominenten schießen wollten, bevor sie abreiste.

»Am besten bestellen Sie sechs Ausgaben der *Daily Post*, meine Damen«, verkündete Delilah, als böte sie ihnen allen einen goldenen Apfel dar. »Venus ist auf der Titelseite! Und ich habe einen Artikel über Ihre dramatische Rettung der Statue geschrieben. Außerdem darüber, was für ein wundervoller Urlaubsort diese Insel ist. Kyri wird endlich im Rampenlicht erstrahlen.«

Mit einem majestätischen Winken steuerte die Gruppe auf ihren Helikopter zu.

»Sie hat mit einem Hofknicks gerechnet, oder?«, meinte Nell scherzhaft.

»Und wo kriegen wir jetzt sechs Exemplare der *Daily Post* her?«, überlegte Penny laut.

»Der Großteil der Leser dieses Blattes ist ohnehin schon tot«, merkte Moira an.

»Danke, Moira«, entgegnete Dora. »Nur, weil sie dich nicht interviewt hat.«

»Wir können die Zeitungen am Flughafen kaufen«, verkündete Karl dramatisch. »Ich habe nachgeschaut, welche Flüge gehen. Dein grässlicher Mann hatte recht, Penny. Mit der Fähre nach Santorin und von dort aus nach Athen klappt es eindeutig am schnellsten.«

»Sollen wir etwa riskieren, am Flughafen Colin in die Arme zu laufen?«, entsetzte sich Nell. »Nur über meine Leiche. Ihr könnt ja machen, was ihr wollt, aber ich weigere mich.«

»Ich auch«, stimmte Moira zu.

»Meiner Ansicht nach sollten wir so vorgehen wie bei unserer Anreise«, schlug Dora vor. »Wir nehmen die langsame Fähre, die an jeder Insel haltmacht.«

Die anderen starrten sie entgeistert an.

»Du hast doch unterwegs die ganze Zeit gejammert!«, hielt Nell ihr vor Augen. »Außerdem sagtest du, es seien die schrecklichsten acht Stunden deines Lebens! Und du hast an allem rumgenörgelt, anfangen beim Essen bis hin zu Pennys Geisteszustand, weil sie alles gebucht hatte.«

Dora schlug die Hände vors Gesicht. »Ich weiß. Ich war eine entsetzliche Zicke. Aber das war, bevor ich euch alle richtig kennengelernt habe. Die Sache ist die …«

Kurz zögerte sie, unsicher, wie viel sie von sich preisgeben wollte. »Ich hatte noch nie richtige Freundinnen. Ich habe mich immer nur mit Männern umgeben. Mein Gott, das klingt ja fürchterlich.« Sie sah Penny, Nell und Moira an. So unterschiedlich sie auch waren, hatten sie hier auf Kyri entdeckt, wie nah sie sich eigentlich standen. »Ich habe euch alle lieb und möchte, dass unsere gemeinsame Zeit noch ein bisschen länger dauert.«

»Weißt du, was, Dora?«, meinte Moira, nun ebenfalls verlegen. »Ich bin in allem ganz deiner Ansicht. Doch unsere Freundschaft muss nicht enden, wenn wir Kyri verlassen.«

»Außerdem könnt ihr jederzeit herkommen und bei Nikos und mir wohnen!«, fügte Penny hinzu. Bei dem Gedanken, dass alle gehen würden, während sie blieb, auch wenn es bei Nikos war, war sie den Tränen nahe.

»Stelios«, meinte Nikos. »Du kennst dich doch mit Wein aus. Geh und besorg etwas von dem guten an der Bar. Sag Takis, ich zahle.«

Takis kam kurz darauf mit einer staubigen, mit Spinnweben bedeckten Flasche zu ihnen. »Die hier habe ich für einen ganz besonderen Anlass aufbewahrt«, verkündete er ehrfürchtig.

»Und dass wir abreisen, ist für dich ein besonderer Anlass?«, frotzelte Moira. »Willst du uns etwa loswerden?«

Sofort stürzte Takis sich auf sie wie eine wärmegesteuerte Rakete. »Moira, du kommst wieder! Wenn du in der Hochsaison nicht hier bist, um Treasure Island zu führen, gehe ich pleite. Schließlich war es deine Idee! Alle haben dich für verrückt erklärt, aber es hat funktioniert! Du hast die Gäste um den Finger gewickelt. Versprich mir, dass du wiederkommst.«

»Ich habe deine Gäste um den Finger gewickelt?«
Moira traute ihren Ohren nicht. Schließlich hatte sie sich
immer für linkisch und unbeholfen gehalten und sich mit
ihrer Außenseiterrolle abgefunden.

»Als du nicht da warst, haben sie sich beschwert!«

»Sei kein Frosch, Moira!«, rief Nell aus. »Warum ver-
abreden wir nicht, dass wir im Sommer alle wiederkom-
men und uns in Treasure Island einen Drink genehmigen? Aber nur, wenn Moira hinterm Tresen steht.«

»Dann reserviere ich gleich eure Zimmer!« Takis förderte seinen Laptop zutage. »Drei Zimmer mit Meerblick für zwei, nein, drei Wochen im Juli. Bevor die Menschenmassen hier sind, um sich die Venus von Kyri
anzuschauen, was wir nur euch zu verdanken haben.«

Inzwischen hatte Stelios die staubige Flasche geköpft
und reichte jedem ein Glas. »Auf unsere vier Göttinnen
mit Dank aus Kyri.« Er hob sein Glas.

Nikos sah Penny an, damit sie auch wusste, auf welche
ganz besondere Göttin er anstieß.

Dora wischte sich eine Träne aus dem Auge und atmete die Nachtluft ein, fest entschlossen, den Duft des
Meeres und überhaupt dieses Ortes, der ihr ans Herz gewachsen war, nicht zu vergessen. Plötzlich erschien Ariadne aus der von Sternen erhellten Dunkelheit. Dora
streckte den Arm nach ihr aus und zog sie an sich.

»Oh mein Gott!« Nell packte Moira, die neben ihr
stand, am Arm. »Alle mal schnuppern. Es riecht eindeutig
nach Myrte.«

»Wisst ihr, was?« Moira verschlug es beinahe die Sprache. »Ich glaube, sie hat recht.«

»Das ist die Göttin«, beteuerte Ariadne. »Sie sagt
Danke und Auf Wiedersehen.«

Moira bemerkte, dass Karl und Nikos einen nachsichtigen Blick wechselten. Offenbar konnten die beiden die Myrte nicht riechen. War es eine besondere Gabe, die, wie Ariadne glaubte, nur ihr selbst und den Freundinnen verliehen worden war?

Sie schaute hinüber zu der Venus, die sich, wie schon seit über zweitausend Jahren, verführerisch auf ihrem Diwan räkelte.

»Keine Sorge«, schien ihr sanftes Lächeln sagen zu wollen. »Was wissen die schon? Schließlich sind sie nur Männer.«

Danksagung

Ich danke von Herzen Ian Jenkins, Officer des Order of the British Empire, leitender Kurator des British Museum und Fachmann für antike griechische Bildhauerkunst.

In den zwanzig Jahren, in denen ich nun schon für Romane recherchiere, hat mir noch niemand so gute Tipps gegeben wie er. Ich hoffe, ich habe das Beste daraus gemacht.

Jedenfalls hatte ich jede Menge Spaß bei meinen Erkundungen und war fasziniert vom Griechenland der Antike und insbesondere von Aphrodite. Aus diesen olympischen Höhen auf die Erde zurückzukehren, war ein ziemlicher Schock. Dennoch war es eine wundervolle Gelegenheit, mich eine Weile in der griechischen Kultur zu verlieren, und ich wünsche mir, dass es meinen Leserinnen ähnlich ergeht.

Gut, besser – doch das Beste, das uns je passiert ist, sind wir!

480 Seiten. ISBN 978-3-7341-0818-1

Seit sie denken können, stellen sich die Freundinnen Claudia, Ella, Laura und Sal gemeinsam den Aufs und Abs des Lebens. Jetzt, mit sechzig Jahren, fragen sie sich: Was hält die Zukunft noch bereit? Etwa das Seniorenheim? Nein! Laue Sommernächte und spritzige Gartenpartys! Gemeinsam beschließen die Frauen, alle Einwände zu ignorieren und ein altes Herrenhaus auf dem Land zu kaufen, um es mit vereinten Kräften wieder flottzumachen. Doch Laura zögert: Seit sie den charmanten Gavin über eine Online-Dating-Plattform kennengelernt hat, beschleicht sie das Gefühl, dass das Schicksal noch weit mehr für sie bereithält. Wie gut, dass sie Freundinnen an ihrer Seite hat, die ihr beistehen, komme, was wolle …

Lesen Sie mehr unter: **www.blanvalet.de**

»So spritzig und köstlich wie ein Glas italienischer Prosecco.«

Sunday Express

500 Seiten. ISBN 978-3-7341-0622-4

Angela, Claire, Sylvia und Monica könnten unterschiedlicher nicht sein. Und doch haben sie einiges gemeinsam – angefangen mit einem Freund, der sie alle nach Italien einlädt. Aber vor allem eint sie eins: gute Gründe, ihrer Heimat London für einige Zeit den Rücken zu kehren. Und wo könnte man besser auf andere Gedanken kommen als in einer Villa am Mittelmeer? Die erste Begegnung fällt etwas angespannt aus, da jede dachte, sie wäre dort allein, nach einigen Tagen – und Turbulenzen – und diversen Limoncelli, wird aber klar: Das hier kann eine Freundschaft fürs Leben werden!

Lesen Sie mehr unter: **www.blanvalet.de**